U0598765

Staread
星 文 文 化

乾坤卷

QIANKUN JUAN

司南

SI NAN

侧侧 轻寒

著

长江出版社

CHANGJIANGPRESS

司南

乾坤卷

目录

乾

坤

卷

第一章

天涯海角

眼前是大片通透碧蓝的颜色，渐渐回旋汇聚成无垠的大海。粼粼水波延伸向天海相接的尽头，雄浑壮阔如此，温柔旖旎如许。

海边悬崖上，不败的鲜花在四季炎热的天气中无休绽放。花丛掩映中栏杆交错，屋梁横架，悬贴在悬崖上的是一间扼住海峡的小屋。

如此美好的天气，自然而然的，阿南又一次翻过栏杆，向着下方的海水扑去。

大海泛起细微的银白浪花，一如既往轻柔地拥住她。

海湾上白鸟惊飞，无数白点在幽蓝波光中一掠而过，消失在彼岸。

这亮得刺眼的海面，不知何时已经暗了下去，夜色来临。

周围一切迅速退却，她的海湾，她的小屋，她常开不败的花朵，全都陷入了黯淡。

她茫然地在水中沉浮，看到公子离去的身影——他所要去的地方，与她隔了千山万水、鸿沟巨堑。

"公子……"她嗫嚅着，却终究未能奔上前阻拦他。

或许是她内心深处早已知晓，公子是不会为她回头的。

黑暗的大海吞噬了她，她沉入五岁那年的暗夜之中。

双眼涣散的娘亲紧抱着她，将滚烫的面颊与她贴了又贴，眼泪滚滚落在她的脸上。而她迷迷糊糊偎依在母亲的怀里，在断断续续哼唱的曲子中入睡。

直到暴风骤雨将她惊醒，屋顶漏下的雨与窗外的雷电让她惊惶哭泣，爬起来到处寻找。

母亲正站在礁石上，暴风雨鞭笞着她瘦弱的身躯。

她拼命喊着阿娘，拔足狂奔。

涨潮的巨大波涛淹没了她的声音，暴雨让她重重摔在海滩上。她趴在地上抬起头，透过雨帘和眼泪，看见阿娘模糊的身影坠落在海浪当中。

她急促地哭泣着，猛然间有声音在她耳边低唤："阿南，阿南？"

一双坚实有力的臂膀抱紧了她，拥住暴雨海浪中小小的她，将她从冰冷黑暗的梦中拉出，抽身回到人间。

她痉挛着，哭泣着，竭力睁开眼，从这纠缠了她十几年的噩梦中抽身，恍惚看向面前的世界。

摇曳的火光渐渐明亮，晕晕融融地包围着她。比火光更温暖的，是将她拥在怀中的一双臂膀。

她迷离涣散的眼神望着面前的面容，火光下他散着淡淡光辉，一时分不清是梦是真。

喉咙与嘴唇干哑撕痛，她只能发出轻微的一些气音："阿言……是你啊……"

他衣衫满是皱襞，鬓发凌乱，再也没有以往那种端严矜贵的气度，可那灼灼如星的目光，在这一瞬却比火光更让她觉得明亮安心。

从冰冷噩梦中抽身后，她望见了烈烈火光，耀眼星辰。

他紧紧抱着她，将她拥在怀中，似乎永远不会放开虚弱哭泣的她。

不知此地是何地，不知此时是何时，可因为他的手、他的眼、他的体温，阿南那紧绷的身体慢慢地放松了下来。

"这是……哪里？"

"一个荒岛上。"朱聿恒紧拥着她，用自己的躯体替她挡住吹进来的寒风，往火堆旁凑近了些，低低道，"我们在地下水城被卷入旋涡后，漂流到了这里，你……烧得厉害，是不是很难受？"

阿南意识模糊，只依稀记得他在最后一刻放出日月，将他们牢牢缠缚在一起，没有失散。

她涣散的目光看了看周边，这是一个由几块大石头靠拢而形成的洞穴，说是洞穴，其实四面石缝都在漏风，只是勉强遮蔽风雨而已。

月光斜照入内，也照亮了阿言一瞬不瞬盯着她的目光，那里面，盛着比月光与暗海还要深邃幽深的一些东西。

她张了张唇，艰难地对他说了些什么，朱聿恒俯下头，将耳朵贴近她的双唇，听到她依稀吐出"水"这个字来。

高烧让她的脸颊带上一抹滚烫的霞色，呼吸急促短暂，似是一条在岸上徒劳蹦跳的干渴鱼儿，起皮干裂的嘴唇轻微翕动。

"等一下，我去找水。"他小心地将她放置在火堆旁，在黑暗中跨出洞口，借着残破的"日月"光芒，用树枝在沙地上挖掘起来。

下方不深处便是湿润的沙子，朱聿恒抬手在沙中压了压，将打湿的指尖贴在唇上。

入口是一股咸涩味，这个岛太小了，并没有能力过滤出淡水供阿南饮用。

他站起身，看向面前黑得几乎成了虚空的大海，心里涌起前所未有的恐惧不安。

他比阿南早一些醒来，已看过这座小岛，乱石滩上只稀稀拉拉长着一些耐盐碱的灌木，并无任何水源。

竭力让自己镇定下来，他努力回想当初在海上听江白涟他们说起过的，海上失事的渔民们的求生手段——吃什么，生鱼和海鸟；喝什么，鱼血和鸟血……

那时不过聊以消遣的奇闻，却让现在的他如抓住了救命稻草，不顾那伸手不见五指的黑暗，朝着海边深一脚浅一脚奔去。

他以日月微光照亮海边水洼，希望能找到一两条趋光的小鱼。可惜夜明珠的光芒太过黯淡，他又毫无经验，根本无法捕捉到水中的鱼儿。

正当他如无头苍蝇之时，耳边忽然响起迅疾风声，空中传来"呜哇——呜哇——"的叫声，低沉嘶哑，如同猛虎怒号，令人毛骨悚然。

仿佛，半空中有什么猛兽正在居高临下地俯瞰着他。

朱聿恒警觉地抬头，可无星无月的海上，夜晚暗得伸手不见五指，完全看不出空中有什么东西。

孤海荒岛，森冷骇人的虎啸声自头顶再度传来，诡异至极。

毛骨悚然中，他立即转身，疾步上岸。

只听得凄厉风声在耳畔响起，空中有巨大的羽翼扑扇而下。

无意识之中，他手中的日月已经迸射向空中。幽微荧光照亮了夜空，依稀现出一只巨雕的身影，双翼展开足有八尺，正伸出双爪利喙，向着他俯冲而下。

这小岛如此荒僻，居然栖息着这样的猛兽。

朱聿恒反应极快，五指挥动，日月立即回转，削向巨雕的眼睛。

可惜暗夜中只有夜明珠的幽光，海雕的行动又实在太快，他来不及测算击打距离，只听得叮叮铮铮连响，日月从雕头上擦过，精钢丝相互绞缠，在一片清脆声响中，海雕已到了他面前。

他立即身体后仰，整个人重重坠入海水之中。

浪花高激上半空，巨雕翅膀一扇，从水面一掠而过，滑向了前方。

他在水下向前游去，手指触到一块大礁石，才以石头为遮蔽，双手紧握日月，警觉地慢慢钻出水面。

黑暗中风声再度紊乱，雕影向他疾冲而来，似要趁着他刚出水分辨不清之时，将他撕扯吞噬。

朱聿恒后背抵住礁石，以免海雕从背后偷袭。这一次他算准了海雕的移动速度，而且玉片薄刃也不再与它相撞，只以斜斜的角度从它身旁一掠而过，迅疾回收。

黑暗中只听得礁石上厉鸣声与扑扇声不断，被削断的残破羽毛从空中零散飘落。那只海雕被光点所扰，在空中左支右绌，再也无法向下扑袭他。

朱聿恒毫不手软，知道自己采取的袭击手法有效，礁石后华光更盛，打得海雕在半空中哀叫连连。而他躲在礁石之后，又随时可以钻入水中躲避，海雕奈何他不得，只能胡乱扑击，爪子在礁石上挠出令人牙齿发酸的声音。

终于，它察觉到自己徒劳无功白白吃亏，在愤恨地嘶鸣几声后放弃了他，转身向着岛上飞去了。

朱聿恒松了一口气，这才感觉到自己靠在礁石上的后背，被一些凹凸不平硌得生疼。

他转过身，借着手中日月的暗光，看见石头上附着的，确实是一层密密麻麻的海蛎子。

从水中摸起一块石头，他匆匆砸了一捧海蛎子肉，用衣襟兜住。

暗夜中，他转头看见山洞透出的暗暗火光，脑中一闪念，脊背上的冷汗顿时冒了出来。

海雕看到日月的光芒才过来攻击他，而如今，岛上另一个亮处，是燃着火光的那个洞穴！

系好下摆兜住海蛎子，他从礁石后跃出，立即向山洞奔去。

黑暗中看不清脚下，他脚步趔趄，疾冲到洞穴下方，抬头听得风声迅疾，巨雕果然正扑向洞穴。

日月纵横间封住海雕的来势，朱聿恒挡在洞口，以免它冲入洞中伤害阿南。

刚刚在海上奈何他不得，如今他从藏身处跑出来自投罗网，巨雕顿时凶性大发，叫声更尖更厉，狠狠向他扑击。

朱聿恒神智超卓，操控日月阻挡它进洞之际，又分出一部分利刃打击海雕。而这边日月带着巨雕在空中翻飞之际，他甚至还抽空回头看了一眼阿南。

她烧得厉害，已经再度入睡，伏在火堆旁昏昏沉沉，即使外面声响喧闹，依旧一动不动。

他心中正在担忧，不防那海雕三番五次被他所伤，火光下眼神森冷凶狠，不顾一切向他迅疾猛扑。

朱聿恒一个闪身躲过，正要还击之时，忽觉肩上一阵抽痛——

不久之前被阿南剜出了毒刺的肩膀，此时血脉忽然牵动全身，骤然抽搐。

他身体陡震，一个站立不稳，猛然摔在地上。

空中日月陡然一松，巨雕已经突袭至他正面，他此时浑身都失去了力气，唯有竭尽最后的力量将身一侧，避开了要害。

剧痛袭来，海雕的爪子从他左肩臂上划过，鲜血顿时涌出。

但就在它近身之际，朱聿恒也拼着受它一爪，手中日月蓦然迸射。这一次日月贴身攻击，力道绝非远控可比，刹那间毛羽乱飞，在凄厉惨叫声中，眼睛被射瞎了一只，一只翅膀也被伤了翅根，巨雕失控撞在了上头岩石上。

几滴热血洒在朱聿恒的脸上，巨雕带伤逃离，融入了黑暗之中。

朱聿恒强忍肩臂的疼痛，支撑着坐起来，喘息片刻后，才慢慢扶墙回到山洞中。

阿南人事不知，甚至连蜷缩的姿势都没有变化。朱聿恒抬手探了探她的鼻息，依旧急促而灼热。

他眼前晕眩发黑。"山河社稷图"发作之后，他被旋涡卷入海底，又在水下潜行破阵，实在是耗尽了心力。而海雕之爪造成的伤口不小，热流正一股股向外涌出，让他摇摇欲坠。

可，阿南情况如此，他如何能倒下？

朱聿恒强忍剧痛，跪坐在阿南身前，将她扶起靠在臂弯中，用颤抖的手解开自己系着的下摆。

因为这一番波折，他怀中的海蛎子已经压烂了大半。但此时也顾不得了，他竭力挤出一些海蛎的汁水，滴在她唇上，滋润她干涩的双唇。

灌下去的汁水顺着阿南的嘴角流下，高烧令她失去了意识。

他艰难地托着她的头扶正，将海蛎子汁水一点一点挤出来，喂到她口中。

终于，她那焦烫的双唇感觉到清凉，无意识便微微张开了，费力地吞咽着，在模糊意识中一口口喝下了汁水。

等到一捧海蛎汁喝完，她沉沉睡去。

而疼痛让他浑身虚汗淋漓。他脱下衣服观察伤口，左肩连同手臂被利爪深深扎出了几道长口子，万幸并未撕下血肉来。

朱聿恒用薄刃在衣袍上切开口子，撕下一条来草草包裹了伤口，因为半边身子痛极了，他再也坚持不住，慢慢地扶着怀中阿南躺倒。

他的伤口剧痛，而她的呼吸灼烫。他无法控制地抬起战栗的双臂，自身后紧紧抱住了阿南。

紧贴着她滚烫的躯体，他将脸埋入她发间。

仿佛，能与她靠一靠，贴一贴她的体温，也能汲取一些力量，缓解一点痛苦。

月光与波光抚照在他们身上，她就在他怀中，热烫的身体如一团火。

半梦半醒，半昏半沉。

在这死寂的荒岛暗夜之中，急促艰难的喘息渐渐平复，眼前的黑翳也终于慢慢退散。

在这一片迷乱之中，他的衣襟被微微牵动。

是睡梦中的阿南用手指扯住了他的衣衫，无意识地拉了拉。她依旧紧闭着眼睛，只有双唇嗫嚅，似在呢喃呓语。

朱聿恒低下头，将耳朵附在她的嘴边，听到她喃喃的、低若不闻的梦呓："阿娘，我好冷……难受……抱抱我……"

虽然不知道她能不能听见，但朱聿恒还是用力收拢臂弯，将她抱得更紧一些："阿南，你睡吧，睡醒了就好了……"

她声音虚浮，面容皱成一团，沉浮在梦中难以走出："阿娘……唱首歌……给我听……"

朱聿恒紧抿双唇，听她的声音渐渐低下去，唯有低低呢喃不肯罢休："要听……好难受……"

篝火燃烧在洞中，摇曳的火光将他的面容与她的面容融化在了一起。

她就如当年那个茫然失措的孩子，明明已失了意识，依旧不肯甘心地呓语。

"难受……唱首歌吧……"

朱聿恒紧紧拥抱着她，在肩臂那抽搐的钻心疼痛中，慢慢凑到她的耳畔，终于轻轻开了口——

"我事事村，他般般丑。丑则丑，村则村，意相投……"

自出生以来，朱聿恒从未给别人唱过歌。

他在钧天广乐中出生，在阳春白雪中成长。

二十年循规蹈矩的人生中，他谨言慎行，不苟言笑，年纪轻轻便博得满朝文武的交口称赞，认为他老成持重，是朝廷之幸、百姓之福。

可如今，那个沉稳整肃的皇太孙被彻底抛弃。他低头凑在阿南的耳边，轻轻为她唱着不正经的乡野俚曲。

暗夜的火光令人迷失，他听着她渐渐沉静下来的呼吸，还有那终于松弛下来的眉心与唇角，将自己的声音压得更低更轻，似要伴着她入眠。

"则为他丑心儿真，博得我村情儿厚。似这般丑眷属，村配偶，只除天上有……"

那一夜在顺天的黑暗地底，从昏迷中醒来的他听到她低低哼唱这首歌，心口激荡悸动，至今不可淡忘。

那时他躺在她的膝上，望着上方的她，舍不得将目光移开须臾，奇怪自己在第一次见面的时候，为什么会认为她长相普通。

而如今的他在火光中拥着她，看着她这副狼狈模样，依旧觉得摄人心魄。

以至于，即使他的人生即将到达终点，即使身处这荒芜孤岛之上，可因为身边人是她，他亦感到庆幸。

幸好在他身边的是她。

幸好这个世上还有她。

孤岛火光之中，她缩在他的胸前，他拥着她，沉沉昏睡。

太过劳累，伤口的疼痛亦阻挡不住沉睡，而他在浅薄梦境中，又看见了那只黑猫。

它从黑暗中现身，金色的迷人瞳眸中倒映着他的身影。

它缓步走来，一跃而起扑入他的怀中，以熟稔又亲昵的姿态，蹭了蹭他的脸颊。

于是，朱聿恒也无比自然地拥住了它柔软的身躯，忘却了自己身上的伤痛，俯头与它相贴。

然后他慢慢睁开眼。眼前一切都还朦朦胧胧，但火光摇曳下，近在咫尺的黑猫，果然已经变成了阿南的模样。

一如既往，与曾千百次出现在他梦中的一模一样。

于是他也如往常梦中一般，俯下脸，去亲吻阿南的双唇。

奇怪的是，梦没有如往常般破碎。

他的唇终于第一次触到了她，而不是在即将碰触的一刹那抽身醒来。

在恍惚之中，他因为这温热柔软的触感，情不自禁地收紧了双臂，侧头吻上了她的双唇。

发烧与脱水让她的唇瓣失去了往日的鲜润，她的呼吸如此灼热，与他的意识一般狂热——

这太过真实的触感，让朱聿恒在甜蜜的战栗间，又悚然而惊。

迷蒙的双眼在瞬间恢复清迥，他睁大眼看着被自己紧拥在怀里的阿南，心口剧震之下，无措地松开了她，恍惚看向身边。

荒岛洞穴，火堆即将燃烧殆尽，外面漆黑的夜色终于渐转墨蓝，晓光已笼罩住这个海岛。

肩膀依旧持续疼痛。这不是那个曾千次万次笼罩住他的梦，这是真实的世间。

他亲到的，是真实的阿南。

在梦里，他曾一再梦到自己拥着她，却每每在即将亲吻到她时，梦境破碎，她毫不留情地转身离去，将他抛在暴风雨中。

如今在这样的荒岛上，他竟真真切切地将阿南拥在了怀中，亲到了她的双唇。

他盯着近在咫尺的阿南，因为脑中的混沌，身体僵硬。

昏睡中的阿南像只贪暖的猫咪，下意识地贴向他的怀中，呢喃着，整个人缩在了他的怀中。

她的手探索着温热的地方，脸颊也贴上了他的脖颈，温热的气息顺着他的脖颈蔓延而上，让他的耳根顿时沸热起来。

他的手虚悬在她的肩上，一时不敢动弹。

许久，他才慢慢抬起伤后沉重疼痛的手，抚上她的面颊，探着她的体温。

只是不知怎么的，等回过神来时，指尖又停在了她的唇上。

耳边传来她一声舒服的低叹，那睡梦中纠结的眉头也终于松开，她偎依紧贴着他，睡得香甜。

他的手微颤着，竭力控制自己俯头再亲一亲这双唇的冲动。

潮声起起伏伏，黎明尚未来临，他还可以拥着一样疲惫伤痛的她，再休息一会儿。

摊在他面前凶险万分的东西——风浪滔天的海洋，步步逼近的死亡，风云难测的朝堂，波谲云诡的天下……似乎全都淡去了，暂时离得很远很远。

唯有她很近很近，近得足以让他在阴霾笼罩的人生中，偷得一刻平静满足。

他的心忽然平静地沉了下来，仿佛可以拥着她坦然面对一切，包括那迫在眉睫的死亡。

不知抱着她过了多久，一夜困倦袭来，他凝望阿南的目光有些朦胧之际，忽见她的睫毛颤动，双眉皱了起来。

以为她又不舒服的朱聿恒，双臂将她在胸前拢了拢，却发现她已缓缓睁开了眼睛，目光迷蒙地落在他的脸上，似乎一时没认出紧抱着自己的他。

火光映在她的眼中，忽明忽暗的光影使她仿佛笼罩了一层温柔迷蒙的轮廓，在她那茫然的目光下，朱聿恒一时忽然心虚起来。

他窘迫地转过头去，慢慢地放开了她的身躯，喉口发紧："你……醒了？"

阿南双眼涣散地盯着他，没说话。

刚从梦中醒来，她还有点恍惚，只觉得眼前的阿言似乎和往常不太一样。那素日因太过端严而有些疏离的气质，被暖橘色的光芒所淡化，让初醒的阿南觉得心口暖融融的，柔软恍惚又真切。

而他的声音，也带着些前所未有的紧张意味："你……昨晚生病了，躺在地上好像很不舒服，所以我……"

所以他抱着她，逾越了本该恪守的界限。

在他窘迫得不知如何解释之时，却见阿南的面容上露出了一个艰难的笑意。

她声音嘶哑，轻轻地说："阿言……我做了个梦，梦见啊……你给我唱曲子呢。"

她声音虽然干涩低弱，但气息已恢复正常。朱聿恒松了口气，有些别扭地应了一声："是吗……唱曲子？"

"对啊，是不是很好笑？阿言你这么一本正经的人……你猜猜，你给我唱的是什么？"

"胡思乱想。"朱聿恒别扭地轻咳一声，岔开了话题，"你口干吗？饿不饿？"

阿南低低地"嗯"了一声，抬头打量四周，又艰难地撑起身子，借着外面的黯淡天光，观察了一下地形。

"是个孤岛，也不知当时水城机关发动，将我们冲到了哪里。"

阿南浑身无力，勉强抬手按着自己突突跳动的太阳穴，说道："无所谓……我在海上讨了这么多年生活，还怕这点小风小浪？"

朱聿恒望着她惨白的面容与毫无血色的唇，道："你烧得很严重。"

"没事，是我知道破渤海水城必定艰难，所以下水前吃了过量玄霜，不然的话……我怎么熬得过水下那些阵法？现在后遗药性发作了，要折磨我几天而已。"阿南说得轻巧，可那气若游丝的模样，让朱聿恒知晓绝非她说的那么轻描淡写。

"真的？"

"嗯，只是会昏睡几天，难受无力。"阿南抚着额头，感觉眼前金星乱冒，像是有什么东西在压迫自己的太阳穴，忍不住干呕了出来。

朱聿恒拍抚着她的背，等她这一阵难受过后，才撑着站起身，道："岛上没有水喝，我再去海边弄点海蛎子吧。"

阿南看向他的肩臂，问："你受伤了？"

他尽量轻描淡写："这岛上有海雕，挺大的。"

阿南有气无力地点了一下头，靠在洞中看他在朦胧晨光中走向海边。

他有伤在身，动作无法迅速，只捡了几把枯枝、几个海螺，又砸了一捧海蛎子用叶子包好，天色已经大亮。

所幸一路没有遇到海雕。他回来将火烧旺，又把海螺放在火中煨烤。

两人倚着洞壁吃完海蛎子，海螺汁水已经滚沸，阿南扯两根树枝折断，与他一起夹出螺肉分食，又将里面掏空，预备拿来煮东西。

腹中有了东西，阿南精神也好些了，强忍晕眩俯身过去，说道："让我看看你的伤口。"

朱聿恒垂眼看了看，道："小伤，不算什么。"

"别嘴硬了，赶紧给我看看。"阿南扯住他的衣襟，查看他的伤处。

仓促之间，他的伤口包得十分潦草。阿南将布条解开，看见了两条深深的爪痕，幸好轻按周围肌肤，暂未见红肿发热迹象。虽然伤口看来可怕，但未伤到筋骨，只要不溃烂，愈后应该不会有大碍。

阿南轻嘘了一口气，再看他身上原本应该崩裂的阳跷脉，只留了一条淡红痕迹，与胸口纵横的那三条经脉迥异，并未出现瘀血骇人的模样。

她抬手轻按那条血线，抬眼看他："怎么样？"

朱聿恒垂眼看着她，声音有点不自然："有点隐痛，但比之前那些血脉发作时的剧痛已经好多了，而且身体也能自如活动，不像之前，发作后数日内连起身的力气都没有。"

"唔……可惜我当时下手终究太迟了，这条血线还是出现了。"阿南说着，感觉自己手按着的胸膛下心跳声急促，这才察觉到自己一直按着他的胸口。

"都什么时候了，你还害羞？"她看着他脸上不自然的神情，好笑地帮他将衣襟拢好，然后扶墙慢慢站起身，"这可不行，海岛天气，伤口这样简单包扎肯定会溃烂，就算你命大熬过去，以后整条胳膊也会落下病根。"

朱聿恒没说话，只以目光示意他们所处的境地。

"拉我起来，我看看能不能去岛上给你找点草药……"阿南伸手搭在他的肩上，示意他扶自己出去。

朱聿恒看她惨淡的面容，犹豫道："你刚刚醒来，不如等再恢复一点精神……"

"你不陪我，那我就自己去。"阿南扶着石壁，便要向外走去。

朱聿恒见她如此，只能搀扶着她，两个人慢慢出了山洞，走向灌木丛生的海边。

"我们这一个病一个伤的，还真是天残地缺啊……"阿南无力地开着玩笑，举目四望。

晨光下海天碧蓝，一望无际。他们身处的这座小岛，其实只是海中的几块大礁石突出了海面。珊瑚沙堆积出了一小块平坦荒芜的陆地，海鸟或洋流带了种子过来，榕树、秋茄、蜡烛果芜杂地生长在沙地上，形成了一片稀疏的灌木丛。

在洞穴的侧面，一小片碎石沙滩夹在礁石的中间，周围全是光秃秃的黑色岩石。

阿南双脚虚软，靠在朱聿恒的肩上稳住身子，道："看海水颜色和洋流方向，我们大概已经不在渤海，而是被冲到黄海了——而且不是近海。"

朱聿恒昨日也已想过这个可能性："搜救我们的队伍应该还在渤海海底捞针，料不到水下城池的出口连通到了这边。要等他们救援，估计猴年马月了。"

"也不知那个浑蛋带着绮霞逃出去了没有，能不能让朝廷寻到黄海来。"阿南口中的浑蛋，当然只能是傅准，"且等着吧，咱们只能先做好在这里自救的准备。"

她观察海岛形势，又指着海边那几块高大礁石道："那边是鱼虾汇集的地方，但也是虎头海雕的巢穴，你看到那两只蹲踞在崖顶的大雕了吗？"

朱聿恒"嗯"了一声，这才知道昨晚偷袭自己的巨鸟名叫虎头海雕："有一只眼睛和翅膀已经受伤了。"

阿南瞥了他的肩臂一眼，仿佛看到了昨晚他与海雕缠斗的危境，顿时怒从心头起："哼，等我恢复些，看我不杀过去替你报仇！"

听她用这么虚弱的口气说这么凶狠的话，朱聿恒不由得低头微扬唇角。

毕竟这一世，还从来没有一个女子这般维护过他，而这个人，正是他梦寐以求的那一个。

不知不觉，肩臂的疼痛也轻了不少，这荒芜海岛，在他眼中竟也焕发出了异样光彩来。

君子报仇十年不晚，两人现在自然不敢惊动那两只巨雕。一起摸进灌木丛，阿南强撑着匆匆寻了些草叶，又赶紧回到山洞。

将草叶捣出汁液，阿南把朱聿恒的衣襟拉下，仔细地给他敷好。

伤口触到草汁，伤口剧烈抽搐，但朱聿恒咬紧牙关，尚在可以忍耐范围。

只是……她凑得太近，那微启的双唇就在眼前不远，让他唇间尚留着的触感仿佛燃烧了起来，直抵胸臆，扩到四肢百骸，最终烧遍全身，整个人都热了起来。

阿南目光瞥着他，诧异地问："很痛吗？你身上很烫。"

"火太旺了……洞中有些热。"朱聿恒说着，将头扭向洞外的大海，不敢看她。

阿南力气不济，帮他把绷带慢慢包好，坐下来靠在洞壁上调匀气息。见他一直看着外面，她便道："阿言，你这个家奴，现在是越来越不把我这个主人放在眼里了。"

朱聿恒心口突地一跳——难道，她察觉到了自己之前对她所做的……

他心虚地回头望着她，目光闪烁波动。

而阿南唇瓣微噘，问："海底水城的通道打开时，你为什么要把我们绑在一起？"

听她提起的是这事，朱聿恒暗松一口气，又陷入另一种窘境。

"因为……"他垂手摸着悬垂于腰间的日月，低低道，"我担心分开后，再也找不到你。"

燃烧的火堆中，忽地传来噼啪一声爆响，隐隐震在他们的耳边。

"其实这样也对。"阿南沉默片刻，喉咙略带低哑干涩，"我们两个人在海上，总比一个人强。"

朱聿恒没有回答，他听着阿南那比往常更低沉一点的声音，心里忽然划过一个念头——

那时候，阿南是不是要放弃她自己呢？

她明知道服了玄霜后昏沉无力，被卷入旋涡必定九死一生，就算侥幸逃出水城，漂流到海上也无力自救，最后只会葬身鱼腹。

可……她还是不管不顾地挥别了海客们，带着他一路披荆斩棘，最终摧毁了地下水城，替他和绮霞打开了生路。

想着她只身阻拦傅准的疯狂行径，朱聿恒一瞬间想到，那时的她，可能真的不在乎葬身于这大海之中，不在乎这世间了。

因为她和竺星河，已经永远没有同路而行的可能了。

因为竺星河。

一种异样的酸楚悲伤涌上心头，啃噬着暗沉的心口，让他无法作声，只紧抿住双唇，极力压抑自己的呼吸，不让她察觉到自己的失态："抱歉，我将你绑到了这里，害你和我流落荒岛。

"说的什么话，这次要不是你，现在不知道我漂到了哪里、能不能活下来呢。"阿南却朝他眨了眨眼睛，脸上笑容黯淡却真挚，"总之，多谢阿言你救了我。"

因为她绽露的笑意，朱聿恒心口热潮波动，他担心自己的耳根又红了，不由自主地便抬手摸了摸脸。

阿南看着他，脸上的笑容忽然加深了。

"哎，阿言，之前在春波楼将你赢到手后，带你回家的第一夜……你也是这样烧着火，脸颊上抹了一片黑灰。"她疲惫的神态终于显出一丝松快，抬手在自己脸上指了指，示意他赶紧擦擦，"兜兜转转这一圈，你连伺候我的模样都没变呢……那卖身契真没白签。"

"还不是你失职，没有好好教我？"在这荒僻的岛上，朱聿恒也不再黑着脸谈及此事，像是终于承认了自己吃瘪的事实。

阿南心情大好，精神振奋起来，觉得身体上的痛楚也退散了些。她靠在壁上恢复精神，笑道："那，等我再躺一会儿，待会儿教你下海摸鱼！"

荒岛之上，吃了上顿没下顿的两人只熬到了黄昏，见几只海雕并无动静，便赶紧拖着残躯去谋食。

玄霜药效未退，阿南不敢出洞太远，坐在礁石下，盯着前方被夕阳染红的海面，一边关注虎头海雕，一边教朱聿恒捕鱼。

她的流光在水下绑了绮霞和傅准，如今已经没了，便借了朱聿恒的日月来，将他的精钢丝与月刃拆了一条给自己，先聊充流光。

而朱聿恒折了根枝条，把顶端修得稍为尖锐，站在水中静静等待着鱼儿过来。

鱼儿一直没来，朱聿恒凝神静气，顺着平静的水面慢慢看过去。

水面清澈，他没有看到鱼，却看到了阿南的倒影，清清楚楚地呈现在他的眼前。

橘色的水面上，她的模样清楚倒映，颜色温暖。微扬的下巴与修长的脖颈形成一条优美的弧线，而这条弧线又延伸成更令人心动的肩颈线条，蜿蜒地向下生长出修长的身躯。

她只穿着窄袖薄衣，当时为了方便水下行动而腰肢紧束，躯体纤毫毕见，曲线玲珑。

海风偶尔吹来，水波荡漾着，便将她的影子扯得波动迷离起来，不容许他将她看清。

就像他追索了这么久，他拥抱过她，也偷偷亲过她，可他们之间依旧蒙着一层穿不透的迷雾，让他无法彻底而清晰地触碰到她。

无法掌握，无缘求索，无可奈何。

未等收敛心神，他听到阿南低叫一声："阿言，右手边！"

顺着阿南指着的方向，旁边的水洼中有一条鱼正飞快地游过水洼，尾巴一甩就要钻入旁边洞中。

朱聿恒的手腕一抖，树枝迅疾刺出，却扑了个空，让鱼儿逃走了。

明明是看准鱼身而刺的，而且他对自己手的控制力很有信心，居然会一击落空，朱聿恒有些诧异地看了看自己的手。

阿南虚弱地靠在礁石上，指指水下道："阿言，你被眼睛骗啦！光照在水底和陆上不一样，鱼儿在水中时会显得离水面较近些。你待会儿扎鱼的时候，对准鱼的下方试试看。"

朱聿恒从未捕过鱼，自然不知道这个道理。

他点了点头，凝神静气等待下一条鱼过来，树枝利落地向着鱼身偏下的地方扎去，准确地刺入了鱼腹之中。

他欢喜地将正在拼命挣扎的鱼提起来，给阿南看。

"是海鲈鱼。这鱼看起来凶凶的，但肉质紧实，很好吃！"阿南扯过几根草茎搓成绳，将这条不住打挺的大鱼穿了嘴。

朱聿恒换了个地方守着那个水洼，准备再抓一条鱼。

天色未晚，晚餐已有着落，周身的处境并不算好，但病魔与死神都暂时退却。两人心下轻松，阿南也来了点精神，托腮和静待鱼儿的朱聿恒闲聊："阿言……不对，你一直在骗我，其实你又不是宋言纪，我不该叫你阿言的。"

朱聿恒抬眼望着她，唇角微扬："可我确实叫阿琰，当时就告诉你了。"

"阿琰，阿言……"她有些口音，说话咬字时尾音略微上扬，所以阿琰和阿言念起来，确实没有什么区别。她念了两声，问："这是你的名字？"

"是我的小名。琰是天子征伐逆乱的玉圭。"

"文绉绉的。"阿南斜靠在洞壁上，随口道，"哪像我，我的小名就是阿囡，我娘都没给我取名。"

"阿囡……"朱聿恒低低念着，仿如细细咀嚼，"昨天晚上，你一直喊着你娘。"

"是啊，我梦见我娘了……梦到她离开我的那一天，狂风暴雨，她终究没能逃离海匪窝。"如血的晚霞中，阿南望着西沉的斜阳，眼中倒映着血与火的光芒，"她牵着我在密林里跑啊跑啊，她的手……今生今世，这世上谁也没有她那样的一双手……"

朱聿恒不由得垂眼看了看自己的手，心想，她母亲的手，不知道是怎么样的。

夕阳一点一点沉入海底，阿南自嘲道："我娘临去时烧糊涂了，还伤心自己千辛万苦生下的遗腹子，是个女儿……她一直期望自己生个儿子，为我爹报仇雪恨。可她大概不会想到，最后她的阿囡也成了海匪，司南……四海凶名赫赫的女海盗。"

她以云淡风轻的口吻，来掩饰自己多年前的伤痛。

朱聿恒不愿让她再强装下去，他目光搜寻着水底的鱼，口气也尽量显得不经意："那，司南这个名字，是谁给你起的？"

南方之南，星之璨璨。是因为她的公子，所以她才拥有了这个名字吗？

"是我自己。"出乎他的意料，她的名字并不是竺星河给予的，"可能是女子天生敏感一些，在茫茫大海之上，我总是方向感最强、最擅长指引方向的那一个，大家说我比北斗司南更准确……我想，或许这就是我生来的天赋吧。"

而你，也是唯一能指引我走出人生迷雾的那个人。

朱聿恒心中这样想着，站在及膝的橘红海水之中，望着水波中她时隐时现的面容，定定地看了许久。

"其实我以前叫司灵。"阿南不是个习惯沉浸在低落情绪中的人，话锋一转，便聊起了其他的事情，"南海上的人口音不纯，所以按照我们的编号，大家会随意起个差不多发音的名字。"

编号，这难道是海客们内部的规矩？

朱聿恒很有分寸，并不打探这些，因此他只问："所以，你的编号是四〇？"

"对，我是司灵，四〇。我有个好朋友叫桑玖，还有司鸳的，他们是三九和四九。后来我立下了大功，终于可以拥有自己的名字了，编号就转给了司霖，结果他被人嘲笑捡我的漏，因此一直讨厌我……"

她的声音脱离了沉重，朱聿恒也终于出了手，手腕一抖，尖锐的树枝迅疾刺中了一条六七寸长的鱼。

"这条鱼也不小，足够我们吃一顿了。"阿南朝他招手，又指指旁边礁石，"阿言，你再去摸一把海白菜，咱们塞在鱼肚子里一起烤，也是一道好菜。"

朱聿恒依言摘了一捧石头上飘荡的绿藻，在水中清洗干净，带着它跋涉过水洼，来到阿南身边。

阿南早已把过往抛在脑后，只折了两条树枝插入两条鱼的口中，一绞一扯，便将鳃和内脏全部拉了出来，洗净后用海白菜把肚腹塞得满满的。

朱聿恒帮她提着鱼，阿南与他并肩往洞中走："来，我教你烤鱼。"

朱聿恒点点头，心中不觉生起一丝遗憾。

波光粼粼，倒映着夕阳余晖，金光霞色照在她的脸上，跳跃的光点如同斑驳的蝴蝶聚了又散。

突如其来出现在他人生中的她，亦如这样一只光怪陆离的蝴蝶或蜻蜓。可他很想知道她的过往，想了解她一生中最重要的那些事情、那些人。

她如何从孤岛上的阿图，长成现在这样的阿南……

所以在回到石洞中，阿南教他烤鱼时，朱聿恒忍不住问："那个海盗的窝点所在，你还记得吗？"

阿南挑挑眉，问："怎么？"

他给鱼翻着面，顺理成章道："你需要的话，我派一支船队，帮你去剿灭他们。"

"早就没了。"阿南靠在石壁上，望着他的神情中有伤感亦有骄傲，"在我重新踏上那个岛时，他们就注定活不了。"

朱聿恒的手顿了顿。

他恍然想起祖父给他看的那份卷宗。苍茫大海之上，有幸逃出匪窝的渔民中至今还流传着一个故事——关于一个白衣缟素的少女独自驾着小舟，将海盗们聚居了二十余年的海岛夷为平地，只身解救了岛上所有妇孺的传奇。

她离开的时候，身上的素衣已被血染为红衣，码头与海湾的盗匪尸体引来了无数的海鸥与鱼群，数日不散，就如人间炼狱。

但朱聿恒想着当日的可怖场景，却只望着她，温声道："你娘泉下有知，一定很欣慰的。"

阿南朝他一挑眉："即使我是个女儿，即使我成了她最痛恨的海匪？"

"可她的女儿，做到了所有儿子都做不到的事情。"

阿南望着他怔了怔，长久以来的心结，仿佛在这一刻被解开。许久，她终于轻舒了一口气，朝着他一笑："阿琰，你真好……别人总说我杀孽太重，以后会受反噬的。"

"以怨报怨，以仇报仇，这是本分。"朱聿恒不假思索道，"对待恶人若不用雷霆手段，难道还要用菩萨心肠？"

"阿琰，你说话总是很有道理！"阿南朝他莞尔一笑，顿时开心起来。

焦香扑鼻，鱼已经烤好。

一人一条无油无盐的烤鱼，他们像两个野人一样啃着。不过这两条鱼都很肥，海白菜吸了鱼油，也算能勉强果腹。

阿南一边吃着，一边随意问："对了，海底水城坍塌时，青鸾台带着我们沉入海底之前，你看到台上的浮雕了吗？"

朱聿恒点了一下头："当时太过仓促，我只匆匆瞥了一眼。"

"太好了，其实我当时急着破阵，没来得及留意，还好你留了心。那上面雕的是什么？"

"高台有四个面，一个面两处浮雕，一共八幅。"朱聿恒回忆道。当时水下太过匆忙，幸好他记忆力与观察力极佳，虽然一瞥之下，依旧记得清晰。

"北面是元大都之火、黄河决堤，东面是钱塘湾和渤海湾，西面是玉门关月牙泉、昆仑山阙，南面是……"

说到这里，他顿住了，只从火中抽出一根枯枝，将枝头的火敲灭，在地上画了个大致轮廓出来。

左边是一座雄浑绵延的大山，峰脉山峦层叠绝多。

"按照傅灵焰的青莲琉璃灯所示，这个地方很有可能地处西南，西南的话……"

阿南毕竟是海客，对于陆上的山川湖泊并不熟悉。而朱聿恒自小便处理各地事务，自然比她强："那些山脉雄浑壮阔，看起来像是西南的横断山脉，等我们回去后，以青莲灯圈定大致方位，再看具体方位。"

阿南点头，又问："八幅浮雕，按照四个方位算来，南方应该还有一幅吧？"

"是还有一幅，但……"朱聿恒的神情却变得迟疑。他手中的枯枝在地上轻敲着，思忖道，"我看不懂那上面的内容。"

阿南奇道："雕的是什么就是什么，怎么会看不懂？"

"许是仓促之下我没研究出来，但那上面凹凸不平，仿佛只是石头天然的纹理，根本未加雕饰，甚至连表面都不曾打磨过。"

阿南思忖问："那，纹理是怎么样的？"

朱聿恒心思缜密，虽然只是仓促一瞥，内容也不甚明晰，但还是以枯枝在地上绘出了线条。

一条线自西而来，线在中途又分出一股，中间夹杂着一块扁如鞋子的形状，再汇聚到一起，向东南而斜下。

"而在鞋形的南面，是杂乱一片青红交错，现在想来，若雕琢加工之后，可能是朱阁碧树模样。"

"关大先生之前提示的阵法地图，大都是就地取材而加工。所以这条线，大概就是拿来替代河流的，应该是一条自西向东南而流的江河，河中有个鞋子状的沙洲，南面则是人烟聚集处。"阿南捏着下巴道，"这事还得着落在琉璃灯上，等你回去后，确定了大致方位再对照一下当地的山河，应该就能找到了。"

朱聿恒缓缓点头，又道："但为何那七幅浮雕都精细入微，唯有这一幅，却不曾有任何雕琢打磨的痕迹呢？是当时出了什么问题，还是关大先生以此在暗示什么？"

"不管是什么，总之，我相信你肯定能解决的。"

她肯定的语气，让朱聿恒瞬间觉得，面前的迷雾似乎也没那么无从下手了。

抬手抚上自己身上那些血痕，他低低道："如今想来，我反倒有些感谢那个给我埋下这些毒刺的人了。毕竟若没有这'山河社稷图'，我们又如何循着线索，去破解那些会倾覆天下的可怖阵法，阻止灾祸呢？"

阿南是海盗出身，并不理解他对这山河天下的眷眷之心，但见他坚定果毅，对自己的人生并不怨怼，反而迎难而上凛然无惧，不由得心旌激荡，道："至少阿琰你以后的路，如今已经明朗。我想，只要你能找到关大先生设下的那些阵法，将阵眼中的青蚨玉取出，那么你身上的毒刺便不会破碎，奇经八脉也就不会断绝。或许……你能如傅灵焰的孩子一般，好好活下去！"

朱聿恒凝重点头，道："是，下一次，我们必定能赶在阵法发动、毒刺崩裂之前，将它们控制住，消弭于未然。"

阿南隔着火堆望着他，欲言又止，最终也没有开口。

吃完烤鱼，天色已暗。阿南教朱聿恒去外面找了些树枝草茎，用火熏燎掉小虫和虫卵，垫了两个粗糙的小床。

朱聿恒将自己那件已经扯出了好几个口子的外袍脱下，烘干之后铺在里面那张床上。

天色已晚，他们编好树枝拦住洞口，以免虎头海雕夜间偷袭。

火掩得只剩些微暗红，在黑夜中慢燃。暗黑的山洞内草床草叶柔软，就像一个暖和的小窝拢住阿南的身形。她软软地趴在床上，将脸靠在朱聿恒的衣服上。

干草的清香，熏燎的焦味，海水的味道，还有……他身上的味道。

在空无一人的荒岛上，他们在石洞中相依为命，他的气息将她整个人拢住，让她这么厚脸皮的人，心里也不由得生出一种怪怪的别扭感，难免心旌摇曳。

这垫在她身下的衣服，虽然在海水中浸泡了许久，湿了又干，但那上面熟悉的熏香味儿，似乎依旧淡淡存在。

她将自己的脸埋在臂弯中，想到他们刚见面的时候，一起被关在困楼中，她也曾闻着他身上的味道，还在逃脱时奚落他："熏的是什么香？挺好闻的。"

不由自主的，阿南将脸埋在臂弯中，暗笑了出来。

第二章

海上明月

一夜好眠，第二日醒来，阿南的烧退了下去，朱聿恒的伤口换了药未见红肿，两人都是精神见长。

甚至运气好像也变好了，朱聿恒出去找海蛎子时，居然在沙滩上抓到了一只脸盆大的海龟。

阿南馋涎欲滴，亲自上手将海龟杀了，处理放血，把龟壳敲裂上下掰开，架起石头当炉灶，倒仰龟壳在火上煨烤。

龟壳下小火慢烧，肉香在洞中蔓延，让又饿又累的两人盯着海龟，脸上都是垂涎期盼的神情。

偶尔目光交会，看见对方那仿佛饿死鬼投胎的模样，他们都忍不住笑出来。

折下树枝当筷子，两人围在火堆旁，用筷子撕下鲜嫩的龟肉，吃得十分欢畅。

一个大海龟下肚，吃饱喝足有了点精神，两人商量着伐木做筏，离开小岛。

岛上并没有高大树木，只有丛丛灌木生长，最高也不过堪堪长到他们头顶。

朱聿恒的左肩臂有伤，脆弱的日月也无法拿来砍伐，二人便先选取了几棵大点的灌木，环切掉根部树皮，预计过几天枯萎脆干后，再以脚踩断，便于收集。

其实傅准应该知道洋流方向，而且官府在渤海遍寻不着后，也肯定会逐渐扩大搜寻范围，最终找到这边。但他们可以等，朱聿恒身上的"山河社稷图"和关大先生留下的阵法却不可能等。

"实在不行，我们错过玉门关那一次，专心安排昆仑山阙那一场巨变吧。"朱聿恒见阿南着急，反倒劝解她，"而且照你上次所说，我身上'山河社稷图'的应声子母玉，可能有三份，一份在阵法之中，一份被植入我的身上，另外还有一份在我身边某人的身上。若按照这般推断，西北遥远的地方影响不到我，而那个潜伏在我身边的人又不在，或许我这次能躲过或者延缓'山河社稷图'的发作呢？"

"也有道理啊。"反正如今已是这样的局面，急也急不来，阿南和他索性也就丢开了。

在灌木丛中蹲久了，阿南有些晕眩。朱聿恒便道："你如今身体尚未好转，先回去休息吧。"

"好，我回去歇一会儿，你记得别累着左臂。"

阿南去旁边水坑捉了条鱼，慢慢绕过小岛，走向灌木背后的石洞。

海风猎猎，就在她快走到洞口时，风中忽然传来"呜哇——呜哇——"的叫声，低沉嘶哑，如同猛虎怒号，令人毛骨悚然。

阿南抬头看去，半空中有只巨大的鹰隼盘旋，盯着她的目光森冷骇人。

虎头海雕占据这海岛多年，早已将其视为领地，如今有人类入侵，它自然不肯善罢甘休。

阿南将鱼丢进洞穴，警惕地抬手以臂环对准海雕，慢慢地退向洞口。

虎头海雕十分机警，在空中一再盘旋，待到阿南略一侧身准备进内时，它瞅准机会飞扑而下，向她直击。

"好啊，刚好鱼吃腻了，今晚就先把你烤了！"阿南手中流光疾射，一点精光直贯鸟身。

惨叫声中，虎头海雕毛羽纷纷断裂，早已被精钢丝缠住。那本就被朱聿恒伤过的翅根再度受伤，整只翅膀折了下来，从空中一头栽下，重重撞在了礁石上。

虎头海雕十分凶悍，落地后依旧张着翅膀在扑腾，阿南提起精神赶上去，一脚踏住它的脖子。

忽听得风声再起，耳边那令人不快的呜哇声再度密集传来。

阿南抬头一看，海岛上空不知道何时又出现了几只海雕，体型比她脚下这只稍小，此时正一起在空中盘旋，紧盯着下方的她。

"好嘛，一家子全来了，看来我和阿琰十天半月的存粮都不愁了。"阿南脸上笑嘻嘻，心里暗暗叫苦，自己现在状况堪忧，要是被这一窝雕缠上，怕是吃不了兜着走。

不过幸好，她不是一个人，还有阿琰在呢。

想到阿琰，阿南心头一轻，同时又有个念头闪过，让她忙乱中反而生起一阵雀跃。

"阿琰！"她大喊一声，一脚踢开脚下的虎头海雕，在它疯狂扑腾之时，迅速将身体后缩。

激烈的动作使她眼前发黑，她跌进石洞，只觉一阵晕眩。

而海雕呜哇叫着，早已争先恐后扑入洞中。

洞口狭小，它们一拥而进之时，阿南手中丝网激射，顿时将它们全部笼住。

可雕群来势太过凶猛，扑啦啦的混乱声响之中，她的丝网反倒被雕群所拽。阿南头晕眼花，气力不济，手臂一松，顿时被群飞的雕们拖出了洞口。

就在她心里大喊不好时，身侧一双手伸出，将她的腰牢牢揽住，止住了她跌出去的势头。

自然是朱聿恒。他已经赶了过来，情急之下紧紧抱住了她的腰。

阿南自他怀中抬起头，却一指面前网中的海雕道："阿琰，快去抓住它们！"

朱聿恒讶异地看了她一眼，不解她为何要和这些鸟过不去。

"你的日月仓促到手后，现在并未研究出它真正的用处，一直都只会用撞击来扩大攻击，引导刃力外扩。"阿南说着，示意他与自己一起扯住精钢网，"可玉石和夜明珠都是易碎之物，我这几天一直在想，如果傅灵焰纯用击打之力的话，她应该考虑更坚韧的金属。你觉得，她为何要选择最善应声的青蚨玉，又切磨得如此薄利？"

朱聿恒低头看着握在手里的日月，那散开如片片莹薄花瓣的珠玉光片，如今躺在他掌中已经不再完美，其中几片薄刃已经残损。

"应声。"他收拢了手掌，仿如抓住了脑中电闪的念头，"只有如此薄透的青蚨玉才能在气流中相互应和、共同振动！"

"而要训练日月的应声之法，这些空中的海雕，无论是动向还是力道，都是最好不过了！"阿南一扬手，任由网中的几只虎头海雕脱逃向空中，"阿琰，既然你有伤在身，手臂无法用力，那就试着不借助蛮力，纯用控制来调动日月试一试！"

骤然脱困的这几只小海雕，有的惊惧而逃，向上疾飞；有的凶性大发，向下猛扑；还有两只已经晕头转向，飞得跌撞回绕，毫无方向性可言。

就在这一片混乱中，朱聿恒手中的日月光芒如篷，四散飞击，每一点光亮看似混乱无序，却都利落切断了海雕们的去向，迫使它们不得不嘶叫着惊飞而回。

只见四五只小雕在空中盘旋回绕，四下冲突，却总是穿不透朱聿恒控制的那数十点光亮。

六十余片薄刃在空中飞旋，气流与朱聿恒手上的劲力自然会让它们在虚空中轻微振动。所有薄刃应声而动，又带动其他薄刃再振，力量层层叠加，互相扩散频振，旋转的力量更为锋锐，角度更为飘忽。

海天之中、日光之下，只见数十灿烂光点陡然集中又倏忽散开，回旋勾绕，斜穿牵引，薄刃上下翻飞似万千萤火，将所有海雕牢牢困住，比阿南那有形的丝网更为牢不可破。

五只虎头海雕被围在纵横倏忽的日月光华之中，即使尽力左冲右突，依旧无计可施。

阿南望望朱聿恒的手，再抬头看看空中那些无处可逃的海雕，心中不由得感叹——

阿琰这可怕的计算能力啊……

其实她并未见过傅灵焰出手，只是提出了一个概念而已，甚至这概念让她去做的话，也是肯定做不到。

但朱聿恒，硬是凭借着自己那惊世骇俗的棋九步算力和控制得毫厘不差的手，将她的设想化为了现实，分毫无差地具现了出来。

就在阿南惊叹之际，日月光华倏忽一散，朱聿恒毕竟是初学者，而且日月残片有缺，无法均衡力量，终究还是出了差错。

一片青蚨玉在空中一斜，擦过一只海雕的翅膀之时，疏漏了计算那缕疾风的力量。它的爪钩缠住了玉片后的精钢丝，将钢丝连同玉片一起绷紧，让他再也无法操控。

朱聿恒放弃了这片薄刃，任由海雕带着它在半空扑棱，只专心操控其他的数十片免得散乱。

但发狂乱飞的五只海雕，行动轨迹混乱无比，日月的轨迹终究乱了。

眼见第二条精钢丝缠上了海雕的翅膀，两只被缚住的海雕又穿插乱飞，两条精钢丝顿时绞缠在了一起，朱聿恒的动作甚至有了左支右绌的迹象。

阿南见他还要坚持，立即出声叫道："阿琰！"

朱聿恒这才恍然如初醒，他居然和这群虎头海雕赌上气了。

光华陡然一散，除了空中被绞缠住的那两条之外，其余如流星飒沓，尽数回到他的掌中。

原本凶性大发的虎头海雕们早已疲惫惊惧，此时束缚一散，它们立即四下惊飞，再也不敢回头。

唯有那两只被缠住的小雕，脖子、翅膀与身躯都被牢牢缚住，扑腾了片刻后，自半空坠下，栽在地上。

朱聿恒将它们拖回来，阿南与他一人一只将翅根攥住，解开上面缠绕的精钢丝，口中忍不住道："阿琰，你真是惊世奇才！"

朱聿恒将解下的精钢丝收回，声音有些许发闷："还是有缺陷，算漏了一部分。"

"已经很了不起啦，毕竟你初学嘛！"她说着，见他还是因为失误而有点低落，便用手肘撞了撞他，说，"你啊，不必这么求胜心切的，只要再给你一点时间，你一定天下无敌！"

朱聿恒拎着一只雕去海边拔毛开膛，洗剥干净，阿南则在洞中将火烧得旺旺的。

一只海雕被烤得刺刺冒油，另一只则被他们用树枝扎了翅膀，半死不活地龟缩在洞中瑟瑟发抖。

"先留着吧，下次想吃的时候再杀，这样我们随时可以吃新鲜的。"阿南虽然讨厌鹰隼类，但是看到这只虎头海雕那可怜的小模样，又忍不住蹲下来扯了扯它的翅膀，回头问朱聿恒，"阿琰，你知不知道驯鹰啊？"

驯鹰。

朱聿恒的心口突地一跳，在火上翻烤的手也骤然顿住。

抬眼看阿南正漫不经心逗弄着那只抓来的虎头海雕，朱聿恒那跳动的心口才缓了一缓，略松了口气，尽量平淡道："知道，诸葛嘉养过。"

阿南笑问："你说，要是给这只小雕喂点小鱼小虾，把它给驯熟了，它以后是不是能帮我们捉鱼啊？"

朱聿恒别开头，道："驯鹰很难的，需要很长的时间慢慢熬。而且这种海雕与海东青之类的不一样，估计不太好调教。"

"那就算了，还是吃了吧。"阿南顿时没了兴趣，见海雕绑了翅膀后还一跳一跳想往外跑，她揪过一把草又捆了爪子，终于让它消停了。

"对了，诸葛嘉那家伙不是整天板着脸没人气的吗？他居然会驯鹰，你跟我讲讲？"

"我也是听说的。"朱聿恒做贼心虚，寥寥几句带过道，"诸葛嘉说他曾遇过一头桀骜不驯的鹰，因为它被所有人欺负，只有他伸出了援手，所以它便认定了主人，一世忠心地跟随着他。"

阿南回头瞄瞄那只海雕，笑了出来，贴着他耳朵问："你说，现在我当坏人，你当好人，咱们能骗过它，让它乖乖听你的吗？"

"不能，驯鹰的成功率很低。"朱聿恒望着她那促狭的笑容，声音有些喑哑。

"说起来，你们官府抓捕了公子之后，还安排个方碧眠给他弹弹琴唱唱歌，虽然后来发现她可不是个善茬——你说这个行径，是不是就和诸葛嘉差不多啊？"

朱聿恒自然知道她心思洞明，早已察觉方碧眠就是朝廷安排在竺星河身边的。

不过如今局势如此，他们都知道追究这些已经毫无意义，是以她口气轻松，他也不必解释。

沉默片刻，朱聿恒终究只是摇头道："不，诸葛嘉是真心想救那只鹰，不是演戏。"

"你怎么知道？"阿南随口说着，见雕已经烤好，便也将这些闲事丢在了脑后，"或许如此吧。"

海雕翅尖肉薄，熟得最快，很快便烤得刺刺冒油，香气诱人。

阿南迫不及待将它撕下来，和朱聿恒一人一只，道："赶紧先把它吃掉，好香啊！"

鸟翅虽没什么肉，但也让他们尝到了久违的油水，得到巨大满足。

"咱这也算大鱼大肉，日子过得不错了吧？"阿南一边呼呼吹着热烫的鸟翅，一边和朱聿恒笑语，"而且我最讨厌海雕啦，有吃它的机会绝不放过！"

朱聿恒替她撕着鸟肉，问："海雕怎么了，为何你讨厌它们？"

"小时候我差点被一只食猿雕吃了。所以既然我活下来了，我就要痛快地吃它们。"阿南一边往口中塞肉，一边道，"你不知道南边海岛上的食猿雕有多大，翅膀张开能有七尺，最喜欢吃海岛上的猴子。我那时才五岁，又瘦又小，它们当然不会放过……"

说到这里，原本大快朵颐的她怔了怔，满足快乐的神情也忽然黯淡了下来。

朱聿恒翻烤着手上的鸟肉，目光专注地看着她。

最终，阿南只叹了口气，含糊道："幸好公子的船经过那里，把我救走了，不然的话……我早已丧生雕口了。"

直到口中吐出"公子"二字，她那一直刻意不去想起的回忆，才恍然在心中涌起割裂般的疼痛来。

她将手中的骨头丢进火中，望着外面的海，洞内陡然安静下来。

朱聿恒默然凝望她，问："等回去后，你要去找他吗？"

"不会。"阿南低下头，抓一把干草擦着自己手上的油污，"我们走到这一步，是注定的结局，不是一朝一夕之故。绮霞的事……只是引线而已，我们这些年来的矛盾，早该彻底炸开来了。"

从顺天城百万民众的存亡，到黄河决堤的流离失所，再到带领海客与青莲宗一起介入动乱灾民闹事……一路走来，他不动声色轻描淡写，而她终于无法沉浸在自欺欺人中。

她从小到大憧憬向往的梦中人，其实是自己从五岁到十四岁虚构出来的幻象。

他早已长成她不认识的模样，那个温柔握住她的手，将狼狈孤女拉上船的少年啊，已经只存在于她灰黄褪色的记忆中了。

"为什么要回陆上呢？要是我们一直在海上，要是我永远做公子手中最锋利的那把刀，痛快淋漓地饱饮四海匪徒盗寇的鲜血，为他扫除一切障碍，要是这样的日子永远持续下去，该多好……"

朱聿恒打断她的话，道："不好，因为你不是刀，你是司南。"

是指引他驶出人生迷雾的，唯一的那个人。

他声音如此坚定，给她那原本冰凉迷乱的心，注入了一股温柔热潮。

她怔了怔，抬手抹了一把脸，转头朝他一笑，虽然笑得十分难看："这是绮霞说的。她说的时候，我有点不高兴，可现在我觉得她说得真对啊，没有人会爱上一把刀……如果公子真的对我有意，我也不需要等到现在，十九岁，我都到了被人嘲笑是老姑娘的时候了。"

"阿南，你不是为某个人而长到十九岁的。你是凭着自己努力，才走到如今这一步，成就了如今的你。"朱聿恒的声音一如既往地冷静，语调更因平淡而显得异常笃定，"你过往的十九岁，比世上大多数人的九十岁还要精彩壮阔。所以就算没有达到最终目的，就算你选择与竺星河分离，这一番经历，也不算枉费。"

阿南抬手捂住眼睛，静静将脸伏在膝上靠了一会儿。

朱聿恒见手边的肉已经微显焦黄，便撕下鹰腿递给她，示意她趁热先吃点："再说，十九岁也没什么，我还比你大三岁呢，岂不也是老男人了？"

阿南盯着他手中的雕肉，又慢慢抬头看他，面露苦笑："阿琰你真是舍己为人，为了安慰我，居然这么奚落自己！"

朱聿恒也笑了，将手中的肉又往她面前递了递："别太难过，先吃东西。"

　　阿南望着他，眼角湿润，长长呼出一口气，将胸臆中所有的郁积全部吐出，彻底不留。

　　然后她接过他手中的肉，狠狠大口咬着，似是要用大吃一顿将所有抑郁赶出自己的胸臆。

　　"只这一次，以后就不难过了。"她声音低沉，略带含糊，却郑重如发誓，"我是纵横四海的司南啊，可以为男人要死要活一次，不可能为他要死要活一辈子。天下之大，还有更广阔的世界等着我呢！"

　　遇上了记仇的阿南，海雕们从此惨不忍睹。

　　等到身体恢复些，阿南与朱聿恒便找到了它们筑在海崖上的巢穴，每天过来找它们。

　　朱聿恒拿它们练手，练得它们七荤八素，每天都要在崖壁上撞个百儿八十次。

　　而阿南在旁边与他一起揣摩新手法，一边在礁石上晒盐。她还采集蚌蛤捣出汁水，将龟壳打洞，用细沙和炭灰做了两层过滤，那汁水便清澈甘甜，再用螺壳将水收集起来煮沸存放，就随时有水喝了。

　　日子稳定，他们在海岛过上了大鱼大肉有盐有水的好日子，朱聿恒的肩伤也逐渐愈合。

　　他身体恢复，手法渐熟，虎头海雕们的日子更惨了，这对雌雄双煞整天闲着没事干，净琢磨着如何用日月缠、绕、绞、结，一套套全在它们身上试了个遍。

　　没过几日，海雕一家个个折腾成了秃毛，只只变成惊弓之鸟，整日缩在巢穴中，任凭他们用什么鱼虾来诱惑，也不敢再出来了。

　　被削了皮的灌木已经枯萎，海雕也不敢再冒头，于是他们开始忙忙碌碌地编筏子，捉鱼捕虾，又在火边烤熟烤干，以备回程食用。

　　经过数日折腾，小岛上的灌木基本被清空，他们的浮筏也编好了。

　　"灌木枝条还是太细弱了，无论怎么编织，也无法同时承受咱们两个人的重量。"阿南思量着，最终决定编两个浮筏。

　　"分处两个浮筏，万一海浪将我们分开呢？"朱聿恒问。

　　"绑在一起就行啦，到时候可以一前一后分担浮力。"

　　朱聿恒沉默地望了她一眼，便坐下撕树皮去了，准备编成绳子，将两个浮筏紧连在一起。

　　阿南在旁边看着，点数着手指道："螺壳在海浪中会倾倒，咱们带不了水，还得编几个细眼大网兜，到时候里面多放些贝壳养在筏下，若是缺水，可以靠这个解渴。对了，还要编几条席子，不然在日头下暴晒，咱们非被晒干不可。"

她是风风火火的性子，当即就把树皮撕成丝，搓成细线，再编织打结。

朱聿恒折树剥皮，将两条浮筏紧紧束在一起，过来帮她干活。

两人靠在一起搓着树皮，灌木的皮既细且小，编起来颇为不易，朱聿恒从未干过这种活计，看着细细短短的一堆线头，有些无从下手。

"来，我教你。"阿南说着，以右手食指将线头按在手背上，一转一捻，然后拿起递到他面前。

短短线头，被她打出了一个完美的结。

"用一根手指打结，刚好还可以练一练你关节和指腹发力的巧劲。食指练成后，依次再练习中指、无名指、大拇指和小指，直到五根手指可以同时成功打结。"

她说着，又拿起十条丝线两两并拢，分开五根手指按住它们，随意揉搓，抬起了手向他示意。

十根线头已经变成了五个结，整整齐齐，干净利落。

"认真干吧，不许偷懒。"她笑着把一团线头塞到朱聿恒手中，"就算你没有岐中易了，也不能荒废了练手。记得要持续不断地练习，千万别懈怠。"

朱聿恒点头，按照她教的法子编织树皮草茎，说道："日头这么大，你回去休息吧，这边我来就可以。"

"好啊。"见红日已经西斜，阿南起身指着夕阳，说道，"阿琰，一直朝着夕阳落下的地方走。等海面变黄浊，出现了沙尾痕迹，那便是近海了。看晚霞这么灿烂，明天肯定是个出发的好天气。"

朱聿恒点头，望着她欲言又止，最终，只低低"嗯"了一声。

"到了有人的地方，就是你的天下，到时候就什么都不怕了。"阿南笑着朝他挥一挥手。她身体已经恢复，手脚利落，在礁石上看了看水下，流光扎入水中，一条黄花鱼便被提了上来，啪嗒啪嗒地在夕阳中蹦跳着，活泼生猛。

"虽然有点吃腻了，但最后一顿了，咱们还是得多吃点。"她提着鱼示意朱聿恒，"就当是，告别宴吧。"

她欢欢喜喜在海边拾掇好黄花鱼，脚步轻快地回到洞中。

朱聿恒目送着她的身影，攥着树皮的手不自觉地收紧，双唇也抿成了一条线。

"阿南……"他低低地，如同耳语般道，"你又开始着急了。"

阿南将黄花鱼烤得外焦里嫩时，朱聿恒也将浮筏上的一应工作处理好了，回到洞中。

"你这回好慢啊，编了几个网兜？"阿南看着他因为打结过多而显得僵硬的手，帮他按摩了一遍，说，"这可不行啊，以后别太累着自己，要把手的灵敏度和准确度给保持住。"

朱聿恒"嗯"了一声，垂眼看着她紧握着自己的手。

阿南感觉他的手背筋络已舒缓下来，便收拢了自己的手指要收回。

手掌忽然一紧，随即被一片温热包裹住，是朱聿恒翻手将她的手紧紧握在了掌心。

他握得那么紧，如溺水之人攥住了浮木般固执，令阿南的心口突地一跳。

她抬眼看他，正想问怎么了，耳边忽然传来呜哇一声，是那只被他们抓来的小海雕忽然跳了出来，衔着她的衣服扯了好几下。

这只小海雕一开始总是蜷缩在洞穴一角瑟瑟发抖，结果吃了几天他们丢的鱼肠后，居然神气起来了，不用和其他小海雕争食，毛羽油光水滑的，比它那几只秃毛兄弟可精神多了。

此刻，它正伸长脖子，咬着阿南的衣角，向她讨鱼杂吃。

"去去，刚吃过又来要，馋不死你。"阿南从朱聿恒的掌中抽回了手，反手拍一下它的头，扯着它的脖子和朱聿恒打商量，"明天就离开了，要不我们把它烤了吃掉？"

海雕似是听懂了她的话，回过头，不服地向她的手背啄去。

阿南哈哈笑着，将它抓到洞外，解了束缚往外一丢，说："算了算了，雕肉又不好吃。"

海雕在外面扑腾着，望着站在洞口的阿南，似乎不敢相信自己已自由了。

良久，它扇着许久没用的翅膀，以古怪生疏的姿势，歪歪斜斜飞走了。

阿南目送它远去，回身看向朱聿恒，问："怎么啦，你刚刚想说什么？"

朱聿恒沉默地望着她，可突然被打断后，想说的话似乎再也没有勇气出口。

他垂下眼，望着火堆道："没什么，明天就要走了，我有点紧张。"

"怕什么，你在海上生活这么久了，途中的东西也都准备妥当了，足够安全返回的。"阿南将路上要用的东西清点完毕后，分成两份放置好，"我观察过这几日的天气，不会有大风大雨，很适合出发。"

朱聿恒看了看被分开放置的两份物资，没说什么，只默默与她一起漱口净齿，各自在洞中睡下。

火光幽暗，山洞之中蒙着沉沉寂静。

想到明日便要离开这座小岛，投入辽阔叵测的大海，朱聿恒一时无法入睡。

"阿琰……"转侧时，阿南的声音轻轻传来，"你回去后，要注意傅准。"

朱聿恒低低"嗯"了一声。

"在海底时，傅准的所作所为，肯定有问题。"

"确实，他这人值得深究。"黑暗中，朱聿恒声音有些发闷，"但傅准担任拙巧阁主十余年来，他们与朝廷一直有合作，而且听说，配合得很不错。"

甚至，上次他们大闹瀛洲，将拙巧阁闹得损失惨重，经神机营交涉后，傅准也爽快地接受了有人潜入朝廷队伍中闹事的解释。虽然他肯定已查知一切，但至少表示出了不打算与朝廷翻脸的态度，这点毋庸置疑。

更何况，朱聿恒在被困水下濒临死亡之际，是傅准及时送了气囊，让他活了下来。

若傅准或者拙巧阁对朝廷有异心，那么他这个时候根本不必出现，更不需要带着他们寻到阵眼，最终破掉关大先生设下的水城。

"关大先生与傅灵焰都是九玄门的人，从这一点上来说，若要破解关大先生留下的阵法，可能确实需要傅灵焰后人的帮助。"

朱聿恒自然知道这个道理，他调匀了气息，以最平淡的声音问："傅准的个性如何？或者说……他是个怎么样的人？"

"他？"阿南毫不迟疑道，"那个浑蛋，总有一天我要打断他的腿！"

朱聿恒听着她咬牙切齿的声音，在黑暗中沉默了片刻。

"但……不论如何，我觉得他会是你破解'山河社稷图'的关键，你，还有你的祖父、父亲，一定要牢牢盯着他，从他身上咬出些重要东西来。"

她又开始着急了，仿佛要将一切重要的东西都在此刻交付他一般。

而朱聿恒静静躺在草床上，借着余烬火光望着背对着自己的阿南，低低回答："好。"

夜已深了，阿南的鼻息很均匀，朱聿恒却未能入眠。

他心潮起伏，激荡芜杂的情绪让他直到月上中天依旧无法合眼。

洞外，墨海上一轮金黄的圆月被海浪托出，逐渐向着高空升腾。

万顷波涛遍洒月光，千里万里碎金铺陈。无星无云的皎洁夜空，只有圆月如银盘如玉镜，照得寰宇澄澈一片。

借着月光，他看见睡在山洞另一端的阿南缓缓起身，走到他身边俯身端详他。

她贴得很近，他心跳不自主地略快了一点。他控制着自己的呼吸，让它均匀而绵长，就如沉在无知无觉的昏睡中一般。

他听到阿南低低的、悠长的一声呼吸，像是叹息，又像是无意义的伤感，在他身边默默待了片刻。

这一刻，她离他这么近，他几乎可以感受到逸散在他脸颊上的气息，温温热热，在这样的月夜中，让他的心口无法抑制地波动。

就在他怀疑太过剧烈的心跳声要出卖自己之时，阿南终于站起了身。

她轻手轻脚地提起地上的一份物资，头也不回地出了山洞。

朱聿恒没有阻止她，在暗夜涛声中静静地保持着自己的呼吸，任由她走出山洞。

直到踩在沙子上的脚步声远去，他才默然坐起身，看向她的背影。

她踏着月光向海滩走去，潮水已经托起被绑在礁石上的浮筏，起起落落。

蹚过及膝的潮水，她臂环中的小刀弹出，利落地斩断两只浮筏相接的部分，将自己手中的东西丢在一只浮筏上，翻身而上，抄起了枝条编成的桨。

圆月光芒冷淡，猎猎海风即将送她离开。

但在她就要划动浮筏之际，胸中不知怎么的，忽然传来难以言说的留恋与不舍。

我事事村，他般般丑。丑则丑村则村，意相投……

昏迷中曾萦绕在耳边的、阿琰轻轻唱给她听的歌，忽然压过了所有海潮，劈头盖脸地淹没了她。

她终究还是忍不住，回头看向那个山洞，似乎在留恋里面那些相守的日夜。

她看见朱聿恒站在洞口，火光与月光映着他的身影。

他一动不动，暗夜中看不清神情，可他确实是在看着她。月光下，那双盯着她的眼睛，一瞬不瞬。

阿南的胸中，忽然涌起难言的心虚与怅惘。

朱聿恒跃下山洞，向着她快步走来，毫不犹豫地涉入海滩上的潮水之中，跃上了另一个浮筏。

"怎么了，是觉得晚上启程比较好吗？"他望着她问，紧盯着她的双眼如同寒星，灼灼地望着她，不肯移开半分，"那我们现在出发？"

阿南无法避开他的目光，唯有长长深吸一口气："阿琰，我要走了。你以后……一切自己保重。"

朱聿恒握紧了空荡荡的掌心，逼视着她，一字一顿问："为什么要抛下我？"

"我要回去的地方，不是你的目的地。"阿南狠狠回过头，望向南方，"阿琰，我……有点怕冷，不想在这边过冬。"

"因为竺星河吗？"朱聿恒没有给她留情面，毫不犹豫便戳破了她的托词，"阿南，你不是纵横四海名声响当当的女海客吗？结果因为一个男人，你落荒而逃，要钻回自己的窝里，再也不敢面对？"

"没有，你误会了。"阿南别开脸，声音带了些许僵硬，"我只是想家了，想回到生我养我的那片海上去。"

朱聿恒死死地盯着她，一言不发。

在他的逼视下，阿南终于叹了一口气，那紧握着船桨的手松脱，无力地垂了下来。

"别拦我了……阿琰，就让我这个彻头彻尾失败的人逃回去吧。我现在有点迷茫，不知自己究竟该何去何从，我想回家缓口气……"

若不是生性固执坚毅，又陡遭巨变无法分心，她真想狠狠哭一场，把所有撕心裂肺的痛楚都发泄出来。

只可惜，她在刀口浪尖上长大，生就了一副流血不流泪的性子，哪怕与公子决裂，她也宁可用豁命的决绝去迎向凶险万状的死亡，而不愿让巨大的痛苦激浪将自己彻底淹没。

月亮隐在了云层之后，晦暗的月光抹在粼粼波光之上，只有暗处与更暗处的区别。

朱聿恒无法控制自己，听她剖析着对竺星河的感情，忍不住吼了出来："所以，你人生的理由、你行事的方向，只为了竺星河吗？你活在这世上的意义，全是为了别人？"

"别逼我了，阿琰！"阿南挥开手，狠狠道，"人这一辈子，开弓没有回头箭。走上了哪条路，以后就只能顺着那条路走下去，而我，走的是女海匪那一条，我背弃不了自己的出身！"

即使她所有的过往都被否定了，以十数年心血经营的人生就此翻覆，惨烈而茫然，即使她的路已经断了头，可她还有家。

她想回到属于她的那条海峡，依旧做那个俯瞰所有来往船只、不沾染任何人世悲欢的女海盗，让孤独与执着成为她的双翼——

就像西面来的那些船头上、伸展着巨大双翼迎风站立的胜利女神，一往无前，破浪前行。

看着她决绝的面容，朱聿恒紧抿双唇，胸口似被日月的利刃所割，先是一阵冰凉，继而锋利的疼痛蔓延，无法遏制。

"开弓没有回头箭吗……"朱聿恒低低地重复着她的话。

"对，没有。"阿南说着，狠狠从浮筏上站起了身，一把抓过船桨，最后看了他一眼，"阿琰，我走了，回去做我的女海匪了。你……好好活下去。"

说罢，她的桨在水中一划，便要向着月下大海出发。

然而，就在船桨触水的一刹那，原本无声无息的水面忽然有大朵涟漪疯狂涌起，船桨瞬间脱手，被海水吞噬。

阿南不料在这孤岛之上居然会有突变。她反应虽快，但正在情绪低落之际，又对孤岛毫无防备，一时不察，身体难免向海面倾去。

幸好她久在海上，左脚稍退，右脚足尖一点，只略略一晃便维持住了平衡。

刚稳住身形，异变又生。

万千绚烂光华倏忽间自水面而来，携带着海浪水珠，向她袭来。那是片片珠玉在暗夜中幽荧生光，映照着乱飞的水珠，如碎玉相溅，密密交织在她四周，竟无一丝可以逃脱的缝隙。

是朱聿恒手中的日月，骤然向她发动了袭击。

阿南万万料不到他居然会对自己发难。如今他们一个在浮筏上，一个在水中，距离不过三尺，这近身攻击，她如何能及时应对？

腰身一拧，她仰身向海中倒去，整个身体几乎平贴海面一旋而过，只以足尖钩住浮筏，险险避开这暴风骤雨般的玉片水珠。

幽光与月光相映，水波动荡上下交辉。她后背在水面上一触而收，在紊乱波光中看到上头交缠穿插而过的日月之光，不由得瞪大了眼睛——

他下手毫不留情。这不是与她嬉闹玩笑的一击，若她没能及时避开，此时早已被他制住。

海水与汗水同时涌上她的脊背，一片冰冷。

手在浮筏上一撑，她再度仰身而起，厉声怒喝："阿琰！"

朱聿恒仿佛没听到她的声音，第一击落空，他迅速变换了日月的去势，倏忽间华彩飞纵，再度席卷了海面上下。

这一次，他将她周身彻底封锁，再不给她任何机会。

阿南避无可避，唯有右臂疾挥，手中大片银光弥漫，要以精钢丝网收束他指挥的万点华光。

朱聿恒紧盯着手中射出的六十余颗光点，他那令阿南赞叹的控制力，如今也照旧没有让她失望，细小的光点准确无误地探入了丝网眼中。

他的手，与阿南的手，几乎同时一拉一扯，彼此收束。

精钢丝与精钢丝一齐收紧，紧绷的力量互不相让。

但，他们一个在水中，一个在筏上。朱聿恒的双脚在水中沙地，足可借力，而阿南的身子却随着浮筏，被他的力量扯了过去。

阿南气恨地一甩臂环，迅速将精钢网脱手，身体如银鱼跃起，扑入水面。

与此同时，朱聿恒亦如她所料，因为手上拉扯的力道猛然一松，身体难免不由自主地向后一倾。

他的日月已经被她的网缠住，但阿南的臂环之中，却还藏着其他武器。

流光划过夜空，比月光更澄澈，比波光更潋滟，直取朱聿恒的咽喉。

就如第一次见面时般，她手中流光飞逝，直夺他性命攸关之处。

然而，出乎她的意料，他竟如看不到那抹流光般，根本不管她的攻击。身体惯性后倾的同时，他手中日月骤扬，带动丝网与海浪，在空中弥漫成巨大的罗网屏障，仗着自己强悍的力量与掌控力以攻为守，向着她反扑而去。

在这壮阔无匹的攻势面前，流光纵然再锋锐，也绝难穿透那磅礴的屏障。

阿南的身体已经扎入水中。她力量不如他，不敢直面那凌厉气势，流光疾收，一个旋身在水中转了个圈，想要尽量离这个突然疯狂的男人远一点。

可还未等她游出半尺，水上水下忽然縠纹波动，在暗夜之中虽看不分明，但阿南对水下波动了如指掌，立即便察觉了水下有破碎散乱的力量，划开水浪，向她迅速聚拢——

渔网。

这荒岛之上，哪里来的渔网？

阿南脑中一闪念，立即想起下午她教了朱聿恒快速编织的方法之后，便回山洞了。却没想到，他居然会利用这段时间，设下捕捉她的圈套！

怒火中烧，可如今她猝不及防已处下风，又不知道围拢的渔网究竟有多大。她唯有倒转身子，以足尖钩住浮筏，腰肢用力一拧，将它扯得半沉入水中，以求撑住那正在收拢的渔网。

只听得哗啦声响，她连人带浮筏，一起被网缠住。

阿南一脚蹬向浮筏，为自己尽量撑出最大活动空间，臂环中利刃弹出，割向缠绕过来的网罟。

网眼又密又实，用从灌木上剥下来弃用的皮编成，那打结的手法，自然就是她下午刚教会阿琰的。

这个白眼狼，将她悉心教导的东西，转头就用在了她的身上！

冷哼一声，她挥臂以利刃狠狠将其斩断。

头顶银光闪动，她抬头一看，被她不得已弃掉的精钢网，在月光下被朱聿恒驱动，向她裹袭而来。

轻薄而坚韧的丝网，就连她操控起来都很难，可他能以日月同时于数十处发力，那精钢丝网在他手中便如有了生命，收缩自如，听命于心。

"可以呀阿琰，你出息了！"从天而降的银影即将笼罩全身，阿南却毫无惧色，"我舍命救你、悉心教你，结果你要用我给的东西，把我给绑了！"

朱聿恒充耳不闻，精钢丝网被他掌控着，陡然暴涨，封住了她所有可以突破的方向。

阿南暗暗心惊，不知从何时开始，他俨然已足以驾驭一切，世间万物俱在他手中操纵自如。

她足尖猛踏，浮筏立时斜倾，挡在她的面前，钩住了从天而降的丝网，又骤然倒下，眼看就要借力将丝网撕扯成两爿。

朱聿恒手中日月迅疾斜飞，那丝网被他远远掌控着，如一片银云瞬间飞散又骤然聚拢，堪堪擦过倒下的浮筏，飞掀而起，避开了被撕破的命运。

但，阿南何等机敏，只丝网这一瞬间的起落，她已经飞跃上浮筏翘起的那头，轻捷的身影在丝网上一滑而下，直取朱聿恒。

日月迅速回防，月光下丝丝缕缕的光华划出璀璨轨迹，追逐她的身影，就如蛛丝追逐一只蜻蜓的踪迹。

然而，他的日月如今分别要顾及水下的罗网、水上的精钢丝网，又要追击阿南，而阿南便是为他制造日月之人，怎能不知道它的弱点——

它的攻击范围虽广，但如果太过近身，反倒极难及时回防。

只一瞬间，阿南已欺近了他。

流光亦不利于近身攻击，因此她仗着臂环中弹出的利刃，向他进击。

日月倏忽回防，将他全身护住。

在穿插变幻的光华中，阿南看到了唯一一个能让她下手的、转瞬即逝的空当——

因为有数片珠玉残缺，他的左肩臂，露出了小小数寸空隙。

只要她抬手挥臂，她臂环上尖锐的小匕，便能刺入那处破绽。

而那一处，正是他暗夜中替她找水时，被海雕利爪撕扯过的伤处，也是她刚刚为他换完药、伤口尚未结痂的地方。

然后呢……

她重新撕裂他的旧伤，将再也无法阻拦自己的他丢在这荒岛之上，自己驾着浮筏离去吗？

只这一瞬间的迟疑，她的手没能挥出，一错眼的机会就此失去。

日月在她周身纵横，精钢丝网与藤编罗网于半空水下同时收紧，三股力道将她彻底牢牢捆缚，再也挣扎不得。

如一只作茧自缚的蚕，她跌落在浅海岸边，咸涩的水花将她淹没。

而朱聿恒在及腰的海水之中向她跋涉而去，将她连同外面的丝网与藤葛一起紧紧抱住，托出海面，向着岸上走去。

阿南被他打横抱在怀中，不甘地挣扎着。

但朱聿恒对她丝毫不敢大意，虽已掌控住她，那紧拥她的臂膀却不曾松脱半寸，牢牢地制住她的身躯。

直到离开了海面，他似乎也脱力了，跌坐在岸上，将四肢挣动的她按倒在沙滩之上，紧抿双唇一言不发。

尽管这辈子被人压制的机会很少，但阿南还是莫名觉得这场景无比熟悉——

这不就是上次阿琰半夜过来试探她的身份，将她按在床上，然后被醒来的绮霞喊破时的情景再现嘛！

阴沟里翻船，而且居然还在同一个人身上翻两次，阿南恨得牙痒痒的，屈起膝盖狠狠撞向他："浑蛋！口口声声当我家奴，结果，对主人下手的狼崽子！"

"是你食言，先辜负了我！"朱聿恒俯身压住她的腿，双手按住她的肩膀，定定盯着她，"你说过你会帮我，会与我一起，会一直陪我走到最后！"

月光在他的背后，他的面容隐在阴影之中，晦暗中她看见他那双摄人心魄的双眼中，写满愤恨与不甘。

他压制她的身躯，那凶狠绝望的力道，似要将所有一切挤出她的人生，只由自己彻底侵占她的全身心，让她再也没有离开的可能。

面对他疯狂的行径，阿南一时竟心虚地呆了呆，不知该如何回应他的质问。

"阿南，我不会再让你抛下我，不会再让你背弃我，绝不！"

明明是他先动手，明明是他翻脸无情制住了她，可此时他声音嘶哑气息紊乱，反倒成了她理亏的局面。

阿南喉口哽塞，偏转头竭力避开他的逼视："可是阿琰，你与公子势同水火，绝不可能共存……若我留在你的身边，我该怎么办？公子对我有大恩，你也一直与我同生共死，我不走，我帮谁？我该站在你们哪一边？"

虽然是彼此早已心知肚明的事情，可这是她第一次将这个问题清清楚楚摆出来，摊在面前。

秋夜海风冰冷，两人身上又都是湿漉漉的，寒气侵入肺腑，无法可挡。

朱聿恒无法回答她的话，只是紊乱的气息终于渐渐平缓，眼中的狂烈火焰也逐渐熄灭了。

是，她说得没错。

他不会放过要颠覆天下的竺星河，竺星河也绝不会放弃与他为敌。

虽然极不甘心，可阿南迄今为止的人生，烙满了竺星河的印记，甚至是因为竺星河，才有了现在的阿南。

如果有可能的话，他愿意付出一切，来交换十四年前暴风骤雨的海上，让他紧紧抱住那个差点丧生于雕爪的孤苦幼女；让他看着她一日日蜕变成如今举世无匹的阿南；让他占据她的眼、她的心，从此再也容不下任何人。

只因此刻，嫉妒疯狂地噬咬着他的心，他此生没有如此嫉恨过一个人。

他疯了一般渴求将竺星河挤出阿南的人生，让自己占有阿南的过去、现在和未来，彻底攫取她的全身心，永远不分给别人一丝一毫。

可，阿南不属于他。

这真真切切的事实，让他感到无比绝望。

灼热混乱的疯狂渐退，朱聿恒终于冷静下来，俯身抱起她，一步步走回洞中。

阿南不再挣扎，而朱聿恒拨亮了火堆，将她轻轻放在草床之上。

她郁闷地蜷起身子，瞪着俯头帮她解开罗网的朱聿恒。

火光明灭，在他的面容上投下暗暗的阴影，浓长的睫毛被拉得更长，覆盖在他那双寒星般的眸子上，偶尔轻微一颤，就像在心尖尖上划过一样，令阿南的胸口也是一悸。

她的目光又从他的脸上慢慢下移，转到他正在帮她解开束缚的手上。

这双手，依旧骨节清峭，甚至因为她这些时日的调教，更添了一分力度与精准。

可，他的指尖上如今遍布着细小伤痕，那是他在水下为了救她时，不顾一切拼尽全力，被日月勒出来的密密伤痕。

阿琰。这是用自己的体重托起她，让她逃离天平险境的阿琰；也是在旋涡中紧抱住她，用身躯帮她卸掉激流冲撞的阿琰；是宁可窒息在水下，也要用双手替她打开生存通道的阿琰……

不知怎么的，本来憋在阿南胸口的那股愤怒，不知不觉就泄掉了。

朱聿恒将最外面那层藤皮网解开，而刚刚一番激斗，精钢丝网已显残破。

他的双臂绕过她的身躯，解开乱缠的罗网。网绑得太紧，他贴得太近，眼中跳动的比火光还炽烈的光芒，像是要将被他凝视的她一起焱焱燃烧。

阿南抓着已经被撕扯得不像样的精钢丝网，不知怎的，一向控制自如的手指，此时忽然有点不听使唤。

"我来吧。"朱聿恒说着，从她手中接过丝网，研究了一下结扣的构造，便立即推断出了勾连方法，将扯破的地方一一连接起来。

他没有做过这些，开始还略显生疏，但一上手之后，便进展飞快，眼看精钢丝网便重新联结成片，疏密均匀，已与她的相差无几。

阿南默然接过，将它慢慢塞回自己的臂环中，抬眼看着朱聿恒："你翅膀真是硬了。"

"阿南……"朱聿恒哪会听不出她话里的意思，他嗓音微哑，可紧盯着她的目光一瞬不瞬，甚至带着些狠意，"我知道你想抛下我，一个人离开。可我，不会让你走。"

在她说"阿琰，你好好活下去"的时候，有那么一刹那，他甚至有点恨上了她。

她明知道，没有她，他活不下去。

而阿南瞥着朱聿恒，暗自心惊，狼崽子已长成虎豹，自己可不能轻易招惹他了，得跟他说清楚才行。

"阿琰，在知道你与公子之间不可能善了之后，我便横下一条心，要一个人回西洋去。"她坐直了身体，任由明暗不定的火光打在自己脸上，决绝道，"我这辈子，注定要当一个背信弃义的人了。我违背了当初对公子的誓言，也背弃了之前对你的承诺，我，问心有愧，但……"

她盯着他，在跳动的火光下缓缓吐出最后几个字："别无他法。"

她并不想逃避。她甚至豁命为多年的兄弟挡住强敌、拼死为公子杀出血路、舍生为阿琰打开渤海归墟，以求履行自己的诺言。

可她死里逃生，没能为公子牺牲，也未能替阿琰殉难。

不惧死亡、不怕炼狱的她，终究还是要面对这万难的抉择。

这一切，她难以宣之于口，可朱聿恒与她一同走到这里，自然早已看到了她所有的痛苦抉择。

月光冷淡，火光炽热，在这明暗的交界之处，他的眼睛比洞外的大海更为明澈炽亮，倒映着她的模样。

"阿南，我不会逼你做决断，更不愿让你为难。"朱聿恒声音低暗，却无比郑重，"可我……阿南，我想活下去，想在这人世间多待几年。至少，不是这么快，不是这数月时光……"

距离魏延龄给他下裁断，已经过去了半年。

"山河社稷图"每隔两个月发作一条经脉，如今他身上已经有四条纵横血痕，而留给他的时间，也只有七个多月了。

他的人生，已只有二百个日子。

死亡步步来临，迫在眉睫。

即使一贯强硬决绝的他，也难免心怀不可遏制的恐慌悚惧。

这世上，谁都知道自己终将面临死亡，谁都无可避免地走向死亡，可，谁也未曾见过死亡。

就如一头狰狞的怪兽，静静蛰伏在他不远的前方，它早已亮出了獠牙，只等待着命中注定的那一刻，将他一口吞噬。

难言的绝望顺着心跳蔓延全身，他不能自已，紧紧握住了她的手。

与第一次见面时的印象一样，她的手并不柔软纤细，上面有细小凌乱的伤痕，在许多不应当会用到的地方，藏着长久训练留下的薄茧。

但，这双对女人来说太过坚实的手，却让他贪恋不舍。

他颤抖着，将自己的脸埋在她的掌心，静静地贴了一会儿。

凌乱温热的气息散逸在她的掌心，让阿南一时呆住了。

未曾想过这一贯坚定高傲的人，这一刻竟会如此脆弱，如同失怙的幼童，茫然无措。

"阿南……"她听到他在她掌中的呢喃，低哑如同呓语，微颤一如谵语，"别离开我……只要你留在我身边，其余的事情——海客的、前朝的……我绝不会让任何事波及你。"

阿南心口微颤，定定地望着俯头于掌心中的他。

她想反驳他，告诉他所恳求的是不可能的，却听到他又说："我与竺星河之间的恩怨，我自己会解决，纵然你想要插手此事，我也绝不会允许你介入其中，绝不会让你为难……"

他的语调凌乱，说到了这样的地步，已经等于是哀求了。

尊贵无匹的皇太孙殿下，在她面前摒弃了一切尊严自傲，这般脆弱彷徨，茫然无依，让阿南的呼吸也急促起来，眼睛热烫。

"至少，再想一想，再……考虑一夜，无论如何，等天亮了再说。"他终于抬起头，深深凝望着她，竭力平息自己急促凌乱的喘息，"如果天亮了你还是要走，我也不会再拦你。但或许，睡醒了之后，你会改变想法……再休息半夜，好吗？"

阿南终于还是在他铺好的草床上睡下了。

幽暗火光之中，朱聿恒静静守着她，看着她再度闭上眼睛，半梦半睡。

他想起那条被她解开的浮筏，担心潮水会将它冲走，便走出石洞，去海边将它紧紧系好。

东方未明，天空墨蓝。他望着海上孤冷的一轮明月，静静伫立了许久。

这一生中，他面临过数不清的极险局面。北边的战乱、南方的灾荒、朝堂的风云、社稷的变故……天下之大，他从繁华两京到荒僻村落，都一一在握，胸有乾坤。

可此时此刻，他真的没有把握留住阿南，就像挽回一支已经离弦的箭。

难以排遣心头的苦闷，下意识的，他握着手中日月，在清冷的月光之下，掌中光辉乍现。

在珠玉清空的共振应和声中，一道道斜飞的光华，在夜空中穿插成道道星痕，聚散不定，灿烂无匹。

即使精钢丝将指尖勒得生疼，即使面前的虚空中并无任何来敌，即使他知道或许一切毫无意义，他依旧不管不顾，让日月在自己面前绽出世间最绚烂的光彩。

在条条斜斜飞舞的光华中，蓦地，朱聿恒猛然收紧了自己的手。

他握着收拢的日月，一动不动地站立在汹涌海潮之前。

潮水上涨凶猛，那些飞扑的浪尖已经堪堪打湿了他的衣服下摆。

锦绣外袍已经给阿南做床垫所用，他仅着单薄素绡，秋夜的海水扑在身上，显得格外冰冷。

而这冰冷仿佛让他头脑更为清醒，他猛然抓住了脑中一纵即逝的疯狂想法，哪怕只是黑夜的蛊惑。

毫不犹豫地，他便转过身，向着海雕所在的悬崖走去，大步涉过涨潮的沙滩。

他需要阿南，他绝不能放开阿南。

他迷恋这个生机勃勃一往无前的女子，那是照亮他黑暗道路的唯一一颗星辰。

所以，她一定要从竺星河那里拔足，一定要属于他。

天色渐渐亮了。

孤岛的清晨，微凉的风中带着清新的咸腥气息。没有鸟儿的鸣叫，只有潮起潮落的声音，永不止息。

阿南一夜未曾安睡，只在清晨的时候因为疲惫而略微合了一下眼，但未过多久便从梦中惊醒，再也无法睡着。

她从草床上爬起，走到洞口，向下望去。

天边，一轮红日正将海天染出无比绚丽的颜色。

粉色天空中，五彩朝霞倒映在淡金色海面之上，橘红深红浅红紫红品红玫红……无数绚烂颜色随着海水波动，就如被打翻了的染料，随着水波不断涌动，每一次波浪的潮涌都变幻出新的颜色，呈现出令人惊异的艳丽。

在这绚烂的海天之中，她看见了站在海边的朱聿恒，他正回头深深凝望她。

朝阳在他的身上镀了一层金红颜色，蒙着绚烂光华。

阿南不知道他一夜不回，伫立在外面干什么，难道是为了看海上日出？

"这么早起来了？"不知怎么的，阿南有点心虚。

或许是因为昨晚她不声不响地逃跑，或许是因为阿琰埋于她掌心时那些暧昧的波动。

她看见阿琰微青的眼眶，明白他昨夜也与自己一样，一夜无眠。

她走出洞口，刚在万丈霞光中向他走了两步，却见他忽然抬起手，似是阻止她上前。

阿南不明其意地停下脚步，却见他在逆光之中微眯起眼，凝视着她的同时，举起了手中的一把小弓对准了她。

阿南愕然，却见朱聿恒已经搭弓拉弦，眼看就要向她射来一箭，她当即后退了一步，下意识地抬起手臂，虚按在臂环之上。

朝阳已经跃出地平线，世界金光灿烂，暖橘的色调均匀渲染着海面。

"阿南，看好了！"

他的声音带着疲惫沙哑，在灼目的光线之中，他松开手中弓弦，一支树枝制成的箭倏忽向她飞来。

　　难道他因为气恼她昨晚要不辞而别，竟然要将她杀伤在这海岛之上？

　　震惊之下，阿南望着这射来的箭，下意识地一侧身，要避开它的轨迹。

　　出乎意料的，这支箭来得既慢且轻，根本没什么杀伤力。而且，就在它横渡过小岛，即将到达她的面前之际，它的箭杆忽然在空中轻微一振，转变了方向。

　　阿南大睁双眼，目光定定地望着面前这支射来的箭。

　　红柳枝制成的柔软箭身，经过了弯折之后，形成了一个极为微妙的弧度。它借助弓弦的力量向她射来，却并不是笔直向前，而是在金光灿烂的空中划出一个弯转的弧度，斜斜飞转。

　　然后，仿佛有一种看不见的力量驱动着它，让它那斜飞的弧度变成了圆转的态势。它呼啸着，以圆满回归的姿态，顺着回旋的气流重新转头向着朱聿恒而去。

　　如跋涉千里终于归家的识途老马，不管不顾回头奔赴。

　　弯曲箭杆回头的一刹那，朱聿恒抬起手，将那折返而回的箭牢牢抓在了手中。

　　他凝望着她，被日光映成琥珀色的眼中，倒映着金色的天空，也倒映着她的身影。

　　他拖着沉重的步伐，一步步向她走来，将那支回头箭递到了她面前。

　　阿南定定地看着这支去而复返的小箭，许久，目光缓缓上移，抬头看向朱聿恒的面容。

　　晨风微微吹拂着他们的鬓发，而朱聿恒的手紧握着手中小箭，岿然不动。

　　"我曾在军中遇到一个神箭手，他射出的箭可以绕过面前的大树，准确射中树后的箭靶。因为箭杆如果比较柔软的话，射出去后会在空中震荡，出现一定的挠度，弯出一个微弯的弧形。"他缓缓地举起手中粗糙的木弓，声音嘶哑而郑重，"阿南，我想证明给你看，开弓，并不一定没有回头箭。你曾奉为圭臬的道理，其实，都是可以推翻的。"

　　所以，他以岛上的树枝为弓身，搓树皮为弓弦，做了一把小小的弓。

　　苦思了一夜，纠结于去留的阿南，望着面前手握回头箭的朱聿恒，眼中忽然大片湿润，仿佛眼前这片金光灿烂的大海太过刺眼，让她承受不住心口的激荡。

　　她的目光下垂，看到地下还有一堆弯曲的箭身，看来昨夜他试了很多次，才制出了这样一支箭。

　　他不是娴熟工匠，这把弓做得颇为粗糙，红柳制成的小箭，柳枝细弱，又被刻意烤制弯曲，似乎也是一支不合格的箭。

　　可凭着这简陋的材料在仓促之间，他硬是靠自己的双手，为她制出了回头箭。

"阿南，开弓会有回头箭，撞到了南墙，那我们就回头再找出路。射出去的箭能回头，人生也有无数次改变方向的机会，走错了一次有什么大不了？不过是回到原来的起点，再出发一次，或许，你能到达比之前更为辉煌的彼岸。"

他握住她的手掌，将她的手指一根根轻轻掰开，将这支小箭轻轻地、又郑重地放在她的掌心，低声道："现在，你是那个五岁的、未曾遇到任何人的小女孩。你不再亏欠他人，你回来了，以后你的人生，属于你自己。"

阿南紧紧地抓着他的箭，眼中的灼热再也控制不住，面前的世界一片模糊。

她望着深深凝望自己的朱聿恒，任凭眼中涌出来的温热，全部洒在了这无人知晓的孤岛之上。

在这一刹那，她忽然想，若是可以的话，她真想将之前十四年的委屈与错误全部斩断，在此时此刻，泼洒入面前这灿烂的海中，从此之后，再也不回头留恋。

"若帮助我真的让你为难的话，那你……就走吧，回到海上，永远做纵横四海快意人生的司南。"

阿南望着他，含泪迟疑着："阿琰，我……"

话音未落，站在她面前的朱聿恒身体忽然摇晃了一下，眼看着便向沙滩倒去。

阿南下意识抬手去挽他，却不料他身体沉重灼热，重重倒下去，她仓促间竟被他带得跌坐在了沙滩上。

海浪涛声舒缓，她身旁的朱聿恒却呼吸急促凌乱，意识也显得昏沉。

"阿琰？"她看见他脸上不自然的红晕，心下迟疑，抬手一摸他的额头，竟然烫得吓人，不由得大吃一惊，"你怎么了？"

朱聿恒强行睁开眼睛，想说什么，却只勉强动了几下嘴唇，不曾发声。

阿南的眼睛下移，看到他素衣上的斑斑血迹，立即将他的身体扳过来。

只见他那原本已快要痊愈的伤口，如今不但重新撕裂，而且后背还新添了好几道鹰爪深痕，血肉模糊，触目惊心。

"怎么回事？是那几头海雕？"

"你昨晚丢在沙滩上的东西，被它们盯上了，我怕你重新搜集又要耽搁行程，所以……可是我昨夜脱力了，黑暗中吃了亏……"朱聿恒声音沙哑模糊，勉强抬手指着礁石旁，"东西在那儿，你趁着潮水，出发吧。"

阿南没有理会他所指的方向，她只抬手抚摸他热烫的额头，哽咽问："我一个人走，然后把你丢在岛上等死？"

朱聿恒没说话，因为发烧而迷茫恍惚的眼睛盯着她，许久也不肯眨一下。

阿南抱紧了他，想象着阿琰独自坐在凄冷海风中，带着这样的伤，一遍遍给她制作回头箭的情形，心口悸动抽搐。

费尽全力筑起的堤坝，终究在这一刻彻底垮塌，她再也无法狠下心抛弃他离开。

"我不走。我会陪你去玉门关，去昆仑，去横断山……我们一起破解所有阵法，找出对抗'山河社稷图'的方法！"阿南睁大眼睛，透过模糊的视线，紧紧盯着怀中的他，像是要透过他的面容，彻底看透他的心，"可是阿琰，你不许骗我，不许伤害我。我想走的时候，就能自由地走。"

她不知道自己是舍不得这片辽阔的大陆，还是舍不得那些出生入死的过往。

抑或，她是舍不得自己雕琢了一半、尚未完成的作品——

从三千阶跌落的她，是不是，能将自己的未来寄托到他的身上，让这世上的另一个人，成就她当初的梦想？

"好。"她听到他低低的，却不带半分迟疑的回答。

而他也终于得到了她的回答，就像是这片海天中最美好的誓言："那我们，一起走。"

相连的浮筏，终于一起下了海。

他们在海上漂流，触目所及尽是无边无际的蓝色。天空淡蓝，海面深蓝，夹杂着白色的云朵与浪花，单调得让人眼睛都发痛。

幸好他们有两个人，也幸好朱聿恒身体强健，在阿南的照顾下很快退了烧，恢复了神志。

在漫长的漂流中，阿南抓鱼捕蟹，照顾他的同时，也会逗弄逗弄偶尔经过的海鸟又放飞。

朱聿恒精神好的时候他们就隔着浮筏聊一聊天，口干舌燥的时候就躲在草垫下躲避日头。

阿南最擅掌握方向，他们一直向西，前方海水的颜色越来越浅，沙尾越来越密集。

这是大江以千万年时间带来的沙子堆积而成的，他们确实离陆地不远了。

白天他们随着太阳而行，而夜晚的海上，总是迷雾漫延。周身伸手不见五指，世界仿佛成了一片虚幻，只有身下浮筏随着单调的海潮声起伏飘荡。

有时候沉没在迷雾之中，朱聿恒会忍不住怀疑，阿南真的随着他回来了吗？

这一切到底是真的还是假的，会不会从头至尾只是他在海上漂流的一场幻觉？

于是半夜猛然醒转的他，总是偷偷借着日月的微光，去看一看另一个浮筏之上，阿南是否还在。

——幸好，她每次都安安静静地伏在草垫上，确确实实地睡在他数尺之遥。

"阿琰，你老是半夜偷偷看我干吗？"

终于有一次，他被阿南抓了个现行，而且还问破了他一直以来鬼鬼祟祟的行为。

朱聿恒有些窘迫，掩饰道："我听说海里会有巨兽出没，尤其周围全是海雾，我们得防备些。"

"我们漂流这几日，已经是近海了，哪会有海怪。"暗夜中传来阿南的一声轻笑，她坐了起来，声音清晰地从迷雾彼端传来，"再说了，海上奇奇怪怪的东西也太多了，其实都只是巨鲸、大鱼之类的，见怪不怪，其怪自败。"

两人没了睡意，又在这迷雾中飘荡，不自觉都往对方的浮筏靠近了些，开始闲聊一些无意义的事情来。

"阿琰，回到陆上后，你第一件事要做什么呀？"

"唔……洗个热水澡吧。"朱聿恒抬手闻了闻自己的衣服，一股湿漉漉的咸腥海水味，"你呢？"

"我受不了生鱼和淡菜了，你要请我吃遍大江南北！"

听着她恶狠狠的口气，朱聿恒忍不住笑了："好，一起。"

"那我要吃顺天的烤鸭，应天的水晶角儿，苏州的百果蜜糕……"她数了一串后，又问，"那阿琰，你要去吃什么？"

他停了片刻，声音才低低传来："杭州，清河坊的葱包烩。"

阿南心口微动，手肘撑在膝盖上，在黑暗中托腮微微而笑："嗯，我也有点想念了。"

前方迷雾中忽然出现了一点闪烁的光，并且渐渐地向他们越漂越近。

阿南"咦"了一声，坐直了身躯盯着那点光亮。

幽幽荧荧的火光，在海上浮浮沉沉。鬼火随着水浪漂浮，水面上下相映，尤觉鬼气森森。

朱聿恒心道，总不会刚说海怪，海怪就来了吧？

眼看那朵火光越漂越近，蓝火荧光破开迷雾，贴近了他们的浮筏。阿南抬起船桨将它推开了，任由它漂回迷雾之中。

朱聿恒有些错愕，他看清那是一块朽木，上面有一具扭曲的白骨，跳动的幽光正是白骨磷火。

"那是什么？"

"海盗们洗劫渔船时，往往会将渔民掳去当苦力使唤，若有反抗不从的，便会将他们绑在船板上，任他们在海上漂流……若木板翻覆则活活呛死，葬身鱼腹；若木板朝上则干渴而死，日晒雨淋消解骨肉。刚刚这个也不知在海上漂流多久了，只剩下骨中磷火在夜晚发光。"阿南望着那点远去的幽光，低低道，"水手们都很怕这样死去，因为迷失在海上的人，魂魄是找不到回家的路的，只有家乡的亲人在他们的故居招魂，才能让他们回来……"

朱聿恒与她一起默然目送那点磷火远去，忽然想起死于海贼之手的她爹，不由得转头看向她。

"我爹当年，便是如此。"阿南坐在浮筏上，抱住自己的双膝，将脸靠在膝头，叹了口气，说道，"那时是夏末，他得在最热的季节受罪，而我娘被掳到了匪巢中，熬了五年……她本想一死了之，却发现自己腹中已有了我，只能忍辱偷生在匪窝中生下了我……"

生下她的时候，母亲其实是绝望的。她身陷匪窝之中，被踩躏被践踏，而她女儿将来的命运可能比她还要凄惨。

所以在阿南五岁时，她趁着海盗们火并的机会，带着女儿偷偷逃跑。只是她还未上船，便被后面的海盗一箭射中后背，阻断了逃跑的可能。

她带着阿南躲在岛上丛林中，箭伤得不到救治，伤口溃烂，高烧不止。但她不愿带着女儿乞怜苟活，只叮嘱阿南一定要逃跑，宁可在茫茫海上葬身鱼腹，也不要重回匪盗的巢穴。

阿南去给母亲偷伤药，在穿过沙滩时，那些火并失败后被草草埋葬在沙子内的海匪，因为炎热潮湿的天气，鼓胀的尸体从沙子中冒了出来，被她踩到时猛然爆开。

她因为躲闪不及而被炸了一身腐肉，吓得大哭起来，也因此被海盗发觉，虽侥幸逃脱，却再也没法帮母亲偷到药了。

母亲弥留之际，担心自己也变成腐尸留在女儿身边，她爬上礁石，在暴风雨中投入激浪，尸骨无存。

即便是十五岁便随军北上、在尸山血海中杀出来的朱聿恒，听她讲述，也仿佛跟着她一起沉入了惨痛的童年，回到了她最黑暗的时刻。

"母亲死后，公子收留了我，送我去公输一脉。我拼命地学习磨炼，才得以追随公子，一路跟着他杀出血路，平定四海……"阿南说到这里，因为喉口气息哽住，顿了许久，才摇头黯然道，"现在回头看看，我……不知道自己从何而来，也不知道自己该往何处而去；我没能拉住滑往深渊的公子，也丢掉了我娘给我的锦囊。我在这世上就像一缕游魂，我……连自己的路都看不清，哪里配叫司南？"

一只手隔着浮筏伸来，紧紧握住了她的手，阻止她陷入压抑自责。

"别担心，我们一起，总能找到方向的。"朱聿恒不容置疑道，"就算你父母都去世了，就算你丢失了记载来历的锦囊，但只要细加探查，我们总能找到你的家。"

他声音如此笃定，让阿南下意识点了点头，但随即她又摇头，反问："找到又怎么样呢？早已家破人亡，寻回我本来的姓氏，又有何意义？"

"至少，我们不能让你爹娘的魂魄永远在海上游荡。"

阿南脸上现出一抹惨淡笑意，喉咙却有些喑哑："阿琰，你又不是海上的人，还信这个？"

"以前，我不信。"朱聿恒的声音认真而慎重，"可现在我信。因为，我想要你安安心心，不带遗憾。"

黎明终于来临，他们冲破迷雾，浮筏抵上了沙尾，搁在了如同凤尾般散落延伸的长长沙洲上。

几个正在捞取昆布海藻的渔民看见了他们，忙划船过来询问。得知他们是海难幸存后，几人大惊失色，竞相要载送他们回陆上。原来朝廷早已搜寻到了黄海沿岸，船舶日日出海寻找，渔民们也都接到了悬赏寻人的通知。

两人在渔民的船上终于喝到了久违的淡水，竟有种重回人间恍如隔世的感觉。

相视而笑之际，阿南拢了拢头发，也注意到了阿琰在岛上长得浓密的胡须，不由得笑道："你现在可冒充不了宋言纪啦！"

朱聿恒摸着自己下巴，也不由得笑了。

迎接皇太孙的人已经聚集等待，可他这胡子拉碴的模样，怕是难以见人。

朱聿恒拉出日月的一弯薄刃，对着水面想要将胡子刮一刮。可水面不清，船身颠簸，他一下就划到了自己下巴。

阿南看得着急，扳过他的脸道："我来吧。"

她取出臂环中的小刀，抬手托起朱聿恒的下巴，小心地帮他刮去唇边的胡子。

她贴得那么近。他感受到她指尖的温热触感，望到她专注凝视自己的目光，他们甚至近到呼吸交缠——就如在海岛上的日日夜夜，他们生死相依时那么近。

孤冷荒岛上那些篝火朦胧的夜晚，烙印在他的心中，胜过了应天宫阙中灯火通明的千万个夜。

他仰着头让她的刀锋在自己最脆弱的地方划过，目光却不觉下垂，定在她因为专注而紧抿的唇上。

她的身后，拙巧阁已经出现在长江入海口，朝廷官船密密匝匝，无数人在等待着他们的归来。

一瞬间，他的心里忽然涌起不该有的难舍遗憾。

那个不清醒的虚幻亲吻，那些他无法言说的秘密，就如那海岛的日夜一般，可能永远也不会再有了。

接到讯息的大小官员们，列队站在拙巧阁的码头迎接他们。

韦杭之这样的铁血汉子，一看到皇太孙殿下那蓬头垢面衣衫破烂的模样，也不由得双目通红，疾步冲上来，声音发颤："殿下受惊了，一切可安好？"

"不要紧，阿南通晓海上之事，她自然会护我周全。"朱聿恒实话实说，可惜众人都不信，把和他一样灰头土脸的阿南丢在一旁，着急忙慌地簇拥着他问长问短。

阿南笑嘻嘻地闲在一旁，一抬眼看到面前金碧颜色，日光下一只孔雀盘旋飞舞，在她头顶绕了一圈，似是警戒又似是欢欣。

阿南眉头一皱，眼皮一抬，果然看到傅准从柳堤彼岸行来。

他抬掌微招，那孔雀便在空中转了一个大圈，向着他的肩膀准确落下。

他向阿南走来，一身黑衣不加纹饰，面容更显苍白，明明长相俊逸，可肩上的孔雀碧色辉煌，映得笑容分明透着几分阴森诡谲。

"怎么，南姑娘不喜欢吉祥天？"

朱聿恒那边围拢了大堆人，他也不凑上去奉承，只抚着肩上孔雀，走向栏杆边的阿南。

阿南唇角微扬，抬手去摸吉祥天的冠羽，道："挺好，这孔雀是死东西，和傅阁主挺配。"

她言笑晏晏，可惜傅准一眼便看见了隐在她掌下的锋锐刃光。

不动声色的，他的手转过孔雀羽，将自己的指尖迎向她臂环内暗藏的小刀："看来，是吉祥天哪儿碍到南姑娘了？"

他的手上一无所有，太过苍白瘦削的手背上青筋微突，冷玉般的手指看起来脆弱易折。可阿南瞄着他似笑非笑的模样，眼看手中刀刃要与他相触，终究一抖手腕，将它收了回来，不敢与他相接。

她往后略退了半步，神情转冷："我不喜欢被死鸟的眼睛盯着看。"

"南姑娘这样说，吉祥天可是会伤心的哦，能否用'仙去'二字？"傅准抬眼看她，捂着嘴巴轻轻咳嗽着。

海底这一趟他也是大伤元气，身形比以往更显单薄，苍白面容上连嘴唇都淡得失了颜色，像一株背阴处的孤冷蕨类。

唯有那双眼睛，那端详着她的阴冷眼神，仿佛她还是那个手脚皆废、被他圈禁于股掌之间的阶下囚，令她心头又涌出无数过往的恐怖记忆。

她脊背不自觉地发僵。明明身旁人声鼎沸，朱聿恒带着众人就在左近，可阿南的手还是虚按在了自己右腕的臂环上，像是溺水的人，无意识地要抱住浮木般。

"傅阁主可要好好保重啊，瞧你这脸色惨白的模样，好像随时可能仙去呢。"

"是啊，哪像你，这段时间在海上晒得更黑了，唉，叫我好生心疼……你怎么就不肯爱惜自己呢？"傅准理着孔雀的尾羽，眯起眼睛打量她这狼狈模样，叹息摇头，"有机会遇到方碧眠的话，讨点面脂手药，好好拾掇一下吧。"

"青莲宗的人真将她劫走了？我还以为她死定了呢。"

"祸害遗千年，你看你就活得这么好，渤海归墟都困不住你。"

"你也不赖，生死之际溜得飞快，属泥鳅的吧？"阿南的手搭在臂环上不曾挪开半寸，面上却泰然自若，仿如久别重逢，老友寒暄，"绮霞呢？你们什么时候回来的？"

"回杭州了，说要等江白涟回来。"傅准嗤之以鼻，"真是个有梦想的女人。"

话不投机半句多，交手看来也捞不到好处。阿南正想掉头离开，旁边人群散开，分出一条道来，被众人簇拥的朱聿恒向他们走来。

他朝傅准点一点头，目光落在阿南身上："阿南，我们的船来了，走吧。"

听殿下呼唤温柔，众人的目光不由得齐齐聚集到阿南身上。

阿南却毫不在意，掠掠散乱的头发，大大方方地应了一声，走到朱聿恒身边。

反正他们皇太孙殿下也是这般衣衫破烂的模样，她还怕他们笑话？

她态度敞亮，朱聿恒也神情坦然，对傅准一拱手道："傅阁主，此次多承相助了，若非贵阁分派所有人手在海上搜寻，我与阿南怕是不能如此顺利抵陆。"

傅准客气道："殿下吉人自有天相，敝阁仅奉微薄之力，不足为道。"

"何止，之前渤海之下，贵阁亦折损不少人手，此番劳苦功高，朝廷自当嘉奖。"

傅准垂眼一笑，抬手抚着肩上吉祥天的翠绿羽翼，淡淡道："这倒不必。只要朝廷信守承诺，将许诺的东西给我就行了。"

朱聿恒这才知道，原来祖父行动如此迅速，早已命人联络拙巧阁，还谈妥了条件。

至于内容，他自然不会当众询问，只吩咐扬帆起航，速回应天。

朱聿恒的座船上诸物齐备，阿南第一时间扑到浴桶中，将一身盐碱的自己刷洗个干净。

换好衣服，她立马奔去找吃的，啃了一个酱肘子，吃了一大盆素什锦，还不解恨，又撕了半只盐水鸭。

耳听得外面声音嘈杂，她探出窗口一看，虽然事发仓促，但迎接皇太孙的阵势真是不小，沿长江而上，船队浩浩荡荡，沿途各地水军又随同护送，更添声势。

"阿琰也真可怜，这么多人上赶着围堵慰问，连坐下来喘口气的时间都没有。"阿南啃着鸭翅，正在同情朱聿恒，一抬眼却看见他从甲板那边过来了。

他已经打理得整整齐齐，朱衣上金线团龙灿然生辉，衬得他一身灿芒，俊美慑人。

前几日还和她一起在海岛上如野人般捉鱼摸虾的这个男人，手持着折子边走边看，对身旁众人一一吩咐，那种沉稳端方指挥若定的模样，有种万物都无法脱离他掌控的从容。

阿南正笑嘻嘻看着，他忽然一抬眼，目光正好与她相接。

阿南料想自己现在的模样应该不太好看，毕竟她披着半干的头发，趴在窗口，手里还拿着半只鸭翅膀啃着呢。

身后那些见多识广、老成持重的官吏脸上抽搐，唯有朱聿恒朝她微微颔首，将折子合上递回，示意他们都退下候着。

等一群人转过了船舱，他脚步轻捷地走到她身旁，目光落在她红艳艳的唇上："好吃吗？"

阿南举起鸭腿在他面前晃了晃："好香，你也吃点？"

"唔，我确实也饿了。"他说着，随她在桌前坐下。阿南还以为他也要和自己一样撕盐水鸭吃，谁知身后快步趋上一个小太监，抄起筷子几下便拆解了鸭子，然后利落地带着鸭骨架退下了，只剩下鸭肉整整齐齐码在盘中。

阿南觑着朱聿恒："看来，全天下见过皇太孙啃鸟翅嚼烤鱼的人，大概只有我了？"

朱聿恒道："何止，还有摸鱼抓虾撬螺蚌，挖草伐木掏鸟蛋。"

阿南扑哧一声便笑了："阿琰，你为什么说这些的时候都能板着脸一本正经！"

一本正经的朱聿恒与她相视而笑，将筷子递给她，示意她坐下和自己一起再吃点："我刚刚收到圣上传来的讯息，总算知晓了傅准为何愿意帮我们。"

"哦？"

"自上次咱们破了顺天死阵之后，圣上开始留意江湖各门派，派人查访门户宗派、能人异士，要联合百家之力，共破'山河社稷图'。"他望着阿南，若有所思道，"其中大部分人，对你都有记忆。"

阿南咬着鸭信，却挡不住口中流溢的笑声："是啊，我回陆地之后，就遵从师父的教诲，前往各门各派切磋请教了。"

谁知，如今九州重文轻武，宗派凋敝，她仗着公输一脉的绝学，遍拜千山竟无敌手，只在最后因为负伤而被傅准所擒，令她至今想来依旧怀恨。

"所以，朝廷如今召集了天下所有高手，要共破'山河社稷图'？"阿南扯回了思绪，有些好奇地道，"请这么多人出山不容易吧？不知你们给拙巧阁开了什么条件，居然能让傅准亲自下水？"

"拙巧阁坐落于大江入海口，毕竟属于我朝疆域，因此圣上以瀛洲一地为诺，只要他们帮助朝廷清除关大先生当年设下的各地阵法，便划拨瀛洲归属，准许拙巧阁百年长驻。"

阿南扬扬眉："你祖父对你真好。"

朱聿恒摇头道："不只为我，那些阵法太过凶险，关乎社稷安危，若拙巧阁真能助我们一臂之力，挽救黎民于水火，那也不失为一桩大好事。"

"所以……"阿南五指恨恨地一收，差点折断手上筷子，"傅准会和我们一起出发，前往玉门关破阵？"

尽管阿南很想去杭州和绮霞会面，但如今已届十月中旬，朱聿恒身上的"山河社稷图"不等人，下次发作已经迫在眉睫。阿南唯有忍痛舍弃了这个想法，只给绮霞写了封信报平安，假公济私用飞鸽传书到杭州，自己和朱聿恒则先赶往应天。

到达应天，朱聿恒第一时间回到东宫，去拜见自己的父母。

一贯雍容的太子妃，一听说儿子回来了，连仪容都来不及整顿，便快步到大门口去迎接他。

朱聿恒见母亲鬓发都乱了，快步过去扶住母亲。太子妃却只一把捧住儿子的脸，看了又看，见儿子瘦了黑了，顿时眼圈通红："聿儿，你可算……可算回来了！"

见她满眼担忧，朱聿恒心下涌起深深歉疚，握着她的手道："孩儿这不是平平安安回来了吗？以后，定不会让母妃再担心了。"

太子妃紧握着他的手，喉口哽咽，一句话也说不出来。她拉起他匆匆往内院走去，将一干侍女都屏退到了院外。

朱聿恒跟着她走到内室，看见一幅经卷正摊在案上，明黄龙纹丝绢上朱砂小楷鲜明宛然，抄的是一篇《阿弥陀经》。

"聿儿，这是娘这段时间为你祈福而抄的经，请了大师开光，你带在身上，有无上愿力，佑你平安。"太子妃将薄透经卷折成小小一团，放入金线彩绣荷包，郑重交到他手上。

朱聿恒应了，接过来时，看见她手上满是伤口，立即抓住母亲的手仔细一看，几个指尖上全是破了又割开的口子。

他顿时明白过来："母妃是用自己的血调朱砂抄经，替孩儿祈福？"

太子妃别开头，不肯让他看到自己眼中的热泪："聿儿，你一定要好好的，千万……千万不能出事啊！"

朱聿恒捏紧了手中荷包，低声问："圣上已经将……告知父王母妃了？"

太子妃含泪点头，终于再也忍不住，抱住儿子，无声地靠在他肩上，眼泪滚滚而下。

朱聿恒轻拍着母亲的后背，竭力遏制自己的气息，让它平缓下来："放心吧，娘，孩儿……定会努力活下去！"

太子妃气息急促，无声地哭泣了一阵子，才慢慢伸手搭住朱聿恒的手臂，道："聿儿，你说到，可要做到啊！"

朱聿恒重重点头："孩儿从小到大，何时辜负过您与父王的期望？"

太子妃闻言，不由得悲从中来。这二十年来从未让她失望过的儿子，如今却要让她肝肠寸断。

以颤抖的手解开儿子的衣服，一看到上面那几条纵横可怖的瘀血毒脉，她难掩悲声："你……这么大的事情，你居然瞒着我们，聿儿，你可真是……"

朱聿恒按住她的手，不让她再看下去，免得徒增伤心。

"孩儿也是怕惹父王母妃担心，再者，此事定会影响东宫未来局势，届时父王必会陷入是否禀报圣上的两难境地。因此孩儿才自己一个人暗地里调查，就连圣上，也未曾告知过。"他将衣襟掩好，低声道，"孩儿这便要往西北去了。这一路我与阿南追寻线索渐有头绪，母亲不必太过担忧。"

"阿南……"太子妃念叨着她的名字，因为阿南臂环上那颗明珠，也因为危急时刻阿南挺身而出，令她对这个有过一面之缘的女海客印象十分深刻，"你谁都没告诉，只告诉了她？"

"其实，孩儿一开始以为她是此事幕后主谋，因此一路接近她。但如今她帮了孩儿很多，这次我们流落海上，若不是她，孩儿也无法安然无恙地回来。"

太子妃默然颔首，道："好，那你可得好好笼络她。毕竟你身上这……这怪病如此凶险可怖，能有助力，那是求之不得。"

朱聿恒抿唇沉默片刻，想对母亲解释一下，他与阿南之间的纠葛与牵绊。但，想到他们叵测的前程与阿南未定的心意，最终他将一切都咽回了腹中，只低低道："孩儿知道。"

太子妃秉性刚强，与他商议好之后，便去洗了脸，将所有泪痕都抹除，以免在人前表露任何形迹。

朱聿恒便想先行告退，但太子妃伸手挽住了他，道："再等等。你父王今日去刘孺人家了，这时候，也该回来了。"

刘孺人。朱聿恒不明白父亲为何去找自己的乳娘："刘孺人不是早年过世了吗，父王过去所为何事？"

"这些时日，我们夙夜难寐，一再思量你为何会生出这般诡异的怪病。"太子妃手中紧握银梳，几乎将其弯折，"接到你飞鸽传书后，我们立即着手调查你当时身边的人，而就在昨日，我们查明刘孺人兄长在多年前曾酒后对人夸口，说借着妹子，曾发过一笔小财。因此今日你父王便亲自带人彻查此事去了，毕竟，你自小由她看护，万一能从中有什么发现呢？"

朱聿恒知道父母是为了自己而病急乱投医，心中正不知是何滋味，听得外面传来声响，太子殿下回宫了。

太子身躯肥胖，如今颇显疲惫，但抬头看见朱聿恒在殿内，立即将所有人挥退，快步进了内殿，一把攥住儿子的手。

望着父亲强打精神的模样，朱聿恒心口涌起难言酸涩："孩儿不孝，劳父王为我操心了。"

"你我父子之间，何必说这些！"太子打断他的话，拉他坐下，紧握着他的手不放，"你娘和你说过了吧？这两日，我与你娘将所有你年幼时接触的人都篦梳了一遍，果然，刚刚我在刘孺人兄长的住处寻出了你当年的衣服，发现了上面有血迹，你看！"

说到此处，他因为激愤而喘息不已，将手边一个锦袱递给朱聿恒。

朱聿恒打开包袱一看，里面是一件幼童的小衣服，柔软的丝质已经泛黄。拎起来迎着日光看去，浅浅的几点褐色血珠，冻结在衣服的不同位置。

过了多年，血珠早已经暗褐黯淡，却如鲜血一样触目惊心。

按照幼儿的身形，朱聿恒在心里估算了一下，那些血珠正在奇经八脉之上。

看来，这便是他当初被玉刺扎入之处渗出的血迹。

见父亲因为疲惫激动而喘息剧烈，朱聿恒担心他引发心疾，忙帮他抚着胸口，将他搀扶到榻上躺下，道："父王先好好休息吧，一应案件过往，孩儿自会料理。"

太子靠在榻上，紧握住他的手，望着他的目光中，既有担忧，更有悔恨："聿儿……是我没有照顾好你，我心里……心里实在是难受，对不住你啊！"

太子妃听着他颤抖模糊的声音，眼泪又落了下来，背转过身捂住自己的脸，拼命压抑自己的哭泣声，只有肩膀微微颤动。

朱聿恒自小聪颖卓绝，又责任感极重，任何事情都勉力做到最好，从未让父母为自己操过心。如今见他们为自己伤心欲绝，他不觉也是眼圈热烫。

咬一咬牙，他强自站起身，道："'山河社稷图'虽然可怖，但阿南与我一路行来，已有线索和应对方法，父王母妃不必为我太过担心了。孩儿这便去处置刘化，看是否能从他身上审出些什么。"

太子拉住他的手，面现犹豫之色："聿儿，刘化已经死了。"

朱聿恒愕然回头，听得他又悔恨道："是我太心急了，在他家便迫不及待关门盘问，虽问到了一些事情，但因我太过震怒吓到了他，他出门时惊恐反抗，撞在侍卫的刀上……当即便断气了！"

事已至此，朱聿恒也只能道："孩儿先去看看他留下的东西，看是否有什么线索。"

"我这边有他留下的口供，但他应该还有宁死不肯招供的内容。聿儿，你专心与阿南破解阵法，那些幕后的黑手，便交由我和你娘来处置吧。"太子抬起手掌，紧紧按在他的肩膀上，郑重交托重任，"只是，无论前途如何，你务必要保重自身，决不可辜负了我们与圣上的期望！"

告别父母走出东宫，朱聿恒带韦杭之一干人等前去刘化家中，并召南京刑部的带文书、仵作前往。

"顺便，也让户部的人来一趟。"

传信的人应下了，匆匆打马而去。

六部离刘化家宅比东宫要近，朱聿恒到达刘化家中时，他们已经在门口等候。

朱聿恒翻身下马，一面往狭窄巷子里面走，一面示意南京户部的来人近前，对他们快速吩咐了一番，让彻查二十年前发生过水华的海域，再寻找当时当地下落不明的年轻夫妻。

若有失踪不回的，拿阿南的图形去对照长相模样，看是否能寻觅得线索。

户部的人自然听命应承，又问："殿下所说的海域，可是南直隶所有沿海村落？"

朱聿恒稍加考虑，道："不止。本王待会儿给你写个手书方便办事，我朝一应沿海地区都要搜索一遍，以称呼女儿为'阿囡'或者'囡囡'的地域优先，从速从快。"

户部的人持手书离去后，南京刑部侍郎秦子实带着仵作过来，随朱聿恒进了巷子。

过了十三四户人家，便看到士卒把守的一个门户，倒也有个砖砌门庭，只是台阶上洒了斑斑血迹，围聚了一堆苍蝇。

朱聿恒略一驻足，刑部的老仵作禀告道："这是本宅主人刘化丧命之处，老朽之前便来验过。他被擒之后妄图挣扎，撞在士兵们手中的刀剑之上。殿下看这血液呈喷射而出状，从下至上溅于砖墙，确属死于利器暴毙无疑。"

朱聿恒接过他呈上来的案卷，翻看上面的记载，现场痕迹及目击者证词，确与他父亲所说的一样。

看来，刘化宁死也要保护着什么，不肯让人探知。

朱聿恒将卷宗交还给老仵作，又拿出父亲给他的卷宗，对照着看了一遍，将基本脉络理了出来。

二十年前圣上南下清君侧，顺天被围，父王母妃亲上城墙压阵，太孙便交由乳母刘氏在府内看护。

战事最为吃紧之时，有人重金买通刘化，让他在某时某刻找事由引开刘氏。刘化虽不知对方企图，但见财起意，便遵照对方所言去寻找刘氏。

刘氏被他骗出后，见他只是闲扯，中途惊觉匆匆赶回，结果发现太孙在室内啼哭，身上出现了几处血痕。

她怕兄长受责，又担心自己受责难，因此见太孙事后貌似无恙，便至死也不敢提及此事。

而刘化偷偷藏起了带血的衣物，还想有机会或可凭这再弄点钱。直至此次搜寻被抄出，他才供出当时有人买通他做事。

至于当时那人究竟是谁，他并不知晓，只注意到对方个子枯瘦，胡须浓密。不过刘化是个做事精细的人，因此对方给他钱的荷包还一直留着。

那荷包已被刑部送来，此时呈到朱聿恒面前。

二十年前发黄的一个粗布荷包，如今已脆干发黄，但因为长期收在暗处不用，收口与绳子都还完好如新。

从外面看来，一切并无异样。

朱聿恒将其解开，看向空空如也的袋内，却发现里面似有一两根颜色不一样的线头。

他略一思忖，将袋子轻轻翻了过来，尽量不触动那两根线头。

这是几根被剪断后残留的细微丝线，显然在荷包上原本绣着什么东西，但在给刘化的时候，对方怕泄露自己的身份，因此将上面所绣的东西草草拆掉了，但因为是从外面扯掉的，因此外面虽然已经无异，里面却残留了几丝断线头，未曾清除完毕。

而刘化在拿出了里面的银钱后，便将荷包压在了箱底，里面的残痕便一直留了下来。

朱聿恒将它举在面前，仔细看了看那些断痕的模样。

线头扯得挺干净，那一两根断线无法拼凑出具体形状，他只能凭着压痕，仔细辨认。

一个"艹"，横平竖直。民间俗例，荷包上常会绣自己的姓氏以防盗窃，看来这人也是如此。

下方左边是两竖，右边则笔画较多，凭借年深日久的针脚痕迹，实在难以看清。

他将袋子慢慢翻转还原，思索着草头下面左边两竖的字，应该是"蓝"，还是"蕹"，抑或是"茄""茈"……

猛然间，他望着被翻过来的荷包，想到内外的字是左右翻转的，所以，"艹"之下，那两竖应该是在右边。

所以，这个字可能是"莉"，可能是"荆"，可能是"蓟"，更有可能，是"蓟"——

蓟承明的蓟。

处心积虑的这一场局，果然，在二十年前便已经设下了。

远在圣上下令营建紫禁城之前，蓟承明便已经下了手。

是，他确实是最有可能的人。他见过傅灵焰留下的"山河社稷图"；他趁着营建顺天宫城之时设下了死阵；他在雷电之日引发"山河社稷图"第一条血脉，使得一甲子前的死阵开启……

朱聿恒紧紧抓着手中这个陈旧的荷包，长久以来追寻的幕后凶手，竟在这一刻有了突破进展，令他心口激荡，长久无法平息。

许久，他霍然起身，将所有繁杂纠结的思虑都抛到脑后，只凭着本能抓紧了自己唯一迫切的念头——

去找阿南。

阿南正在大报恩寺琉璃塔下，抬头仰望面前辉煌的建筑。

大报恩寺于十年前开始兴建，是当今圣上为太祖及孝慈皇后所建。如今十年过去，殿宇尚未建完，唯有寺内琉璃塔初初落成。

这座天下第一塔，通体全用琉璃砖砌成。三层塔基以大块的天蓝色琉璃围成十二边形，一层高出一层，令琉璃塔如矗立在湛蓝九天之上。

二十丈高的塔身，从斗拱飞檐到栏杆窗棂，每一个部件都似拥有火光跳跃的生命，塔身的五彩颜色随着天光云影而流转飘忽，比云间仙乐还要迷离。

最高的塔顶，是四千两黄金所铸的金珠，在阳光下熠熠生辉，照亮这六朝金粉之地。

饶是见过大世面的阿南，此时也被这座通体剔透琉璃塔震慑，凝神静气深深敬拜后，才转入旁边的琉璃匠所。

十月天气，匠所却是热气扑面。匠人们在熊熊火炉边将水晶砂烧熔，浇于各不相同的构件模具之中，使各色琉璃附着于砖瓦之上，蓝黄绿紫，绚丽夺目。

她问炉边老工头："阿叔，请问你们烧制一件琉璃出炉，大概要多久？"

工头见她是官府的人毕恭毕敬送进来的，忙答道："按流程下来，最快得十五日。"

"半个月啊……怕是等不了。"阿南皱一皱眉，问，"有什么尽快烧制的方法吗？"

"姑娘要是急用，那就把他们摔打好的坩子土先拿来用，上三作直接上手，稳作制模、装烧出窑、施釉烧彩，最快七天。"

阿南皱眉问："还能更快吗？"

"没有了。窑里动火、起热、控温，咱们就是按这个节奏来的，太急了里面冷热控制不住，东西不是烧不出来，就是会烧毁。"工头说到这儿，又补了一句，"当然了，就算控好了，也不一定就能烧出好东西来，好琉璃也是靠运气的……"

"就是说，你们要用七天时间摸索着将火势慢慢上升，稳定在需要的程度？"阿南一扬眉，问，"那如果我能找到办法，让窑里的火候很快到达需要的程度，是不是就能及早烧出来了？"

工头挠头："这么大本事的人，我们这边可没有。"

"我去找，你只管准备好坩子土就行。"阿南转身急急向外走，刚跨出大门，一抬头便见前方一队人马疾驰而来。

马上人个个锦衣鲜明，年少英俊，可最引人注目的还是居于正中、被他们拱卫而来的朱聿恒。

他在海岛晒黑了些，沉稳中更显威仪凛冽，纵然身后五彩琉璃塔华光万道，也尽成他的陪衬，难夺他半分风华。

阿南一时恍惚，难以想象这样的阿琰在短短数天之前，还在她的耳畔轻轻唱着那不正经的俚曲，哄她入睡。

怎么办，可能阿琰再也无法在她面前当高高在上的殿下了，因为她曾见过他所有不为人知的模样。

不由自主的，她便仰头朝着他笑了出来。

他看到了她目光中的揶揄与戏谑，像是知道她在想什么，幽深的眸子含满了笑意，无奈而纵容。

阿南招了招手，仰头看向马上的他："阿琰你来啦，我正要去神机营呢。"

朱聿恒自马上俯下身，与她贴近了，声音也自然低了一些："不是说来琉璃厂制灯吗？怎么又去神机营？"

"我去找几个熟悉火性的人，帮我一把。"她说着，飞身上了系在旁边的马匹，朝他一挥手，"去去就来。"

朱聿恒朝身后人中扫了一眼，指了一个少年道："你陪阿南走一趟吧。"

那少年应了一声，催马向阿南追去。

龙骧卫的马自然是一等一的，少年片刻便追上了阿南，朝她打了个招呼："南姑娘。"

阿南并未放慢速度，只朝他看了一眼："认识我？"

"听卓晏提起过，早已心向往之。"少年脸上写满了"谁能不认识你"的笑意，自我介绍道，"龙骧卫指挥佥事廖素亭。"

能随侍皇太孙的，自然都是世家中千挑万选的好苗子，身段好，相貌好，骑术也出众。

阿南欣赏地打量着他："你和阿晏相熟？"

"还好，他当初被我揍过好几顿。"明明是他揍人，可面上满是郁闷委屈。

阿南赶紧追问，他支吾着，终于悻悻道："你知道阿晏他，怎么称呼诸葛提督的？"

"嘉嘉嘛……"阿南说着脑中一转，顿时笑了出来，"哦，那他叫你素素，还是亭亭？"

廖素亭涨红了脸，从牙缝里挤出几个字："我是不会说的！"

阿南哈哈大笑，差点连马缰都松脱了。

人与人之间投契有时就是如此简单，从报恩寺到神机营这一路上，廖素亭陪阿南说说笑笑，赫然已经相熟。

神机营众人哪知道他带来的这个姑娘就是上次把他们折腾得人仰马翻的那位女匪，见她一个姑娘家骑马身姿潇洒无比，眼神都不自觉地往阿南身上瞟。

诸葛嘉一见这个女煞星，眉心顿时狂跳，说话也没好气："军营重地，岂是你乱闯之处？"

"什么乱闯啊，我这是身负重任。"阿南狐假虎威，笑嘻嘻地往椅子上一歪，"殿下指名委派的重任，你不会不听调遣吧，嘉嘉？"

诸葛嘉额头的青筋条条暴起。

廖素亭赶紧抢救场面："提督大人，南姑娘奉殿下之命前来贵营，不知今日是否有擅长控火的匠人在？"

听到"殿下"二字，诸葛嘉才悻悻地对身边人道："把楚元知找来。"

阿南诧异地问："楚先生在应天？"

"我调他过来试制新火铳的，他比营中司枪和匠人能干多了。就有一点，一个大男人成天想着老婆孩子，没出息！"大龄单身汉诸葛嘉恨铁不成钢，只想把楚元知剥削到地老天荒，"这几日新铳刚完工，他就跟我说要陪妻子探亲，告两个月的假，我还没批呢。"

阿南诧异地问："去哪儿啊，要探亲两个月？"

"敦煌。"

"这可巧了……"阿南自言自语。

诸葛嘉郁闷地道:"可不是嘛,全凑一块儿了,连卓晏他爹也在那边出事。"

阿南更诧异了:"卓寿?他出什么事了?"

"死了。"

诸葛嘉简单两个字,让阿南跳了起来:"你说什么?!"

"流放西北的应天府前都指挥使卓寿,于日前因雷电轰击,暴亡于敦煌。"

"不可能!西北一地本就少雷雨,如今已是十月天气,那边怕是都下雪了,又怎么会有雷电,更何况还雷击致死?"

诸葛嘉声音比眉眼更为清冷:"这个你得去敦煌问,我只听到这点消息。"

阿南正在心乱之际,转头见楚元知来了,劈头便问:"楚先生,你觉得西北干旱之处,十月雷击致人死亡,可能吗?"

楚元知不知前情,茫然道:"一般来说不太可能,但六月尚有飞雪,世间万事都很难说……"

阿南单刀直入地问:"葛稚雅……或者说,你,做得到吗?"

楚元知回忆葛稚雅当初操控雷电杀人的案子,迟疑道:"或许吧,具体还要看现场情况如何。"

"反正你也要去敦煌,到时候咱们一起去看看。"阿南说着,想着卓晏这半年来际遇的起伏,心下唏嘘不已。

谁能想到,那个锦衣华服的花花公子,短短时间内从小侯爷变成了白身。如今他母亲不是母亲,父亲惨死异乡,也不知这接踵而至的巨大打击,他是否能承受得住。

正事要紧,她挥开思绪,将调控琉璃火一事对楚元知讲了一遍。

楚元知不假思索道:"控温控火,这是小事,我这便过去看看。"

把面如锅底的诸葛嘉抛在后头,阿南带着楚元知往琉璃厂而去,问起探亲事宜。

"自我落魄后,多年不与外界通消息,如今有了正当营生,璧儿才给舅家写了信,知道他举家迁往敦煌,如今在那边落了户。所谓娘亲舅大,璧儿在世上只有这一个亲人了,实在想去看看。"

"那,小北呢?"

"小北之前耽误了学业,如今要专心念书,我们将他托给绮霞姑娘了。"

听她提起绮霞,阿南不由得诧异,待知道他们居然已成了邻居,不由得心花怒放,道:"那敢情好呀!绮霞身子还好吧?"

"还不错。之前她害喜吃不下饭，小北就照着自己在酒楼学的手艺，常给她做酸汤喝。现在她胃口好了，气色看着挺好。"

"厉害啊，看不出小北有这好手艺，下次我也尝尝！"

正说着，经过一家胭脂铺，楚元知又下马去买了些面脂手药，迎着阿南与廖素亭好奇的目光，有些羞赧地说道："西北气候干冷，我担心璧儿皮肤被吹裂口子。"

"楚先生真是好男人！"阿南笑道，又问，"你熟悉那边的气候？"

楚元知有些讪讪，压低声音道："之前去过几趟，徐州那次火灾中有两个死者便是边镇的，丢下了家中老小无人供养……"

阿南知道他这十几年来散尽资财，一直在暗地里补偿当年受害者，才落到如今家徒四壁的困窘。

不便在廖素亭面前提及此事，阿南只道："等金姐姐来了，我和她一起出去逛逛，买些厚衣服过去。"

说到衣服，楚元知打量她身上的妆饰，诧异地道："南姑娘最近韬光养晦了，少见你穿这般素淡的衣服。"

"你当我想啊，我这辈子就爱穿艳色，骑快马，吃美食，想去哪儿就去哪儿。"阿南扯扯身上的霁色官装，懊恼地打马向前，"可现在身无分文，只能有啥穿啥了。"

以前她纵横海上，回归后用钱就去永泰行尽情支取，天下什么好东西没有？可如今她与公子决裂，永泰又被朱聿恒给抄了。虽然他悉心安排她的生活起居，可总有不自在的地方，比如宫中流行的雅淡衣饰，她就不太爱穿。

可惜啊……她想想阿琰那一心扑在朝政上的模样，真感觉自己郁闷无处诉。

一路说着话，三人打马而回。

朱聿恒已给稳作匠头绘制好了三十六盏琉璃灯的图样，匠人们研究着图纸，他们随窑作[1]去查看温度。

琉璃窑热浪滚滚，不一会儿阿南鬓发俱湿。朱聿恒便带她走到外间院子，先喝一盏冰镇梅子汤。

阿南脸颊与脖子的汗水滚落下来，唇瓣染上梅子汤的津泽，显出樱桃般浓艳的颜色。

许是琉璃窑的风太热了，他只觉得心口似有团火顺着胸口蔓延而下，目光不由

1　窑作：古代建筑工程中制作陶土、琉璃、砖瓦和装饰构件的专业。

自主便落在了她红润的唇角上。

那是他曾经触碰过的秘密，在不清醒的状态下，至今想来依旧像是个梦境。

"阿琰，咱们去敦煌时，带楚先生和金姐姐一程吧，他们正好要去敦煌探亲。"他听到阿南的声音，将他的神志从那短暂的迷乱中拉了出来。

朱聿恒自然应了，阿南又道："另外，我估计琉璃灯明天还弄不出来，先忙里偷闲，去钓个鱼。"

"钓鱼？"朱聿恒倒有些诧异。

她笑道："明日休沐，神机营一群人找龙骧卫约赛燕子矶钓鱼，看起来很热闹的样子。廖素亭听说我常在海上钓鱼，已经帮我交了份子，让我帮他们横扫神机营！"

朱聿恒无奈而笑，说："你喜欢便去，这边我让楚元知盯着。"

"另外，"阿南捧着梅子汤，沉吟问，"你知道卓寿的事儿吗？"

"刚听说了，我觉得其中必有内幕，怕是不简单，也不知阿晏如今情况如何了。"朱聿恒说着，眉目间也染上了一丝忧虑，"敦煌此行山雨欲来风满楼，我们得多加留心。"

阿南点了点头，慢慢喝完酸梅汤，听朱聿恒将刘化乳娘的事情说了一遍，又接过荷包看里面的拆线痕迹。

"怕是个'蓟'字……蓟承明？"

朱聿恒点头："我也觉得是这个字。若他是一切幕后的黑手，倒是也说得过去。"

"因为他效忠于当时的朝廷，将二十年前之事报复在你身上？"阿南翻来覆去地查看这个旧锦囊，思忖道，"可我听说，当时邯王跟随当今圣上，立下赫赫战功，民间都说要不是有你这个好圣孙，太子之位落谁头上还难说呢，他怎么这么准确便找上了你？"

她当面谈论他的父祖之事，已是逾矩，但朱聿恒只淡淡道："历来战事以粮草辎重为首要，圣上当时孤军南下，一路穿插深入，极难保障，我父王多方筹措，始终坚实支撑住前后方局面，方才有了如今天下。因此圣上虽然欣赏我二皇叔的武功胆识，但亦深知我父王才是治国理政的人选，再三斟酌后，终究英明决断，立为了太子。"

说起自己的父亲，他目光中不觉流露出崇敬钦慕。阿南心中微动，心想，这便是孩子与父亲的感情吗？

她是遗腹子，从未见过自己的父亲，一时之间竟有些伤感，轻出了口气才道："扯远啦，所以蓟承明又不能未卜先知，哪会早早知道当年之事的结果，知道世子会成为太子殿下，又知道你会成为皇太孙，从而在二十年前决定你的命运？"

"怕是连他师父姚少师都没有这样的本事。"朱聿恒赞同道，"另外，刘化之死也绝不简单。他既然已经将当年的事情都讲出来了，又为何要拼死自尽？"

"两个可能。"阿南伸出两根手指道，"一是，他说谎并且以死来遮盖谎言；二嘛，就是在场有人杀人灭口，要让那个秘密永远不会显露于世。"

"那便表示，刘化有更为恐怖的幕后主使，甚至，连蓟承明都可能只是他的棋子，或者是放出来的迷雾？"

两人头碰头探讨了一下这事件背后隐藏着的东西，都感觉有些空落，短时间怕是无法摸到那深不可见的底。

"不过，"阿南又宽慰他道，"至少我们如今查明了，你确是于幼时被人种下这'山河社稷图'无疑，身边也随时潜伏着一个准备下手的人。查人查事这方面天底下肯定没人如你，我便等你消息了。"

天色不早，琉璃烧制进展缓慢。阿南见自己也插不上手，跟朱聿恒说了一声便要先走。

朱聿恒示意她停步，让外间人捧了个盒子进来，递到她面前。

阿南打开瞧了瞧，见第一层是个青铜令信，上面錾刻错金纹样，正面五军、三千、神机三大营的字样赫然在上，背面则是上十二卫。

"这是三大营及十二卫的令信，不过它并非兵符，只可调遣动用钱粮资源。各地营卫无论大小，你有需要尽可去支取。"

刚刚还在抱怨自己没钱的阿南，目光不由自主地在外间廖素亭身上转了转，但又想回来后他还没进来过，哪有时间打小报告？

看来，阿琰还是把自己的事儿放在心上了。

将令信在手中掂了掂，阿南笑望着他："这意思是，我可以去天下所有的卫所打秋风，一切由朝廷会账？"

"差不多。若有他们无法提供的，你可以来找我。"

阿南笑吟吟地打量着他："要是……我向他们要火油呢？"

"都可以，你拿着这个，就如我过去一样。"朱聿恒神情如常。

被他这么一说，阿南感觉自己要是再动什么手脚，还真对不起他了。

"好，那我以后要钱要物就专门去神机营，谁叫诸葛嘉老是给我摆张臭脸，我要薅秃他。"阿南笑嘻嘻地放着狠话，又拉开屉子，看了看第二层的东西。

里面猩红绒衬上，只躺着一个小玉盒，盒身光华莹润，打开来一看，里面是润泽膏脂，浅白一汪。

"这是官里送来的。当年圣上额角为流矢所伤，天庭有损，于国不利。太医院费了十数年工夫配置了这药膏，终于消除了圣容伤痕。如今全天下只得这么一盒，以后再想要配，还得费十年时间。"朱聿恒的目光落在她的手上，轻声道，"你手足的伤痕，若能用它消除掉，或许能逐渐淡忘过往，也可舒心些。"

阿南随手将玉盒抛了抛："可我实在是个记仇的人，也乐于留下伤疤，好时刻提醒自己记得惨痛教训。再说这东西又不能让我的手足恢复如常，用在我身上浪费了吧？"

朱聿恒道："总有好处的。"

阿南斜睨着他，心想：你既然都从宫中拿东西了，为什么不把我的蜻蜓拿回来还给我？

但事到如今，她又觉得蜻蜓拿回来也已无意义，便将玉盒揣入了怀中，又打开了第三层盒子。

满眼晶亮灿烂，臂钏钗环全套精巧首饰，镶满珍珠玉石，宝光璀璨。阿南在海上是见过大世面的，但这么好的东西也是少见。

她抓起几样首饰看了看，目光转向朱聿恒。

朱聿恒显然也不知道里面是什么，过来看了看，说道："这应该是母妃替你备下的。"

阿南松开指缝，任由它们跌回盒中："我整日在外乱逛，戴这么华贵的首饰怕是不合适。"

"宫中送来的，没有原封不动退回去的道理。"朱聿恒拨了拨那些首饰，伸手取了一串金环给她，问，"你看这个如何？"

这金环由三个赤金活扣相连，那活扣设计精巧，可以随心变化各种形状，无须他人侍候便能绾出颇为复杂的发髻，出行所用极为方便。

而赤金的环身之上，停栖着三只由绚烂宝石镶嵌而成的青鸾。青鸾的翅膀与尾羽是活动的，不用底座而用花丝编缀，在日光下略略一动便飞旋流转，光彩离合。

阿南将它接过来，在心里琢磨着收这种价值连城的东西到底行不行。目光落在其中一个金环的内侧时，她眉头微挑，发现了刻在绞丝纹内壁的小标记。

像是一团跳动的火焰，又像是一朵含苞待放的莲花。

朱聿恒察觉到她的异常，俯头与她一起看向它，迟疑问："傅灵焰？"

"嗯。"阿南将自己的头发打散，一手绾起头发一手拿起金环，在发髻上稍微寻了个角度，将三个活扣固定扣住。

一个蓬松袅娜的随云髻便立即呈现，三只光彩灿烂的青鸾在她鬓鬟上环绕飞舞，映衬得她本就明艳的面容更为迷人眩目。

朱聿恒心口微跳，连声音也低了一分："这是应天宫中传下来的，近些年赐了东宫一批。既然傅灵焰曾是龙凤朝的姬贵妃，她的首饰在本朝宫中流传下来也算是传承有序。"

"那，既然是傅灵焰的东西，就给了我吧。"阿南抬手轻抚头上翔鸾，喜爱之情溢于言表。

反正，就当朝廷查抄了永泰后，指缝间给她漏了点东西当补偿吧，所以她收这金环，也是理直气壮。

第四章

燕子空矶

阿南实在是个招摇的人。

拥有青鸾金环的下一刻，她就冲入一家成衣铺子，挑了几件合衬的衣裳，回去后连夜修改。

第二日，她便兴冲冲戴上了青鸾，穿上改了修腰窄袖的雪青挖银云衫子，淡匀脂粉，光彩照人地出门了。

廖素亭按照约定带了一匹快马在门口等她，看见她便眼前一亮，赞道："南姑娘今日真是精神！"

阿南抬手扣紧发上金环，以免在途中颠散了头发，随即跃上马朝他一扬下巴："走，上哪儿钓鱼？"

"燕子矶。"

燕子矶位于应天以北，下临大江，如燕子凌空飞渡，直击万里波涛。

神机营与龙骧卫呼朋结伴来此斗赛钓鱼，还请了附近酒楼的厨子，在阴凉处搭好锅碗灶台，钓上来的鱼现烧现吃。

阿南与廖素亭到来时，营中众人已经钓了一堆小杂鱼，虽然只能拿来炖鱼汤，倒也香气扑鼻。

见廖素亭把昨日那个姑娘带来了，众人鱼都不钓了，丢下竿子围拢上来和他打招呼，醉翁之意全在阿南身上。

诸葛嘉正与神机营南直隶提督戴耘说话，一抬头看到阿南，差点把钓竿给捏爆——

好好一场聚会，怎么这个女煞星也来了？

戴耘早见殿下对阿南非比寻常，满脸堆笑过去表示欢迎，还奉上自己的竿子，让阿南挑根称手的。

阿南笑吟吟谢了他，拣了根钩线最粗大的，又寻到水面开阔的地儿，捏了点饼饵，随意便抛下去了。

戴耘暗自摇头，心道这姑娘一看就是新手，又想钓大鱼，又没这技术。

但皇太孙的面子不可不给，回头见诸葛嘉黑着脸看阿南钓鱼，便凑过去低声问："诸葛提督，你看……要不要叫旁边渔民下水赶一赶，把鱼群赶过去方便南姑娘钓？"

诸葛嘉嘴角一抽，问："你觉得她会钓不到？"

戴耘瞥着那毫无波澜的水面，道："这摆明就不可能钓到的，你看那线一动不动的……"

话音未落，水面上的鹅毛浮标忽地一动，涟漪荡开。

"哟，这吃口，这动静，大鱼啊！"众人都是一惊，立即朝阿南这边围拢。

阿南却并不着急，身子在旁边树上借力，持竿的手依旧稳稳的，直等那下坠后扯的势头确定了，她才往回拉竿。

她拉竿的手势十分刁钻，水下的鱼在左冲右突，她便就着鱼的势头任它乱转，看似随意拉扯，水下的鱼却因持续挣扎而精疲力竭，不知不觉离江岸越来越近。

"冒头了冒头了，哇，好大一条青鱼！"

眼看水下那条鱼已经显了身影，又肥又壮，足有四尺长。岸上顿时有人咋舌有人惊呼，还有人估计阿南的渔线必定承受不住这百斤的大鱼，几个年轻人跳下江，涉着齐腰的水连拉带抱，将鱼拖了上来。

围拢过来接鱼的厨子们，一看见这鱼的大小，顿时惊呆了："好家伙，这么大的鱼，我们带来的锅可炖不下！"

阿南拍着鱼头笑问："这也算大？"

"这还不大？江里的鱼祖宗都被你钓上来了！"众人抬着鱼便在旁边一块巨石上比了比。

石头上已有众多长长短短的痕迹，最长的一条痕迹涂了金漆，但也只有四尺不到。

众人拿刀刻了痕迹，依依不舍将青鱼放回水中。戴耘指着那条金漆线道："这是二十年前李景龙驻军于此，在燕子矶钓到的大鱼，他当时十分得意，特地在这块石头上刻下长短炫耀，后人钓到大鱼也常在石上刻记，没料到南姑娘今日居然一举超越了所有人，真是壮哉！"

李景龙，阿南倒是听过他的名字。

李景龙二十年前曾受封征虏大将军，奉命率五十万重兵镇守应天，本是简文帝和朝廷寄予厚望的屏障，谁知却败给了燕王区区数万之众，后来更是打开城门率众投降，是公子的大仇之一。

"这敢情好啊，给我画条红漆，我要力压所有人！"阿南换了个小点的鱼钩，开玩笑道。

"安排上，旁边再刻个'南'字！"

阿南今天风头正盛，连连上竿，廖素亭干脆丢了自己的竿子，过来专门帮她解鱼上饵，忙得不亦乐乎。

秋末初冬，江水浩荡辽阔，日光照在他们身上，温暖又清爽。

阿南一边钓着，一边与廖素亭有一搭没一搭地聊天："那个李景龙，当年在这边驻军？"

"是啊，二十年前，今上便是于此一战扭转乾坤。"廖素亭道，"自古以来南北划江对峙者，北方势力多于采石矶渡江，而南方势力多借燕子矶防卫。当年陈霸先便在此处大破北齐，宋军大败金兀术也是在此。"

"确实是好地势，这燕子矶怎么看都是切向北方的一柄尖刀，不愧为长江天险。"阿南望着旁边惊涛乱拍的石矶，纵目远眺对面的风景，指着江中沙洲，问，"那是哪里？"

"那是草鞋洲，旧称黄天荡。"

"草鞋洲？"阿南随口问。

"是啊，听说那沙洲以前狭长如草鞋，但此战之后，江水忽然改道，本来像草鞋的沙洲，现在越冲越圆了。诸葛提督还说，这分明变成了一个八卦形状，干脆改叫八卦洲得了。"

"那敢情好啊，八卦洲上用他的八阵图，岂不是天时地利人和。"阿南正说笑着，忽然间想起阿琰跟她说过的话，怔了一怔后，立即将钓竿丢给廖素亭，疾步走向燕子矶，"我去看看风景，你帮我照料下。"

燕子矶高达十数丈，阿南走到最高处，看对面沙洲果然是个椭圆鸡蛋形状，再看江水流势，估算着它之前的模样。

身后传来清咳声，是同在这边看沙洲的诸葛嘉，见她神情有异，又不肯与她搭话，只出了点声响。

阿南一指沙洲，与诸葛嘉搭话："看来，以后真的会如诸葛提督所言，是个八卦形状呢。"

诸葛嘉瞥了她一眼，冷冷道："南姑娘与其关心这个，不如想想如何为殿下分忧吧。"

阿南抱臂一笑："殿下英明神武神通广大，需要我分忧？"

诸葛嘉口气鄙薄道："若不是你有可用之处，朝廷怎会容许你这种女海客待在殿下身边？之前你陪殿下破解各处危机，是以殿下对你也高看一眼。如今圣上已广召天下能人异士，个个身手不凡，你以后还是低调行事吧，再如此嚣张，没好果子吃。"

"小心眼，不就是赢了你几次嘛，乖乖认输有那么难？"阿南笑嘻嘻地眺望面前的辽阔水天，问，"圣上召集那么多人，有没有说要去干什么？"

"明知故问。"诸葛嘉嗓音清冷，一如江风，"一甲子前，九玄门留在神州大地上的阵法如今已届发动之期，你和殿下不是已经破解了几处吗？圣上不愿殿下再冒奇险，因此搜罗人才，共卫山河。"

阿南一笑，也不说透。她就知道朝廷纵然说明是去破阵的，也不可能将朱聿恒身上的"山河社稷图"给讲出来。

"来的都有谁啊，有没有特别厉害的？"

"此次前往西北，找到了北地江湖门派第一人，墨门钜子[1]墨长泽。"

阿南笑道："墨大爷啊……他人挺好的。"

她这口气，诸葛嘉哪里还听不出来："你们交过手？"

"切磋过，我师父挺推崇墨门功夫的。只是墨门当年抗击北漠之时，折损了太多能人，导致门派凋敝，真是令人叹息。"

这意思，诸葛嘉如何听不出来。他悻悻道："任你如何自大，终究逃不出傅阁

1　钜子：又称巨子，墨家学派领袖的称呼。

主的掌心。此次傅阁主为领队，相信他的本事就算不能令你心服口服，也可令你四肢折服吧？"

阿南"哼"了一声，郁闷道："诸葛提督嘴巴上的功夫，不输你家传的《八阵图》啊。"

诸葛嘉沉声道："我只希望南姑娘不要再妄为行事，伤害殿下。毕竟，你当初所做的事情，我们都看在眼里，记在心里，难以忘却。"

阿南想奚落他一下，说当初西湖上的事情，你们殿下都不在意了，你却还揪着不放。

但见诸葛嘉神情郑重，瞧着她的目光中不乏警惕戒备，她的心口倏忽触动，胸臆泛出淡淡酸涩来。

阿琰身边的人，都敬他爱他，一力维护他，是以才难以原谅当初在暴风雨中狠狠伤害了殿下的她。

而阿琰呢？为什么他竟是所有人中，第一个原谅她的人。

她一瞬间怔忡，所有反唇相讥的话语便都难再出口。许久，她朝着诸葛嘉一点头，道："诸葛提督放心，我保证，不会有下一次了。"

见她收起了嬉皮笑脸的样子，诸葛嘉那清冷锋锐的眉眼也难得柔和了些，回头看向对岸的沙洲，算是放过了她。

阿南厚着脸皮问："诸葛提督，听说这江心沙洲地势，是近几十年开始变化的？"

"嗯，当地人传说，是有真龙之气纵横大江，万里波涛水势为其所变，所以沙洲才会变成这样。"

阿南向来不信这些神鬼之说，问："诸葛提督信吗？"

"信不信都是事实。比如说，李景龙当年率五十万大军于此迎拒圣上天军时，原本占据长江天险，必胜无疑，谁知圣上进击之时，忽有罡风卷地，地动山摇，李景龙帅旗折断，阵型大乱，圣上借机一举击溃敌军主力。至此局势彻底扭转，才终于定鼎天下。"

阿南环视下方汹涌的江水，问："真的假的，就因为一阵大风，天下就易主了？"

"二十年前的事情，经历者大都还在世，谁会编造？"诸葛嘉袖手远眺长江，道，"就连李景龙都还在呢。"

阿南笑问："他是怎么当上大将军的啊，我听说他当初率六十万大军围攻北京时，还被太子殿下打得找不着北？"

"对，那一役太子殿下稳扎稳打，将京都守得坚如磐石，实是令人佩服。后来燕子矶一战，太子殿下也亲自押送了辎重过来，与圣上共商对付李景龙大军的大计。毕竟当时围困北京之际，太子殿下最熟悉他的招数。"

阿南想着太子殿下那肥胖多病的身躯，心道果然是生死之战，南北这一路颠簸跋涉可不是闹着玩的。

转念再一想，二十年前之事，郜王立下了汗马功劳，听说圣上也以"兄长多疾"来勉励他，可见太子当时奋勇上前线，也是多方压力下的无奈之举。

生在皇家，可能就是这样的吧。

为了万人臣服，为了生杀予夺的权力，为了那份无上尊荣，叔叔可以杀害侄子，弟弟可以取代兄长，父子可以猜忌，手足可以离心……

阿南不禁想，算起来，阿琰和竺星河，也是堂兄弟，他们身上流的，都是太祖与高皇后的血。

可因为皇权的争夺，他们终究成了生死仇敌。

若生在普通人家，会不会他们二人都是皎皎玉树，相映门庭呢？

处理完手头事务，朱聿恒抽空去报恩寺查看琉璃灯烧制进展。

楚元知熬了一夜，眼眶通红，但因为要守着火苗，他和稳作匠头一起喝着酽茶，强撑眼皮盯着窑内，不敢松懈半刻。

终于在日头偏西之际，琉璃灯烧制完毕，摆在架子上冷却。通红的灯盏一只只逐渐转为盈透冷色，浅碧幽蓝晕黄烟紫，呈现出琉璃最华美的颜色。

为了保证质量，三十六只琉璃灯各式都烧了五只，保证能挑拣品相完美的凑齐完整一套。

估算着今晚能烧制完毕，朱聿恒叮嘱了可靠之人，让他们将烧好的琉璃灯以棉纸稻草细密捆扎送往行宫，自己则先去接阿南。

从海上生还后，他来不及休息便万事忙碌，此时终于有些精力不济，在摇摇晃晃的马车上被疲倦淹没，靠在车壁上合了一会儿眼。

到了阿南所住的宅子，天色已近黄昏，而她还未回来。

晚风吹过庭中枇杷树，树叶簌簌轻响。朱聿恒在厅中站了一会儿，看到阿南搁在桌上的一册话本，便拿起来随手翻了翻。

她爱看神神道道的内容，翻折的那一页正讲西王母。

黄竹歌声动地而来，周穆王辞别了昆仑，再也未能回到她的身边。

因为即使他能驱驰八骏跨越九州万里，即使普天之下莫非王土，可他终究只是一介凡人。

西王母还在瑶池等待，周穆王却早已被九泉消融了骨血，自此天人永隔。

堂前的日光逐渐晦暗，晚风渐起，吹得芭蕉叶沙沙作响。

他抬头看着日光转移，看眼前这平凡而珍贵的一日又将逝去，永不回头。

混乱的心绪尚未理清，门口已传来马蹄声与笑声。

随之而来的，是阿南一贯轻捷的脚步声，她跃下马，快步进了门。

越过窗棂镂雕，他看见阿南笑靥如花，身后几个神机营的年轻人紧随其后，手中替她提着大条小条的鱼。

一群人进内便翻找水桶水盆，又争先恐后从渠中打水，一派热闹喧哗。

韦杭之见外面如此吵闹，想要出去制止，朱聿恒微抬右手示意他退下，只在内堂静静看着他们。

她穿着雪青挖银云的鲜亮衣裳，浓密的青丝以金环紧紧束住，三只青鸾在她鬓间轻颤，衬得她眉飞色舞、艳光照人。

她手脚利索地挽起窄袖，带着宅中婆子料理鱼儿。

婆子惊问："哪来这么多这么大的鱼啊？老婆子在江边住了这么多年，可还真没见过二尺长的胭脂鱼！"

一群人都笑起来，廖素亭摸着肚子笑道："实不相瞒，最大的那条已经被我们放生了，次大的几条也被我们烧了落肚，你们无缘得见了。"

阿南春风满面，扯了稻草过来将鱼弓着拴好，一一分配给众人："鱼还是要趁新鲜最好，我这边也吃不完，大家分了吧。"

廖素亭毫不客气提起几条鲥鱼道："鲥鱼这季节不多见，我弟妹爱吃，就不客气了。"

"啧啧，真是感动应天好兄长！"旁边几个年轻人奚落道，他却毫不介意，一群人嬉笑打闹，院中群鱼扑腾水花四溅，就跟鱼市一样热闹。

阿南正收拾着，一抬头看见了站在花厅门边的韦杭之，他那脸上，乌云欲来。

再一瞥厅内，窗纱朦胧，映出后面桌前那条永远沉肩挺背的端严身影，让她心中大叫不妙。

她加快动作，把鱼塞给众人让他们赶紧带回去。等到人群散了，她拿香胰子洗了手，便丢下一地狼藉，笑吟吟地钻进了花厅。

只见朱聿恒坐在桌前抬眼望向她，天色已暗，室内尚未亮灯，幽暗吞噬了他那张俊美无俦的脸，显出一丝晦暗。

阿南抬手晃亮火折子，点了一盏灯，移到桌上。

而朱聿恒掩了桌上书，抬眼看她。火苗在他的眼中跳动，明明是亮光，却显得幽深："钓鱼去了？"

"嗯，还夺魁了呢。"她歪着身子在椅中坐下，打量他的神情，问，"琉璃灯弄好了？怎么来这边了？"

"诸事已交代清楚了，估计今晚他们便能将灯盏全部烧出来。"两人坐得近，他闻到了她身上的鱼腥味夹杂着淡淡酒气，想必今天她与一干人等玩闹得十分尽兴，又是斗赛钓鱼又是江边聚饮，难为还记得正事。

"哦……"阿南想问他过来干什么，又觉得这么问有些见外，便随口问，"你累了一天，吃过了吗？"

朱聿恒道："还未，今日有些忙碌。"

"你啊，真是不爱惜自己。"阿南看看外面院子里的鱼，随口问，"吃鱼不？"

本以为他会拒绝，谁知却听朱聿恒道："吃。"

阿南诧异地眨眨眼，听他又说："想吃上次的鱼片粥。"

临时煮粥是来不及了，幸好后厨今晚是做了饭的，添水加柴熬成稀饭。

阿南削鱼片手法如神，不一会儿，一碗鱼片稀饭端出来，鱼片如玉，姜丝如金，香芹如翡翠，再配上两碟红艳艳的鸭脯和金灿灿的五香豆，虽然简单家常，但也令人食指大动。

"吴妈妈另给杭之做了饭，他吃的可比你好，大鱼大肉的。"阿南换了衣服回来，见他已经用了一半，心下也十分开心，在他对面坐下，拈个梅脯吃，"怎么样，味道还行？"

朱聿恒吃完了最后一口，搁下勺子道："比海岛上更好。"

阿南扑哧一声笑了："那是自然啊，当初没油没盐的，为了活下去什么不吃。"

说到这儿，她又托着下巴问："哎，阿琰，你说岛上那几只海雕，现在长出毛了吗？不行，等以后闲了，我得再瞧瞧去。"

朱聿恒端茶漱口，听她这么说，便道："等我得空了，咱们一起回去看看。"

阿南笑着瞟他一眼："骗人，你忙得饭都顾不上吃，早就把那海岛抛在脑后了吧！"

虽然忙，虽然每日都有大小事务在等待着他，可人生中值得回忆的日子，却并不多。

朱聿恒这样想着，目光不自觉地在她唇上停了一瞬，可在她斜睨自己的含笑目光中，所有想说的话便都埋在了心头，无法出口。

风吹过庭树，哗啦啦的声响中，烛火摇曳。

阿南撑着头凝望他，火光在她眼中熠熠生辉："阿琰，我今天去燕子矶钓鱼了。"

"嗯，我知道。"

"燕子矶对面有个沙洲，跟鸡卵一样是椭圆形的。因为二十年前大江改道，所以，它以后会越变越圆，可能以后会像个八卦呢。"

她说得似漫不经心，可她的话朱聿恒总是认真倾听，一下便抓住了她话中的重点："那个沙洲，是草鞋洲。"

"对，在你出生后，它逐渐改变了模样，但在多年前——傅灵焰和关大先生看到的，是草鞋模样。"她趴在桌上望着他，眼中亮光烁烁，"渤海归墟高台上，你看见过的那个沙洲，你说也是草鞋形状，而应天繁华，也确实在沙洲以南！"

"不对……"朱聿恒只思忖了片刻，又默然摇头，道，"虽然沙洲形状可能接近，沙洲以南也都有城池，但我在青鸾高台上所看到的河流方向，与长江肯定不同。"

阿南想起他说过，图上的江河是从西向东南而去，可燕子矶这一段的长江，则是从西南向东而去，二者截然不同。

六十年时间，沙洲虽有变化，但江流肯定没有大的变化。更何况数百年来长江从未在应天改过道。

阿南有些丧气地趴在桌上，与他四目相对，都知道这是绝无可能之事了："不是应天的话，那还得慢慢找了。"

"别急，天下地势左不过这些，我记得湖广亦有一处草鞋洲，河道正是由西北向东南而流，已经吩咐人去探查了。"说着，他看看外面天色，道，"这时候琉璃灯也该送到行宫了，我们先去看看地图。"

原本在初冬应该关闭的行宫瀑布，因今年秋雨频繁而依旧流淌，轰鸣之声不绝于耳。

暮色四合，琉璃灯送到。阿南与朱聿恒上到双阁处，傅准已静候于瀑布之下，肩上孔雀翠羽在最后一抹夕阳中鲜亮夺目。

见阿南走近，傅准抬手让肩上孔雀振翅而飞。缤纷羽色在金色夕阳中横渡过亭子，栖于后方殿阁之上。

见他这明显防备的模样，阿南忍不住嘟囔了一句："怎么，那东西看起来神气活现的，还怕被瀑布冲成落汤鸡？"

"落汤鸡倒不怕，反正在西湖中时，南姑娘早教训过它了。"傅准的目光在她发间的青鸾上停了停，才慢悠悠道，"主要怕碍了南姑娘的眼。"

明明声音温柔，可阿南还是打了个寒战，搓着自己胳膊左顾右盼道："这水风挺冷啊，怎么感觉阴森森的，阴阳怪气……"

素知这两人不对盘的朱聿恒无奈摇头，只能亲自动手将盛放琉璃灯盏的箱子打开，一一解掉外面的棉纸与稻草绳。

阿南窄袖束腰，行动便利，借着流光旋身而上，钩住顶上石梁，示意朱聿恒将琉璃灯抛给他。

两人一个抛一个接，对照当初的施工图样，将三十六支灯架扩展到了七十二支。

傅准靠在栏杆上看着阿南和皇太孙忙碌，慢慢悠悠地翻着施工册子，好整以暇，一点帮忙的意思都没有。

当日在海底归墟之中，三人都亲眼见过那盏高悬洞顶的琉璃灯。朱聿恒记忆力极好，观察力更是入微，此时按照他的记忆，指点阿南将各式不同的琉璃灯盏一一归置于灯架之上，调整好位置与方向。

等朱聿恒确定无误，阿南替灯轨添满油，然后抬手点燃了正中间那簇灯芯。

灯光骤亮，青色火焰沿着中空连通的铜轨蔓延燃烧，七十二盏琉璃灯从内至外依次点亮，如青莲层层开放，直至所有琉璃莲瓣全部被火光照得透亮，七十二道光华交相辉映，在地上投下斑驳迷离的影迹。

阿南挂在梁上，冲着袖手旁观的傅准一扬下巴："傅阁主，你好意思就这么看我们忙忙碌碌？"

"在下身体孱弱，肩不能挑手不能提，这不是怕胡乱插手，反而妨碍了殿下与南姑娘吗？"傅准装模作样地捂着胸口，但终究还是对照朱聿恒当初解出来的地图，将地面一点点填涂了出来。

灯光层叠，七十二道光彼此交叉折射，光线更显复杂。

三十六盏灯时，投射在地图之上的只是一些虚微光点，但此时七十二盏光线重叠交织，地上顿时呈现出图案轮廓来。

阿南一眼便看到了位于顺天的混沌旋涡标记，以及开封的黄龙触堤，位于钱塘与渤海的则赫然是青鸾模样。

一直在旁边如无事人的傅准，端详着这幅地图，叹了一声道："毕竟不是原来的灯啊。"

阿南顺着他目光方向看去，见一团光斑照在了长江之上。

她立即便明白了他话中的意思。东海的青鸾从海上回首，喷吐的光晕应当是影响到了钱塘，可这青鸾吐出的光斑好似偏了一些，已经贴近长江了。

朱聿恒与她相望一眼，两人都感觉到大事不妙，立即去看玉门关左近。

琉璃灯薄厚颜色变化很大，朱聿恒仿制的虽然已尽力做到了相似，但毕竟并非原物，玉门关虽有光焰虚照，但图案映出来不甚清晰，地点好像也偏离了些许。

阿南自梁上跃下，凑近了仔细辨认。朱聿恒走到她身旁，两人一起凝视那团光点许久，阿南转头看他，问："你觉得……是什么？"

朱聿恒端详道："看来似是鬼影幢幢，难以辨认。"

阿南道："我也瞧着跟鬼影似的，十分古怪。"

"就是鬼影吧。"傅准语气慢悠悠的，苍白的面容在暖橘色的层层灯光下，反倒显出光彩来，气色看来好了不少，"青莲盛绽处，照影鬼域中，自然该有个鬼。"

"青莲，鬼域，什么东西？"阿南疑惑地抬头看他。

而朱聿恒则问："是你在归墟中曾说过的，当年你祖母留下的阵法密档？"

"正是，但这密档，我资质驽钝看不太懂，要不，殿下与南姑娘替在下指点指点迷津？"傅准取出一份发黄的旧手札，递给朱聿恒。

手札不过寥寥数页，朱聿恒翻开便看见了第一页的内容，写的是——

　　幽燕紫宸垣，星火起九泉。

"顺天为幽燕之地，紫宸所居之处指的自然便是大都皇宫。而九泉下燃起的星火，说的便是会有一场自地下而起的大火。"傅准慢悠悠道，"我并未见过，只是听说，那个阵法依托了地下煤矿，差点将顺天付之一炬？"

"没错！"阿南赶紧翻了翻书，察觉有点不对，把小册子凑到灯下仔细看了看夹缝，发现前头有被撕走的痕迹。

"每个阵法都附有地图，唯有这一幅被人撕走了。"朱聿恒说，"看来，蓟承明手中那张地图，应该本是这里的。"

阿南抬眼看向傅准，傅准摊开手道："我拿到手时就是这样了，你看看撕掉的痕迹，估计早有十几二十年了，跟我可没关系。"

书页撕扯的痕迹，确实已经古旧了。阿南便唰唰地翻过前面几个已经经历过的阵法，赶紧去看后面那个阵法。

翻过蓬莱那一页"怒涛尽归墟"后，她定了定神，与朱聿恒一起看向后一页。

青莲盛绽处，照影鬼域中。

阿南抬头望向朱聿恒，而他沉吟片刻，也是不得其解，抬手将这句翻过去，看向后方的地图。

地图清晰又简单，寥寥数条黑线勾出路径，似一朵三瓣莲花，与方碧眠常用来做标记的形状差不多。中间那片花瓣的尖端似乎是道路终点，描着两个相叠的人影。

傅准指着地图，慢悠悠道："如今我们手中有一大一小两种地图，大地图靠青莲琉璃灯光结合笛中图照映，这本册子内的则是阵法地图。然而大的太大，小的太小，复刻的琉璃灯又无法与原来的完全一样，能有这般效果，已实属不易了。"

阿南突然想起草鞋洲的事，赶紧唰唰往后翻去。

后面便是昆仑山阙，再后面是横断山脉。

然后，便翻过了最后一页。手札仅有这些内容，后方再没有了。

阿南脱口而出："沙洲呢？"

"什么沙洲？"傅准饶有兴味地看着她。

朱聿恒倒比阿南冷静许多，他将手札又翻了一遍，里面确实只有七个阵法，并不存在他曾在青鸾高台上见过的那个沙洲。

若不是傅准就在旁边，阿南差点冲口而出，既然"山河社稷图"对应的是奇经八脉，那么阵法也该有八个才对。

她看向朱聿恒，而朱聿恒合上了那本陈旧手札，只道："所以，无论从地图还是之前阵法的图示来看，下一个阵法在玉门关及敦煌月牙泉一带，这点确凿无疑。目前，找到阵法的准确地址究竟在何处，是我们第一要务。"

如今尚未到敦煌，一切探讨都还只是空中楼阁。

阿南这才想起，朱聿恒身上的"山河社稷图"如今依旧是朝廷不解之谜，是以傅准可能也尚未得知，奇经八脉应该对应八个阵法。

"既然有定标、有距离、有方位，那么就算有些许差池，相信寻到准确地点亦不是难事。"阿南也立即转了口风，附和他道，"西北处还有一个阵法，位于昆仑山阙。看旁边大湖的模样，像是传说中的瑶池，我们可以按照地图上的指示方位，详细寻一寻所在。"

"剩下的一处也昭然在目，定是南方横断山脉。但是南姑娘，地图画得再精确，失之毫厘谬以千里，有时候你多走一步少走一步都是死局。再说了，'山河社稷图'发作时间紧迫，留给咱们慢慢搜寻的机会不多。"傅准抚着双臂，一副弱不禁风的模样，朝着她勾勾唇笑道，"其实我不说你也心知肚明，这世上唯一能依靠山川走势准确寻到机关阵法方位的，只有那一个人。"

那一个人。

能依靠五行诀推断出天下所有河流山川与天行地势的人。

阿南脸色微变，狠狠瞪了他一眼，而他微微一笑闭了嘴，抬头望着上方高悬的瀑布，说道："南姑娘说得对，水风挺冷啊，我这常年缠绵病榻的身板可真受不住，阿嚏——"

他连打了两个喷嚏，面色惨淡，虚弱道："在下怕是经受不住，要赶紧去再添件衣服了……"

朱聿恒便示意他先行离开，自己则与阿南细细对照着地图，将上面的标记描绘下来。

"为什么呢，为什么只有七处阵法呢……"阿南喃喃念着，目光在亭子中的地图光点上看了又看，终究没能找到第八处标记，"若这阵法真的与'山河社稷图'有关，牵系奇经八脉的话，应该是八个阵法啊……"

朱聿恒抬头望着上方的琉璃灯，详细回忆着当初在归墟看见的那些灯盏模样，对比是否有异。

但，复原至此，确实已经竭尽人力，不可能更进一步了。

"这不存在的一点，一定关系着青鸾台上那幅怪异的浮雕。可……为什么会不一样，又为什么会寻不到？"

他们在瀑布嘈杂凄冷的水声之中，绞尽脑汁依旧无济于事，目光便不约而同地落向了傅准的背影。

傅准已走过曲桥，在外面已经暗下来的天色中一招手，屋檐上的孔雀便准确飞下，收翼落在他的肩上。

一人一鸟转过曲桥，消失在黑夜中。

阿南不由得"哼"了一声："心怀鬼胎，怕我们查下去他会露马脚，不敢在这里待下去。"

"看来，他所掌握的，比我们知道的肯定要多一些，只是，我们暂时还无法撬开他的口。"朱聿恒沉吟道。

"如果只是收钱不办事也就算了，怕就怕他表面上和我们站一条船，实则是来图谋不轨的。"面对这无计可施的地图，想到自己已决心斩断恩义的竺星河，阿南心下极乱，恨恨道，"反正这浑蛋做出什么事情我都不奇怪！"

朱聿恒见上方灯油渐干，火光黯淡，地图也更显晦暗。既然束手无策，他便提起旁边的灯笼，点亮后对阿南道："走吧，这边水风确实有些冷。"

两人顺着山道走到右峰，正是当初袁才人出事的小阁。

四野无人，山风阵阵，送来激湍的瀑布水声。

朱聿恒将手中的宫灯放在桌上。行宫事变后，此间侍女都已撤掉，韦杭之带着侍从也只守在曲桥处，如今只得他们两人守着一盏孤灯，颇觉凄冷。

水风濡湿了阿南鬓边，琉璃灯映照下，她碎发上全是闪闪烁烁的细碎水珠。

"天气已冷，别着凉了。"朱聿恒抬起手，帮她将粘在脸颊上的湿发拂去。

他手指温暖，而她脸颊微凉。暖凉相触的一刹那，两人似回过神，都有些不自然——

这里已经不是孤岛之上了。

在岛上顺理成章相扶相靠的两人，如今已回到了人烟阜盛之处。

于是，所有的束缚与距离，也便无声无息降临了，再无法如那般赤诚相处。

阿南抬起衣袖，默默擦去了自己脸颊的水汽。

而朱聿恒抬头望向檐角，岔开了话题问："刚刚那只孔雀明明站在屋顶上，怎么傅准一招手，便像活的一样飞下来了，这也是机关吗？"

"不是机关啊，应该是傅准的武器，万象。"

"万象？"朱聿恒倒是从未见过傅准出手，更遑论武器。

阿南习惯性蜷在椅内，说道："九玄门奉九天玄女为祖师，行事遵循道法自然。老子不是说嘛，大巧若拙，大音希声，大象无形。有'拙巧阁'，有'希声'，自然就有'万象'。"

朱聿恒顿时了然："大象无形，所以，那是看不见的武器？"

"对，看不见，至少我和他动手这么多次，从未见过真容，所以才显得特别可怕。"阿南撑着头拨亮灯光，但无论笼罩他们的光晕多么暖亮，依然难以抹除她眼中暗暗的畏惧之意，"我猜测那东西可能和我们在西湖碰到的水玉、渤海之中的光针一般，肯定是有实体的，只不过水玉和光针能隐藏于水，而万象能隐藏于空中，是以谁也看不见、避不开。以这样的手段，招一只机栝孔雀自然是呼之即来挥之即去。"

"若是如此，那万象又如何攻击防守呢？"

"他已经不是这个阶段了。普通人出手讲究防守、攻击，要看对方深浅路数，然后见招拆招寻出破解击败之法。可你知道傅准在江湖上的名号吗？"

朱聿恒摇了摇头。

"'万世眼'。无论什么机关、暗器、阵法，只需一眼便能立即找出最核心的机制，破解甚至复制，便如一眼看穿万世因果，一念破万法。"

朱聿恒想起当时曾听拙巧阁的人提及，傅准是因为阿南的蜻蜓而制造了那只自飞孔雀，而且肉眼可见的，在蜻蜓的基础上改得更为华美绚烂，甚至可以作为制胜武器，比之只能用以赏玩的蜻蜓自然更上一层楼。

他垂眼看向自己的手，以尽量平淡的口吻问："他身体这么差，是当初拙巧阁的变故中留下的吗？"

"不，他自找的。当年他祖母傅灵焰惊才绝艳，可子女并未继承她的资质，拙巧阁的第二任阁主——也就是傅准他娘，招了一个天赋惊人的少年入赘，可傅准的天资依旧到不了登峰造极的地步。这是命定的，纵然他从小便受到最好的培养，差一点就是差一点。"阿南用手指比了个小之又小的距离，在融融灯光下有些郁闷又有些钦羡地望着他道，"这么多年来，只有你与傅灵焰一样，拥有亿万人中独一无二的'棋九步'天赋。可惜你人生的前二十年并未接触这一行，不然的话，你定能像傅灵焰那般独步天下。"

朱聿恒抿唇沉默片刻，又问："傅准虽然天资不是顶级，如今的造诣，看来也是超凡入圣了？"

"用命换来的，你看他现在，天天只剩一口气的样子。"阿南虽与他有刻骨仇恨，但说到此处，还是不由得低叹了一口气，"他爹娘死于阁中乱党，他被忠于原主的一派救出时才不过八岁，但已经清楚认识到了，若按部就班地练下去，怕是十年二十年也无法重回拙巧阁为父母复仇。于是他豁出一切，每日定量服用少许玄霜，强迫双手永远处在最敏感的巅峰状态，头脑心智也时刻稳定在卓绝之际，维持他的万世之眼。不过代价呢，就是要这辈子一直服药，结果变成了现在这副鬼模样，日夜受药性折磨，肯定是个短命鬼。"

朱聿恒记起阿南在海岛上玄霜残存药性发作时的痛楚模样，至今令他心惊难过。

而傅准，居然可以为了复仇、为了夺回属于自己的东西，忍受这日复一日的折磨，不肯让自己松懈哪怕一日一时。

阿南与他一起，望着傅准离去的方向沉默了许久，最终，只说了一句："总之，是个狠人。"

留给朱聿恒的时间已十分紧迫。拿到地图之后，一行人便立即北上顺天。

京师的天气比应天要寒冷许多。朱聿恒即刻进宫面圣，阿南趁这个机会大肆采购可能要用上的东西，还在顺天故地重游了一番。

被神机营炸毁的院子已重新修好，崭新的屋子住进了新的房客。街口酒肆的老板娘依旧当垆迎客，看见她过来惊喜不已："哟，这段时间上哪儿鬼混去了？"

阿南照旧点了盏木樨金橙子泡茶，靠在柜台上与她嘻嘻哈哈道："大江南北转了一圈，可哪儿的茶也没有你泡的香。"

老板娘朝她飞个眼风："我听胡同的姑娘说，你钓到了个万里无一的金龟婿，叫人好生艳羡？"

"唔……阿琰吗？"阿南想起上次在街头与姑娘们照过的一面，不由得笑了，"没这回事，我们俩其实是……"

是什么呢？她又一时说不出来。

是一起出生入死的朋友吗？好像不仅仅是这样。

是危难时同命相依的兄妹吗？又并不算兄妹情。

她耳边又想起了葛稚雅说过的话——他挺喜欢你的。

可……

刚把公子从心里硬生生剜掉的阿南，不愿再深入想下去，挥挥手打开了思绪，说道："哎呀，总之我还是天涯飘零一孤女。"

老板娘用意味深长的眼神看着她："之前你跟我说过的，蜻蜓那个呢？"

阿南沉默地摸了摸已经空了的鬓边，接过她递来的渴水，喝了一口，然后脸皱在了一起。

"阿姐，你这茶用的什么橙子啊，又苦又涩的！"

"真的吗？"老板娘端详着她的神情，笑了笑给她加了一勺糖，"还是甜点好。"

阿南示意她多加一点："毕竟谁也不想吃苦啊。"

"但是，也不能谁给你点甜头，就跟他走哦。"老板娘笑着调侃道。

"放心吧，没人能让我跟着走。"阿南端着茶杯，照旧往角落里的座位走去，"我是司南，我决定的方向，没有任何人能左右。"

"那个司南，看起来不像是能被轻易左右的人。"

紫禁城的高墙让天空显得异常狭小，金色与红色大块铺陈之中，御苑的草木被缩禁于小小的丈围之内，显得紧密而局促。

皇帝在亭中置酒，与朱聿恒对酌。

亭畔摆满盛开的名种菊花，亭外药香弥漫，亭中人却并未因馨香而纾解心绪，相反的，皇帝望着面前的孙儿，面露忧怒之色。

"之前朕怀疑司南是青莲宗乱贼时，是聿儿你力保她，并且答应朕说，你会驯服控制住她。可后来她在西湖为了救前朝余孽而置你于死地，你又迅速忘却了这般深刻的教训，轻易对她消弭戒心。朕倒是有点好奇，究竟是你试图掌控她，还是她已经掌控了你？"

朱聿恒立即起身，垂手道："司南当初所作所为，孙儿一刻不敢或忘。但放眼天下，若无她助力，孙儿因身上的'山河社稷图'，怕是会陷入绝境，因此……无论她如何作为，孙儿总得先行纵容。"

皇帝端详他的神情，问："你确定能收服这种乱臣贼子？"

"阿南虽伤害过我，却也曾多次救我于必死之际，而且她此次亦是真心诚意随我去西北破解阵法，愿圣上详加考察，再给予她些许机会。"

"怎么，担心朕会对她下手？"皇帝挥挥手，示意他坐下，"算了，朕只是提醒你，要时刻谨记她的身份和来历。"

朱聿恒默然坐下，点头表示记下。

见他目光中神采尽敛，皇帝便又问："还记得朕之前对你说过的话吗？为了天下、为了朕与你的父王母妃、为了苍生社稷，你该当如何？"

朱聿恒缄默抬手，将掌心虚按在毒脉瘀痕交集之处，嗓音略带喑哑："是，孙儿会不惜一切，不择手段，活下去。"

皇帝抬起手，重重地按在他的肩上，殷切的目光似在他的心上灼烧出斑斑焦痕："好，这才是朕的好孙儿！"

取过酒壶给他斟了杯酒，皇帝推到他面前，又道："朕原本对你很放心，因你自幼沉稳冷静，从未令朕失望过。但这几次灾难，你总是跟着那女匪孤身冒险，虽得列祖列宗庇佑化险为夷，可你是未来天子，将来朕的江山都要交到你手中的，何必冒如此大险？"

"'山河社稷图'古怪艰难至极，孙儿幸得阿南相助，否则我一人绝无法力克。"朱聿恒语调平静，但其中坚定意味分明，"孙儿对这些也算初窥门径，如今性命既已岌岌可危，不如放手一搏，与阿南同进同出，好歹多几分胜算。"

"朝廷养这么多人，事到临头他们不出马，让你这个太孙亲力亲为，这像什么话？"皇帝声音微冷，"此次西去，你别劳神费心了，朕召集的那些江湖各派人士，这一路你可熟悉了？"

朱聿恒道："已有初步了解。其他门派都已知道了底细，只是孙儿对拙巧阁尚怀有疑虑。"

"傅准虽有龙凤皇帝血脉，但他只是外孙，自古以来未闻前朝公主招赘育子，能恢复外祖父江山的道理。何况太祖得位之正，天下皆知，他一个江湖门派，能成什么大事？"皇帝一笑置之，道，"此人你不必担心，朕自有信得过他的道理。"

祖父决定的事，朱聿恒自然只能应下。

"你身中'山河社稷图'，如今虽无法阻止病势，但你这一路化解了顺天和渤海的大灾，杭州的大风雨灾害也得以大为减轻，也是于社稷黎民立了大功。此去玉门关，朕会倾举国之力，不仅为助你，也是为西北扫除灾患。"他抬手轻拍朱聿恒肩膀，不欲流露心内情绪，转了话锋道，"如今北漠在边疆又有异动，朕不日将巡视西北，你既要去玉门关，便先替朕作为先锋，先行视察吧。只是敦煌僻处西北，外族、青莲宗、前朝势力盘根错节，你务必小心行事，切勿被卷入旋涡，危及自身。"

朱聿恒恭谨应了，道："有陛下亲自布局，孙儿自然无虑。"

"当初朕与你商定，你在前方破解'山河社稷图'，朕在后方彻查凶手。如今真相逐渐浮出水面，既是蓟承明在你幼时下手，那必定与青莲宗脱不了干系。如今山东青莲宗已清剿大半，听说宗主已逃窜至西北，你这一路亦当留意。"

皇帝交代了大事后，想想又道："另外，此去敦煌还有一件事，先交托给你吧。"

"请圣上示下。"

"敦煌那边，出了一桩诡异的命案……"皇帝思忖着，目光落在他的身上，"关于一场雷电不偏不倚刚好将人劈死的事情——而那个人，偏偏又是关系重大、绝不能死的那一个。"

朱聿恒听到"雷电"二字，顿时脱口而出："陛下指的是，卓寿？"

"卓寿？"皇帝一声冷笑，道，"他重罪流放，算什么关系重大的人物？朕指的是，北漠送来和亲的王女。"

第五章

北地胭脂

阿南姿态一向不端正，蜷缩在角落里喝着茶，听酒肆的人纷纷攘攘，难得这一刻的舒适，将所有烦恼忧愁抛在脑后，竟有些恍然不知今夕何夕了。

一贯爱热闹的她心里生起一点小小庆幸，幸好没有抛下阿琰一个人跑回海岛去，不然的话，她现在岂不是孤单得要命。

酒肆内的人闲极无聊，自然开始聊起八卦。

"哎，你们听说了没有？皇太孙殿下的婚事，这回可是真定了！"

阿南顿时竖起耳朵，关注那个口沫横飞的中年男人。

旁边人果然和她一样来了兴趣："听说应天那边可是择了许久，最终是花落哪户人家？"

"怕是那许多姑娘都要伤心了，最终杀出来的这个人，真是令人想都想不到、料都料不着！"

阿南喝着渴水，看那个大叔卖关子，觉得自己要急死了。

众人也是催促不已，直等吊足了旁人胃口，那中年男人才神神秘秘道："我前月不是去北镇那边贩羊吗？结果听到一个消息，你们猜怎么着？北漠送王女来和亲了！"

"北漠王女？"他这话一出口，众人顿时愕然，"哪个王啊？"

"就是圣上之前北伐时归附的宁顺王，如今北漠溃败，全靠他为幼帝摄政。我亲眼见送亲的队伍从北镇穿过，那架势，那阵仗，浩浩荡荡，队伍足有上百人！"

旁边一个老人捋须道："只是送王女过来，未必就是与太孙结亲的。"

"那不然呢？论年纪，难道她是入当今圣上的宫闱吗？论身份，难道她过来下嫁朝臣？论排场，怎么看都是两国通好的架势！"

听他这么一说，众人又纷纷点头称是，认为此事八九不离十了。

阿南喝着茶，剥着手中蚕豆望着窗外垂柳，只觉堂内太过喧哗了，她这么爱热闹的人，心口也生起了些许烦躁。

"不过，皇太孙娶北漠王女，这没有先例，也不太可能吧？你们难道忘了当初秦王妃的事儿？王将军一世英雄，可他妹妹嫁给秦王后，还不是被送到外宫去，连面都懒得见？"

"那不一样嘛，听说那位王妃连汉话都不会说，和秦王怎么会有感情？如今北漠已经被圣上几次北伐打服了，送来的王女肯定熟悉我汉家文化，只要肯好好守规矩，以后边关宁静，对咱们老百姓来说岂不是一桩大好事？"

众人顿时纷纷赞成，那位常年在边镇来往经商的大叔甚至开始畅想常年开关贸易的好日子了。

阿南慢慢喝完了茶，跟老板娘打了个招呼，起身往外走。

她心里有点懊悔，不应该点这味渴水的。

老板娘这次的橙子不知道怎么回事，有点苦，有点涩，还有点酸溜溜的……

辞别了祖父，朱聿恒怀着重重心事来到驿站，问明了阿南的住处，拐过走廊敲了敲门："阿南？"

里面传来阿南轻快的声音："阿琰，快进来。"

朱聿恒推门而入，谁知双脚刚迈过门槛，只见面前黑影一晃，一条人影便向着他袭来，直取他腰间的日月。

他下意识一旋身，避开对方的来势，正要反击之际，抬头看清了面前的人影，居然是阿南。

毫不迟疑，他便垂下了自己的手，任凭流光飞闪，腰间日月被弧形光点缠住，一拉一扯之际，脱离了他的身体，被对面的阿南牢牢握在了掌中。

"阿琰，你这可不行啊，连自己的武器都看守不住？"

朱聿恒望着她狡黠的笑容，扬了扬唇："这是你为我所制，拿走也是理所应当。"

阿南慢悠悠地在椅中坐下，散漫地盘起腿："是吗？那我可真拿走了，而且，我还要把它给拆了……"

话音未落，她的手一挑一勾，精钢丝串联的莲萼顿时松开，所有珠光玉片散落满怀，无法收拾。

朱聿恒略带诧异地挑挑眉，却并未出声。

"真的不急啊？"阿南见他神色如常，终于笑了出来，从怀中掏出一束银白丝线，在他面前一晃，说，"逗你都无动于衷，真是不好玩。喏，我拿到天蚕丝了，替你做个真正的'日月'。"

"天蚕丝？"那丝线轻如棉絮，入手沁凉坚韧，朱聿恒诧异地问，"你在京中，哪里寻来的天蚕丝？"

阿南手下不停，将精钢丝撤换成天蚕丝，随口道："我和金姐姐碰头啦，给她送药膏时她转交给我的，说是傅准之前交给绮霞的，绮霞知道金姐姐要北上，就让她带过来了。"

"傅准？"朱聿恒显然没料到是他，略略皱了一下眉头。

"是啊，想不到吧？不过傅灵焰传下来的东西，也只有他能这么快拿到了。"阿南悻悻地说着，专注地将玉片挽系调整好，又处理好残缺的玉片。

十指飞快穿梭，转眼已经将玉片理好。她手指收束间所有天蚕丝瞬间收缩，迅捷地缩回莲萼之中，形成了一个月牙包裹圆日的造型。

天蚕丝顺滑无比，玉石月牙围绕着夜明珠疾转，珠光玉气不可逼视。

"比之前轻了好多，而且用起来更为顺滑，最重要的是，再也不会伤到你的手了。"阿南满意地试着将它旋转了一圈，交到朱聿恒的手中，"可惜有两片已经无法使用了，如今剩了六十四片。一而二，二而四，四而八，八八六十四，这也挺好，你使力的时候还能更为均衡。"

朱聿恒接过来，入手果然轻了很多。他的手轻轻一抖，让那些珠玉薄片在他和阿南的周身旋转了一圈。

玉片笼罩住他们，如同花蕊轻颤，丝线尽头的蕊珠灿烂无比，转瞬间盛放又尽收归他的手中，比之前更为迅疾与轻巧。

"还有你的手啊，之前被精钢丝割了许多小口子出来，我刚去配了些生肌去腐的药，和你给我的祛疤药混调好了。记得要每天坚持涂抹，不许毁坏了你的手！"阿南说着，从怀中掏出一盒药膏，又拉过他的手，教他如何涂抹按摩。

朱聿恒低低应了，垂眼望着近在咫尺的她。

日光斜穿过小窗照在他们身上，她仔细地帮他按摩手指，在日光下淡淡生辉的，不只他的手，还有她隐在睫毛下专注的瞳眸。

她低垂的面容上映着日月的珠玉光华，偶尔那些光也似乎映入了他的胸臆，让他的心口跳得既轻且快，乱了节奏。

明日便要出发，叵测的前程显得这一刻的安宁尤为珍贵，让他放任自己在这午后的日光中沉沦了片刻。

在她轻柔的按摩中，药膏被他的手指手背吸收完毕。她也抬头看向他，问："记住了？"

"记住了。"朱聿恒朝阿南点了一下头，张开手指试着活动了几下，珍重地将日月握在掌中，说，"这下就算有十几只海雕一起进击，我也不会让它们逃脱了。"

"行啊，到时候出了塞外，天高任鸟飞，说不定满坑满谷都是鹰啊雕啊随你去捕捉。"阿南歪在椅上，托着头打量着他掌握日月的英姿，"到时候，你就可以和北漠王女纵横驰骋，一起射猎啦。"

朱聿恒手中的日月轻微一震，撞击声刚刚发出便被他收住。他看着她脸上那古怪的神情，问："北漠王女，你……怎么知道的？"

"今天在街市上听说的，北漠送王女过来与你和亲，听说架势老大了，早就闹得沸沸扬扬、满城皆知了。"

朱聿恒端详着她脸上的神情，那一向沉静的面容上，忽然露出了一丝笑意。

他俯身凑近她，低低问："如果是真的，你不高兴？"

日光透棂而来，打在朱聿恒脸上，阿南抬眼看到他近在咫尺的灿然面容，呼吸滞了一瞬。

他贴得如此之近，她可以清晰地看到他眼中倒映着的自己的面容，那上面写着的，岂止不高兴，甚至看起来有些气恼似的……

可她为什么不高兴呢？她又有什么立场不高兴呢？

阿南别开脸，哼了一声，说："反正我看你挺高兴的。"

朱聿恒在她身旁坐下，他坐姿笔挺，与她那懒散模样形成鲜明对比，可他的口气却一反常态，不太正经："有什么可高兴的，我并不想与一个鬼魂一起在草原上游荡，弯弓射雕更不行。"

阿南正想奚落他一下，脑中"鬼魂"二字忽然闪动，让她错愕地睁大了眼睛："什么？"

"北漠确实送了王女过来和亲，可我不会答应，圣上也不打算指婚给我。"

阿南对于这些皇家的弯弯绕不太了解，眨眨眼，问："那北漠王女送过来，是要嫁给谁的？"

朱聿恒朝她笑了笑，只是笑容已经不再轻松。

圣上当时对他所说的话，又在他耳边响起——

"聿儿，你大概猜得到，北漠送这个王女过来，是想与你结亲的。"

朱聿恒哪能不知道。毕竟，如今皇室中适婚又未婚的，第一个便是他。

"但你是未来天子，朕若让你娶个异族女子，怕天下人联想到秦王故事，反而于你不利。因此北漠使者来访时，朕虽应了两国之好，但只跟他们说，会从儿孙辈中择优而配，定不会委屈了王女。"皇帝打量他的神情，又道，"朕五伐北漠，如今他们王庭退避，民生凋敝，就连摄政王都是我朝扶持的，这王女如何安置，北漠料来也不敢说什么，只是……"

他的目光，定在朱聿恒身上许久，沉吟着，似难开口。

朱聿恒尚在思索话中之意，却听圣上又缓缓道："只是聿儿，朕希望你能为你爹娘，也为朝廷，尽快留下一个孩子。"

朱聿恒胸口一恸，不知是绝望还是悲哀的一种凉意划过他的心口，让他喉口哽住，良久无法言语。

"朕并不是不相信你。朕知道你必能成功自救，并且为天下带来福祉。朕也会调拨你所需的全部兵马、人手、物资，倾力襄助你破解这'山河社稷图'。"皇帝轻抚他的背，低声道，"可是聿儿，咱们祖孙俩不能打无准备之仗，也总得做好最坏的打算。朕希望，你能尽快为我朱家留下血脉，相信孩子一定会像你一样聪慧卓绝，是天底下最好的孩子……"

这一贯刚强酷烈的老人，讲到此处，终于气息凝滞，难以为继。

朱聿恒双手紧握成拳。他缓慢地，却无比坚定地摇了摇头，答道："不必。若上天注定我无法摆脱这厄运，我又何必非要留下些什么？难道陛下和我父王母妃，需要一个孤苦伶仃的孩子，来昭示我曾经来过这世上？"

皇帝下巴绷紧，不让自己流露出帝王不该有的悲恸，可那紧盯在孙儿身上的哀悯目光，却终究出卖了他。

朱聿恒只能默然咬一咬牙，假装没看见祖父的哀痛，道："还不如，让我抓紧这最后的机会，竭尽全力去做我需要做的事情，纵然功败垂成，孙儿亦会坦然受之，不留任何遗憾。"

见他如此坚持，皇帝只能别过头去，道："既然如此，那你便放手一搏吧。"

朱聿恒重重道："是。"

在他退出时，听到祖父和缓又冰冷地说："聿儿，或许你可以再考虑一下。比如，你遇上了心动的女子，又或许……一个孩子会成为一条适合的锁链。"

令他心动的女子，就在咫尺。

他曾遥望的远天鹰隼，需要一条更强韧的锁链。

可他望着面前的阿南，想着祖父的话，胸中那因为她而涌起的欢喜甜蜜却渐渐变成了微麻的痛楚。

而阿南却不饶过他，问："所以北漠王女呢？你说的鬼魂又是怎么回事？"

"北漠王女死了，就在进入玉门关时。"朱聿恒不愿让她思虑，便干脆利落道，"虽然我绝不会娶她，但她是为两国交好而来，如今北漠边境异动，她又在进入我朝疆域之后离奇死亡，对朝廷来说，此事委实十分棘手。"

"离奇死亡？"见朱聿恒都说离奇，阿南不由得皱起眉头，也难免有些好奇，"有多离奇？"

"她在敦煌城外遭遇了一场暴雨，然后在那场暴雨中被天雷击中，焚烧而死。"

阿南"咦"了一声："在敦煌城外被雷电击中的，不是卓寿吗？"

"对，这就是最离奇的地方。同样的一场雷雨，同样的敦煌城外，卓寿在城南，王女在城北，两个人同时在十月的西北荒漠，被天雷击中焚烧而死，你说，这岂不是咄咄怪事？"

阿南眼睛都亮了，道："这岂止是怪事啊，简直是大怪事！而且，怎么这么巧就在我们要去的敦煌呢？"

她向来是不怕出大事、就怕事不大的性子，一听到这诡异古怪的事件，当下就想要拉着朱聿恒奔赴敦煌。

"赶紧收拾吧，我们快点出发！"

一路向西而行，景色越见辽阔，山川也越见荒凉。

十一月初，江南尚是寥廓清朗之时，西北却已是万木凋尽、寒风如刀。

车队在官道上前行，阿南虽然怕冷，却更不耐车中沉闷，时不时骑上马，在荒原上驰骋一会儿。

穿过苍茫碧蓝的湖边，飞雪落在狐裘上。她跑得太快，把车队拉下太多，正在路口等得不耐烦，打算回马去找他们时，一抬头却看见朱聿恒骑着马，身后带着十几骑人，过来寻她了。

她策马向着他驰去，与他并辔而行，望着前方绵延无尽的山丘，感叹道："阿琰，我从未见过这般辽阔景象，和海外、和江南、和中原，都太不一样了。"

"西北的风貌，自然与他处都不相同。"朱聿恒随祖父北伐时曾来过这里，他以手中马鞭直指前方，道，"等出了这大片胡杨林，穿过小片荒漠，便是敦煌了。敦意为盛大，煌意为辉煌。这座盛大辉煌之城依龙勒水而建，周围有鸣沙山、月牙泉，是绝好的地方。"

身后车队还未赶上，两人骑着马，慢慢沿着官道而行。

出了秃枝萧瑟的胡杨林，前方果然一片坦荡平原，枯木零零散散站在寒风中，野草荒丘一片寂寥。

"我看这敦煌往西百里开外，好像全是荒漠。你说，哪里会是青莲绽放之处呢？"阿南催趁胯下马匹，沉吟道，"难道是月牙泉的水里，养着莲花？"

朱聿恒摇头，肯定道："月牙泉是沙漠中一泓清泉汇涌而成，岸边倒是长着一些花草，但莲花难合此间气候，泉中并未种植。"

"也不知道这次的阵法，会隐藏在何处，如何布置……"阿南与他勒马望着面前大片荒原，他们都没说出口，但心中不约而同都浮起傅准的那个暗示——

或许，只有竺星河的五行诀，才能在这大片荒漠之中，找到那青莲绽放之处吧？

黄沙荒草平原彼端，敦煌遥遥在望。

朱聿恒与阿南一路西行，就在距离敦煌不远时，发现前方官道两侧扬起灰尘，似有行人奔马，混乱不已。

朱聿恒拿千里镜看了看，正在沉吟，阿南问了声"怎么了"，拿过他手中的千里镜一看，顿时冒火不已。

只见一群衣衫褴褛的民众，正被一群官兵驱赶着往前走。那群百姓个个面有菜色，冻饿得走路都摇摇晃晃的，可后面官兵如狼似虎，哪管他们走不走得动，见谁落后了一步，手中马鞭刀背便没头没脸落在他们身上。

阿南千里镜转了个角度，正看见队伍中一个五六岁的孩子脚下趔趄，摔倒在了地上，后方一个士兵立即挥起马鞭，劈头盖脸抽下，打得他小脸上血痕绽裂。

阿南气炸了，把千里镜丢给朱聿恒，一催胯下马，立即向着下方俯冲而去。

正在鞭挞灾民的士兵们听到嗒嗒的急促马蹄声，抬头一看，尘烟之中一骑快马疾驰而来，直奔那个正在抽打孩子的士兵。

士兵们看着奔马，还未来得及反应，面前忽有个人影从道旁扑出，趁着他们在看阿南，抱住小孩退离了他们可及的范围，指着士兵们怒问："你们这群浑蛋，凭什么对个孩子下这么狠的手？"

阿南尚未到跟前，见孩子已经被人所救，不由得诧异地打量了一下这人。

原来是个十七八岁的少年，浓眉大眼，长相倒是端正，但衣衫敝旧灰头土脸，看来不过是个普通的农家后生。

士兵见是个乡下少年，顿时冷笑一声，不由分说挥鞭也向他打去："军爷奉命清理这些碍眼的灾民，哪来的野小子敢妨碍公务？滚一边去！"

那少年抱着孩子不放，身手灵活地闪身避开他的鞭子，脚步轻旋，甚至还转到了他的马后。

那士兵跟着他的身影反手一鞭子抽去，只听得一声痛呼，旁边一个士兵捂着脸狠狠踹了他一脚，怒骂出来："老四你个王八蛋，你打我？"

持鞭士兵挨了他一脚，气急败坏："我打的是那小子，鬼知道你干吗站后头？"

"你也知道我站在你后头？你不长眼啊？"

两个士卒都一起去打少年，却见眼前一花，少年那尚未长壮实的身形跟泥鳅似的，往旁边一扭，只听得砰砰两声，又有两个士兵捂着脸哀叫出来。

原来这少年古怪刁钻，不知何时又将他们打来的双拳往后方引去，打中了其他两个士兵。

那两个士卒无端受害，顿时怒不可遏，许是素日有隙，反手就去打动手的士兵，乒乒乓乓扭打成一团，场面一片混乱。

而少年抽空脱出队伍，放下孩子就跑。灾民中一个妇人早已泪流满面，赶紧扑出去将孩子紧紧搂住，抱着他不敢撒手。

阿南眼睛都亮了，她顺着少年的身影往前看，眼见他快要跑上小道逃脱了，却见路边一匹马窜出，一蹄子尥向他的面门，马上人手持长刀，当头便向少年劈落。

少年身形一矮，立刻从他的马下钻进去，手脚一收就抱住了马肚子，在避开马蹄的同时，也让对方的刀硬生生劈向了马脖子。

刀到半途，收势不住，眼看便要割破马脖。马上人也算是机变极快，长刀脱手卸掉去势，侥幸只拉了一道口子，未曾将马砍伤。

胯下马一声惨嘶，痛得蹦跳起来，马上人差点被甩出去。正当他紧揪马鬃维持身形时，紧抱住马肚的少年在马下将身一荡，一脚狠狠踹向他的肚子。

马上人身形未稳，顿时被他踹得重重摔落于地。

少年一闪身便骑上了马鞍，抬脚狠踢马腹。吃痛的马儿顿时带着他往前急奔，转眼便冲入了一片杂树林，消失不见。

这一下兔起鹘落，少年片刻之间救孩子、乱阵脚、伤头领、劫马逃离，一气呵成行云流水，让阿南看得心里大快。看着滚了一地呼痛的官兵们，她忍不住哈哈大笑出来。

在少年那里吃瘪的官兵们怒不可遏，那个马匹被劫的头领更是目眦欲裂，从地上爬起来瞪着她，暴怒喝问："哪来的野丫头，敢在这里喧哗？"

阿南笑得更开心了："怎么，你输得，我就笑不得？"

"呸！"头领吐了口带血的唾沫，指着阿南怒道，"这女人古怪刁钻，我看必是青莲宗妖女，来人啊，把她拿下！"

"呵……"阿南冷笑一声，催促胯下马往前踏上一步，左手虚按在右臂之上，只等着他们上前来，给每人脸上留个纪念。

身后朱聿恒已经率人赶到，见对方要攻击阿南，立即抬手示意。

身后众人立即弓箭上弦，齐齐对准正要扑上来的兵卒们。

朱聿恒一路身着便服，又只率韦杭之等十数人脱离了大部队，是以那群官兵并不知道他们身份。那头领在敦煌山高皇帝远，俨然是当地一霸，何曾有人在他头上动过土，当下咆哮着催促手下士兵："上！都给老子上，杀光这群反贼……"

话音未落，他只觉喉口衣襟一紧，整个身体不听使唤，笔直地摔了出去。

是阿南的流光已出手，仓促之间他根本来不及回应，便扑向了沙地之中。

总算是纵横疆场的人，他手在地上一撑，双膝一顶，好歹避免了摔个狗吃屎，但那手脚撑地的姿势，赫然是屈膝趴在了那群灾民面前，结结实实地来了个跪拜大礼。

灾民们饥渴疲惫，见这凶神恶煞模样的大官跪在面前，尚在木然，只有朱聿恒身后传来扑哧一声，打破了此时的沉寂。

发笑的人正是廖素亭，他一边憋笑，一边朝阿南竖起大拇指。

那头领咬牙切齿，爬起来抹了一把脸上的灰，正要反扑之际，后方烟尘滚滚，诸葛嘉已经率众赶到。

"马允知，你好大的胆子！"

诸葛嘉当年率神机营随圣上北伐，那马将军是见过的，见他呵斥完自己后，立即便跃马于朱聿恒身旁，与韦杭之形成翊卫之势，顿时吓得变了脸色。

看这阵容架势，必定是圣上西巡的先遣队到了。而连京畿神机营的诸葛嘉都要回护的人，那身份自然不言自明……

他心惊胆战，赶紧示意士兵们收好武器列队肃立，上前来对他们行礼："敦煌游击将军马允知见过列位大人！"

丝路迁移，边关变易，敦煌如今地位衰微，与关西七卫联系亦不紧密，只是个羁縻卫所，设了马允知这个游击将军，虽是一地长官，但跟诸葛嘉这样的京中大员自然是天上地下。

"诸位大人大驾光临，怎么不派人来知照一声，敦煌卫早盼着替各位接风洗尘……"说着，马允知又恭恭敬敬地朝朱聿恒赔笑，向诸葛嘉打听，"不知这位大人是？"

刚刚还凶神恶煞，如今一下子已经俯首帖耳，这变脸的功力让阿南叹为观止。

诸葛嘉根本不理会他的问话，只看向朱聿恒，等他示下。

朱聿恒看着那群灾民，问："马将军？"

马将军见诸葛嘉都要看他脸色，再一想到这个年纪这个气派，全天下符合的人大概只有那一位了，头皮顿时一麻，说话也结巴了："是，是，下官游……游击将军马允知。"

"为何纵马驱赶灾民？"

马允知忙道："回禀大人，下官接到京中公告，陛下将于近日西巡，或会途经敦煌。下官考虑到这些灾民自外地流浪而来，身份难以查明，而且近期青莲宗又在各地兴风作浪，是以赶紧带人清理掉这些闲杂人等，以免惊扰陛下西幸，确保万无一失。"

他这一番话说得诚恳，朱聿恒却丝毫不为所动："自黄河水灾后，朝廷虽大力赈灾，但多有灾民流散于各地。京中早已发布公告，各地需妥善安置灾民，尤其不可造成冻饿情形，更应派遣人手及时查清籍贯，护送归籍。"

说着，他抬手指向那群形容凄惨的灾民，问："你们就是这样安置的？是没有接到旨令，还是把朝廷旨意抛在了脑后，将黎民百姓视为累赘，一意驱赶出己方之境，只求无过，以免累及自己前程？"

马允知慌忙辩解道："下官只是……只是想将他们迁到城外，到时会命人安顿好的。"

朱聿恒厉声问："如何安顿？你身为将军，亲自率人纵马驱赶，鞭笞殴打，强迫灾民们迁往这荒野中，要让他们活活冻饿而死，这就是你的安顿之法？"

马允知不敢再辩解，只能战战兢兢垂头道："下官知错，是下官考虑不周，待回去后，定会好好筹划安置灾民之事，务必妥当，请大人放心！"

眼见朱聿恒亲自出马，阿南知道此间事情已定，便打马向他凑近，使了个眼色道："我去旁边溜达一下，迟点咱们在敦煌驿碰头。"

朱聿恒哪会不知道她的用意，看向少年消失的杂树林，询问地望她一眼。

"那位小弟弟身手了得，而且我对他的路数很有兴趣。"她朝他一笑，丢下一句，打马就走，"走啦，等我回来后再跟你详细说！"

她说走就走，朱聿恒唯有无奈目送她身影飞驰而去。

身后廖素亭无奈而笑："南姑娘真是想一出是一出，这都快到敦煌了，她怎么又一个人跑了？"

"这有什么好奇怪的。"身后传来傅准轻咳的声音，轻笑道，"南姑娘生性不拘小节，又最爱少年郎，何况这少年身手如此出色，自然要赶去结交。"

薛澄光随行在他左右，闻言低低嘟囔道："可不是吗，当初她在拙巧阁当阶下囚，手脚都断了，可遇见阁中清俊的弟子时，还要多看两眼呢。"

廖素亭嘴角都抽抽了，明知千不该万不该，可他还是难以控制自己，偷偷打量了一下皇太孙殿下的脸色。

朱聿恒望着阿南的背影，心下忽然想起，第一次见面时，阿南就受了胭脂胡同的姑娘们撺掇，撒欢跑来偷窥他。

可有什么办法呢，她本就是这样的阿南，在这世上随心所欲地生长，如一棵蓬勃的大树，不可能移栽到世俗的花盆中，受其拘禁。

"走。"他无奈地目送阿南追着那少年远去，拨转马头，打马便向敦煌而去。

那少年骑马逃脱之后，冲入了杂树林，在其间七扭八拐就是不走直线。

不过他遇上了阿南这个贼祖宗，哪能藏得住踪迹。不多久阿南便寻到了树林尽头，看到那匹伤马被抛弃在林边，正在哀哀鸣叫。

阿南在四周细心搜寻，终于在林外行人的杂乱脚印中寻到了特殊的那一串——足尖斜，足跟轻，如燕子抄水般轻捷无比，正符合那少年的身形。

顺着干燥的黄土山道，阿南向前方村落寻踪而去，在一户人家门前停下。

这是一户看来普通的西北人家，篱笆扎得整整齐齐，门头上的茅草也是新修剪的。再往里面看，三间旧砖房，旁边柴房猪圈菜园，都打理得整齐干净。

她正在看着，正遇上那少年从柴房抱着一捆柴草出来，一抬头看见她骑在马上，从篱笆外打量自家，便有些诧异地看了她一眼。

阿南笑吟吟地道："小哥，还烧柴呢？你祸事到了！"

那少年脸色大变，往屋内看了一眼，连手中柴草都来不及放下，便几步跨到篱笆边，低声问："你是谁？"

"一个目睹你打了游击将军和守军的过路人。"阿南笑道，"怎么，觉得自己仗义行侠干净利落？结果没料到吧，连我都能循着踪迹找到你家，你说姓马的会不会放过你？"

少年脸色大变，把手中柴草一丢，正想说什么，听得屋内有人问："垒娃，外头谁来了？"

门帘一掀，有个穿着旧青布衣衫的妇人走了出来，她看起来有四十上下年纪，头发梳得一丝不乱，身上衣服虽有补丁，但浆洗得干干净净，和这个家一样清爽利索。

少年有些慌张，回头道："娘，我……她，她是过路人……"

"对，我路过的，向小哥问路呢。"阿南笑着向妇人点了一下头，道，"行路缺水，有些口渴，我想讨口水喝。"

妇人见她一个女子孤身骑马，虽觉得有些古怪，但见她笑意盈盈的，便也放下了戒备，招呼道："进来吧，我家还有自家结的梨子，我给你洗两个。"

见妇人和蔼可亲，阿南当即笑着应了，下马进门。

那少年心下着急，又怕惊扰母亲，只能默不作声地捡起地上柴草送去灶房，又去水缸中给阿南舀了碗水。

妇人给阿南削了个大鸭梨，随口打听："姑娘，这儿可不是什么繁华市井，你怎么孤身一人到这儿来了？"

"不瞒阿娘，我是寻亲来的。我家中有户山东的亲戚，最近搬到这边了。"阿南将金璧儿寻娘舅的事儿套到自己身上，张口就来，毫无迟疑。

妇人笑道："原来如此，我们这一批人确实都是从山东来的。老矿脉枯竭，这边又出了新的大脉，这不就被迁过来了。"

阿南打量他家这翻新的旧屋，看檐下挂着的斗笠蓑衣上用红漆写着齐匠梁字样，心里估量着这家人应该是买了人家的旧院落，短短时间便打理得这么好，不由得赞叹道："阿娘真是能干人，这园子打理得可真好。"

妇人显然也对自己的家十分满意，笑逐颜开地拉她参观自己的菜园子："姑娘吃萝卜吗？今年的萝卜芜菁长得可好，姑娘你带两个回去！"

阿南这么厚脸皮的人，刚见面就在人家里又吃又拿的，也着实有点不好意思，连说"不必不必"。

妇人却十分好客，早已进了菜园，到里面拔萝卜去了。

阿南正想着是不是赶紧跑路，一转头却看到了旁边的柴房，当即便瞪大了眼睛，忍不住趴在窗口向内看去。

这竟是一间布置得整整齐齐的工具房，墙上按照长短大小，分门别类挂着斧、凿、锛、锯，下方则设着一排齐腰的柜子，上方当案桌，下方储物，里面整整齐齐放着各式矿石、木头、粗布、砂纸及各类小工具，那齐整完备的模样，看得人神清气爽。

少年在旁边见她往里面看，那神情跟落进了米缸的老鼠般，便抬手拿掉了支摘窗的杆子，不让她再看下去："你一个姑娘家，看见我们石匠工具干吗眼冒绿光？"

阿南当然不会说是因为血脉里相同的东西在呼啸，只朝他笑道："你娘打理的吗？我就爱这横平竖直的模样，跟墨斗弹出来的似的，这可太令人舒爽了！"

少年心怀鬼胎，看着她的笑模样就觉得心慌，阿南也不好意思再拿萝卜，赶紧解了马缰，抄起梨子大声跟妇人告别，便往村口方向走去。

那少年追出几步，欲言又止。

阿南笑问："喂，你家斗笠上写着齐匠梁，你娘叫你垒娃，所以你叫梁垒？"

"对。"他别开脸，悻悻地道，"赶紧走吧，别吓到我娘……你刚刚说姓马的不会放过我是什么意思？"

阿南拢着马缰，笑着朝他一挑眉："我逗你玩呢，马允知就要被朝廷处置了，现在焦头烂额，哪有空来管你。"

"真的？"梁垒怀疑地看着她，"马允知在敦煌这边作威作福好多年了，朝廷怎么会突然处置他？"

"因为不巧，我就是跟着朝廷的队伍来的，他的所作所为被上头逮个正着，现在可有苦头吃了。"

梁垒上下打量她，皱眉问："你到底是什么人？又来找亲戚，又和朝廷官兵一起来敦煌？"

"哎呀，我一个弱女子，要是孤身上路，你说怕不怕呀？所以我就跟着官兵队伍走呀，反正我不妨碍他们，他们也不会赶我的。"

梁垒鄙视地看着她，总觉得她满嘴没一句正经话，哼了一声，转身就要走。

"等等啊，"阿南喊住他，"看你的模样，应该也是在矿场做工的？是做什么的呀？"

"我在矿下寻矿脉的。"

寻矿脉能寻出这灵活身法来？阿南当然不信："那你今天怎么没在矿场？"

"矿脉漏水了，我爹带人正在清理呢，我就先回家了。"

"奇怪了，这么干旱的地区，矿上居然还漏水？"

梁垒懒得和她多说，几步就走远了："不懂就别多问，漏了就是漏了，我骗你干吗？"

"年纪不大，脾气不小啊。"阿南笑着抛了抛手中梨子，塞入马背囊中，转身离开。

阿南孤身去追梁垒，身上并未携带行李，此时到了敦煌，也顾不得去驿站打理，先打听了一下，跑去了卓寿住处。

卓寿被流放参军，敦煌又是军镇，他和卞存安一起被安置在了城中一间僻静小屋内，紧靠草料库，日常还要照看草料。

阿南看着那古旧粗糙的门厅，心里有些唏嘘。

在门口系好马匹，她探头往里一看，这屋内也就一个小合院，无遮无蔽的，一下便看到了一身麻衣孝服坐在堂屋的卓晏。

院中衰草枯木，门厅陈旧，卓晏披麻戴孝守在灵前，景象一片凄凉。

听到她的声音，卓晏转头看见是她，愕然起身迎接："阿南？你怎么来了？"

"我跟阿琰来的。"阿南进内给灵位上了一炷香，叮嘱卓晏节哀顺变。

卓寿亡故近一月，卓晏如今已接受了这个现实，只是红着眼圈点头答应，将阿南带到旁边屋子去。

阿南道："阿琰事务太忙，还没进城又撞上坏人为非作歹，如今正在处理呢，估计要迟些才能过来了。"

卓晏摇头道："殿下身份何等尊贵，怎么能来这里呢？我如今正和卞叔商议，等天气转凉，想扶棺回乡，毕竟，落叶总是要归根的。只是卞叔有点担心，说我爹是被流放至此处的，不知朝廷是否允许他的遗骸归于故土……"

他口中的卞叔，自然就是卞存安了。

卞存安的太监身份被戳穿之后，本应是死罪，但因为朱聿恒相助，改成了与卓寿一起流放充军。如今他已不必藏头露尾，卓晏也改口喊他卞叔。

阿南听卓晏话里的意思，立即道："放心吧，这事跟阿琰说说，他肯定能允的，我待会儿就去替你讲一声。"

卓晏感激不已，卞存安也出来向她致谢，他这些时日哀思不已，饭都吃不下，看着灵堂上的牌位，又哀哭不止，差点昏厥过去。

阿南劝解道："卞叔，我知道你与卓叔情谊深厚，可去的人终究已去了，你一定得保重自己啊！"

卞存安呜呜咽咽，只是摇头。

其实在阿南看来，葛稚雅和卞存安换了身份根本没什么大不了的，都只是个人选择而已。可就因为卞存安是太监，卓寿收留他便成了私自容留内官，成了僭越大罪，不仅被革职，还连累父祖爵位都被褫夺，自己被流放至此，死得不明不白，想来真是有些冤枉，也难怪卞存安愧疚难过至此。

她叹了一口气，给卞存安倒了杯茶，道："其实，我与殿下探讨过卓大人的死因，认为其中必有内幕，毕竟……"

说到这儿，她顿了一顿，因为北漠王女之死，如今尚是秘而不宣的大事，将其捅给卓晏，对他也并无好处，因此她转了话锋，只道："西北这地儿，十月天雷说来诡异，殿下的意思，我们既然来了这里，就不能对此事放任不管，至少，不能让你爹蒙受冤名死去。"

卓晏眼圈通红，哽咽道："阿南，我真不知道如何谢你……"

"谢我干吗，你别忘了，我以前落魄的时候，你都不嫌弃我，还请我在酒楼大吃大喝呢。"

阿南安慰着卓晏，心里不由得暗自叹息。

那时十足花花公子做派的卓晏，浪迹花丛风光无限，现在想来，大概也是恍然如梦吧。

短暂沉默后，阿南问他："你来到敦煌后，便与卓叔、卞叔一起住在这里吗？在出事那几天，可有什么异常？"

"没有，我爹来了这边后，什么雄心壮志全都没了。他跟我说，也不求官复原职了，只愿平平静静活下去就行。"卓晏捂着眼睛，强抑要落下来的泪，"他在这边照看草料，月头月尾清点一下，倒是也悠闲自在，只是我们父子与马允知并不对盘，每每意见相左，有过争执。"

"不对盘才好啊，你和那种人走得近才要坏事呢。"阿南道，毕竟阿琰很快就要处理他了。

卓晏并不知内情，但见阿南附和，立即大吐苦水："阿南，你知道那人有多可恶吗？他欺行霸市，在敦煌这边就是个土霸王！而且、而且我过来的第一天，他知道我的身份后，就对我们父子大加嘲笑，说什么狗肉毕竟上不得席面……真是气死我了！"

阿南听出其中内情，问："难道说，他之前就认识你爹？"

"是啊，我爹以前在边境小卫所戍守时，与马允知一起当过大头兵。后来我祖父和我爹立下战功，祖父封了侯，我爹也步步高升。而马允知这么多年也就折腾了个游击将军，估计早就对我们一家嫉恨在心了。"说到这儿，卓晏又叹了口气，"最气的还是世态炎凉。我爹一出事，当年多少巴结他的人立即断了往来，就连他去世了，也没一个人来慰问，这么多天了，没人登门也就算了，连封吊唁信都没有！"

阿南见他气恼的模样，拍了拍他的背正要安慰，却听到卞存安叹了口气，伤感道："那些信，不来也罢，免得那些人还咒永年兄呢。"

永年是卓寿的字。卓晏愕然地转头看他，问："谁？谁这么无耻落井下石？"

卞存安扶额道："我也不知道是谁，前阵子你尚未到敦煌时，永年曾经收到过一封信，看完后他的脸色都变了，气得浑身发颤，把信撕了个粉碎，当时就丢进炉子烧了……"

卓晏素知自己的爹沙场征战多年，早已泰山崩于前而色不变，就连被革职流放的时候，也不过一声叹息，并未怪罪卞存安。可他这样的人却被一封信气成这样，可见那封信上写的事情，必定触到了他最忌讳的地方。

"后来我倒纸灰时，在碎片上看到了几个字，我识字不多，但那几个字我还是认识的，写的是……"卞存安说着，伸手蘸着茶水，在桌上慢慢地、一笔一画地写下了四个字——"汝必惨死"。

卓晏登时跳了起来，怒问："是谁！爹都已经到这地步了，谁还写这样的信！"

卞存安摇头道："永年兄绝口不提此事，我也不敢问。后来你过来了，他也未对你说起，我以为事情已经过去了……直到他去世前几日，我半夜醒来，发现他一个人在屋外踱步，也不知道已经吹了多久夜风……"

卓晏悲从中来，通红的眼眶中热泪不由得滚落下来。

"我劝你爹回屋休息，可他只问我：'你说，我这样的人，真的会天打雷劈吗？'"

卓晏的脸色，顿时变得一片灰白。他不敢置信，目光从卞存安的脸上，慢慢转至阿南的脸上。

阿南与他四目相对，也是一脸震惊。

"我当时……只以为永年兄是半夜睡迷糊了，胡乱琢磨，却没想到会一语成谶，他后来真的、真的死于天雷之下……"卞存安泣不成声，连身形也歪倒在椅子上，似要昏厥，话语也模糊起来，"难道说，真的是天意吗？"

卓晏赶紧去扶住他，忙乱地掐他的人中，但醒来后他也是两眼涣散、意识不清。

阿南探了探他微弱的气息，对卓晏道："我看卞叔是太虚弱了，你让他吃点东西，好好照顾他，好歹得把命保住。"

卓晏含泪点头，让人把他背到床上休息，又让打理家务的老兵去请郎中，一阵忙乱。

阿南见这情形，自己也插不上手，只能先告辞出门了。

寻到敦煌驿站，里面一应事务早已安顿好，候门的人见她来了，赶紧迎上前，将她带到后院一间雅洁的房间。

她所有的东西都已经归置在室内，打点得丝毫不乱。

阿南心中有事也来不及休息，问了朱聿恒下榻处，便急着出门去了。

尚未走到门口，她便看到马允知战战兢兢地垂手立在门内。朱聿恒的声音并不大，却足以穿透院落，传到她的耳中："马将军，圣上并非必来敦煌，只是或许会在西巡之时顺便经行而已。如今天下虽然大定，但各处饥荒灾祸着实不少，圣上的意思是一切从简，切勿搞出什么大阵仗，劳民伤财。"

"是是，圣上体恤黎民之心，下官深知。只是我们做臣子的，也不能太过简慢了，这是敦煌百姓的一片心意，若能博得龙颜大悦，也是黎民之福、我敦煌之幸啊！"

朱聿恒不再多说，抬手示意他退下。阿南在门口看见马允知额头的汗珠比黄豆还大，不由得幸灾乐祸。

别的不说，她可真喜欢看阿琰训人的样儿，尤其训的还是她讨厌的人。

进门见室内就朱聿恒与韦杭之、瀚泓几个熟人，她便随意地往榻上一歪，问："那个马允知这么讨厌，阿琰你居然有兴趣一路训他训到这儿？"

"实在太不像话，否则我哪有空理他。"朱聿恒看了她一眼，让韦杭之与瀚泓都先退下了，神情有些淡淡的，"这边纵马驱赶灾民，那边却在月牙泉大操大办，说是给圣上西巡准备了曲目，让我先去过过目。"

"可以呀，他肯定是要搞个大阵仗，博得龙颜大悦，可不就升官发财了吗？"阿南见他神情不似以往，有点诧异，捏了个橘子剥着，问，"怎么了，心情不好？"

朱聿恒瞥了她一眼，道："看着某人行事讨厌。"

"什么人啊，敢惹我们殿下如此不快，我替你教训他！"阿南笑嘻嘻地，将手中剥开的橘子分了一半给他，"那个马允知？"

"哼，他值得吗？"朱聿恒嗤之以鼻，大失皇太孙风范。

阿南正思忖着让他不开心的人是谁，橘子入口，酸得皱起了眉："这边的橘子可真不好吃。不过西北的梨子不错，我刚吃了梁垒家的梨子，那份水润甘甜，真是绝了！"

朱聿恒吃着她给的酸涩橘子，貌似随意地问："梁垒？"

"就是今天行侠仗义那个小兄弟，我找到他了，你猜怎么着？"阿南俯头向他，压低了声音，"我就说他那身手熟悉，果然是九玄门的人。"

"哦？"朱聿恒眉头微皱，"你确定他是？"

"确定啊。但九玄门与青莲宗关系甚密，他会不会也是青莲宗的呢？"阿南往椅背上一瘫，支着脸颊烦恼地说道，"他娘是个挺好的人，我今天还去蹭他家的梨子吃，改天登门就翻脸，不太好吧……"

"这倒也不必，青莲宗的人未必都是乱党匪类。西北这边青莲宗的情况我曾查过，与山东行省那边作乱的派众不同，多是贫苦百姓结社互助，这些年来与官府倒是没有太大的冲突。"朱聿恒反倒劝慰她道，"我看梁垒今日的作为，也是一个扶危济困的热血少年，纵然是青莲宗帮众，也不像奸恶之徒。"

阿南点头："这倒也是……而且我听说太祖当年一统天下，也有青莲宗的助力嘛。"

朱聿恒并不与她谈论此事，转而问她："你怎么从身法上看出他是青莲宗的人？"

"我之前奉师命去各地寻访门派时，和什么人没打过交道？他有九玄门的底子。"阿南兴致勃勃，甚至连身子都坐直了一些，"关大先生和傅灵焰都是九玄门下，也都是青莲宗重要人物，我想我们可以从梁垒这边下手，或许能更快揭开青莲盛绽之谜。"

原来她这一路寻去，是为了寻找"山河社稷图"的阵法所在，归根结底是为了他。

不由自主，朱聿恒心下掠过一阵愉悦，只是那板着的脸一时难以松动："可纵然九玄门与青莲宗关系匪浅，但傅灵焰等人都是六十年前的人物了，我看就算九玄门当年有参与阵法，怕也是十分渺茫。"

"就算渺茫，也要抓住啊！难道你不想尽快找到青莲盛绽之处，将那个阵法给破解掉？"

见她如此认真，朱聿恒终于再也控制不住，唇角微微上扬，朝她露出笑容："好，我会安排的。"

天色尚早，阿南掏摸出梨子去敲开了金璧儿的房门，兴高采烈道："金姐姐，来吃个梨子吧，这梨可甜了，在江南可吃不到！"

金璧儿身子虚弱，一路马车颠簸，此时靠在榻上休息，神情略显萎靡。

楚元知自然不舍得让她起身，接过阿南手中梨子去清洗削皮。

金璧儿在室内不戴帷帽，阿南捧着她的脸看了看，惊喜道："那药膏真是有效，金姐姐你脸上的疤痕已淡化许多，再多抹几日，我看便能恢复如常了！"

金璧儿抬手抚摸自己的脸，感觉那伴随了自己二十来年的坑坑洼洼感确实平复了，又对着阿南拿来的镜子照了照，见自己确实恢复有望，欣喜得眼泪都涌了出来："还是多谢南姑娘，若不是你给我寻了这药来，我可能、可能一世都无法见人了……"

阿南笑道："我这不也是赔罪嘛，当初我还烧了你家后院呢。再说这药我拿着也没用，能帮到你才算它真正有价值了。"

她给金璧儿擦干眼泪，楚元知也已将梨子削好了。

这梨子又甜又脆，尤其楚元知最嗜甜，若不是有人在旁边，怕是手指都要舔一遍。

阿南笑道："好吃吧？我改天找梁垒多买几个，这次可不能吃白食了。"

金璧儿听她说"梁垒"二字，竟怔了一怔，问："梁垒？"

"是啊，那小子叫梁垒，帽子上写着齐地匠户，他家应该也是从山东迁来的这批工匠。"阿南说到这里，才错愕地回神，问，"难道说，金姐姐你的舅父……"

"我娘便是姓梁。我记得十八年前舅父的信中提及自己喜获麟儿，便是取名梁垒。"

阿南下巴都差点掉了："真的？那这事可太巧了！"

楚元知则道："是与不是，我明日去矿场打听一下便知。"

"要是就太好了，金姐姐，你那舅母真是爽利人，我老喜欢她的院子了，还有个我一看就迷上的工具房！"阿南说着，忽然又想起他家与青莲宗有关，那欢喜的模样顿时被冲淡，手里的梨也不太甜了。

她有些蔫蔫地啃了两口梨，看着喜悦的金璧儿与楚元知，将一切都咽回了肚中。

算了，阿琰说得对，又不是所有青莲宗的人都是坏的。

梁垒就是个很不错的孩子嘛！而且他的身法是九玄门的，与青莲宗究竟有什么瓜葛，目前还不知道呢。

第六章
青莲盛绽

　　第二日，消息传来，阿南喜忧参半。

　　喜的是梁家果然就是金璧儿要找的舅家，忧的是梁垒的底细被查清楚了，果然与青莲宗帮众过从甚密。

　　不过毕竟是金璧儿的喜事，她也把一切先抛到脑后，欢欢喜喜地陪着金璧儿和楚元知出门，带他们去梁家。

　　谁知一出驿站门口，她竟先遇到了卓晏。

　　卓晏在热丧期，依旧穿着麻衣孝服，驿站内外的人纷纷侧目而视。阿南诧异地问："阿晏，你来这边找人？卞叔身体好些了吗？"

　　他点头道："好多了，我本想在家照顾他的，可他一定要我来找你，说让我尽快带你去勘查我爹出事的现场，以免时间久了，有些蛛丝马迹湮没了。"

　　阿南眨眨眼，问："卞叔这么相信我啊？"

　　"是啊，他觉得……"卓晏叹了口气，把后面的话吞回了肚中。

　　卞存安叮嘱他说，当初他与葛稚雅一案，本是二十年前的隐秘之事，可阿南能在这么多尘封线索之中准确地抽丝剥茧，将案情分毫不差地推断出来，绝对是个举世难见的聪明人。

　　如今她既然到了这边，又有意过问卓寿的死因，想必一定能帮助他们查明他爹案子的真相，至少，不能让他爹带着被天打雷劈的冤名在九泉之下死不瞑目。

阿南心下了然，看看后方蒙着面纱依旧略显紧张的金璧儿，说道："刚好我要出城，那便一起走吧，我先送金姐姐去梁家，然后咱们去看看出事的地方。"

梁家人早已接到消息，知道外甥女过来探亲，阿南刚出城，就看见梁垒候在道旁等他们。

一见阿南，他的脸色就有些不好："你……怎么是你？"

"感谢我吧，要不是我跟干姐提起你，你还没这么快见到你表姐呢。"阿南笑吟吟地说道。

梁垒好奇的目光在蒙面的金璧儿身上转了转，然后看见了后方的卓晏。

只一眼，他的神情便僵住了，那目光在卓晏身上扫过后，假装不经意，又转回来，偷偷再打量了他一眼。

可他毕竟年少，涉世未深，那偷瞄的模样，虽竭力掩饰，依旧让阿南一下便看出了他对卓晏的浓厚关注。

卓晏并不认识他，见是个大眼睛的乡下质朴少年，便向他点了一下头，算是打招呼了。

他现在遭逢巨变，心事重重，哪有心情去关注一个少年的异样目光。

而梁垒早已别过头去，一声不吭埋头向前走，那脚步不停的模样，像是身后有什么在追赶似的，甚至带着一丝慌乱无措。

阿南若有所思地看了他一眼，又看向卓晏。

父亲去世不久，卓晏今天披麻戴孝地出门，看起来确实怪了点，但也不至于把这个胆大包天的少年吓到吧……

心怀疑窦的阿南，快步追上了前面的梁垒，道："梁小哥，你慢点啊，你表姐身体弱，跟不上你的步子。"

梁垒这才如梦初醒，应了一声放缓了脚步。

阿南饶有兴致地打量他，问："你认识卓少？"

"卓……卓少？"梁垒迟疑了一下，仿佛才意识到什么，回头迅速地又瞥了卓晏一眼，问，"原来他姓卓，叫卓少？"

阿南哑然失笑："不是，他以前是个大少爷，所以大家这么叫他，其实他叫卓晏。"

"哦……"梁垒埋下头，勉强道，"我又不认识他，这跟我有什么关系？"

阿南意味深长地看着他，而他竭力让自己脸色如常："就是……觉得他穿成这样出门，怪怪的……"说完便埋头快步走开了。

梁家院门口，昨天的妇人早已与一个长相敦厚的男人站在门口等候着，一见他们过来，立时迎了上来。

金璧儿脸上蒙着面纱，男人一时不敢问，但金璧儿一下子便认出了他，拉着楚元知跪在青石板上，声音哽咽地拜了下去："舅舅，我是璧儿啊！"

"璧儿，二十年没见，你怎么……"舅舅梁辉赶紧扶住她，上下打量，透过面纱隐约也看到了她脸上的疤痕，不由得大惊。

"二十年前我到外婆家中，您当时尚未娶亲，见我水土不服脸上长了痘子，还从外面买了梨子给我熬梨膏喝……舅舅您还记得吗？"

梁辉顿时老泪纵横，拍着她的背哽咽道："记得记得，仿佛还在昨天似的，可一转眼怎么就这把岁数了，咱们亲人怎么到现在才再见面哪……"

舅妈在旁边安慰道："外甥女、娃他爹，亲人重逢是喜事，别哭别哭。咱家现在的梨也挺好，这两天再摘几个，你们舅甥俩还能熬梨膏喝！"

一番话让正在哭的两人都破涕为笑，场面顿时热闹欢喜起来。

梁辉给金璧儿介绍了家中情况。舅妈名叫唐月娘，他们膝下儿女双全，儿子便是梁垒，还有个双胞胎姐姐梁鹭。只是她如今正在月牙泉那边，金璧儿寻亲的消息还没来得及告知她，因此没能赶回来。

唐月娘热情好客，忙前忙后给他们布置下点心，一转头看见站在院外的阿南，赶忙招呼道："姑娘，你可是我家团崽的大恩人，来来，赶紧来喝杯茶！"

阿南笑道："不了，今日你们亲人重逢，必定有许多体己话要说，我改日再来叨扰，到时候说不定刚好喝上梨膏呢。"

告别了这个热闹门庭，阿南拐出村落。披麻戴孝的卓晏不便在人家团聚之日打扰，只站在村口等待。

阿南与他一起骑马向前，往城南而去。

荒野之上，冬日平原一片寂寥。黄沙之中零星的荒草吃不到水肥，早早枯黄，触目所及尽是苍凉。

阿南向前望去，下意识地问："这么大片荒野，怎么也没个亭子什么的？"

"这边一年四季下不了几场雨，哪需要亭子？"卓晏说着，又想起难得下一场雨，居然还是雷雨，而他的父亲更是在这场难逢的大雷雨中殒身，不由得悲从中来，肩膀又耷拉了下来。

阿南哪会看不出他的心思，打马过去，轻拍了一下他的后背，说："这不是更蹊跷了吗？所以我们非得解开这个谜不可！"

两人催马行了十余里，前方遥遥看到一个小土丘，根脚处挖了几个土窑子，供行路人歇息。

卓晏抬手一指中间那个土窑子，道："我之前便是来这里，将我爹……尸身带回去的。"

阿南跃下马，快步走到土窑子面前一看，荒漠贫瘠，附近村民在土丘上挖了几个洞，聊供行人经过时遮阴歇脚。里面一无所有，只在墙上挖了几个小洞，勉强可坐。

阿南目光在土窑子内扫了一圈，一下便看到了洞口外沿有几抹火烧的焦黑痕迹。她走到痕迹边蹲下来看了看，抬手轻刮这新鲜的熏燎灰迹，回头看卓晏，问："这是……？"

卓晏哑声道："我爹当时……被雷击后，全身起火，仓皇奔进土窑子避雷，但在洞口这边……便倒下了。"

阿南心道果然如此。她仔细地查看那烟熏痕迹，还原卓父当时的方位，一边听卓晏述说当时的情形。

原来那日洞内有几个过路的村民在此处避雨，正谈天说地之际，只听得远远雷声传来，夹杂着惨叫哀号，令人毛骨悚然。

众人惊得跳起来，立即到洞口朝外面看去，只见雨幕中一人身上正熊熊燃烧。

卓寿毕竟是行伍出身，身体壮健，意志刚强，虽扑倒在地全身起火，却依旧还残留着意识。

歇脚的乡民中，有人认出了他，立即喊道："卓司仓，快在地上打滚灭火啊！"

其实不需他说出口，卓寿也早已支撑不住，整个人扑倒在地打滚，希望能扑灭火焰。

但他全身的衣服都已在燃烧，而且身上的雷火怪异至极，众人明明看到雨水在下落，可他身上的火却越烧越剧烈，甚至烟焰外冒，火烧刺眼……

阿南听到这里，不觉想起了当初萍娘之死，心中一凛，心想，难道，卓寿也是死于那种从骨殖中提取的"即燃蜡"吗？

但……即燃蜡最是怕热，要保存于冷水之中，才能阻止燃烧。而卓寿却是在雷雨中起火，与即燃蜡的特性，似乎截然不同。

阿南思忖着，听卓寿又含泪道："就这样，众人眼睁睁看着我爹被雷火烧死……

民间传说，雷击之人不可救护，否则会殃及他人，是以大家都只在这里边看着，不敢出去……"

阿南皱眉思忖："你爹刚到敦煌，当时又全身起火在地上打滚，那些乡民眼神怎么那么好，一下子便认出他来了？"

卓晏呆了呆，倒是没想过这一茬，脸上变色喃喃道："这么说的话……那几人的描述，大有可疑啊！"

"岂止可疑，我得找他们详细问问当日情形，还有众多细节需要盘问呢。"

这土窑子是附近村民所挖，当时在里面避雨的也全是乡里人，阿南与卓晏问到那几个人都在矿上打杂工，便立即策马寻了过去。

正是梁辉所在的矿上，他们过去时，见里面忙得热火朝天。一队队精壮汉子，有的扛大杠，有的运泥土，更多的是扛着一根根木头的，正往矿洞里面而去。

敦煌是军镇，一应事务都由将军府差遣，矿上也不例外。管事的素知将军马允知与卓家不对付，看见卓晏过来，阴阳怪气便问："哟，卓兄弟，你这披麻戴孝的来我们矿上，怕是不太吉利吧？待会儿我们兄弟怕是得多给土地公烧两炷香了。"

卓晏当了十几年的侯府世子，天天在花丛中被人捧着，哪见过这样的小人，顿时气得脸色发青。

阿南拍拍他的手臂示意别和这种人置气，一边掏出三大营令信在管事的面前一晃："少废话，神机营执行公务，难道你们这边不肯配合？"

管事的瞪大眼看看令信，又看看她的模样，迟疑又怀疑："这……神机营哪来的女子？你怕不是偷来的令信吧？"

阿南一声冷笑，把令信往他脸上拍去："偷来的？你倒是去哪儿偷一个给我看看啊？"

管事的被拍得嗷嗷叫，只能一脸晦气地带着他们往矿区走去。

矿区在黄沙弥漫的荒野之中，大地上数个斜斜向下的洞口，上面搭了破烂的简易棚子聊作遮蔽，仿佛荒漠中生出了数个疮痍。

阿南打量那些将木头抬进矿洞的矿工，问："怎么回事？矿下需要这么多木头？"

马管事苦着一张脸，道："嗐，咱也不知道捅了哪条老地龙的窝，矿下如今整日漏水。前儿好歹填埋修补好，梁工头怕其他矿洞被浸泡坍塌，因此提议要将所有矿道加固一遍。"

"梁工头？"阿南料想便是金璧儿的舅父了，"是山东调来的那位匠户梁辉吗？"

"是，姑娘您也知道啊？他之前在山东一个矿上的，因那边矿脉采完了，这边则新发现了个好大铜矿，还伴生云母，因此从全国调集匠户过来。梁工头做事确实稳妥老到，我们将军亲口夸过的。"

在矿场边的芦棚内等了许久，那些乡民才陆陆续续上来了。地下黑暗，个个都蹭得一身泥水，显然下方矿洞漏水严重。

听说是询问卓寿出事那日的情形，其中一个黝黑精壮的汉子抹了把脸，率先道："那日我们下工回来，遇到雷雨便在洞中歇雨，后来听到叫声便到洞口去看了，正逢卓司仓全身起火，面目焦黑……"

阿南打断他的话，问："既然全身起火，你又如何一眼认出他便是卓司仓呢？"

"因为事发当日，卓司仓刚好押送草料到我们矿上，他身材高大，与我们矿上其他人都截然不同，这谁能认不出来？"

阿南诧异地问："卓司仓是押运草料来的？"

卓晏对于父亲如今的职责自然有所了解，当即道："那我爹不可能是一个人来的吧？而且他身为司仓，理应清点完草料，交割后再走，为何却孤身一人回去呢？"

众人都摇头道："这我们就不知道了，你得问刘五。不过他是管物资的，如今应该下矿清点木材去了吧……"

话音未落，外面忽然一片乱哄哄的叫嚷声爆发开来，随即，沉闷的轰隆声自地下传来，让他们脚下的大地都在隐隐震动。

阿南脸色大变，将茶杯往桌上一搁，霍然站起身冲出芦棚。

满目疮痍的大地早已变了模样，无数水花自地下喷涌而出，一股股碧水齐齐狂涌向半空，直冲云霄达数丈之高，又同时落下，坠落于地四下飞散。

那些水柱长短错落，又十分齐整，围成一圈同时自地下迸射而出，竟似苍黄大地上绽开了一朵巨大的水花，在瞬间开谢。

随即，整片大地骤然空塌，沉闷的声响中，面前的土地肉眼可见地向下低矮了尺余，整个大地顿时如布满了坑坑洼洼的疮瘢。

阿南愕然睁大眼，不敢置信地望着这朵在天穹下刹那开谢的水花，呆站了许久，仿佛连脚下的震动都感觉不到了。

"这……这地下矿脉里怎么这么多水啊，而且冲出来的力道还这么大！"卓晏虽也被那些喷涌的水吓了一跳，但他于机关学见识不深，以为只是地下矿脉的水涌出来了。

矿场的人惊呼着，四下逃窜。

也有人声嘶力竭地大喊："矿下还有兄弟！被埋了，他们都被埋了！"

可如今整片大地都坍塌了，显然下面的矿洞终究没能撑住，已经被涌出来的水花彻底冲垮。

卓晏惊魂未定，转头看见阿南脸色极为难看。

"阿南，你……你说，咱们要找的那个刘五，是不是……"

"阿晏……"阿南已经顾不上刘五了。她死死盯着那片方圆数十丈依旧还湿漉漉的地方，低低问，"你觉得，那像什么？"

"什么？什么像什么？"

"地下涌出来的，这些水……"

卓晏不解地转头看着被冲毁后颜色变得深暗的大地，回忆着刚刚那惊魂一刻，心有余悸地道："像……像朵花吧？"

阿南点头，缓缓道："莲花……一朵自地下冒出来的，在苍穹之下绽放的青莲。"

灰黄沙漠飘起了细雪，敦煌城外胡杨林落光了叶子，一棵棵虬曲树干立于阴暗天色中，更显萧瑟。

阿南紧了紧身上的赤狐裘，催趁胯下马匹，纵马驰出大片树林。哗啦啦声中，卷起万千细雪如云，在她身后一路飞扬。

按照瀚泓所指的方向，鸣沙山以西、月牙泉之外，滚滚黄沙中，一片绿洲依稀呈现在她面前。

所谓绿洲，其实只是沙漠中一片草木比较密集的地方而已。沙棘树、骆驼刺、沙蒿互相错落地生长着，缺水的茎秆多是棕褐色的，上面长着些稀疏的灰绿色叶片，在雪中更不起眼。

从马上跃下，阿南正掸去身上的碎雪，一把伞遮在了她的头上。

阿南抬头，正是朱聿恒。

"你怎么知道我过来啦？"

朱聿恒握伞替她遮住雨雪，道："我刚看到你一路驰来。"

凝望着她微微喘息的侧面，朱聿恒想起适才一抬头时，看见她纵马自沙漠彼端而来，令他胸口瞬间悸动。

她鲜衣怒马，携着身后那万千碎雪，就如滚滚红尘一瞬降临至他的世界。

那一日，她曾一袭红衣冲破西湖碧波，而如今这条身影抛却了前尘过往为他而来，这算不算是他这一路走来最大的成就。

"我正要回去，你怎么赶来了？"

"我听瀚泓说，你来这边调查北漠王女之死，所以跑来找你。"阿南着急赶来，自然是要跟他说矿区之中青莲的事情，但看这边人多耳杂，便拉他到一旁，压低声音问，"你不是说王女之死关系重大吗？怎么不私下机密调查，反而这么劳师动众地来了？"

朱聿恒与她一起走向绿洲中心无人处，低道："王女出事之时，出现了青莲迹象。"

"怎么回事？"阿南错愕地睁大眼睛，没想到这边也会出现青莲的痕迹，"带我去看看。"

"来。"二人往绿洲之中而去，几个侍卫正抖擞精神守卫在一个凹处，面朝外背朝内把守着。

阿南朝洼地看了看，枯草丛中赫然有一个烧焦的人形印迹，虽然上面燃烧的东西早已不在，但依旧可以看出那是一具趴在地上、四肢扭曲痛苦不堪的人形。

阿南仔细审视那焦痕，随即发觉不对，拉着朱聿恒往后退了两步，踮起脚尖俯瞰整片洼地。

洼地在绿洲的中心，大略是个圆形，而这不太规则的圆形之中，零零落落地生长着些生命力顽强的草木。它们当中有一部分如沙冬青，长得格外茂盛，与绿洲中其他萎败凋零的灰褐色植物不同，呈现出稀疏的灰绿色。

而这些灰绿的植物，在这枯黄的沙漠绿洲之中蔓延生长，以黄沙和其他干旱植物为背景，组成了一朵巨大的青莲图案，呈现于苍茫大地之上。

长空之下，沙漠之中，阿南与朱聿恒长久凝望这黯淡的绿洲青莲。它的正中心，正是王女殒身之处。那扭曲的身影痛苦趴伏于花蕊莲房之上，宛如献祭。

望着这诡异的场景，阿南不由得喃喃："青莲盛绽处……"

朱聿恒点了一下头，说道："这就是北漠王女被烧死的地方，你觉得……与所谓青莲盛绽，是否有关联？"

"没关联的话，你怎么会特地来这边跑一趟？"阿南说着，贴近了他低低道，"可是阿琰，我在矿区那边，也遇到了青莲盛绽的怪象，我这急匆匆跑来，正是要告诉你这件事的。"

朱聿恒难免一怔，立即问："怎么回事？"

阿南便将自己与卓晏如何寻到矿场、如何看到青莲自地下涌出的情况详细说了一遍。

朱聿恒沉吟片刻，问："依你看来，这两处青莲，哪一处比较接近傅灵焰的手札所记？"

阿南毫不犹豫地道："既然咱们人手够，那当然全都查一查！"

朱聿恒点头，召了韦杭之过来，命他立即去敦煌卫所调集人手救护地下矿工，同时嘱咐详加查探地下情形。

等韦杭之奉命离去，他才带着她往洼地的那朵巨大青莲走去。

身处这朵由植株构成的青莲边缘，比在外面看得更为清楚。明明是相同的两蓬沙冬青，相距不到两尺，可一株在青莲范围内，便是葱茏鲜绿，而不在青莲内的那株则明显要枯槁焦萎，与另一株天差地别，明显有异。

两人穿过组成青莲的繁盛植被，来到这片诡异绿丛的最中心。在那里，王女被焚烧的焦痕至今犹在。

阿南蹲下来仔细查看，那扭曲痛苦、惨不忍睹的人形痕迹，她却看得分外认真，甚至还抬手比画着焦黑边缘。

朱聿恒甚至怀疑，若是旁边没人，她可能还要扑到焦痕中，自己摆出那个姿势试试看。

朱聿恒走到她身后，俯身看向焦痕，问："怎么样？"

"你肯定也看出来了吧？简直有点诡异。"阿南折了根树枝，比画着痕迹，那烧焦的痕迹，明显是一个人双手扼住自己的喉咙挣扎的模样，"咱们在雷峰塔时，曾把雷引下来劈过葛稚雅。按照常理来说，人被雷劈之后，会立即昏厥、丧失意识，就算身上没有燃烧，也该是抽搐昏迷。但王女的死状……很值得玩味啊。"

"对，空中雷击，必定殛其头、背部较高处，可王女保护的，却是自己的喉部……岂不是咄咄怪事？"朱聿恒俯身与她一起端详地上的痕迹，眉头微皱。

"这场雷、这个地方，很有问题。"阿南将手中树枝一丢，站起身问道，"要不，去查验一下尸身吧，王女的尸体现在何处？"

"秘密收殓在义庄，你要看的话，待会儿我陪你过去。"

阿南诧异地朝他挑眉："什么，皇太孙殿下这尊贵的身子，居然要踏足那种地方？"

"到了这儿，你该叫我提督大人。"朱聿恒正色道。

毕竟，他如今身处地方上，用一个官场上正式的身份，总比皇太孙这个身份合适。

　　阿南望着他俊美无俦的面容，心想，诸葛嘉都被人误会是太监呢，你长这么好看，就不怕这回又有人把你当成是朝廷下派的宦官内臣？

　　想着自己一开始对他的误会，阿南忍不住笑了出来，即使这个地方诡秘异常，实在不适合她灿烂的笑颜："好吧提督大人，去义庄，咱们看尸体去！"

　　敦煌是军镇，一切都以屯田驻军为首务，军中生死是常事，因此义庄的规模也非寻常可比。它坐落于城西通衢处，院落虽低矮，但屋舍打理得十分齐整。

　　楚元知如今是官府中人，朝廷有需要，他只能先行辞别舅丈一家，赶到了义庄。

　　阿南早已在门口等他，一见面便问："怎么样，和舅舅一家见面，情况如何？"

　　"都好、都好。"楚元知擦擦额头的汗，对朱聿恒见了礼，才对她道，"还好璧儿精神不错，我一开始还担心她过于激动，不然我也难以放心一个人先回来。"

　　阿南对他们这老夫老妻如此恩爱而啧啧称羡："别担心金姐姐啦，先进来看看这具尸身，这次的雷火可诡异得紧。"

　　守义庄的老头没见过世面，阿南这个女子进来验尸，显然是他生平仅见，不由得咋舌："姑娘，是你要看尸身？"

　　阿南点头："那具尸身在哪儿？"

　　"那具尸首……委实有点不好看。"老头说着，再看看后头一派尊贵模样的朱聿恒，更是震惊，"这位公子也……"

　　阿南忍不住笑了："有什么好惊讶的，这位公子在战场上见过的尸体，说不定比你这辈子见过的还多呢。"

　　等进内看到王女的尸身，他们才发现真的不好看。

　　烧焦的女身呈现一种扭曲蜷缩的模样，与他们根据焦痕推测的结果一样，她的双手紧紧地捂住自己的喉咙，显然极为痛苦。

　　三人蒙上面罩，楚元知戴上仵作那边拿的手套开始翻尸体。阿南则取过旁边的登记册子，将上面关于女尸的记载念了出来："死者身长约莫五尺，年可十七八上下，牙齿细密整洁，全身骨骼无残无缺。内外衣着均为北漠华服，脖、臂金珠首饰尚存，贴身衣上织蓝红犄纹……"

　　楚元知一边听着，一边小心翼翼地将王女捂在喉部的手掰开来："这尸身，烧得很脆啊……"

　　只听得"咔嚓"一声脆响，王女被烧焦的手臂顿时被他拉出了一条裂痕。

　　他下意识便道："抱歉……"

　　一抬头正对上尸体的面容，它被烧得焦黑狰狞，整个五官扭曲剥落，连长什么样都看不出来了。

　　楚元知不由得叹息，问："这姑娘是谁？怎么落得如此之惨？"

　　阿南看向坐在旁边的朱聿恒，他开口道："北漠王女。"

　　楚元知顿时愕然，声音也紧了紧："北漠王女死在我朝疆域？这……这怕是……"他没说下去，只忍不住摇了摇头。

　　阿南看着这具尸身，也觉得她挺惨的。被父亲当成牺牲品送到异国，连自己过来后会被许配给谁都还不知道，就被杀死在他乡，还死得这么诡异痛苦。

　　如今，因为她的身份，更要闹一场血雨腥风。

　　楚元知心怀怜悯，尽量放轻动作，小心翼翼地将王女的手慢慢挪开，查看她掌下的痕迹。

　　她全身都被烧得焦黑，颈部与手掌尤显恐怖，几乎已经被烧穿，轻轻一敲便有焦炭状的碎屑混合着沙土掉下来，可见当时灼烧的雷火有多炽烈。

　　楚元知指着颈部与锁骨相接处，肯定道："这是雷火的中心点，也是最为剧烈的地方。"

　　阿南赞成，但又道："楚先生你见多识广，可有见过雷火劈在人咽喉处的吗？"

　　楚元知摇头："未曾见过。"

　　"所以，我也怀疑这并不是天降雷火，楚先生你说，有没有可能，这是人造的？"

　　楚元知家传六极雷，最擅长的便是驱雷掣电，他仔细审视王女身上的伤痕，迟疑道："火确实是从她锁骨正中心开始燃烧无疑，而且是极为猛烈的火焰，在瞬间烧穿了她的咽喉，导致她未来得及反抗便倒下，痛苦死去——但依照气味和迹象来看，绝非属于火药硝石之类的物事，与我家的六极雷更是迥异。"

　　阿南便问："那，可能是当初葛稚雅的即燃蜡之类吗？"

　　"即燃蜡燃烧后有剧毒灰白粉末，她身上可没有……唔，伤口附着了一些沙土状的东西。"楚元知捻了捻，说道，"貌似就是烧焦的砂石。看她的衣料皱巴巴的，还沾了沙土，难道事发时在下雨？"

　　"对，下雨，一场敦煌多年难遇的雷雨。"阿南说着靠近了王女的尸身仔细端详，问，"她身上的衣服居然还没烧完？"

　　"腋窝、双股及其他肢体紧贴处尚残留着一点。"

　　阿南打量楚元知的神情，问："难道你认为，她确实是死于天降雷电之下？"

　　"初步看来是这样的，毕竟……雷雨之中，又断非火药等造成，我看这位王女死于雷击的可能性确实存在。"楚元知琢磨推敲着，"若是如此，这姑娘当时究竟是何种姿势，才会让雷电击中此处呢？"

阿南仰头向后，比画了个姿势："难道说，她在雨中仰头看天，所以咽喉锁骨处暴露了？"

"南姑娘，你可别开玩笑了。"楚元知啼笑皆非，"你说当时还在下雨，她抬头看的岂不是伞了？"

一直在旁边不说话的朱聿恒，此时开口道："待会儿将当时在场的人叫来问问即可。"

"对，这个伤大大不合常理，我倒要看看王女临死前到底在做什么。"

验完王女的焦尸，众人洁手完毕出了义庄，回到驿站。

驿站已候着几个男女，有身着北漠服饰的王女侍从，也有中原服饰的，那是当地去迎接王女的队伍。

他们都是目睹王女出事的一干人等，如今因为朝廷对王女之死秘而不宣，所以这些时日都被带到此处不许与外人接触，人人心中都很忐忑。

阿南问："你们当中，哪位是贴身服侍王女的？"

其中一个年纪较大的妇人指了指身旁几人，强抑悲声："我们几个婆子便是。王女这一路都是我等服侍的，也……一起亲眼看见王女惨遭天雷焚烧。"

阿南微微颔首，问："那日既然有雷雨，王女为何要冒雨跑到洼地去？"

"此事说来诡异，全是因为王女这一路上梦魇缠身……"那婆子揾了一把鼻涕，鼻音浓重，"自离了王都之后，王女便时常夜半从噩梦中惊醒，她说……说梦见自己葬身于火海之中……"

阿南与朱聿恒不由得对望了一眼，没想到，卓寿生前被人预言天打雷劈，王女居然也梦到死于火中。

"奴婢们自然一直劝慰，但王女夜夜噩梦，怎能听得进去，精神也一日差过一日。她在马车上日日昏睡，总不下车，奴婢们都是忧心忡忡，直到那日经过绿洲之时，瑙日布忽然跟我们说，王女让我们将车停下，如今正在下雨，应无火烧之虞，要下去走一走。"

"瑙日布是谁？"阿南问。

"是从小跟随王女的侍女。我们都是临出发时被择取来伺候王女的，她却不同，仗着自己与王女亲近，开口闭口王爷王女的，盛气凌人，倒显得她才是主子似的……"

婆子一肚子怨气，说事细碎繁杂，絮絮叨叨。阿南却一点也不急，甚至还从果点盘中摸了把瓜子，嗑了起来。

王女既然要下去散心，侍卫们肯定不敢怠慢，把绿洲内扫荡了一圈，见毫无异状，才围住了绿洲。

所谓绿洲，只是草皮略为丰茂些而已，有几棵稀疏的树，但也无法遮住王女和帮她打伞的瑙日布的身影。

王女与瑙日布走了一圈，看见下方绿洲中间的洼地，忽然咦了一声，似是看到了什么有趣的东西，两人打着伞，便向下走去。

洼地下陷，足以遮蔽她们大半的视野，但并不能掩盖全身。站在绿洲外围的众人始终可以遥遥看见那把露在上方的伞，伞一直撑在她们上头，没有收起或者倒下过。

只过了数息时间，天空忽然一阵雷声响过。嬷嬷们有些担心，想着这天气毕竟不能让王女在外面多待，便赶紧往绿洲中间走。

谁知，就在他们向内走去时，只听得"啊"的一声惊叫，雷声之中，那把伞骤然冒出火光，烧了起来。

伞面的雨水顶不住下方冒出的那团火焰，嘭地散开，带着火花四下飞溅。

众人大惊失色，个个拔足向洼地急奔去。

在尖叫声中，众人便看到瑙日布连滚带爬地向他们跑来，口中不住地大叫："救命，王女烧起来了……快救救王女啊！"

众人顾不得扑打她身上的火苗，抬头便看见王女全身起火，趴在洼地中间只是抽搐，早已没了站起来的力气。

大家一哄而上，赶紧扯下旁边的树枝，拼命拍打她身上的火苗。

可她身上的火早已遍及全身，连皮肤也灼烧起来，极难扑灭。天空那点雨水和他们手上这些树叶稀少的枝条，在短时间内根本无法奏效。等火苗终于熄灭时，王女也早已咽了气，全身焦黑，死状惨不忍睹。

说到这里，那婆子早已老泪纵横，其他人也是个个抹泪。毕竟，王女在路上出事，他们身为随行人员，个个逃不了责任，等待他们的不知是何等凄惨下场。

而负责去玉门关外迎接王女的使者们，也是个个叹息，同时点头表示婆子所说属实，没有虚言。

阿南琢磨着他们的话，问："王女在洼地里待了多久？"

"没多久，大概就十几息时间吧。"

十几息，那就是十几次呼吸而已，这么短的时间，除了一个雷劈下来外，旁人能做什么事情？

阿南思忖着，见楚元知在旁边欲言又止，示意他先别说，又问婆子："那个侍女瑙日布，如今身在何处？"

"她……她畏罪自尽了！"婆子愤恨道。

阿南倒是不意外，问："怎么死的？"

婆子目光落在一个中年妇人身上，道："你把东西拿出来，给诸位大人瞧瞧。"

那妇人慌忙从怀中掏出一封信，战战兢兢道："王女出事后，奴婢与瑙日布同住，发现她半夜偷偷去藏东西，我把它取出来给大家一看，就是这封信！"

阿南接过来，拆开看了看，上面写的赫然是汉文。只是写字者应是初学，寥寥数字在纸上歪歪扭扭。

事已毕，求释放吾家小弟。

"看起来，好像是有人以她的弟弟作为要挟，让她去干什么事情？"而且，收信方应该还是汉人。

妇人头如捣蒜："奴婢们也是这么想的，于是便立即盘问她。结果瑙日布无可抵赖下，居然畏罪跳井了！"

"跳井？哪口井？"

"就是那些个穿井啊！"

所谓穿井，后世也叫坎儿井。沙漠之中流水珍贵，露在外面很快会被沙土吸走、被日晒蒸发，因此无法引流明渠。当地百姓便将龙勒水引到掏挖出来的地下暗渠之中，在地下形成一条条水道。为了取水方便，暗渠上头每隔一段距离会凿一眼竖井，人们可以从井中取水灌溉饮用，因此名为穿井。

若没有穿井，敦煌周边百姓便无水可喝，更不可能屯田造林，世代繁衍于此。

"那穿井口子极小，下方连通暗渠，水流湍急。瑙日布跳下去之后，我们拉不住她，眼看着她就被下方的水流冲走了！"妇人虽然梗着脖子觉得自己没有大错，但想起瑙日布跳下去的那一幕，还是心悸不已。

那领头的婆子也叹气道："那地下河沟纵横交错，穿井又直上直下根本不可能爬得上去，这……必死无疑了！"

打发走这一群人，阿南问楚元知："楚先生，我看你刚刚听他们说了现场状况后，似乎想说什么？"

楚元知点了点头，道："按理说，雷劈的必是高处之物，而且伞若被淋湿了，亦是导引雷电之物。"

阿南顿时就理解了，说："可不是吗，结果撑伞的侍女没被雷击，反倒是伞下的王女被击中而死。"

"可惜，那个侍女瑠日布已经自尽了，她本应是个重大的突破口。"

"她是王女死前唯一在场的人，说不定我们所有的疑问，都可以从她那儿得到解答。可如今这条线已经断了，我们若要寻找突破口，除非……"阿南思索着，朝着楚元知露出诡秘的神情，"楚先生，一具尸体也是验，两具尸体也是查，要不……咱们再去验一个和王女死得差不多的人？"

旁边的朱聿恒一听便知她打的什么主意，不由得对她皱了皱眉。

单纯无知的楚元知则诧异地问："什么？敦煌这边，还有一个死在雷雨中的人？"

"不但有，而且，他们的死因、死状，甚至时间，都是一模一样。我相信，其中必有关联——就算没有关联，应该也能为此案提供重要线索。"

在楚元知迷惑的眼神中，朱聿恒终于对阿南皱起了眉，开口道："但自古以来，盖棺论定，入土为安。你觉得……阿晏会同意你们对他爹开棺验尸吗？"

楚元知顿时瞪大眼睛，不敢相信阿南前一刻还对卓晏称兄道弟，下一刻就想把他爹的棺材盖给掀了。

"是啊……这事可难搞。"阿南这种厚脸皮，也终于露出了不好意思的神色，"所以，我想看看能不能和楚先生一起偷偷地把这事儿给办了。"

楚元知埋头一声不吭，显然并不想跟她偷偷摸摸干这种损事。

"但是，阿晏父亲之死，真的很可疑，尤其是和王女的案子联系起来，确实值得一查！"阿南屈起手指，给他们点数，"第一，卓寿也是在那场雨中被雷电所击；第二，他在众目睽睽下全身着火，而且火势一起便很剧烈，雨水仿佛还加强了火力；第三，王女去世时身旁唯一的侍女瑠日布死了，而唯一知道卓寿为何孤身冒雨离开矿场的目击人刘五，也在我和阿晏过去探访时，被活埋在了突发事故的矿下；第四，卓寿生前接到信件，王女生前做梦，似乎都知道自己要死于雷火之下。"

　　楚元知这个老实人，也被她列出来的疑点给打动了，脸上现出"确实值得一验"的神情。

　　但还没等他点头答应，驿站外头便传来伙计热情的招呼声。天色不早，金璧儿已经被梁家人护送回家了。

　　楚元知赶紧出去迎接妻子，看见送她回家的正是梁垒。

　　阿南和金璧儿打过招呼，便笑着问梁垒："梁小弟吃过了吗？留下来一起吃饭吧。"

　　梁垒上次与官兵动手的把柄还握在阿南手中呢，哪敢应她，赶紧摇了摇头，告别了楚元知和金璧儿，转身就走。

　　"这么怕我啊？我还想从你身上挖点什么出来呢……"见他们都走了，阿南抱臂望着他的背影，一脸笑嘻嘻。

　　朱聿恒淡淡地说道："别为难这小兄弟了，青莲宗我已遣人暗查，不日定会有消息的。"

　　"不单只为青莲宗的事，这小弟弟身上，肯定有什么问题。"阿南凑近他，悄悄和他咬耳朵，把之前他看到卓晏的奇怪表现形容了一番，"我觉得他啊，绝对有问题！"

　　朱聿恒闻言不甚在意，转身就走，边走边说道："无论是什么，我们在这儿猜测有什么用？查一查不就行了？"

　　"唉，真无趣啊，猜猜未知的事情，探索未知的地域，这是人生一大乐事呀。"阿南跟在他身后，道，"我就很乐观。我觉得，以梁垒初次见阿晏时的反应来看，他或许与卓寿有关，而梁垒又与九玄门有关，九玄门与青莲宗有关，青莲宗与关大先生有关，关大先生与'山河社稷图'有关……所以兜了一圈，这小弟弟啊，说不定和一切都有关！"

　　朱聿恒脚步略停了停："我会加派人手去查。"

　　"就是嘛，这么大一个突破口，不得好好查查？"阿南满意地笑了，又想起一件事，忙道，"对了，还有卓寿生前收到的最后那封诅咒信，查到是谁写的了吗？"

　　朱聿恒道："这个倒很简单。卓寿是被流放的，而敦煌又是军镇，寄给军中司仓的信，驿站必有登记造册的，稍等一等吧，很快就能有结果了。"

第七章

龙战于野

都说胡天八月即飞雪，但玉门关今年地气倒是暖和，前几日一场小雪下过，很快又是晴好天气。

玉门关遥遥在望，周围一片荒凉，风吹起沙子如流水般涌来。

阿南赶紧背过身去，拉起纱巾蒙在头上。

道旁草木已彻底绝迹，眼前再也没有任何绿色，天地只剩下苍茫黄沙，令阿南想起被关大先生刻在阵法中的那千古名句——羌笛何须怨杨柳，春风不度玉门关。

蓦地，一只金碧色的孔雀在灰黄沙漠的半空翱翔而过，那鲜明亮眼的色彩，在日光下熠熠生辉，犹如神鸟降临。

驼队一行人都因为这亮眼的孔雀而精神一振，以为是神迹。唯有阿南抬眼看了看，目光随之转向孔雀下方的玉门关。

连天相接的黄沙平原中，玉门关残存的方形城墙之下，傅准正一身黑衣站在日光的背后，静静等待她到来。

他的肌肤苍白得发光，衣服又是纯黑，站在苍黄的背景之前，天地灰黄，而他如一幅水墨画，温润而诡异，与这个衰败的世界格格不入。

那双比常人要幽深许多的黑瞳，目光落在她身上时，微微眯起，露出慑人的光彩。

阿南从马上跃下，将蒙在头上的纱巾一把掀开，透了口气。

在这无遮无掩的沙漠上，唯一可以挡风沙的地方，只有傅准所处那片残垣背后。但阿南可不敢往他旁边站，只抱臂靠在墙边，宁可吹点风沙。

傅准抬手让吉祥天落回到自己肩上，似笑非笑地将着吉祥天的尾羽，斜睨着她："如此千辛万苦来找我，我一时倒有些感动了。"

"哼，谁找你？"阿南翻他一个白眼，"要不是看在殿下的面子上，你以为我愿意来这儿奔波？"

"一口一个殿下，啧……一门心思只有他，明明我认识你的时间可比他早多了。"傅准捂胸轻咳，有点幽怨地道，"可怜我拖着这副残躯，劳心劳力孤苦伶仃在这儿办事，结果你连个好脸色都不肯给我，我心中这委屈也不知道该与何人说……"

"少给我装模作样，赶紧带我看看玉门关这边的情况。"阿南看见他这模样就来气，"祸害遗千年，区区沙漠，能奈你何？"

说着，她拉上头巾遮住日头，抬脚向着方形的小城内走去。

当年宏伟的玉门关，如今已只剩了残垣断壁。千百年前沙土夯筑的城墙依旧矗立在风沙之间，残破不堪，不再有人驻守。

登上城门，阿南朝四下望去，只见长风呼啸中，黄沙漫漫。天地相接处唯见昏黄起伏，尽是沙漠。

明知道青莲盛绽就在玉门关百里方圆，可一时要找到，谈何容易？

"此次西来人手充足，这几日我们便以这玉门关为中心，每日四面八方向外篦梳辐照，寻找阵法痕迹。不过目前尚未有什么发现。"傅准抚着吉祥天的翅膀，问，"你不是一向与殿下形影不离的吗？怎么今日一人大驾光临？"

"他要去祭奠前几次北伐时牺牲的烈士，我不便跟随，左右无事，先过来了。"阿南手扶城墙，四下张望，"毕竟这里是地图上明确标记的方位，很可能是一个突破口。"

"南姑娘说什么，我们就遵照你的意愿行事吧。"傅准微微笑着，慢条斯理地道，"毕竟，你与殿下关系可不一般，别说我这种挂个虚名的，就算是韦杭之诸葛嘉这种正经官身，也得听你的。"

阿南揉着自己的手肘伤处，觉得它依然在隐隐作痛："怎么，殿下看重我，傅阁主不开心？"

傅准云淡风轻道："怎会，世间种种自有因果，各取所需而已。"

阿南冷哼一声，想说阿琰与她关系非比一般，可话未出口，心下忽然一跳，生起了一丝疑窦。

阿琰素日如此谨慎自持，为何竟能将三大营的令信交予她这个女海匪？他在顺天才将此物送给她，说明是得到皇帝许可了的。他所做一切的背后，应该是得到了皇帝的支持。

可……若说阿琰可以为她不顾一切，那么皇帝又是为什么而首肯呢？

抬头看见傅准似笑非笑的神情，阿南又察觉他如此发问肯定没安什么好心，哼了一声便将隐约的不安抛诸脑后，只指着周边荒漠中依稀呈现的一痕村落，问："那边有人居住？"

傅准眯眼看了看："有数十户人家住在那儿，靠山后绿洲活下来的。"

"有人就好。"阿南喝了两口水，转身便往下走，"我过去看看。"

傅准见她蒙好面巾，骑上骆驼便向那边出发，他追了上来，问："难道说，因为地上的实物难寻，你们想找找那些看不到的痕迹？"

"若真是土阵法，那么很可能会藏在地下。我们在这片荒漠之上，如何才能定位？"阿南眼望前方，随口问，"你带人在这儿搜寻好多天了，还不是一无所获？"

傅准无奈地望她一眼，正要诉苦，她已经哼了一声，道："我看，就算你有发现，也不会告诉我们的。"

"南姑娘怎么可以冤枉我这般赤胆忠心为国为民的人？你知道这些天，我这虚弱的身子是怎么在沙漠中熬下来的吗？"

阿南一拍骆驼，懒得搭理他。

傅准又问："所以，你们想找的，是人，而不是物？"

"六十年一甲子，说长不长，说短不短。当年关大先生在这边设置阵法，若有年轻人看到，未必不可能记到现在。"

"有道理，果然是冰雪聪明的南姑娘。"傅准拊掌，皮笑肉不笑地说道，"只是，这茫茫沙漠，活着就不容易，要活到七老八十的，那就更难了吧？"

"那也比你在这儿无所事事消磨时间好！"

到了村子中，阿南惊喜地发现，原来村子翻过两座沙丘就有片绿洲，甚至拜穿井所赐，村后平原还能垦出几块麦地，是以村中人能一直在此繁衍生息，如今有七八十户人家，年逾古稀的也有五六个人。

排除了两个五十多年前嫁来此处的老婆婆，村长请来了三个六十岁以上的老人。问起六十年前附近有没有异常的所见所闻，众人都是摇头。

"那么，附近有没有什么花，或者像花的景色之类的？尤其是像莲花的。"

阿南细细询问，可惜一无所获。她只能起身请村长送几位老人回去。

其中落在最后的一个老头，伛偻着背走了几步，停下脚步，又慢慢走了回来，吧嗒吧嗒抽了两口旱烟，欲言又止。

阿南记得这老人是村里一个羊倌，如今已经七十有三。他饱经风霜，脸皮皱得跟老树皮似的，倒是精神矍铄。

阿南看他这模样，忙问："老人家是想起了什么吗？"

他坐回阿南面前，迟疑道："小娃儿，俺活了七十三咧，都说七十三、八十四，阎王不请自己去，可俺心里有件事儿啊，记了六十四年，怕是到了阎罗殿，俺也忘不了嘞。"

阿南一听，这老头话里似乎有戏，当即追问："难道说，您小时候见过什么怪事？"

"要说怪，倒也不怪，只是恁说到花儿朵儿的，俺就想起来了。"老头说着，把旱烟杆在桌上磕了磕，叹道，"哎呀，俺在这活了老久嘞，这沙漠啊，俺有时候也挺咬牙。昨儿风沙，把俺的羊跑没了两头，那可是今年开春刚出的两头羔羊，长得壮壮实实……"

阿南啼笑皆非，道："行，只要您想起的事儿确实与我们要寻的有关，我必定叫人给您把羊找回来，就算找不到，也给您牵两头去。"

老头登时咧嘴乐了，说："恁这女娃儿真像俺当年遇到的仙女，一样漂亮一样良善，唔……就是恁比她黑点！"

本以为是关大先生线索的阿南，顿时有些诧异："仙女？"

"是嘞……"老头眯眼想了想，然后才抽着旱烟道，"小老儿姓秦，打小住这块，从记事起就放羊，最远只去过敦煌。八九岁那年青黄不接时候，俺娘饿得躺在床上下不来，俺那时年纪小不知怕，半夜偷偷摸到人家地里，想将几把未熟的麦穗，给俺娘弄点青麦嗦儿救命……"

初夏的后半夜，促织、蝈蝈、蟋蟀不停在暗夜中叫唤。天空阴云笼罩，迷迷蒙蒙透着几分月色。

他摸黑走到村边，又担心被人发觉，于是拐了个大弯，从村后贴着沙丘往田里走，听听四下僻静无人，便弯下腰去抓住了那些刚灌浆的麦子。

就在他慌里慌张捋了几把麦穗之时，忽听到一阵清风过耳的声音，随即，急促而轻微的铃声在暗夜低低响起。

他心惊胆战又疑惑万分，正侧耳倾听之际，突然有无数银亮丝纶从后头射出，就像蜘蛛丝一样缠缚住了他的手脚，倏忽之间天旋地转，他便被拖出了麦地，重重撞在石头上。

脸上火辣辣地痛，他抬手一抹，摸了一把血，吓得放声大哭，拼命挣扎。

旁边忽然有人扑哧一声笑出来，说："原来是个小弟弟啊，你深更半夜的跑我阵中干吗？"

他听出是个年轻女子的声音，又清又脆，和越过自己耳边的铃声一样轻灵。随即，她抬手一招，缠住他腿脚臂膊的银丝便全部缩回了她手中的一朵莲花菡萏中。

她打量他掉在地上的青麦穗，问："大半夜的，你一个人摸到这边偷麦子，不怕被人抓住了，把你吊起来抽鞭子？"

月光下他看见那女子，和他见过的十里八乡的姑娘家都不一样，皮肤白白的，在月光下泛着光，眼睛清清亮亮，在黑暗中像井水般荡啊荡。

只是他当时年幼，哪懂得这般月下美人的风华，只瞅着她手里那银亮亮的丝线，想着不会是蜘蛛精晚上出来吃人吧，因此吓得不敢抬头，只哭道："俺娘……俺娘饿得起不来了，怹把俺吊起来打吧，可，可别把这麦穗拿走……"

"哟，还是个孝顺娃儿。"那姑娘捏捏他脏兮兮的脸颊，大概是瘦巴巴的手感不好，便转而揉了揉他的头发，问，"让你一个小娃儿出来偷东西，你家大人呢？"

"都死了……俺爹放羊遇上官兵，他们要把羊拉走当军粮，俺爹不肯给就被打死了……"小孩梗着脖子，啪嗒啪嗒掉眼泪，"后来朝廷说要打仗，把俺爷押去做工了，再也没回来。秋后村长还上俺家要钱，说是浇……浇水……"

那姑娘说："交赋税。"

他也不懂，就点头道："反正，俺家准备过冬的粮食都给抢走了。奶奶头天跟俺说，家里这点存粮，不够咱们祖孙三个人活下去嘞，第二天，她就吊死在村口那棵树上了……"

那姑娘听着，叹了口气，拍拍他的头道："你还是赶紧走吧，得亏我在旁边，不然你今晚就没命了！记着，不许跟任何人说你在这儿见过我，不然我就跟人说你偷青麦的事！"

小孩应了一声，慌里慌张拢好地上的麦穗，转身就跑。

没跑出多远，他听到那个姑娘又追上来了。她看起来是个身材纤细的姑娘，可身形赶上来，比他撒丫子跑得还快。

她手中甚至还有一只正在挣扎的半大黄羊，丢给他说："带回去吧，我出来没带银钱，你跟你娘一起吃点肉。"

他大喜过望，死死拖着这只有他半人高的黄羊，跌跌撞撞跑回家去。

看到儿子半夜带着一只黄羊回来，饿得奄奄一息的母亲也不知从哪儿来了力气，也不问哪来的，撑着起来便烧水割肉。

羊肉在锅中咕咚咕咚炖着，香气勾得母子二人一边烧火一边急不可耐地掀锅，频频查看肉是不是熟了。

等一碗羊肉带汤水下了肚，他们才缓过一口气来。母亲盘算着明日把剩下的羊肉拿到集市去卖了，换点粗粮慢慢挨到新麦出的时候，怀着幸福的笑意睡去。

而他等母亲睡着后，揣着一块煮好的羊肉，又偷偷摸摸回去了。

在起伏的黄沙荒原中，他看见那个姑娘正站在月光下，转动一个罗盘，似乎在寻找什么。

他跑过去的声响惊动了她，回头看见是他，她皱着眉收起了罗盘，问他："你又回来干什么？"

他忙从怀中掏出那块羊肉，递到她面前，说："俺娘把肉炖好了，很香的，俺……俺知道饿肚子不好受，恁是不是也没吃东西？"

那姑娘笑了，却没接他手中的羊肉，说："真是个好娃娃，你自己吃吧，我可不饿。"

他有些讪讪，见她在月光下端着罗盘走了一圈，又走一圈，便问："你在找什么吗？"

"我在找花开的地方。"她指着广袤无边的沙漠，道，"找一个天女散花、地涌金莲之处，设下一个禁锢，让这里从此再也没有征战争夺的必要，一切归于静寂。"

他手捧已经冷掉的羊肉，呆呆听着，问："这沙漠里，会开什么花呢？"

她笑了一笑，仰头望着天空那轮西斜的月亮，说："青莲。"

六十多年前的旧事，即使深深烙印在年少的孩童心中，如今想来也已经有些模糊，似真似幻。

大爷一口当地土话，又因为是年久的记忆，将那夜的事讲得磕磕巴巴的，但是最后那姑娘说"青莲"二字，却让阿南的眉心微微跳了一下。

"后来俺便再也没有见过那个姑娘了。要不是俺娘第二天拿羊肉去集市换了粮食，让俺们母子二人终于活了下来，俺真觉得那是在做梦咧……"秦老汉呵呵笑着，指着面前大片黄沙道，"估摸着那仙女也没寻到莲花，反正老头在这儿活了这么多年，从没见过沙漠里开出莲花来，更没见过附近啥时候出了什么怪事，那女娃讲的话儿啊，一句都没实现嘞。"

阿南问："老人家你别是记忆出错了？她说的真是青莲？"

"保准是咧！俺后来跟俺娘去赶集，还问镇上说书先生啥是青莲，他脸色大变，连声让俺不许多问。俺后来才知道，敢情那时候敌军已经打过来，听说龙凤皇帝麾下的青莲宗有排山倒海之能，打得北漠节节败退，最后被赶回了大漠。所以要是别的花俺肯定也忘记了，但青莲俺是绝对忘不了，没记错！"

阿南深皱眉头，问："大爷，你再仔细想想，那个姑娘，是不是额头有一朵花钿？"

秦老汉手中的旱烟杆顿了顿，一拍大腿道："女娃儿，恁咋晓得嘞？年岁太久了，老头都有点记不住了，不错不错，俺记得她眉心正中有朵火焰，蓝汪汪的色儿！"

秦老汉把自己当年的记忆抖搂了个干净，满意地牵着两头羊离开了。

阿南回头看向傅准，却见他慢悠悠地揣起手，感慨万千地望着老头离去的方向："真想不到啊，在这种地方，居然能听到我祖母当年的仙姿传说。"

阿南鄙夷地看着他，期望他能提供点线索，他却只无辜地看着她，脸上挂着薄薄的笑意。

阿南不得不开口问："傅阁主，这事情是不是有点不对劲？"

"是吗？哪儿不对？是我祖母不应该救济那对可怜的孤儿寡母吗？"

"我们都知道，设下这'山河社稷图'的人是关大先生，他当年为了对抗北漠，才在大江南北设下这些惊世阵法。而且在出发的时候我们也看到了，玉门关这个阵法，正处于青莲盛绽处……"阿南若有所思地瞧着他，道，"可按照这位秦大爷的记忆，当年在这里设阵的人，似乎是你的祖母？"

"可不是嘛，我也是大惑不解，你说这到底是怎么回事呢？"傅准的疑惑比她还要深，习惯性捂着胸口咳嗽，"难道说因我祖母和关大先生当年同为九玄门中流砥柱，所以以互相帮助，抽空帮他干点活？"

这阴阳怪气的语气，让阿南满怀恶气堵在喉口，简直想狠狠呸他一口。

"行了，我看这边也只能问出这些了。"她揪住骆驼飞身而上，拢好头巾挡住寒冷风沙，一催骆驼，向着玉门关返回。

面前风沙弥漫，阿南心绪紊乱，难以轻易理顺。

一开始以为无法找寻的青莲盛绽，结果现在短短时间一下子出现了三处线索，反而令她陷入了更大的谜团。

尤其是，这三处青莲似乎都符合那本手札的记录，如何甄选实在是个难题。

但她着急也没用，骆驼依旧是那个步伐节奏，穿过沙漠翻过沙丘，只是比其他骆驼稍微快了一点。

玉门关就在眼前，她抬头看见在空中翱翔的吉祥天，转过头去，看见傅准在她不远处，而其他人却落在了后面，尚未翻过沙丘来。

傅准催促骆驼赶上来，问："难道说，南姑娘真的打算在这里寻找花开之地？"

"你的祖母既然能找到，我又如何会找不到？"

"出谜容易解谜难啊。再说了，你这位三千阶出自公输一脉，对地势山川可并无优势。"他指着四面八方的茫茫沙漠，说，"你看，你从敦煌来到这边，骑骆驼走了大概有大半天吧？可惜啊，尚未走完这片沙漠的百分之一。如今时间紧迫，你准备如何在这苍茫大漠之中搜寻那个地点呢？"

阿南抿紧双唇，没回答他。

"不肯承认吗？那还是我替你挑明了吧——你找不到的，我也找不到。这世上唯一有把握将其找出来的……"在苍茫风沙之中，他微眯双眼望着她，若有所思地打量她，"只有身怀五行诀的竺星河。"

阿南扯着骆驼缰绳的手默然收紧，定定地望着面前这片无际无涯得令人畏惧的沙漠，可能是口鼻与喉咙太干了，她只觉得焦躁感从胸口涌出，焦灼焚烧了她全身。

"可惜啊，你如今站在殿下这边，就等于背叛了海客，更背叛了你家公子。你觉得竺星河会对一个叛徒，以及这个叛徒的新欢伸出援手吗？更何况，你明知道竺星河回归中原，真正的目的是什么……"他假装悲悯，语气中却尽是幸灾乐祸的意味，"在这世上，他可以救任何人，就是不可能救你的殿下……"

"闭嘴！"阿南狠狠打断他的话，一抖缰绳，催促骆驼向前跑去。

傅准却笑出了声："恼羞成怒了？南姑娘，你现在越来越沉不住气了啊！"

他回头看后方，沙丘上人影隐现，但与他们还有一段距离。

他微微一笑，追向阿南，道："怎么，你真以为我在这边几天，什么事也没干，什么也没发现？"

阿南皱起眉，怀疑地看着他。而他脸上的笑容却更委屈更真诚了："唉，我也就是个劳碌命，天天干些吃力不讨好的事情……算了，还是直接带你去看看吧，免得你觉得我整天闲着，吃你家殿下的空饷呢。"

阿南半信半疑地看着他，而他带着她进入玉门关，来到城墙之内。

经历了千年风霜，玉门关早已残破，但它矗立于大漠之中，却能遮蔽住外面一切，包括后方队伍。

阿南知道傅准绝不是什么好人，暗暗提起注意，跟着他下了骆驼，不远不近地隔了两尺距离。

只见城内堆积的黄沙之中，隐现一片浅坑，风沙卷起沙子，簌簌掩埋了它，但阿南依旧可以察觉出这片沙子显然与其他的不一样。

阿南往小坑走了两步，警觉地瞥向傅准。

傅准摊开双手，说："我过来查看了几处地方，此处应当是最可疑的。在数十年前，这里应该是一口穿井入口，只是如今玉门关废弃，这口井无人维护，被风沙掩埋了。"

阿南横了他一眼，跪在那小坑边，戴上一双鞣得极为薄软的皮手套，将手插入沙子中，向着四方探去。

薄薄的皮手套将沙子的温度和触感准确传递到了她的指尖，她很快便探出了松软的一片圆形井口，以及井口上的石头。

她抓住石头一角，向上掀起。出乎意料，这片盖在井口上的石头虽然大，却并不厚实，她一动手便掀起了一角，下面有阴凉的气息冒了出来。

阿南将它一把掀开，身形随之往后立退，免得被下方冒出来的秽气侵袭。

下面的气息虽然阴凉，却还算清新，并不浑浊。显然，这个穿井虽然被废弃了，可下方还是与各处相通的。

阿南用流光钩住自己的火折子，抛进去照了照下方。

直上直下的井壁，洞壁上有两个开口，连通干涸的水渠，果然是废弃的穿井水道，只是不知通往何处。

"你看，盖在井上的这片石头。"傅准指指井盖道。

阿南低头一看，脸色不由得凝重起来。

石匠在打刻石头之前，往往要先整出需要的薄厚。这个时候，他们会将一排铁楔整齐钉入石中，然后稍加敲击，石块便能按照铁楔分布的方向，严整平直地裂开，供他们取到需要的厚度。

所以在劈开之时，两边石头的纹路必然都是一样的，也就是说，这块被废弃的残石，与那块被取走雕琢使用的石材，有着一模一样的花纹图案。

而这块石材之中隐藏的纹路，依稀正是数片花瓣托举出一座诡异双人影的模样，可以想见，被取走石材上的图案，只要加深颜色纹路，浮雕出细节，很有可能就会是——

"青莲绽放处，照影鬼域中……"阿南喃喃。

"要下去看看吗？"傅准指了指穿井。

井口的沙子被风所卷，不停往井中流去，坑口下方显然另有出口，那些沙子不知道泻到了何处，再不见踪迹。

阿南瞥了后方玉门关残垣一眼，不假思索地弹出臂环中的流光，钩住井口，纵身向下扑去："你在上面替我看着，等他们来了告诉我一声。"

她这么爽快便下了井，倒是令傅准有些诧异："别冲动啊南姑娘，还是等大队人马回来，商量了再说？"

阿南没理他，流光带着她向下降去，她很快落地，晃亮她那异常明亮的精铜火折子，向前走去，渐渐隐入了黑暗中。

残破城墙外隐隐传来人声，是跟随阿南过来的驼队已经返回了。傅准望着下方，微眯双眼。

穿井下方的黑暗之中，火光黯淡到几近消失。而傅准那双黝黑的眼眸，倒比井中更为暗沉。

"阿南，你都跌落三千阶了，还是这么自信吗……"他捂着双唇轻轻咳嗽着，一脚踩在那块依稀有着莲花纹的石头上，俯下身将右手轻插入井口的浮沙之中。

满意地摸到冰冷的铁环，他用手指稳稳钩住，向下看去。

"等你只剩一口气时，我会把你接出来的……这一次，我连接续手脚的机会，也不会给你。"

骆驼的喷嚏声传来，他们很快就要来到这边。

傅准闭上睫线深长的双眼，脸颊与肩上的吉祥天贴了贴，手指扣紧铁环，右手用力一拉。

流沙无声倾覆，下面那原本便已微弱的光芒，瞬间熄灭。

太过顺遂便得了手，反而令傅准微皱眉头，一种异样的感觉浮现于他的额头，令他胸口气血波动，忍不住又咳了出来。

后方城墙之外，驼队渐近，传来整齐人声："参见提督大人！"

那声音明显是朝上的，那些人正仰头向上喊话。

傅准的脑中，忽然闪过阿南跳下穿井时，朝城墙上的一瞥。

他的手顿了顿，轻轻地拍去上面的沙粒，抬头向上看去。

玉门关残破的城墙之上，站着一条修长而端严的身影，他居高临下俯瞰这残破的玉门关，日光在他的身后逆照，他笼在灿烂光晕之中，无人能看清他的面容神情——

但傅准知道，他在看着自己，也看到了他将阿南骗入穿井的这一刻。

落在朱聿恒身上的目光变得意味深长，他抬手轻抚着自己肩上的吉祥天，手指慢慢将过它鲜明的尾羽，温柔又轻缓。

朱聿恒自城墙上走下，来到他的身旁，俯身看向下方穿井。

下面是一片无声无息的黑暗。

他抬眼看向傅准，声音冷冽："怎么回事？"

"南姑娘一意孤行，不顾我的阻拦，要下去看看。"傅准神情淡然道，"她刚下去，好像还没什么动静，提督大人看，是否需要找几个人进去接应一下？"

朱聿恒略一沉吟，回头看向身后众人："墨先生。"

后方一个中年男人应了一声，既然知道下方有问题，侍从们立即布好绳梯，准备下去。

沙漠之中一阵喧闹，未免尘土飞扬。傅准抬手轻掸吉祥天羽毛上的薄灰，对着检查随身物品的墨先生微一颔首："墨先生，我听着下方动静不大，而且南姑娘下去不过一瞬，若是有异，想必下方的机关非同小可，务必小心。"

墨长泽是现任的墨家钜子，虽然自秦汉以来墨已衰落，但千年传承一脉绵延自然非同小可。

他身材高大，长相粗豪，一身布衣满是风尘，性格却十分谨慎细致，向傅准问明了阿南的火折子所去方向之后，在地上比画预计好，才顺着绳梯攀爬下去。

脚一触地，令他意想不到的是，朱聿恒也随之下来了。

皇太孙殿下用的火折子，是阿南在路上替他做的，与她在楚家用过的那个是一套，光亮无比，照得井下亮如白昼。

方才他站在城墙之上，眼看着阿南跳进去，可如今他们所处的井底，只有直上直下的丈许方圆，而且早已被砂石填埋了大半，甚至因为上方的隐约振动，沙子还在不断细细下泄，似要将这口枯井填满。

墨长泽皱眉叩墙道："若按照傅阁主的说法，南姑娘下来时这里还是有通道的，甚至还向着这边而去……这须臾之间无声无息便转了环境的，究竟是什么机关？"

朱聿恒听着他叩击的声音，将耳朵贴在上面听了听。

他的分辨能力极强，曾在水下石壁后准确听出一个破损的细微机栝。

　　可深而长的穿井将地下一切声响全部混杂在一起，连同流沙的声音一起轰击他的耳膜，无论他如何凝神倾听，终究一无所获。

　　他只能对墨长泽道："这沙漠土壁裂痕无数，怕是每一条的后面都有可能是藏着机关的所在。墨先生，你们墨家绝学'玄如一'不是能将所有机关化繁为简，抽取轴心理念迅速击破吗？不知这些纷繁复杂的迹象，你是否有头绪？"

　　"我试试吧。"墨长泽说着，从袖中抽出自己随身的一个物什，抬手按下机栝。

　　那是个黑色圆筒，随着他手指微张，倏忽间风声响起，四只黑铁守宫[1]从中骤然飞出，深深扎入四壁，攀附于沙壁之上。

　　朱聿恒知道这便是墨家的"兼爱"，他以火折子照亮它们，只见巴掌大的黑沉铁守宫的五爪扎入土壁之中，纹丝不动。

　　见他的目光都在"兼爱"上，墨长泽在他身后解释道："这守宫看来是死物，但其实由三百六十五个细小零件组成，对于所接触之物极为敏感。南姑娘被困地下，我们既辨不清方向，不如让它们代替我们感受振动，去查看地下有何异动吧。"

　　朱聿恒点了一下头，示意上方将流沙遮挡住，维持下方井中的静寂。他手中火折子的光定在守宫的身上，只见它们一动不动，哪有半分敏感的样子。

　　目光紧盯在它们身上，他想着阿南如今被困于地下，不知情况如何，那握着火折子的手虽然还稳定，可心下已被涌起的恐慌感填满。

　　没事的，阿南强悍无匹，每至绝处必能逢生，此次定然也不例外。

　　虽然这样想，但看着伏于壁上一动不动的守宫，再看周围还在无声无息向下倾泻的流沙，他还是觉得这短短的时间难挨极了。

　　就在这一片寂静中，被火光照射的一只守宫，忽然微微动了一下。

　　朱聿恒立即举高手中火折子，照向东南方向那一只。

　　只见守宫的一只爪子在沉凝的土壁之上，微微地动了动，随即，体内精细的三百六十五个零件被这极小的动作带动，缓缓开始运转，在他们的注视下，这只黑沉沉的守宫，向着斜下方爬出了一步。

　　墨长泽立即将其余三只铁守宫抓起，安放在东南这边的土壁之上。

　　守宫的爪子紧紧附在壁上，探查土层之中任何人都无法察觉的微震异动，直至四只守宫都微不可察地挪动着，向同一方向缓缓地移动了分寸，墨长泽才以手指在土层上斜斜画了一个"十"字，道："左为经，右为纬，上为深，下为广，守宫三寸，

──────────

1　守宫：蜥蜴的一种，又名壁虎。

幅距千倍，所以机关阵所发动之处应为……"

他说着，正屈指在算方位与距离，却见朱聿恒已将手中的火折子迅速合上，足尖在土壁凹处一点，抓住绳梯便已翻身上了地，对着侍卫们喊了一声："素亭，让楚先生过来。"

廖素亭应声而出，赶紧跑到城墙之外去寻找楚元知。

墨长泽从穿井中爬出时，却见皇太孙殿下已经疾步向东南方走去。看着他果断的身影，墨长泽心下迟疑，那么庞大复杂的计算，他以为殿下上去后是要召集几个术算高手确定方位的，结果他却是直接向着前方走去了？

这世上，真有人能具备如此可怕的算力，在一瞬间便凭借"兼爱"而准确定位到自己要搜索的地方？

尚未等他回过神，楚元知已经在廖素亭的引领下，小步追上了朱聿恒。

日头西斜，大漠沙丘被照得一半苍白一半阴黑，拖出长长的影子。

朱聿恒背对着日光，以脚步度量距离。事情虽紧急，但他下脚依旧极稳，挺直的脊背，一丝不差的步幅，在走到第一百七十六步之时停了下来，他抬手示意楚元知过来。

"正下方八尺四寸，以我所站处为中心，方圆四尺二寸。"他以脚尖在黄沙之中画出大致范围。

楚元知提过随身箱笼。他于雷火一道独步当世，虽然双手颤抖不已，耽搁了一点时间，但分量早已熟稔于心，控制得极为精准。

引线布好，所有人退后，捂住耳朵。

出乎众人意料，爆炸激起的沙尘并不大，声音更是沉闷。楚元知将炸药埋得很深，摧毁的是八尺以下的地下机关，而且下方应该有空洞之处，使得气浪被分散了力量，并未将所有沙砾喷扬至上方。

待尘沙落定，硝烟尚且未散，廖素亭便已一个箭步率先冲出，走到被炸开的地方朝下方看去。

朱聿恒找的位置准确，楚元知炸得深浅精准，黑洞洞的下方，被剥离了砂石土层，赫然显露出枯干的水道，下方显然是个废弃的暗渠。

此时暗渠已经坍塌，露出几根折断的石柱与木料。在弥漫的烟尘之中，廖素亭看见一道人影正向这边冲来，身后是汹涌流泻的黄色巨浪——

那黄色的巨浪，携带着滚滚的烟尘，如夭矫的巨龙，自穿井水道的彼端疾冲而来，张大狰狞的巨口，要吞噬前方那条奔跑的人影。

他尚未看清那条即将被黄龙追上的人是谁，耳边风声一动，身旁的皇太孙殿下已经抄起了旁边侍卫的一杆长枪，跃下了被炸开的缺口。

他愕然叫了一声："殿下！"

而后方的众人没看到下方的情形，更是不知道发生了什么，见朱聿恒居然跃入了正在隐隐震动的下方，赶紧一拥而上，观察下方情形。

黄色巨龙已经奔涌得更近，那并不是水流，而是滚滚沙流汇聚成，不知受了后方何种驱动，沙龙奔流的速度狂暴如风，而在它之前狂奔逃生的，正是阿南。

她奋力奔跑，让所有人掌心都捏了一把汗，因为他们一眼便可看出，即使她用上了拼命的速度，可后方的沙流已经追上了她，有好几次，她的脚踝已经被流沙堪堪吞没。

而跃下干涸水道的朱聿恒，正尽力向着她奔去，仿佛没看到她身后那足以吞没一切的黄沙，不顾一切地扑向她。

看见殿下这殒身不恤的决绝，韦杭之顿时肝胆欲裂。他随之跳下水道，拔足向他们狂奔而去，企图以自己的身躯为殿下挡住那滚滚沙流。

枯水道并不长，仿佛只是刹那之间，沙流、阿南、朱聿恒，在同一点交汇。黄沙喷薄漫延，即将淹没他们的那一刻，朱聿恒高举手中长枪，奋力将它穿进了后方的黄沙之中。

七尺二寸的钢枪，彻底淹没在黄沙之中，发出了尖锐而混乱的怪异声响，金铁交鸣，令所有人耳朵刺痛。

而就在他手中钢枪脱手的那一瞬间，阿南双臂展开，紧紧抱住了面前的朱聿恒，借着自己向外俯冲的力道，卸掉他往前疾奔的力量，带着他向前方狠狠扑去。

后方紧追的沙流将钢枪彻底绞入，吞没得只剩一个枪尾，但也因此被卡死，沙砾倾泻而下，再也没有那种席卷的力道，散落在了水道中间。

阿南的冲撞，使朱聿恒避免了前冲被沙流卷入，但也因为力道太过迅猛，两人失去了平衡，抱着在地上骨碌碌滚出好远，才撞在水道土壁上停了下来。

水道断口处，所有看着他们在这惊心动魄的一瞬间逃生的众人，都感觉胸臆受了剧震，望着紧拥在一起的两人，久久无法发声。

唯有傅准静静盯着他们，面容愈显苍白冰冷，白得几近透明的手无意识地攥着吉祥天的尾羽，任由那些华美鲜艳在他的指缝间变得凌乱不堪。

距离阿南与朱聿恒最近的韦杭之几步赶上前，声音因为惶急与震惊而变得嘶哑：

"殿下，您……没伤到吧？"

朱聿恒与阿南都是一头一脸的沙土，全身隐隐作痛，动作也格外迟钝，一时竟无法分开。

许久，是阿南先喘过一口气，抬手拍了拍他的后背，问："阿琰，你没事吧？"

"没……"他声音嘶哑，终于回过神来，慢慢放开了紧抱着她的双臂，撑着土壁勉强坐起来。

阿南抬抬手脚，发现自己还是囫囵个的，欣慰地笑了出来。可惜她此时脸上糊满黄土，笑起来十分难看。

众人将他们搀扶出水道，到玉门关的残墟中休息。

随队的大夫检查了他们的伤势，确定没受内伤，才放下心来。

侍卫伺候他们净了手和脸，又在城内阴凉处铺好毡毯，备下酒水瓜果，请二人好生休息，等恢复后再启程。

阿南此时气力不济，瘫在毯子上的姿势比往日更像烂泥，但她灌了两杯水后，还不忘夸奖一声："阿琰，这次多亏了你，判断准确，又当机立断，不然怕是青莲没找到，我这条小命倒先凋零在这里了。"

两人相拥落地时，朱聿恒后背撞在洞壁上，如今那几条伤过的经脉抽痛不已，如利刃乱刺。

他强忍疼痛，声音有些飘忽："以后别这么冲动了，什么地方都一个人下去闯，好歹先跟我商量一下。"

"我不是看你已经来了嘛，想着先下去看看，谁知道下面机关发动如此迅速，又如此凶险……唔，甚至感觉不像傅灵焰的手笔，太过决绝狠辣了。"阿南啃了两口瓜，想想又问，"对了，这机关借水道而设，依滑轨而动，你是怎么准确寻到轨迹的？"

朱聿恒慢慢将当时情形说了一遍，道："楚元知炸开的地方，大概就是滑轨的驱动处，墨长泽的'兼爱'捕捉到了运转的些微振幅，帮我确定了准确地点。"

"好险，好险。"阿南拍着胸脯，心有余悸，"要是今天你没来，或是你在判断时稍微差了些许毫厘，或者你在接应我的时候有一丝犹豫，我都已经不在人世了。"

"知道就好。"朱聿恒看她兀自嘻嘻哈哈的模样，忍不住抬手，抚过她脸颊上的青肿，"以后无论做什么，先和我商量过，知道吗？"

刚洗过的手略带微凉，他的指尖轻轻地按在她脸颊之上，那凝视的目光却如此灼热，让她的脸有些烧起来。

下意识的，她略偏了一偏头，逃避这种因亲昵而带来的心慌："说来说去，都是我的身体不中用，在逃跑的紧急时刻不知道怎么的，我的旧伤忽然发作了，手脚一下子痛得抽搐起来，导致误触了机关。"

"我看看。"朱聿恒身上的血脉也在抽痛，但他还是先捋起阿南的衣袖，看了看她的手臂。

狰狞的两层伤疤还深烙在她的臂弯上，但肌肤是完好的，伤口并未迸裂，也不见任何痕迹。

"可能是牵动了之前愈合不良的伤处吧。"阿南揉着尚在隐痛的伤口，恨恨道，"傅准这个浑蛋，不知道他如何下手的，我历经千辛万难终于接好的手，也永远恢复不到之前了！"

朱聿恒轻握她的手腕，想要安慰一下她，谁知喉口一紧，整个人倒了下去。

阿南大惊，一把将他扶住，见他身体微微抽搐，显然正在忍受剧痛，忙将他的衣襟一把扯开。

果然，那几条瘀血刺目的经脉，仿如受到了无声的感召，正在突突跳动，触目惊心。

阿南倒吸一口冷气，抬手覆上那些可怖的经脉，急问："你怎么样？怎会突然发作，难道是……玉门关的阵法突然启动了？"

朱聿恒抬手紧握着她的手臂，强忍剧痛，艰难地低低道："不是……是我全身的经脉……都在痛。"

阿南赶紧将他上身的衣服都解开，看到确实只有那几条发作过的经脉红赤跳动，并没有新的出现，便又问："之前也出现过吗？"

"偶尔……剧烈活动后，会出现不适，但从未……这样发作过。"

"你怎么从没跟我说过？"

朱聿恒抓紧她的手，熬忍着身上的疼痛，等待它渐渐过去，才勉强喘息道："我……还想在你面前留点面子，不想让你当我是废人……"

阿南顿了顿，目光从他的血痕遍布的胸口，转到他惨白的面容上，只觉一阵酸涩冲上鼻腔，眼圈不由得一热。

这素来高傲尊贵的男人，究竟隐藏起了多少不为人知的苦痛挣扎。

"你放心……"她放轻声音，贴近他道，"我不会食言的。"

朱聿恒轻轻地、长长地出了一口气，紧张的躯体终于慢慢松懈下来，脱力躺在了她的怀中。

阿南查看着他发作的经脉，有些欣慰地发现，被她剜出了毒刺的阳跷脉，发作不甚明显，比之前毒刺在经脉内破裂的要轻微许多。

"现在未到月底，距离下月底第五根毒刺发动还有时间……我们一定能赶在'山河社稷图'和玉门关阵法发动之前，将阵眼中的母玉取出来，避免你身上淬毒的子玉再被呼应碎裂，又毁一条经脉。"阿南抬手轻抚他身上的殷红血线，斩钉截铁道，"只是阿琰，你可不许再这般胡来了！明知自己身体情况如此，还动不动就豁命，怎么行动前不多想一想呢！就算撇开'山河社稷图'不谈，若刚刚你预估错误，机栝的中心并不在我身后的黄沙之中；或者我未能在最后一刻收住你冲出去的势头，你现在可能和我一起，被绞入黄沙机关，已粉身碎骨了！"

"当时情势，容不得我多想，再说……"朱聿恒定在她脸上的眼神显得深暗了些许，"阿南，你要是出事了，我肯定也活不了的。"

阿南喉口哽住，低低道："如今你身边多的是得力能人，他们今天不是助你一举击破危局了吗？就算是我，可能也无法做得比你更干脆利落。"

"可我……不信他们，我只信你。"

阿南默然垂头望着怀中的他，许久，叹了口气，又笑了出来。

血脉的跳动舒缓下来，深红的颜色也逐渐不再那么刺目。她慢慢将他的衣襟理好，扶他坐起来。

"对了阿琰，我这次下去，还是有收获的，咱们这场危险也算值得啦。"阿南从怀中摸出一个东西，在他面前晃了一下，"你看，这是什么？"

朱聿恒目光瞥过那金灿灿的东西，声音略沉："金翅鸟？"

"对，北漠王族才能拥有的金翅鸟。这个显然是临时从项圈上扯下来的，翅膀与鸟头勾连的地方都扯断了。"这是一只展翼飞翔的金翅鸟，比阿南的掌心略大，镶嵌着白珍珠、红珊瑚与绿松石，十分精巧。

朱聿恒身上的疼痛渐散，慢慢坐起将其拿起，端详着："这边的地下穿井虽然干涸了，但只要没有坍塌堵塞，与其他水道还是连通的。而……"

"而北漠王女身边的侍女瑙日布，就是跳下了穿井自尽的。"阿南朝他一笑，用手指拨了拨上面的珍珠，道，"这珍珠如此莹白，珊瑚与绿松石镶嵌处也并无积垢，显然是刚刚被人丢弃在此处不久，甚至可能就是几天前。"

"回去后，咱们查一查这是不是王女的首饰。"朱聿恒说着，又思索道，"可就算这是北漠王女的，就算瑙日布跳井没死，她们下洼地仅仅十数息的时间，够干什么呢？"

"大概够走到洼地中心，然后瑙日布一把扯掉这个金翅鸟吧。"阿南说着，将金翅鸟抛了抛，揣回了怀中，"剩下的，就是查金翅鸟和雷火的关系了……毕竟，这可是王女早就梦见的一场火，对方可是早就安排她死在青莲里的。"

说到这里，阿南又想起一件事，道："说到青莲，咱们前几天的猜测应验了，六十年前，果然有人在这附近遇见过傅灵焰！"

朱聿恒精神见长，阿南切了瓜，和他一起坐在避风处，一边吃瓜，一边慢慢将旁边村落中秦老汉的回忆给朱聿恒详细讲述了一遍。

"所以现在，我们寻找青莲阵法，已经找到了一朵水涌青莲、一朵木生青莲、一朵自天而降令傅灵焰四下寻找的青莲……"

两人相视苦笑，这千头万绪，轻易之间如何能迅速理出？

"另外就是……"阿南扶着头，喃喃道，"在看到穿井上那块石板的时候，我心里忽然闪过一个念头，可是一下子又抓不住……"

"是那块盖在井上的石板吗？"朱聿恒瞥过一眼，亦有印象。

"嗯，你想到了什么？"

朱聿恒毫不迟疑地道："归墟青鸾台上，那块怪异的第八幅石雕。"

"是啊，那肯定存在、我们却找不到的第八个阵法……为什么呢？为什么它的图样与众不同，为什么我们找不到匹配的地点，为什么傅灵焰的手札里没有它的存在？"

然而，没有答案。摆在他们面前的，全是谜团。

"算了，那都是后面的事了，先专心对付玉门关这个阵法吧。"阿南几口吃完了手中的瓜，感觉自己已缓过来了，起身向他伸出手，"不早了，咱们走吧，总不能在这里过夜。"

朱聿恒紧握住她的手，两人一起站起身。城墙的缺口外，颜色鲜明的孔雀正从漫漫黄沙中掠过。

朱聿恒问："你下去查探那口枯井，是傅准的主意吧？"

"这浑蛋表面上说有线索，其实把我骗下去，肯定有所图谋！"阿南愤愤道，"我还以为他在你面前会有所收敛，看来我是低估他了！"

"虽然我们都知道他不怀好意，但他的解释冠冕堂皇，说是你冲动而下，未曾听他的劝阻。"朱聿恒想起自己在城墙上方时看到傅准的举动，也不能说有什么问题，但就是感觉有些别扭，只能道，"你多加留意，最好，别再和他接触。"

阿南气鼓鼓地点头，瞪着日光下光辉耀目的吉祥天。

朱聿恒问："傅准为什么制作这只机械孔雀，随身相伴？"

"傅准不是很年幼的时候，父母便被阁中叛徒暗害吗？他被忠于父母那派的老人们救走后，蓄意复仇。他那时候挺惨的，唔……和我憋着一口气拼命学艺去剿杀海匪为我爹娘报仇差不多吧。"阿南望着空中绚烂辉煌的吉祥天，随口说道，"那时候他身边唯一陪伴的，只有这只孔雀，那是他五岁生辰时母亲送给他的蛋里孵出来的。"

朱聿恒问："孔雀能活多少年？"

"二十来年吧，不过傅准担心它老死后毛羽会不鲜亮，所以在它活着时就把它杀了，剥皮制成了机关傀儡。"

朱聿恒微皱眉头："你说这只孔雀是他幼年的陪伴，还是他母亲送的？"

"是啊，可傅准想下手的时候，立刻就做了，毫不犹豫。"阿南的目光也随着吉祥天而游弋，声音略带寒意，"可能他喜欢一样东西，就宁可自己动手将其终结，不会允许它衰老颓败。"

朱聿恒知道她曾被傅准囚禁在拙巧阁，是以深刻知晓他的过往。

城外风沙漫漫，城内日光也逐渐偏转，阿南与他望着流转的光线，暂时地陷入了沉默。

阿南低下头，望着自己的手，略略屈着手指，仿佛在再次确定这双手还是自己的。

而朱聿恒凝望着她的侧面，心里忽然闪过一个念头——

傅准将阿南的手足挑断，是因为，她也是他人生中最绚烂最渴求的那个存在，所以，他绝不允许她离开自己，就像……

就像在孤岛之上，不顾一切，疯了一般强行挽留她的自己一样吗？

这可怕的念头，令整个沙漠的寒意风沙似全都聚拢到了他的身上，他的身体灼热，掌心却涌出冷汗，让他悚然而惊。

他强迫自己从那可能会失去阿南的可怕念头中抽身，转头看日头已不再炎热，他调匀气息，转身慢慢向外走去："走吧。"

阿南问："回敦煌吗？这么远，估计今晚赶回去也很晚了。"

"去月牙泉吧。西北落日晚，我们入夜时应该能到。"

第八章

月牙鸣沙

　　一路行去，月出东方之际，一成不变的昏暗沙漠中忽然奇迹般闪现出一湾湖水，在月光之下波光如镜，静静安憩于沙丘怀抱之中。

　　天上地下，两弯月牙一大一小，彼此相映。泉边的楼阁之中，此时已是灯火通明，在月牙泉中上下倒映，如琼楼玉宇、缥缈仙阙。

　　可惜，在这般美景中，却出现了一个他们并不想看见的人。

　　"提督大人亲往沙海巡视，辛苦辛苦！下官已备了薄酒，望提督大人千万莫要嫌弃，大人，请！"

　　敦煌将军马允知，仿佛忘记了自己如何在朱聿恒这边一再碰壁，笑容满面地率众站在道旁迎接，一副盛情款款的模样。

　　阿南朝朱聿恒挑挑眉，朱聿恒给她一个"我也不知道他怎么会出现在这里"的表情，敷衍地朝马允知点了一下头，说："有劳马将军。"

　　见他没有像之前那般斥责自己，马允知喜不自胜，忙道："不敢不敢，能为提督大人效劳，那是下官的福分。"

　　朱聿恒沿着月牙泉向旁边阁内行去，问："马将军案牍劳形，怎么有空来这边？"

　　"下官正要请提督大人帮忙，看看我敦煌为圣上西巡所备是否合适，更望大人能指点一二，以免下官出了什么纰漏……"

听他又提起此事，朱聿恒不由得眉头一皱，正要开口，耳边已经传来丝竹乐声，面前月牙泉的弧形水面之上，忽有明灯亮起，照彻了湖面上一片绚烂景色。

众人抬头望去，只见湖面上忽然漂来一座莲台，莲台之上灯光渐亮，众人才发现，那灯正持在一个身披五彩轻纱的舞姬手中。

此时那舞姬手中提着宫灯，向着岸上的朱聿恒盈盈一拜，随即提着宫灯摆了一个袅袅飞升的姿势。

湖面风来，吹起她遍身的轻纱，踩在浮莲上直欲乘风而去，也送来了丝竹管弦之声。她借着乐声翩翩起舞，便如千佛洞壁画之中那些散花的仙女般，姿态柔美飘逸。

莲花在月牙泉上漫无方向地飘荡，美人手中的灯随着动作而火光明灭。月光灯光在湖面上闪烁不定，波光倒映着她婀娜轻盈的身姿，水面上下照影相对，浑如姑射神人。

周围所有人都沉浸在曼妙的舞姿之中，一时不知今夕何夕。仿佛他们在这个沙漠腹地望见了海市蜃楼，窥见了奇迹仙踪。

阿南悄悄凑近朱聿恒，低声笑道："哇，这个马允知，欺压人有一套，讨好人也有一套啊，在这种边疆当个游击将军真是屈才了！"

朱聿恒微皱眉头，一言不发。

马允知显然对自己安排的惊喜十分得意，他示意侍女们将手中的灯笼高举，将月牙泉上的情形照得更清晰一些，光影汇聚中，莲台之上的婆娑舞姿更显动人。

马允知抚须自得，待一曲即将舞毕，忙小步趋至朱聿恒面前，笑问："提督大人，您看这小小布置，应当不会惊扰圣上吧？"

月光下朱聿恒的神情有些疏淡，声音也自偏冷："马将军真是有心了。只是圣上大概更愿意看到你将这些精力放在敦煌一地的百姓身上。"

"这个自然，卑职也是希望圣上对敦煌留个好印象，让我方百姓沐浴天恩哪！"

朱聿恒淡淡一哂，此时丝竹之声已经渐歇，岸上人以丝绳牵着莲台近岸。舞姬提起轻纱裙裾上了岸，朝着朱聿恒盈盈下拜："拜见提督大人。"

北国佳人冶艳夺目，就算面容低垂，也依然看得出她那妩媚的眉眼，浓睫高鼻格外抢眼。

谁知朱聿恒未曾搭理她，目光从她脸上扫了过去，连一瞬也未曾停过，反而望向了阿南，轻声道："沙漠风大，你还是先进阁内吧，免得被水风吹到了。"

"我哪有这么娇弱。"阿南依依不舍地又看了美人儿几眼，被她气恼地翻了个白眼后，才发觉这个美人脾气和外表一样咄咄逼人。

她挑挑眉，转而去打量那朵莲花去了。

本以为这莲花浮在水上，应该是木头所制，可她一打量才发现，这莲花居然是石头所雕，浮在水上既稳且沉，顿时兴趣大发。

眼见朱聿恒被一群人簇拥进阁内去了，阿南没跟上去，而是上手摸了摸石莲。

那美人心下正自郁闷，当下便打开阿南的手，道："别乱摸，小心弄脏了我的花！"

"你的花？"阿南笑笑，敲了敲石头，顿时了然——这是用浮石榫接拼凑起来的莲花。

浮石多出于火山之处，石中充满孔窍，因此比寻常石头轻上不少，自然能浮在水面之上。

只是搜寻这么多、这么大的浮石，并且做出这么大一朵莲花，实属不易。

而这个美人能在这样的浮石莲花上稳住下盘翩翩起舞，也肯定是下了一番苦功的。

阿南朝她一扬唇，见她只恼恨地瞪着自己，也懒得逗她，几步追上了人群，进了阁内。

高阁三层，临泉而建，颇有气势。阁内铺了猩红毡毯，陈设鲜花香炉，侍女手捧果盘，正候在楼梯下，迎接来客上二楼。

在马允知的殷勤引导下，朱聿恒一行人上了二楼，尚未走完楼梯，只见眼前一亮，灯火通明的二楼，正中间陈设着通天彻地十二扇云母屏风。

那屏风由五色云母雕镂镶嵌而成，匠人巧手借助云母天然生成的颜色花纹，拼接成莹莹放光的一条夭矫巨龙，飞舞于祥云之中。

阿南抬手抚摸屏风，赞叹不已："这也太美了吧，真是巧夺天工！"

"姑娘，云母轻薄，下手小心点。这可是我敦煌一镇献给圣上的贡品，毁坏了一星半点，你担得起责吗？"马允知这边训斥着阿南，转头他便变了脸，满脸堆笑对朱聿恒道："这是新发现的云母矿，特地雕琢进献。"

阿南却存心拆他的台，指着屏风上的龙眼，说道："这龙的眼睛，好像做得差点。"

朱聿恒仔细看去，只见焕发云母辉彩的整条龙，果然只有眼睛灰白蒙蒙，大失气势。

马允知悻悻地答道："这个得等待圣上画龙点睛。"

原来是准备好的马屁呢。阿南叹服着此人的功力，笑着越过屏风。

后面是宽阔的楼阁，摆了十八人大圆桌尚不见拥挤，旁边分列四对交椅茶几，外面还有挑出来的飞檐栏杆，正对下方月牙泉，景致如天上仙宫。

侍女们沿着楼梯而上，摆放酒菜。朱聿恒示意她与自己在阁中交椅上坐下，先喝一盏茶休息。

阿南啜了一口，抬眼看见外面是被灯光照亮的月牙泉湖面，水波粼粼，在沙海之中令人心旷神怡。

"真没想到，在这般沙漠中，我们居然也能赏景喝茶。"阿南正说着，忽听得轰隆隆的声音从四面八方涌来，就如万千海潮铺天盖地涌来，要将他们连同这沙漠中小小的泉眼一同掩埋。

阿南错愕地抬头，见朱聿恒和旁边众人都是面不改色的模样，顿时了然："这就是鸣沙山的声音吗？"

朱聿恒点头，与她一起起身，并肩看向后方。

月光之下，沙漠如起伏时被瞬间冻住的大海，凝固出一种波澜壮阔的气势。

鸣沙山的沙子在月光下白亮如雪，而未曾被照亮的那一边则是漆黑如影。在这对比强烈的黑白山峦之上，是横亘长空的银河，如仙子们泼洒了一片凌乱珍珠，漫天光彩幽莹。

而天河之下最亮的这座沙丘，因为搜检巡逻的护卫们从上面滑下，正发出呼啸咆哮声，让站在楼阁之上的他们都感觉到了隐隐震动。

"世上事真是无奇不有，这么一座山丘，下面到底埋藏了什么，会发出这么大的雷霆声响？"

朱聿恒见栏杆低矮，便示意她别往外探身太多，一边道："听说距玉门关百余里，还有一处魔鬼城，里面怪石林立，每逢大风吹过，便有鬼哭狼嚎之声，可见世事的奇妙之处，我们常人难以想象。"

"那咱们有空一起去看看？"阿南开玩笑道，"照影鬼域中嘛，或许过去一探，里面也能呈现出一朵青莲来呢？"

朱聿恒想起短短时日出现的三处青莲踪迹，摇头苦笑。

后方马允知带着那个舞姬走近。她毫不忸怩，落落大方地请朱聿恒上座，又侍立在他身后斟酒布菜，殷勤万分。

朱聿恒并不动筷，而韦杭之已经走到她身旁，将她夹的菜与斟的酒全部撤掉了，又对马允知说道："马将军大概尚未知晓，未经查验的陌生人，不得近提督大人身旁伺候。"

他是东宫副指挥使，对一个地方游击说话自然老不客气，马允知的笑容僵在脸上，只能赶紧示意美人退下。

美人脸上终于有些挂不住，强自笑意盈盈，施了一礼就姿态曼妙地离开了。

马允知讪笑解释："这……梁鹭绝无问题，不然我也不敢让她出现在提督大人面前……"

听得"梁鹭"二字，阿南觉得有些熟悉，正在想着，却听身后韦杭之低声提醒道："梁辉的女儿，梁垒的双生姐姐。"

他负责皇太孙安全，所以周围一应人等，不论是否会出现在殿下面前，他全都曾经摸过底细。

阿南诧异地回头看他，问："什么，她居然就是那个梁鹭？"

梁鹭和梁垒这对双胞胎姐弟，虽然长相都是浓眉大眼圆脸宽颐，但他们的神态举止也未免太过迥异。梁垒看来就是个淳朴的乡下少年，可这个姐姐看来颇有气势，绝不像是出身农家的模样。

朱聿恒对此并无兴趣，只低声询问阿南，西北这边的菜式是否符合她的口味。

"好吃！"阿南开心地手抓羊肋排，还给他撕了一根递过去。

皇太孙殿下擦净手，极自然地接了过去。

马允知在旁边偷偷关注，内心受到了极大震撼。他埋着头，苦苦思索皇太孙的口味。

这女人一身尘土脸上带伤，既没有绝世姿容，皮肤还黑，何德何能与皇太孙如此亲密，甚至连他出巡都带在身旁寸步不离？

在沙漠中折腾到深夜，一行人都有些疲惫。

阿南与朱聿恒的房间就在旁边，侍女帮她弄洗澡水。沙漠之中弄一浴桶水颇为费劲，她便裹上袍子，去楼下观赏了一会儿月牙水月。

脚步轻响，她抬头看见韦杭之从楼上下来，对她打了个招呼："南姑娘。"

阿南见他神志清明，不由得敬佩："你怎么日日夜夜不用睡觉，永远这么尽忠职守？"

韦杭之道："我夜间已很少当值了，但殿下今夜在陌生地方留宿，我肯定要各处巡视一遍。"

"赶紧去睡吧。"阿南说着，见他看着自己欲言又止，便往柱子上一靠，问，

"有事吗？"

"没什么……"韦杭之移开了目光，在她面前笔直站了片刻，才道，"今日发生的事，我至今尚在后怕……若殿下当时有个闪失，我们东宫一众侍卫除了自戕，无法向圣上交代。"

"是啊，我也跟他说过了，以后不可如此冒险了。"阿南语气有些无奈，心道，你还没见过他更不要命的时刻呢，这男人看起来沉静淡定，可骨子里那股潜藏的狠戾强悍，每每令她心惊，甚至有些惧怕。

韦杭之也知道殿下行事任何人无法阻拦，更何况他当时是为了救阿南，她更无立场帮他劝阻殿下，因此只点了点头，抿紧了双唇。

"放心吧，我以后会尽力注意他的，看能不能把他的性子磨一磨。"阿南说着，又随口问，"韦指挥使跟殿下多久了？我看这天底下，你应该是与他最近的人了吧？"

"七年。"韦杭之居然真的开口回答了她，令阿南有些诧异，"十七岁时我被圣上亲自选拔为贴身侍卫之一，从此以后改名换姓，再也没有亲人与家族，此生只有殿下。"

"改名换姓，所以其实你本来不叫韦杭之？"

"谁谓河广，一苇杭之。殿下要去任何地方，我便是他踏足的依凭。"

所以，因为皇帝一句话，他的父母便失去了孩子，可能再也见不到了。

阿南有些别扭，继而一想，把这么好的儿子献给了朝廷，那么他的家人肯定得到了很好的安置，说不定还受人羡慕呢。

朝他笑了笑，阿南道："好的，我知道了，关爱你们殿下就是关爱你们一群兄弟的命，我一定督促他好好保护自己！"

韦杭之是个正经人，见她这嬉皮笑脸的模样，便只沉着脸向她点了一下头。

其实阿南想问他，这么好的身手，却只能沉默地为另一个人奉献一生，值得吗？

但她随即又想起，她当初在公子身边时，也并未觉得那样的人生不好，甚至，她也愿意将一辈子彻底燃烧殆尽，只为照亮公子脚下的路。

但很快，她又自嘲地笑了起来。

一定是黑夜让她情绪低落了，这些当年往事，全都已经没有意义，记忆也变得意趣寥寥。

阿琰射出的那支回头箭还在她心中。道不同不相为谋，她终究是要重新出发了，纵然再留恋过往，又有何意义呢？

回到楼上，洗澡水已经备好。

阿南正要脱衣服，却听隔壁阿琰的房间传来一声重物落地的声音。她迟疑了一下走出去，听韦杭之已在门口询问："提督大人可有吩咐？"

"唔……无事，退下吧。"

阿南听朱聿恒的声音有点模糊，便叩了叩门，问："阿琰？"

他在里面似松了一口气，说道："进来。"

阿南与韦杭之相望一眼，便跨了进去，却见朱聿恒在内室指了指门，便把门关好了，才走过去，问："怎么啦？"

朱聿恒有些别扭迟疑，将桌上药瓶递给她，低声说："我抹不到后背，反手太用力时，凳子倒了。"

阿南一看他后背，顿时心惊不已，今日将她在流沙中救出时，为了护住她，他的后背重重撞上了水道洞壁，如今早已是瘀青一片。

她心疼地将他按在圆凳上，取过水和布将他后背擦干净，再将药膏倒在自己的掌心，在他的背上揉开涂抹。

朱聿恒的毒刺发作时，她曾解开他的衣服帮他吸掉毒血，而在海岛上时，她也多次帮朱聿恒换药，早已看遍了他的裸身，因此两人也并未觉得有太大不妥。

等妥帖地将所有青紫处揉上药后，她才问："干吗不让韦杭之帮你？"

朱聿恒道："我身上有'山河社稷图'。"

阿南想着刚刚韦杭之在外面与自己交心的话，轻叹了一口气："你还真是只信我啊？杭之跟了你可有好多年了。"

"毕竟，我身边潜伏着内应，所以跟着我越长久的，嫌疑越大。"朱聿恒淡淡道，"阿南，我是在朝堂风雨中长大的，除了祖父与父母，这世上没有可信的人。"

阿南帮他拢好衣服，轻轻拍了拍他的肩，看着灯下他晦暗的神情，想安慰句什么，而他的手已轻轻按在她的手背上，凝望着她道："不过，现在我能稳妥放在心中的，有四个人了。"

阿南心花怒放，翻过手一拍他的手背，朝他一笑："那就好，不枉我也这么信你！"

反正提起这茬了，她干脆坐了下来，问："对了，那个内应，你有头绪了吗？"

为了保证埋在他身上的毒刺与阵法同步启动，他身边必定有一个操控的人存在。否则，应天的毒刺不可能提前发动，而钱塘湾的阵法也不可能引动身在西湖的他。

朱聿恒道："此事圣上与我父亲都在替我探查，但至今未有任何线索。"

阿南觉得不可思议："怎么会没有呢？把你毒刺发作时，每次都在身边的人筛查一遍不就好了？"

"只有三个人。"朱聿恒肯定地说道，"其他的，顺天、开封、杭州、渤海，跟随在我身边的人，全都不同。"

"哪三个？"

"第一个，韦杭之。"

"呃……"阿南觉得有点牙痛，"下一个呢？"

"卓晏。"

阿南的脸上显出痛苦的表情："阿晏确实……但是我实在不信他是这样的人。"

"其他人如诸葛嘉，我去开封视察水患自然不会带神机营的人；瀚泓是内官，没有随我去开封与渤海；楚元知，他这两年没去过顺天，甚至曾潜入宫中的竺星河，也从未去过开封……"

"你忘了说第三个了。"阿南提醒。

朱聿恒却笑了笑，若有所思地在灯下望着她："是啊，还有一个人，与我一路同行，每次我出事时，她都在我的身边。"

阿南自诩对他身边人十分熟悉，却一时没想到这个人，正在苦苦思索时，看见他凝视自己的眼神，才明白过来，这第三人，就是她。

她啼笑皆非："好好讨论，性命攸关的严肃问题呢！"

"其他的，确实没有了，我已详细筛过很多遍了。"

他这般肯定，阿南也只能喃喃道："难道说……是我弄错了，对方利用的，是别的法子？"

"而且，你们三人全都没有可能在我年幼时下手，毕竟那时候，杭之不过六岁，阿晏与我一般大，而你，尚未出生。"朱聿恒皱眉道，"我父王曾查到邸王与蓟承明有私下接触，但宫中档案证明，我在乳母那边出事时，蓟承明受宫中派遣不在顺天。"

"这么说，当时那个荷包的线索也断了？"

想着当时阿南说自己"查人查事你天下无敌"，如今却一筹莫展，朱聿恒点了一下头，不由得沉默。

"怕什么，先把摆在面前的青莲阵法找到，跟幕后凶手算账的事咱们先推一推。总之我觉得，只要揪住青莲宗，一切迎刃而解！"

昨日累得脱力，第二天早上阿南起来对镜一照，发现没睡好的自己果然脸色发暗，脸颊上还青一块紫一块的，昨天受的伤全都显出来了。

一想到月牙泉现在美女如云，自己却是这般模样，阿南赶紧撑起盒盖，准备先给自己弄个漂亮妆容。

"南姑娘，你醒啦？"似是听到了里面的动静，外面有个姑娘敲了敲门，捧着热水推门进来。

阿南见是昨晚帮梁鹭拉石莲靠岸的女孩子，便朝她一笑，问："是你呀，梁鹭呢？"

"她啊……"鹤儿神情有些古怪地觑着她，道，"鹭姐去服侍提督大人了……"

阿南一看她那神情，不由得笑了，说："怎么，你以为我是提督大人带来的侍妾，怕我吃梁鹭的醋？"

鹤儿干笑了一声，说："不会不会，姑娘看着不是这样的人。"

"看脸也不像吧。"阿南摸着脸，转了话题问，"现在敦煌流行什么妆容呀？我今天没法见人了。"

"放心吧姑娘，你这脸上青肿不严重，我帮你把妆弄浓艳些，绝对漂漂亮亮的！"

鹤儿帮她洗漱后，抬手便帮她在脸上鼓捣。

阿南托腮看着镜中的自己，与她搭话："有个事情我有点奇怪啊，梁鹭家里不是从山东转来的匠户吗？她怎么会是月牙泉的舞姬？难道你们马将军一声令下，良家子都可以充作歌舞伎家？"

鹤儿忙道："这与马大人无关，是鹭姐早年被乐户收养，因此才入了那边的籍。"

"咦？梁鹭不是在梁家养大的？"难怪她那气派与梁垒看起来一点不像，而且对家人似乎也没有太多感情似的。

"是啊，听说梁家爹娘以前可穷了，她娘是逃荒去的山东，生了姐弟双胞胎后没吃没喝的，奶水哪儿够养活两个孩子呀？无奈之下，他们将姐姐送给了一对打花鼓的老夫妻。"鹤儿一边给她描眉，一边有一搭没一搭地说道，"直到现在，梁匠头领了矿场，日子好过了，儿子也长得挺好，才又想起女儿来……"

阿南皱了皱眉头，问："但梁鹭已经随那对夫妻落了乐籍？"

"是呀，而且她养父母已去世，便随他们回了家，可太祖定的户籍政策，说是朝廷根本，咱们谁改得了啊？另外这不是有风声说圣上要西巡嘛，可敦煌这边是军镇，根本找不出几个歌伎，就召了她先来这边。鹭姐也跟我说，她在家里对着陌生的家人和陌生的地儿，待着也难受，还不如跑来这边，跟我们一群姐妹整日唱唱歌跳跳舞，还开心点呢。"

"原来如此……"阿南顿觉梁骛对家人疏远是情有可原，"真是一笔糊涂账。"

鹤儿手脚很快，迅速帮她理妆完毕，拿镜子让她看看是否满意。

敦煌这边的妆容受了异域影响，飞扬艳丽，阿南英气鲜妍的五官与其正相配。而为了遮掩阿南脸上的青肿，妆容又格外浓艳些，黛眉红唇衬上胭脂底织金裙裳，鬓间是鲜艳欲滴的簇金嵌宝石榴花，令整个房间都亮了起来。

阿南对着镜子一照，十分满意，抬手在镜前转了转，闻到衣裳上熏的熟悉香气，不由得笑了出来——

还记得刚见面的时候，她从困楼中脱身时，还调戏过阿琰，问他身上的香气是什么呢。

"这衣服和首饰，是你们准备的？"

鹤儿抿嘴笑道："我们可备不起，是提督大人随身的人送来的。大概是因姑娘的衣服残破了，他们昨晚连夜去敦煌取的。"

难怪就连香气都一样。

阿南开心地朝镜中的鹤儿一笑，提起裙角噔噔噔下了楼："我走啦，多谢你了，下次再来找你和梁骛玩！"

月牙泉边晨雾霭霭，众人正在忙忙碌碌，收拾行装准备出发。看见光彩照人的阿南从楼上下来时，所有人都只觉眼前一亮。

就连垂手恭送朱聿恒的马允知，都结结实实地惊到了，心道这女人盛装打扮原来这般抢眼，难怪皇太孙殿下正眼都不瞧别的女人一下。

而朱聿恒望着阿南，眼中有些微火光灼烧，许久未曾挪移。

阿南自然也看到了朱聿恒眼中的亮光，她大大方方地朝他一笑，提起裙裾在他面前展示了一下，纱巾上缀的金铃声响清脆，与她的笑容一样轻快："阿琰，好看吗？"

她毫不羞怯，朱聿恒亦不掩饰自己的喜爱："很好。这艳烈的颜色很衬你，也只有你压得住。"

阿南打量他今日穿的朱红圆领袍，肩背压团金麒麟，衬得阿琰更显尊贵凛冽。

"你也很好看。"她笑道，快乐地翻身落鞍，一扬手打马率先冲了出去。

从月牙泉出发，众人直奔矿场而去。

自阿南在矿区发现青莲异状后，诸葛嘉便率人介入调查。可刘五遭遇意外，至今在矿下生死不知，当日卓寿究竟为何独自一人先行离开，至今尚无法取证。

朱聿恒身上有伤，在房中休息。阿南去矿场一看，时隔两日，现场狼藉状况与上次看到的差别并不大。只是地下涌出的水已经退去，留下的水纹痕迹也已经因为救援踩踏而彻底消失。

矿场众人挥汗如雨，各个矿洞入口连续不断地运送出一筐筐的泥土，已经在旁边堆起了小山。

矿场边缘，还有几具蒙着布的尸体停在草棚下，显然是刚挖出来的。

阿南正看着，猛然一个滚了满身泥土的身影从矿洞爬了出来，旁边人给他递了巾子，他胡乱擦了几下，露出眼睛鼻子，阿南才看出来，正是梁辉。

他坐在矿洞口，大口喘着气，示意众人围上来。

拾起地上一颗石子，梁辉在地上草草绘了几条线当作地图，对着众人道："看到没，就是刚堵住咱的那个拐弯处。李老四，你带两个人拿杠杆下去，把那大块岩石给撬开。赵三儿，这可是刚盖下来的泥土，为了防止二次坍塌，你得给它撑住了！箦席不够，得上竹排和大杠！"

众人忙不迭点头，抄起他说的东西，鱼贯进入矿洞。

身后梁垒拿着个包裹过来，递到梁辉面前："爹，你都下去两三个时辰了，先吃点东西再下，这是娘烙的饼。"

梁辉呼哧呼哧喘匀了气，接过他递来的湿布擦了手，然后抓起里面的煎饼卷上大葱，大口嚼着。

阿南见状，忙上前给他递水，又抽空询问下面的情况。

"难说，这都两天过去了，才挖到一多半。"梁辉说着一抬眼，认出了自己面前的阿南，错愕道，"咦，姑娘，你不就是那个……我外甥女的干妹妹吗？"

"是啊，舅父喊我阿南就行。"阿南说着，在他旁边蹲下，道，"我是来找刘五的，那日出事时我就在这里，看到地下好大的水涌出来，这是挖了哪儿的地下水道了？"

"刘五在那边呢，也不知留下孤儿寡母怎么办。"梁辉指了指那边草棚下的尸身，道，"我跟这些矿脉山道打了几十年交道了，也没见过这么诡异的情况。怎么在沙漠里还挖到了龙王庙！"

阿南指了指西面，说道："虽说沙漠中无水，但您看……龙勒水就在不远，而且那边还有月牙泉的泉眼呢。"

梁辉皱起眉头，思索片刻，才摇头道："矿洞渗水已有十天半月了，若真是挖到了月牙泉的地下泉眼，那月牙泉必定会水位下降，可这没听到消息啊。"

阿南刚从月牙泉而来，想了想月牙泉边那水满满当当地盈溢岸边，哪有任何水位下降的迹象？

梁辉心中记挂着下面，几下吃完了东西，胡乱擦了擦手又下了矿洞。

阿南转头见梁垒正收拾地上的东西，便问："梁小哥，你也要下去？"

梁垒望着父亲的背影摇摇头，道："矿上的规矩，爷俩都在这边的，我爹下去了，我就不能下。"

阿南立即便知道了他的意思，这是担心父子俩同时在矿下遇难，一家人便绝根了。

望着这黑洞洞的、仿佛能吞噬世间所有生灵的矿洞入口，即使是几番刀山火海出生入死的阿南，也只觉一股冷气从中间冲出，令这冬日更显阴寒。

她后退几步，不防后背撞上了一个人，忙回头道歉。

后方是个眼睛肿得跟桃子似的女人，根本没理会她，冲到矿道口朝下看了看，嘶声问梁垒："你爹呢？"

梁垒迟疑道："我爹带人下去清矿道了……"

话音未落，那女人的巴掌已经没头没脑朝他砸了下去，梁垒对上士兵时身法超俗，可此时被她抓得脸颊都破了也不躲避，只呆呆地站着任她胡乱抽打自己。

阿南忙上前卡住女人的双臂，将她拖了回来，皱眉问："你这人真没道理，怎么上来就打人？"

"呸！他爷俩害死我男人，还跟我讲道理？我跟他们拼了！"那女人猛地挣起来，还要疯狂往前扑，阿南忙将她抱住，和周围人一起将她带到棚下。

女人扑在刘五尸首上痛哭，阿南听众人议论，才知道女人以前嫁过矿下苦工，在矿洞垮塌时被压死了。所以她二嫁的时候找了管库房的刘五，以为这次日子该能安生了，谁知这次为了赶工挖云母，矿下人手不够，梁家父子作为工头，便让刘五帮忙下去运送东西，结果一去不复返，女人二度做了寡妇。

众人说着，唏嘘不已，给女人找了辆驴车，帮她将刘五的尸首抬上去。

女人却不依不饶，坐在地上大哭，非要梁家父子偿命。

阿南见诸葛嘉在旁边棚下，便将手中三大营的令牌朝他一晃，摊开手："借点钱。"

诸葛嘉清冷秀美的眉眼难免跳了跳："你怎么日日在我这儿打秋风？"

"因为是自己人嘛，你看我会向马允知借吗？"

诸葛嘉狠狠飞她冷眼，终究还是掏出了两块碎银丢给她。

阿南将碎银交给那女人，她千恩万谢，一边抹泪跟着牛车往家里走，一边指着矿洞口对阿南说道："姑娘，那一家人都不是好东西，你可要小心点！"

阿南眨眨眼，还没来得及说什么，那妇人已经凑到她耳边，哑声道："梁匠头老婆偷人，被我男人发现了，他们父子肯定是因此恼恨，才害死了我男人的！"

阿南没想到居然还有这样的内幕，赶紧拉住她的手，说道："婶子，话可不能乱讲啊！"

"我没乱讲，这是我男人生前亲口对我说的！他亲眼看见唐月娘私下与男人拉拉扯扯，还摸出了挺大一块银子塞到对方手里！我男人就绕过墙去，想看看唐月娘跟谁在那儿，谁知一转过墙，那男人早就跑了！"妇人咬牙切齿，恨恨道，"莫不是那两父子知道矿洞要漏水垮塌，所以故意把我男人引进去？不然怎么出事时他们俩全都没事，我男人竟死了！"

阿南只能代为解释道："那天他们家里亲戚来了，一家人都不在矿上，哪能对你丈夫下手呢？再说这是天灾，谁又能预料得到呢？"

妇人想来也是这个理，只能又抹了几把泪，扶着驴车哭天喊地地走了。

而阿南目送她离去后，久久伫立在矿场，面对这片这随时能吞吃掉性命的地下世界，陷入了思索。

朱聿恒在屋内略作休整，出来寻找阿南，一眼便望见了，她身着红衣，让整片苍凉大地渲染上明媚光彩。

正要向她走去，身后的韦杭之近前来，低低对他说了句什么。

他神情微变，转身便与韦杭之走到了矿场的草料房一侧。

在墙角之上，用白灰刻画着一个毫不起眼的涂鸦标记。

看起来，这白灰出现的时间应该并不久，涂痕还并未被太多灰迹覆盖。

朱聿恒示意韦杭之，他会意，抬脚将那标记彻底抹去。

朱聿恒转身回到矿场，不动声色地向阿南走去。

竺星河一行人，已经来到了这边，并企图召唤阿南回归。

海客们与青莲宗纠葛甚广，他虽不确定究竟有多少，但至少，他们知道阿南会来矿场，会来检查与卓寿失踪有关的刘五，因此才会在刘五看守的草料场留下标记。

由此，是否可以反推，卓寿的死亡，竺星河与青莲宗或许会知道内情，甚至插手或者下手，都很有可能。

"阿琰！"阿南的声音打断了他的思索。他抬头看见她朝他勾手，面露诡秘的神情。

毕竟刚刚做了瞒着她的事，朱聿恒走过去时，神情有些许不自然："怎么啦？"

"我听到一件事情。"阿南神秘兮兮地趴在他的耳边，把唐月娘和男人私相授受的事情和他说了一遍，然后抬手拍拍身旁的马匹，道，"所以，听说金姐姐和楚先生都去梁家了，梁垒昨日猎到了好大只灰雁呢，我也要过去蹭肉吃！"

说着，她对朱聿恒挤了挤眼，暗示他一起去摸摸底细。

"去吧，带两壶佳酿，以免空手过去礼节不周。"朱聿恒哪有不懂她心思的，貌似随意道，"我这边事务倒是告一段落了，其实也想去凑个热闹，替楚先生贺喜。"

阿南故意为难地看向梁垒，梁垒此时摸着脸上抓痕，神思还有些恍惚。他在乡野长大，也不甚在意朱聿恒是什么身份，便道："那自然欢迎之至，提督大人别嫌弃我家简陋就行。"

梁垒还要等他父亲从下方出来，阿南与朱聿恒两人便先行前往梁家。

沿着平原一路往前，冬日荒漠天气晴朗，日头照在身上暖洋洋的，阿南一路奔驰，蓬松的鬓发微松，颊飞霞色。

抬手拭去额上微汗时，她摸到了那支石榴簪有松动迹象，便将其抽出，紧紧绾好发髻，看看手中红宝石榴花又忽然笑了。

"阿琰，你还记得不，我把你赢到手的第二天，你帮我折的就是一枝石榴花。"

"这朵与那朵，都很衬你。"朱聿恒望着她鬓边殷红的嵌宝榴花，嗓音与目光一般温柔。

阿南忽然探手入怀，从中取出一个东西，向他抛去："对了阿琰，这个给你。"

朱聿恒抓住一看，又一个岐中易。

它的形制与前两个完全不同，并不像一个岐中易，更像是从连锁铠上裁下来的数十片相扣铜环，环环相扣，所有指甲盖大的铁环都与周边三四个环扣相连，结成一片。

而阿南眉眼弯弯，笑意也带着点神秘："其实这东西，我在应天时就开始弄了，但它只存在于传说中，我也只听师父谈起过理论，从未见过实物，因此做得慢了些。"

朱聿恒注视着它，过了数息，便看懂了其中的构造。

他伸手抚过摊在手心这一堆扁扁的铜环，寻到了关窍之处，三指穿过其中提纲挈领的几个环，指节牵拉，那铜环便自然撑起，形成一个圆球形状，甚至顺着他的掌心滚到了手腕之上，又滚了回来。

但待朱聿恒松开那几个作为支点的铜环，再略为揉捏，它便又化为绵软的一片锁环，静静躺在了他的掌心，尚带着她的体温，并无金属的冰冷。

他抬眼看阿南，她的双唇微噘，两腮有些鼓鼓的，似乎还在犹豫要不要将这东西送给他：“它叫‘初辟鸿蒙’，以后你好好拿它练手吧。它与十二天宫和九曲关山不同，聚拢摊平，撑立成球，是个纵横立体的机栝，难度比之前两个要高出一大阶。”

可其实……她之前一直在犹豫，要不要将这东西制作出来给他。

她忘不了在海岛上时，阿琰这个浑蛋为了不让她离开，居然敢对她设下罗网，而且因为她一时心软，还真的被他得逞了。

那夜他暴起发难将她制住，居高临下抵在沙滩上时那疯狂的神情，她至今想来依旧心悸。

所以她这一路做做停停，一则是因为在研究揣摩这个岐中易的机制，二则是因为，她内心深处有隐隐的害怕。

她害怕阿琰这疯狂的成长，害怕他前方最终能达到的境界，害怕有朝一日他太过强大，自己再也无法对抗他。

他乖乖听话、愿意当她家奴的时候固然很好，但如果他长大了，身上长出了反骨，那她要如何才能控制他呢？

但，在背后沙流急转的那一刻，在阿琰豁命向她奔来，生死之际与她紧紧相拥之际，她终于不再迟疑。

东西既然送出，她也下定了决心：“努力呀阿琰，你一定要变得很厉害很厉害，别让我失望。”

朱聿恒握紧了岐中易，低低地“嗯”了一声。

阿南催马向前方而去，朱聿恒却忽然抬手，抓住了她的马缰绳。

“怎么了？”她抬眼看他。

他看着面前的道路，想起了海客们画在墙角的那个记号。

他对于密记、暗号一类，虽无深入研究，但毕竟曾因阿南而接触过他们所做的标记，因此，即使只看了那个标记一眼，他已分辨出具体的地点。

他想赌一把。

赌阿南与竺星河已经过去，赌自己已经来到。

“我看过附近地图，这边有近路。”他转了马头，没有沿官道而行，而是示意韦杭之等人在后方远远跟着，转而带阿南打马上了另一条小路。

这条小路显然是村人们所辟，比官道蜿蜒狭窄。行了不久，前方路边大树下，有人摆下果品茶水，供应过往行人。

阿南身影乍一出现，树下正在喝茶的一个少年立即蹦了起来："阿南阿南，你终于来了？是看到记……"

正是司鹭。他一直瞅着道路等待阿南，看见她来了，欢欣地向她迎去，却在看到他身后的朱聿恒时，将后面的话卡在了喉咙。

阿南下意识勒住了马，没料到会在这里突然遇到昔日同伴，既惊且喜地跳下马，问："司鹭，你怎么会在这儿？"

司鹭本以为她是看到标记过来的，但见她身边还伴着朱聿恒，不由得有些诧异，将阿南拉到一边，压低声音问："你怎么还在他身边啊？赶紧回来呀，我想死你了，公子也是！"

阿南听到"公子"二字，脑中似被寒冰一撞，乍见司鹭的热切欢喜忽然消散，顿觉有些恍惚。

见她不说话，司鹭声音压得更低了："一开始，你说去救公子，后来公子救出来了，可你又离开，说要洗清自己的污名。现在洗清了吧，怎么还不回来啊，你知不知道上次你为我们豁命殿后，至今未曾归队，兄弟们多担心你啊！"

阿南张了张口，料想公子必定是未曾将他们决裂的事情告知大家，因此司鹭他们都还在等着她回去。

"难道说……"司鹭瞄瞄后方马上的朱聿恒，问，"你奉公子之命，还潜伏在官府刺探什么大事？"

他这话出口，阿南却忽然笑了。

"别胡思乱想，我只是……这么多年来刀山火海奔波，觉得累了，想去做一些自己真正想做的事情。"她抬手轻拍司鹭的肩，说，"公子的大业，我怕是帮不上忙了。回去替我向各位兄弟问个好，告诉他们，我心中永远记挂着昔日情分，永不会忘。"

说罢，她朝司鹭笑着挥挥手，抛下他便向着来时路走去。

"阿南。"

却听身后的茶棚内，传出低低的一声轻唤。

这熟悉的温柔嗓音，让阿南心口传来莫名的悸动。她的脚步不觉停了下来，慢慢回头。

茶棚的苇窗已推开，现出一条清俊身影。窗内人以三指拈着莹润如玉的甜白茶盏，抬眼之际眉梢朝她微微一扬："难得重逢，何必急着要走呢？"

即使在这般粗陋茶棚之中，他的身影依旧挺拔端整，皎白面容上俊逸五官太过完美，如同画中人。

而这画中人望着她的那双眼睛，却是世间所有丹青手都绘不成的温柔蕴藉，穿越了十四年的时光，依旧落在她身上的这一刻，让阿南的心口难以抑制地微颤起来。

竺星河也在打量阿南。

惊涛骇浪中相别月余，她艳丽远胜往昔，容光也更显灼灼。荒漠的灰黄天地无法抹除她丝毫光彩，反而令她越显灿烂夺目。

她那一身艳丽的红衣让竺星河目光微冷，瞥向她身后的朱聿恒。

朱聿恒淡淡地看着他，不动声色地催促马匹，离阿南更近了几步。

两人一式的鲜亮红衣，织金团花，而竺星河淡青的锦衣上横斜银线竹枝纹，韵味如水墨般雅致深远，与他们的飞扬绚烂大相径庭。

他在海上时，从未见过阿南这般浓艳妆容、这般骄纵模样。

曾在他身边多年的女子，如今因为另一个人，脱胎换骨，彻底变了模样。

这念头如蚀骨的毒虫，让他的手指不觉收紧，几乎要将手中薄瓷的茶盏捏得粉碎。

侍立于他身后的方碧眠低低地"呀"了一声，对着阿南笑脸相迎，仿佛已完全忘了之前被她擒拿下狱的事情，声音中还带着些惊喜："南姑娘，久违了。公子正喝茶呢，我给你点一盏渴水吧？"

司鹭立即道："对，方姑娘手艺可好了，做一个金橙渴水吧，阿南最喜欢了！"

阿南见他依旧与往日一般亲热，只觉眼睛一热。

只是，她抬起目光，与竺星河对望的刹那，心口忽然呼啸而过一阵冰凉长风。

他早已不是那个，在十四年前的风雨中握住她的手，将她拉上船舷的公子了。

他如今是与青莲宗联袂颠覆天下的人。而为了与青莲宗结盟，他可以毫不迟疑地对她的朋友下手——哪怕他明知道，绮霞曾为她付出过多少。

十年执着苦练，四年生死相随，最终落得那一日渤海风浪之中，她一个人豁出性命，生也好，死也好，彻底斩断过往恩义。

阿南对着司鹭笑着摇了摇头："不了，我还有要事在身，等……我们都无牵无挂的时候，或许我再回去吧。"

司鹭顿时大惊失色，眼看她转身上马，要随朱聿恒一同离去，吓得转头冲竺星河道："公子，您看阿南发了什么疯，咱们好不容易在这儿重逢，她却说这种胡话！

您……您赶紧把她劝回来啊！"

不需他多说，竺星河的目光始终定在阿南身上。

他与一无所知的司鸶不同，清楚地知道阿南那一日决绝的去意。

心头莫名涌起忧惧，他维持住平静神情出了茶棚，但向着阿南走去时，那一贯飘逸出尘的身姿终究有些僵硬了。

而阿南死死地扯住缰绳，制止自己那要落荒而逃的冲动。

韦杭之早已率领一干护卫跟随至此，一眼认出了竺星河便是那日在西湖放生池伤了殿下逃脱的乱贼。

他的手立即搭上了佩刀，身后众人也是齐齐警戒，道旁顿时杀气弥漫。

朱聿恒抬手示意他们退下，淡淡看向竺星河。

竺星河含笑向他点头示意："渤海一别，殿下别来无恙？"

"不劳竺公子挂心，有阿南伴本王驰骋，天下之大皆为坦途，风雨无惧。" 朱聿恒说着，侧脸朝阿南微微一笑。

竺星河见阿南无比自然地与他目光交会，一副莫逆于心的模样，饶是他一向泰山崩于前而如拂清风，此时也不由得喉音略紧："西北苦寒之地，殿下远别繁华至此，怕是要多加留意，好好照拂己身。"

"普天之下莫非王土，是我臣民所居之处，何谈苦寒。"朱聿恒一拢缰绳，朗声道，"更何况本王与阿南来此，是为本地黎庶谋福祉而来，若只顾照拂己身，岂非浅见薄识？"

他句句不离阿南，令竺星河右手微拢，食指与中指轻触大拇指上的银白色"春风"，微眯的目光顿显幽深。

朱聿恒却仿如未察觉到他眼神中的寒意，目光淡淡扫过他的右手，对阿南温声道："咱们走吧，乡野风大，你小心着凉了。"

他的声音似是将阿南从恍惚中拉了回来，她轻出一口气，朝他一点头："好。"

眼见公子竟留不住阿南，而她扬鞭策马便要离开，司鸶哪还察觉不到她根本不是去朝廷当探子的，急得扑过去就拦下她的马："阿南，你怎么才说两句就要走？公子……公子还有话要与你说呢！"

"阿南，你上哪儿去？"不知是因为司鸶的鼓动，还是因为心头难以抑制的冲动，竺星河向她更近了一步，温声开了口，"留一留步吧，上次渤海一别，兄弟们都很挂念你，一直期盼你归队，要好好与你喝一杯，以表谢意。"

停顿片刻，他仰头看她，轻声道："我……也是。"

人心真的是很奇怪啊……

阿南勒马望着近在咫尺又似乎已远在天边的公子，一瞬恍惚。

若是当初的她，就算面前是刀山火海，也会披荆斩棘向着公子而去，哪怕鲜血淋漓痛断肝肠也在所不惜。

可，如今她心中那些长久的期待与潜伏的失望，在最后那根引线的诱发下，已经彻底爆炸开，铺天盖地淹没了过往那个心存幻想的司南。

她这支奋不顾身的箭，想要回头，不愿眼睁睁射向黑暗沼泽了。

在她身后静候的朱聿恒，终于贴近了她，低低出声："阿南？"

阿南望着公子，脸上忽然露出了笑意。

她盛装靓饰，被日光照得艳丽无匹，连方碧眠那般清丽绝俗的美人儿，在她的笑容面前都显得容颜黯淡。

她声音轻快地回道："多谢兄弟们盛情了。这些年来我与大伙儿守望互助，刀山火海共同进退，恩义自在心中，何须谢字出口？只是如今我还有要事在身，这杯酒就先记下啦，改日得空，我一定回来好好陪大家喝个痛快！"

竺星河没料到她居然能神情如此轻松地与自己告别，心口一紧，"阿南"二字就要脱口而出之际，张口忽觉鼻间微香，闻到了阿南身上的香气。

这香气让他神情陡僵，抿紧了双唇，将一切消弭在了沉默中。

而阿南再不说什么，冲他一笑，又向司鹭一扬手，打马便要离去。

司鹭急了，当即追了上去。

荒漠之中，道上尘土飞扬，司鹭被眯了眼睛，不料阿南的马正在转身，一蹄子已经尥向了他的腰间。

坐在旁边马上的朱聿恒反应迅速，手中马鞭挥出，钩住司鹭的右臂，一拉一带，他猝不及防失去平衡，身体往旁边一偏，堪堪与马蹄相擦而过。

司鹭跌在道旁的草丛中，狼狈不堪。

右臂衣服被扯破，他察觉到是朱聿恒让自己摔跌的，来不及拍去身上的尘土草屑，便跳起身指着朱聿恒，冲阿南大吼："阿南你看，他居然偷袭暗算我！你……你还不赶紧回来，跟这种小人混在一起干什么？"

阿南解释道："司鹭你别误会，阿琰不是这样的人。"

"不是这样的人，却故意让我跌跤出丑？你看我衣服都被他扯破了！"司鹭一拉自己的衣袖，见朱聿恒神情平淡，一气之下，愤恨地猱身而上，便要将这个抢走阿南的罪魁祸首从马上端下来。

朱聿恒看在阿南的面子上，也不与他计较，挥鞭缠住他的手腕，手腕劲道一发，将他再度摔在了道旁草丛中。

司鹭爬起来，气愤挥手，手背迅疾擦过朱聿恒的马身，然后重重地"哼"了一声，转身连退数步。

虽只是一瞬间的交错，但朱聿恒料想他必定对自己的马做了什么。

他生下来便在朝堂与老油条打交道，司鹭这种心机在他眼里等同白纸一张，因此他神情无异，也不去查看马身，只对着阿南微微一笑，云淡风轻。

阿南叹了一口气，抬手示意司鹭："司鹭，把解药给我。"

司鹭气怒交加："阿南，你还维护他！你没看他刚刚怎么对我吗？你居然替一个外人谴责我！"

阿南无奈，对朱聿恒道："算啦，就是点麻药，此处离梁家不远了，我们到那边后，换匹马便是。"

朱聿恒也不介意，两人拨转马匹，沿着官路便离开了。

见她真的抛下他们走了，司鹭气急败坏，一指阿南与朱聿恒的背影，对竺星河急道："公子，你快去把阿南拉回来啊，她最听您的话了！"

竺星河伫立在道旁望着阿南，身躯绷得笔直，一言不发。

司鹭催促道："公子！"

旁边的方碧眠拉住他，道："司鹭，你与南姑娘多年情谊，何必为了一点小事而伤了和气呢？"

"难道，难道我们就这样眼睁睁看着阿南跟别人走掉？"司鹭闻言，心下更加气恼，抬手一扯衣服，"你看，我衣服都被弄破了！这还是你熬夜给我缝的呢！"

"多大点事呀，我再给你做一件不就行了。这样吧，你把解药给我，我替你送过去，再劝劝南姑娘。"方碧眠说着，接过他的解药朝竺星河嫣然一笑，"放心吧，我也是姑娘家，和南姑娘总好说话些，尽量将她劝回来。"

阿南与朱聿恒尚未走出多远，听到后面传来急促的马蹄声和呼唤声，回头一看，方碧眠骑马追了上来。

她笑意盈盈道："南姑娘，司鹭知错啦。他刚刚没看到殿下是在帮他，现在拉不下脸来道歉，因此我替他把药送过来。"

阿南接过药，打开瓶口便闻见了一股极为怪异的气味，十分冲脑门。

她熟知司鹭的东西，见气味不差，便拨马靠近朱聿恒的身边，臂环中小钩弹出，将马身上几根细细的针起了出来。

那针一脱离马身，当即出现了几个极小的血洞，鲜血直飙。而这匹被动手脚后一直没什么反应的马，此时似是终于感觉到了疼痛，当即弹跳了起来。

朱聿恒反应迅速，一扯缰绳立即控制住了马匹，而阿南也下手极快，将药立即往马身上一倒，让它镇定下来。

方碧眠见二人配合无间，笑靥如花地赞叹道："南姑娘的身手真真令人叹服，难怪兄弟们都好生想念南姑娘，亟待你早日重归呢。"

阿南一扬手将药瓶丢还给她："拿回去还给司鹭吧，让他别太介意，阿南还是阿南，只是该走该留，我自己心中有杆秤。"

方碧眠接住了药瓶，柔声道："南姑娘，其实……其实自你走后，公子一直都很想念你。"

阿南斜斜地瞄了她一眼，笑道："是吗？那可真难得，有了你这朵解语花随身相伴，他还会想起我这个粗野丫头？"

"南姑娘！"方碧眠脸颊泛起淡淡红晕，"我一心敬爱公子，愿付出性命报答恩情，但我蒲柳之姿，怎敢独占公子？公子他……心里有你。"

阿南大感兴趣："是吗？他跟你说的？"

方碧眠见她笑容带着嘲讽，忙道："公子当然不会这样说，只是我日常陪伴在他身边，看也看得出来……"

"你看不出来的。"阿南语气淡淡的，并不想多理会她，一催胯下马便要走。

方碧眠还想去拦她："南姑娘……"

只听得"嗖"的一声，几根寒芒自她的肩膀擦过。方碧眠只觉臂膊一痛，而对面的阿南一扬手，朝她冷冷一笑，原来她把刚刚从马身上起出的钢针，射了回来。

"少来烦我，我不待见你。"阿南弹了弹手中剩余的针，示意她止步，"毕竟，你去杀绮霞时的狠劲儿，我至今难忘呢。所以你现在这般温柔贤淑，我看到了只会硌硬。"

方碧眠的臂膊传来微热的麻痒，她低头一看，原来那附着麻药的钢针已经划破了她的衣袖和皮肤，手臂上正有血珠一串串沁出。

阿南将手中的针丢在地上，冲朱聿恒一扬下巴，两人打马绝尘而去。

身后韦杭之等人呼啦啦赶上，随扈其后。

方碧眠捂着伤处，看着他们远去的身影，唇角微微一撇。

随即，她拨马转身，眼泪大颗涌出，带着无限的委屈与痛苦，奔回竺星河的方向。

前方山道旁，梁家小院的柿子树上挂满了艳红果子，探出院墙，似在迎接他们。

阿南憋着气一路行来，此时终于放慢了马步，仰头闻着树上果香，慢慢平缓呼吸。

朱聿恒勒马静静地望着她，不言不语。

阿南握着柿子闻了片刻，转头问他："看得出来吗？"

"有一点。"朱聿恒自然知道她的意思。

"唉，口口声声江湖儿女快意恩仇，可我终究还是做不到。"阿南自嘲着，仰头闭上眼，任由日光透过叶片投在她的面容上，将她眼前的黑暗渲染成金灿灿的颜色，照亮她不愿敞开的所有角角落落。

"你会的。"朱聿恒静静凝望着她，轻声道，"人生广袤，世事欢欣，你若活一百岁，到现在才五分之一呢。所以，我们都要努力积极地过好每一天，不要让这五分之一的痛苦，笼罩未来的五分之四。"

他低沉温柔的话，在阿南的心口，却如一道利刃划过。

阿琰，劝解着她欢喜面对未来的人，很可能却没有未来了。

他又是怀着何种心情，来安慰她的呢……

她紧闭眼睛，将眼中即将涌出的泪水湮没在眼睫之中。

朱聿恒勒马站在她的身后，等待她转身睁开眼，看到身后的自己。

而她在冬日温柔的日光下转过头，真的看向了他。

"阿琰，你说得对，我的人生，以后的欢喜，还长着呢。"眼中湿润的潮气很快消失，她深深呼吸着，朝他露出勉强却切切实实的笑意，"走吧，还有正事要做呢，先去蹭一顿饭再说！"

阿南摸了两次梁家，俨然已熟门熟路，下马带朱聿恒一起进了柴扉。

小院中香气扑鼻而来。

"哇，好香，这大雁炖得不寻常啊。"阿南跟只馋猫似的，翕动着鼻翼就寻到了灶间。

只见唐月娘正在灶头忙碌，而金璧儿已摘了帷帽，正在灶下帮忙烧火。

她脸上抹了这些天的药膏，已经恢复了不少，虽然疤痕还未彻底消退，但凹凸红紫的可怕伤疤已淡去，显露出了清秀的轮廓。

"梁舅母，金姐姐，我来蹭饭啦！"阿南迈进厨房，将手中提的两小坛酒搁在桌上，就去帮金璧儿抱柴火。

"哎呀，你这孩子，说你太客气呢，还是不客气呢！"唐月娘忙去拦她，"带东西就太见外了，帮忙烧火也太不见外了！"

阿南和金璧儿都笑了。

阿南在灶上帮唐月娘料理配菜，耳听得"嗒嗒"声连响，抬眼看见唐月娘手中的菜刀爽利起落，洗净的青萝卜被切成大小均匀的滚刀块，块块落入锅中，令炖到滚沸的大块雁肉又平添一股清香。

阿南的目光，在她的手上顿了片刻。

一双做惯了家务的手，皮肤因常年劳作而显得粗糙，但她握刀极有力度，下切与提拉都控制得分毫不差，那把刀在她手中如她延伸出的手指般掌控自如，游刃有余。

这么贤惠能干的女人，居然会与外面的男人有私情吗……

那个男人是谁，梁辉和梁垒要是知道了，又会是什么反应？

唐月娘说笑着，目光不在砧板上，手下却毫无阻滞，嚓嚓嚓几下切完了萝卜，往锅里一拨，利落地盖上锅盖。

"舅妈这手艺真是一绝啊！"阿南闻着香味，脸上写满垂涎欲滴。

"姑娘想吃尽管日日来，只是我们乡野人家，没有什么好东西招待贵客。"唐月娘脸上堆满笑容，又指指外面院中的朱聿恒，询问地看向阿南，"对了南姑娘，那位是？"

"真不好意思啊，我不光自己来蹭饭，还带了阿琰来。"阿南挥挥手示意朱聿恒自己去树荫下休息，笑道，"我朋友，金姐姐和楚大哥也认识的。"

"这是好事，来的都是客，我再添个菜。"

阿南完全不把自己当外人，取了檐下挂着的竹篮便说："我看园中菜蔬长得挺好，我去拔两棵？"

"好好，都是我平时种的，你看到可心的，随便摘！"

阿南朝朱聿恒一招手，带着他就进了菜园子。

梁母是能干的女人，菜园子一畦畦打理得整整齐齐。前段时间下过一场小雪，阿南见菘菜叶子已软，显见甜烂口感，便双手揽住及膝高的菜干脆利落便是一扭，转眼断了它的根，抱起就走。

两棵菘菜就装了一篮子，阿南却不回厨房，提着篮子神秘兮兮地招呼朱聿恒去旁边柴房。

果不其然，朱聿恒看见那间整齐得过分的工具房，目光在列队似的斧、凿、锛、锯上滑过，也露出了赞叹的神情。

"还有下面呢，你看。"阿南抬手抚过柜中各式矿石，啧啧称赞，"收拾得真好，简直完美。"

朱聿恒仔细打量着，说道："回去后，咱们也弄一间相同的。"

"咱们"，阿南似笑非笑地斜他一眼，因为他这随意又亲昵的语气，心道：真是给你三分颜色，你就开染坊。

她才走一步，他就走了九十九步，自顾自把距离拉到了这么近。

可……她忽然又想，公子这么多年来，一步也未曾朝她走过。

不愿被莫名的感伤笼罩，她别开头，说道："算了吧，我这四海为家的人，就算有，又该放在哪儿呢？"

"那也很巧，刚好天下人都说，我是要让四海承平的人。"朱聿恒缓缓道，"或许无论你怎么走，我都放得下。"

阿南心口微动，朝他一笑："好呀，遇到阿琰你，我真是捡大便宜了。"

口中说着，她手上已经打开柜门，催促朱聿恒查构造，她查里面物事。

朱聿恒四下观察着，抬头望向上方的翻板，问："那是什么？"

阿南抄起立在墙角的杆子，敲了敲翻板，猜测道："里面应该是沙子。这样一旦下方有什么爆燃爆炸的动静，一拉翻板沙子便可倾泻而下，彻底覆盖阻燃。"

听她这般说，朱聿恒忽然想起自己第一次与她见面时，她曾在暗室中拉下翻板，用水浇了他一头。

现在想来，那应该就是她布置在上方以备发生事故时使用的。南方多水，北方多沙，因此他们用来应对的东西，也并不相同。

"但既有这种陈设，这便说明了，这边常有易燃易爆的事儿啊，他一个铜矿工头，似无必要吧……"阿南丢开杆子，压低声音，"看看桌面痕迹。"

朱聿恒观察着桌面缝隙，屈起手指轻敲，让里面碎屑跳出来，妥善收集到纸上包好。

"像是石灰沙土。"阿南闻了闻。

朱聿恒确定道："王女身上，也有这样的沙土。"

阿南示意他放好："带回去让楚元知瞧瞧。"

说着，她目光掠过柜子下方，看到里面是一块块摆放整齐的矿石。

"水晶、云母、孔雀石……咦？"她拿起一块青黑色的暗沉石头，对着窗口看了看。

这石头略呈椭圆，微有光泽，表面满是微小的圆形坑洼，如一个个小泡沫聚集。但翻过来看侧面，却又是菊花状的一条条丝状线痕。

暗沉沉的一块黑石头，在她掌心并不起眼，阿南自言自语："是黑曜石吗？不像……天然的黑曜石没有这样的纹理。"

朱聿恒道："这东西我见过，叫雷公墨。"

"雷公墨？"阿南玩弄着这块石头，让它顺着自己手指一根根翻过又爬回来，"与雷有关吗？"

"以前梧州进贡过，说是某日天雷暴击所结，因那一块光泽极好近乎玻璃，被当成稀罕物事上贡进京。"

阿南赞叹："你记性真好，这么点事都记得住？"

"本来是记不住的。"朱聿恒轻咳了一声，略带尴尬道，"因为，不久后有人弹劾梧州知州，说这东西又称'星屎'，不是什么好东西。"

阿南顿时笑了出来，将手中雷公墨抛了抛，道："原来是这玩意儿！师父跟我提过的，是在星辰坠落之地，熔化了周围砂石凝结而成，与雷击并无关系，叫星屎倒是正确点。"

朱聿恒点头，又若有所思地重复了一遍她的话："星辰坠落之地……"

"熔化了周围砂石凝结而成……"阿南随他说到这里，脑中忽然闪过一个念头，脱口而出，"自天而降的青莲？"

话音未落，一阵脚步声从外面传来，二人立即住了嘴。

出现在门口的正是梁婼，审视他们的目光颇有些寒意："你们在这儿干什么？"

她回家穿得朴素，一身青布衣裙，头发也只用一条手绢系好，但金钗布裙难掩艳丽之色，与这个普通的家格格不入。

阿南将雷公墨放回原处，拎起地上的篮子对着她一晃："你娘让我随便摘，我就拔了两棵菜。"

梁婼的目光在朱聿恒身上扫了扫，语气总算放缓了些："那怎么拔到柴房来了？"

"我看这柴房没关门，又见你娘整理东西井井有条，就进来看看。"阿南笑吟吟道，"你看，东西还是这么齐整，我也没弄乱呀。"

梁婼扫了屋内一眼，虽没看到什么乱翻痕迹，口气还是硬邦邦的："那赶紧把菜拿过来吧。"

被她堵住面斥了，阿南只能随她从柴房出来，无法再赖在其中。

雁肉已经炖得香酥熟烂，满屋飘香。

阿南接了水在檐下洗菘菜，而金璧儿见外面天色阴下来了，便去院中收了衣服，抱到檐下一件件细致折好。

她叠衣服平整顺直，将衣袖拢在衣襟前，门襟朝下折好，背面朝上，整齐方正的布面一件件叠在一起，看着无比舒适。

"表妹，这是你的衣服。"抬头看见梁鹭，金璧儿笑着将叠好的衣服递给她。

谁知梁鹭一看见这几件叠得齐整的衣服，脸色顿时大变，抬手便将她手中的衣服打落在地，质问："你干什么？"

金璧儿被她突然的暴怒吓到，看看地上的衣服又看看失控的梁鹭，一时呆住了。

阿南将地上的衣服捡起丢给梁鹭，道："金姐姐帮你收衣服呢，你不谢也就算了，这么大声干吗？"

梁鹭的声音却更尖锐了："谁要你们替我叠衣服！叠什么叠？！"

金璧儿被她这暴怒的神情吓到，紧紧抱住阿南的胳膊，眼圈都红了。而阿南对梁鹭这匪夷所思的举动也是无语，只能轻拍着金璧儿的背抚慰她。

唐月娘听到外边的动静，赶紧从屋内出来，一把拉住梁鹭，小声训斥她："鹭儿，怎么跟你表姐说话呢？她是好意帮你叠衣服……"

梁鹭脱口而出："好意？衣服是这样叠的？她们是在咒我！"

唐月娘眼睛微眯，飞快地横了她一眼。

梁鹭被她这一扫，才意识到了自己的失控。但她的性子素来嚣张，从不对人服软道歉，只是一咬牙，匆匆将衣襟朝上衣袖反折，胡乱叠了两下，抱着一团糟的衣服转身就走。

唐月娘叹了一口气，回头对她们赔笑："真是对不住，这孩子从小不在身边，性子有些古怪。"

何止古怪啊，简直是不可理喻。

阿南看着梁鹭的背影，心道这嚣张的性子，哪像个乐伎啊，简直是公主娘娘了，真是伺候不起。

第九章

今是昨非

因为梁骜的搅局，一顿团圆宴终究食不知味。

阿南喝完酒吃了几块雁肉，便与朱聿恒赶紧走人。

韦杭之已从城中调了马车过来，也送来了急件。

"阿琰你好忙啊。"阿南跟他上了车，见他在颠簸的马车内还要审阅公文，又同情又佩服。

"这公文，你也会有兴趣的。"朱聿恒说着，将它展示在她面前，"敦煌这边的来往信件全部调查过了，你看。"

阿南目光一扫，顿时愕然，失声问："诅咒卓寿惨死，并且预言他会遭天打雷劈的信，居然是……苗永望寄来的？"

朱聿恒确定道："是他没错。"

"可卓寿死的时候，苗永望已经在应天被方碧眠杀害了啊！当时还把绮霞卷入冤狱，差点没命呢！"阿南又看了许久，才肯定道，"看来，苗永望确实知晓了青莲宗内部大事，所以他们连绮霞都不放过，就是怕苗永望生前对她透露过一星半点的内容。"

"嗯，而卓寿很可能也是死于相同的原因之下——因为他看到了苗永望生前给他写的信，那信里，吐露了一些极为重要的事情。"

阿南郁闷道："可惜啊，信已经被卓寿烧了……真是的，这么重要的东西，他怎么不好好保存，把证据留下来？"

朱聿恒无奈摇头，铺开案上那本手札："目前来看，我们需要详查三处青莲找出阵法，而关窍处，得着落在青莲宗身上。"

"对，当年傅灵焰既然在西北这边有出没，那么青莲宗该有线索。"阿南抬起手，做了个紧握的手势，"咱们现在要做的，就是揪紧梁家人。这家人不但与青莲宗关系匪浅，而且每个人都有古怪！"

马车微微颠簸，朱聿恒的声音也带上了波动："每个人？"

"梁垒是青莲宗的人，梁辉被刘五的妻子指认为凶手，唐月娘在外面有男人……"

朱聿恒无奈地瞧着她："这也能算嫌疑？"

"马马虎虎先算吧，至于梁鹭……你当时和楚元知在里屋，所以没看到她发疯。"阿南说着，提起收衣服时的情形，还有些郁闷，"简直不可理喻！"

朱聿恒抿唇点头，默然沉思。

"不过还好咱们今天也有收获，这顿饭没白吃，在梁家找到了线索。你看，傅灵焰当年在大漠中寻找过从天而降的青莲，又用罗盘定位……"

"嗯，看到雷公墨时，我亦有这个想法。"朱聿恒自然与她心意相通，"从天而降，又用罗盘寻找，那么我们是否可以猜测，她要找的，或许是颗陨星？"

"错不了，罗盘就是我本家呀，司南。"阿南笑着，施施然道，"万磁拜北斗，金铁司南极。若有自天而降的陨星，不管周边地势如何，都会影响到附近的罗盘与磁铁。所以六十年前傅灵焰手持罗盘寻找的，很有可能是一颗从天而降的陨星！"

朱聿恒默然颔首，又看着手札上"青莲"二字，思忖道："而这青莲盛绽的意思，难道是指陨星自天降落之时，冲击熔化周围沙土，所以它的周围遍布雷公墨，就如青莲一般拱卫周边？"

"那这青莲岂不是矮墩墩陷在地里？和之前两朵比也太逊色了。"

探讨没有结果，马车内一时陷入沉默。

阿南揉着手，朱聿恒解着岐中易。金属撞击的轻微声音与辚辚辘辘的车轮声混合，在车内似有若无的冷香中，不约而同的，他们二人同时开口，吐出三个字——

"魔鬼城！"

阿南握住了双手，朱聿恒停下了岐中易，两人相视一笑。

"肯定是魔鬼城！这附近的沙漠之中，唯有那边怪石嶙峋林立，才可能让当年那块陨星坠落之际，将周围一圈石头瞬间烧成青莲模样！"

朱聿恒赞同："传说魔鬼城内日夜厉声呼啸，鬼怪横行，无人敢进内探看。所以，这么多年未曾有人察觉里面隐藏的青莲，也属合理。"

"可如果是这样的话，难道我们之前寻找到的两朵青莲，都是假的吗？我总觉得，这三朵青莲都弄得那么古怪，不像只是拿来虚晃一枪的东西。"阿南目光灿亮，道，"就算是障眼法，这也定是熟悉'山河社稷图'、知晓青莲盛绽处的人才能弄出来的法门，咱们就从这三朵青莲同时推进侦查，赶在你身上的'山河社稷图'发作之前，把它给破了，我倒要看看，没有了青蚨玉的应声振动，你身上的毒瘿怎么发作！"

她如此开心，喜悦也仿佛染上了朱聿恒的心头，让他垂眼望着她，唇角微扬："若真能云破日出，也不枉你这一路来辛劳探索。"

"不敢不敢，大家都很努力。"阿南笑道。

前方驿馆已到。阿南跳下马车，抬头看向天边。

日色西斜，暮云沉沉，看起来十分普通的一个冬日黄昏。

面前无数事情千头万绪，阿南却转头朝朱聿恒眨眨眼，说："阿琰，帮我找只鹰吧。"

朱聿恒略觉诧异："鹰？"

"雕也可以。"阿南笑道，"我要去打个猎，夜猎。"

朱聿恒将梁家桌面缝隙中撮出的灰土交给楚元知，让他仔细查验，又命人寻了只剽悍的猎鹰，亲自给阿南送去。

阿南已收拾了深色紧身短打，换好快靴。

朱聿恒便教她这只鹰的口令，用皮套上的哨子即可吹出长短不一的控制哨声。

阿南一边记着，一边利落地绾好头发，将黑色臂环上金色的花纹与绚丽的宝石遮住，一身青黑似要融入窗外渐沉的黑暗中。

他打量她的装扮，又看看外面只剩了最后一丝余光的落日，问："不如明日我陪你去？"

"你身上血脉刚发作，今晚好好休息吧。"阿南扎紧袖口，戴上皮套，抬手揽过那只鹰，"再说了，你这个大忙人，陪我一次便要多抽时间忙碌挤压的事务，我哪儿忍心呢。"

"可你昨日也刚手脚旧伤复发，不如还是休息吧。"

"我就痛了那一下，早就好啦。再说了，一个人才有利于隐藏身形，两个人牵牵扯扯的麻烦多了。"

隐藏身形，朱聿恒一听便知道她今夜必定有大事："据我所知，这种鹰的夜视能力并不太好，不如换一只更适合夜猎的？"

"不必，我需要的不是它的眼睛，它飞得低点更好。"

朱聿恒忍不住问："此番夜猎，猎物是什么？"

"你猜？"阿南笑着抬手，轻弹臂上老鹰的喙，被它嫌弃地啄了一下。

她飞快缩手，避过一劫，哈哈笑出来："和咱们在岛上养的那只虎头海雕还真像。"

"不需要夜视的话，难道是要利用它的嗅觉？"朱聿恒略一思忖，当即想到了司鹭那瓶味道怪异的解药，顿时了然，"方碧眠被司鹭那几支带麻药的钢针射伤后，自然要敷那种怪味的药在身上。"

"而鸟类对那种味道最是敏感，尤其是鹰隼。"阿南笑道，"不然的话，你以为我怎么会轻易放过她？毕竟，咱们的马随时可以换，可方碧眠不能换条胳膊呀，你说对不对？"

朱聿恒察觉到了阿南狡黠笑容背后的意味："你确定他们今晚会有动静？"

"梁家人聚得这么齐，梁鹭都跑回来了，再加上方碧眠也赶到了此处，我估摸着，青莲宗肯定是有什么大事要做。"阿南朝他眨眨眼，将将臂上傲然站立的鹰，"阿琰，你派去的人一而再再而三地跟踪未成，这下，就算对方组织再怎么严密，行踪再怎么诡谲，我也非得摸它个清清楚楚不可！"

听她这般说，朱聿恒也知道自己拦不住她，便取了一卷地图，在她面前摊开。

这是一张敦煌及周边的地图。朱聿恒的手划过敦煌，指向城外一片起伏的丘陵沙丘。

"这是二十年前圣上登基之初的地图。沙漠少人行经，我估计地势虽有变化，但绝对不会太多。以目前侦察来看，城西沙丘处是青莲宗众经常出没消失的地方。"

"好，天亮之前我就回来。"阿南收好地图，朝他一笑，扬起臂上苍鹰，"明早我想喝南瓜小米粥，加点枸杞加点红枣，要热热的刚好入口那种。"

天色暗了下来，空中遍布阴霾，天光黯淡。

阿南出了城，绕过梁家居住的村落，挥臂让鹰飞入空中，在下风之处闻嗅气息。

在她低低的哨声中，鹰飞得极低，斜斜掠过黑暗的荒原，一路向丘陵中间而去。

黄土干燥硬实，茫茫荒漠之中无水无木，城外百姓常于丘陵之上挖土成洞，以供居住，称之为窑洞。

阿南一路随鹰而去，想起大家说敦煌不远处有千佛洞，便是人们依山凿窟，在其间雕塑彩绘，供奉神佛，看来与此地民风倒是相洽。

借着微光对照地图，只见周围丘陵盘踞，正如万兽拱卫，中间是不小的一片平地。

以黑暗遮掩自己的身形，她潜向平地深处。

地面硬实，黄土显露，在这块平地一角，显露出下沉的方形院围。院落四周的土壁之上，开出整齐的高大门洞。

阿南轻轻吹一吹哨子，示意臂上的鹰飞往高空，自己潜近这个地下院落。

院落的通道开在地面上，入口处亮着灯，将进出之人的面容照得清楚。

阿南一眼便看见了方碧眠，她骑马而来，这边的人显然都与她熟悉，立马迎了上去。

随即，阿南一眼扫到了与她一同前来的人，心口不觉一震。

竺星河。

他竟会亲自陪方碧眠来青莲宗，甚至，还带了几个最得力的兄弟来。

刚拒绝了回到海客中间，她居然在此处猝不及防与他们碰面。

竺星河从不屑隐在黑暗中，因此依旧穿着惯常的白衣，从马上跃下，如云气初起水面，姿态优雅利落。

黑暗中的阿南心口微乱。是回去，还是继续待在这里？

但见海客们已经被迎入通道，她咬一咬唇，借着众人注意力被引走之时，流光钩住上端砖沿，身躯疾翻，在黑暗中无声无息便跃入了下沉的方院。

青莲宗内机关自然严密，她不敢落地，半空中身形一荡，扑向窑洞砖砌的门框上方，身形贴住土墙，借着突出墙面的小小砖头，蜷于其上。

她一身青黑，隐藏在檐下黑暗角落中，纵然有人向上打望，也很难察觉到这块黑暗中存在不一样的颜色。

竺星河与方碧眠在众人的指引下缓步进入这个庭院。他们被迎入前方正屋，虽举目扫了周围一眼，却根本未曾注意到离他们不到五尺的墙上，贴着一条身影。

一群人进内，只听得屋内话语隐隐，气氛热络。等了不久，大约是要谈正事了，屋内人陆续退出，带上了门，在院中静静守候。

阿南极轻微地在门洞上方挪动身体，向着中间的正屋挪去。

幸好众人为了防护，个个面朝院中而立，并无任何人关注后方墙上。

她挪到正屋门洞之上，将耳朵贴在上面，可惜土壁厚实，她竟什么也没听到。

她不动声色，从臂环中弹出一柄小刀，嵌进了门洞砖缝内。按住上面的花纹，轻微的"咔"一声，小刀脱离了臂环，一动不动扎在土层之中。

阿南别过头，用牙齿衔住小刀。

轻微的震动从刀尖上传来，声响直接叩击她的齿骨，传递到她的耳中，将窑洞内的声音极为清晰地传递了过来。

"……届时若那人到敦煌，我们该如何处理？若不来的话，又如何安排为好？"

阿南听到这声音，不觉眉头微皱——这人声音古怪，既听不出男女，也辨不出老幼，机械古板一字一顿，尤其她顺着刀尖直接振动耳鼓而听，更是令人感觉难受不已。

还没等她思索他们所说的"那人"是谁，只听方碧眠轻轻柔柔道："依我看来，对方率兵或以十万计，咱们绝无正面对抗的能力，如今唯一可用之计，只有出奇制胜，擒贼先擒王，才有机会。"

那难听的声音欣慰道："你在外历练一番，确实长进不少，不知竺公子这边，是何打算？"

竺星河声音清冷一如往常，由刀尖传递到阿南耳中，更显出一份冷意："方姑娘此话亦甚合吾意。此番山东举事不成，我等退避至此，正是朝廷力量薄弱处，相信联手刺杀那人，绝非难事。"

阿南心中犹疑不定，听出他们在商议的，应当是谋刺一个大人物——

而即将巡视西北的大人物，则非当今皇帝莫属了。

方碧眠含恨道："可惜当日蓟公公功亏一篑，未能在奉天殿将那人烧死，否则朝廷大乱，正是咱们的大好机会，何至于让朝廷剿得兄弟七零八落，撤退至此！"

那难听的声音道："不妨，局势虽不尽如人意，但我们主力兄弟还在，只要保住根本，何必计较一时一地得失？"

"宗主说得是。"方碧眠应了，然后又道，"不过咱们撤到这边也非坏事。肃州正是朝廷势力薄弱处，如今我们已有莫大助力，青莲宗直上青云之日可期了！"

阿南凝注精神，正想听听青莲宗逃窜至此，还能有什么莫大助力，却听青莲宗主那难听的声音嘿然冷笑，打断了方碧眠的话："先不提那些。竺公子，我只问你，我宗在山东蛰伏经营二十年，终于趁黄河大灾之机，杀官员煽动民变、劫灾粮充作粮饷，才攻下了莒州、即墨两地。可朝廷势大，我们近万教众仅守了月余便被击溃。而你们海客势力主要在海上，几批人陆续回归总数也不过千儿八百。如今朝廷还在大力查封你们的永泰行，不知有何底气，敢教乾坤换主？"

"我们公子爷的身份，你们不必知晓。"竺星河没有回答，而他身边的魏乐安代为答道，"但只要那人驾崩了，朝野自会有许多人拥戴公子爷上位。"

安静的窑洞中，有个女孩子笑了出来，那声音阿南却熟悉，正是梁鹭："开什么玩笑，你以为自己是皇太孙？"

方碧眠轻轻笑了笑，窑洞内其他人也都不说话。

梁鹭不知，但青莲宗主显然一下便知道了竺星河的身份。片刻，那难听的声音又响了起来："那我也得知道，你们有多少筹码？"

魏乐安道："足以起事。"

"听说公子在海外是四海之主，想必富可敌国。只是前段时间永泰似乎被查封了，折损够大吗？能撑多久军饷？"

竺星河声音冷淡道："只要一击即中，并不需要长期。"

"好，那便再说说兵马之事。山东加上我们西北这边一群兄弟，你觉得足以匹敌西巡的队伍？"

"这个大可以放心，届时北边自有人拖住西巡部队。"竺星河貌似随意地说道，"青莲宗的助力，未必不是我的助力。"

竺星河这淡淡话语，却让阿南胸口陡震——

所以，他们与北漠那边亦有了联络。

等到皇帝西巡之日，北漠与青莲宗里应外合，只要皇帝一死，西北群龙无首，而朝中郏王必然与太子相争，自然也顾不上此处了。

届时天下动荡，无论最后是太子还是郏王继位，朝中人心都会不稳，而此时，他的机会便出现了。

只要局势许可，公子便能据西北而笼络旧臣，正式树起复辟大旗，师出有名。

可是……这一切的基础，建立在邀请北漠挥戈南下，践踏中原大地之上。

被当今圣上五度击溃的北漠，如今受困沙漠，状如困兽。一旦得到这般机会，自然大肆侵虐，不但边关百姓，怕是连中原，甚至南方，都会遭到铁蹄血洗。

而公子，将会借由这沦落的半壁江山，踏着血光迎来他复仇的希望，登上本应属于他的那个宝座，实现当年在悬崖之上声嘶力竭发下的誓愿。

许是沙漠昼夜温差太大，刺骨的夜风让她打了个冷战，只觉骨髓中冒出森森寒气。

窑洞内的人，也都沉默了下来。许久，青莲宗主才道："若是如此，我们又有何好处呢？"

魏乐安慢悠悠道："你身为宗主，如何连这点长远眼光都没有？贵宗在山东被朝廷剿得七零八落，只能退避到西北朝廷力量薄弱处，早已岌岌可危。可一旦有了从龙之功，那可是千年万代荫庇子孙。当年追随太祖皇帝的许多兄弟，在乱世中都是走投无路的穷人，只因跟对了主子，如今封公封侯，永世享爵的有多少！"

"真没想到，我们一伙穷弟兄，竟然能做当年吕不韦的生意了！"青莲宗主嘶哑笑道，"既然如此，不瞒你们说，我这边正有几个安排，足以为你们的大事添砖加瓦。"

见他如此提议，魏乐安又是一笑："哦？难道说你们也有所筹策？"

梁鹭冷笑了一声，缓缓道："总之，比你们的筹划更深远些，准备更充足些。"

众人显然都在揣摩她的话中之意，而青莲宗主慢悠悠开了口，问："你们可知道，说话这位是谁？"

梁辉的女儿，梁垒的双生姐姐，月牙阁的歌伎呀。

阿南在心里这样想着，屋内却一片寂静，不知他们是在看什么东西，许久不见动静。

看来，这个梁家从小被送出去的女儿，似乎没有那么普通呢……

阿南正思索着，听到里面青莲宗主怪异的声音再度响起："诸位，皇帝西巡这般大事，有心人谁能不关注？实不相瞒，当年青莲宗的杰出人物关大先生，还选中了玉门关沙海中一个要害之处，设下了绝灭阵法。如今一甲子之期将至，一经启动，西北边防将化为乌有。届时别说西巡北伐，朝廷想控制西北便难如登天了。"

阿南自然知道他所说的这个阵法，便是"山河社稷图"上青莲盛绽之处。

耳听得众人窸窸窣窣站起身，青莲宗主道："走，带你们去瞧瞧。"

阿南静静贴在壁上，垂眼看他们出了正屋，走入侧面一间窑洞。

他们在里面许久，她也不急躁，一直静等着。

过了足有一刻左右，一行人才重又走了出来。

灯光下公子依旧沉静似水，而方碧眠笑意浅浅，掩不住的春风得意。

最后出来的，应该便是那个声音古怪的西北宗主。他身材中等，披着一件臃肿的土布衫子，斗篷罩住了他的面容，只有横长的头发和胡楂子显露在外面，仿佛站在这衣服下的不是一个人，而是一头怪兽。

今晚一番详谈，青莲宗与海客双方显然都推心置腹，谈妥了大事要务。一干人等殷勤致意，将竺星河、方碧眠及他们随行的诸人送上地面。

阿南看向人群中的司鹭与其他海客，心里忽然想，他们也知道吗？

知道公子的计划，知道他将要踏破这锦绣山河，以怎么样的手段实现自己的愿望吗？

如果现在，自己还在他的身边，那自己是否也是追随他而来的一个，又是否会坚定不移地护在他的左右，帮助他实现理想，实现他对父亲……不，先皇的承诺吗？

还未等她从紊乱情绪中挣脱，院落中已恢复安静。

青莲宗对此处显然极为谨慎，等所有人退出后，站在入口处的弟子熄灭了灯火，扳下了入口处的一个扳手。

阿南一动不动地贴在壁上，只听得头上"轧轧"声响，原本便阴暗的夜色之中，一层更深的黑暗笼罩过来。

她抬眼上望，原来这下沉庭院的地板竟是活动的，此时徐徐上升，与上方土地齐平，彻底遮蔽住了下方。

难怪此地二十年来无人发现，阿琰遣了好几批人跟踪也未能寻到。这窑洞都藏在土地下面，大概平时就算有人过来，也只能看见一片平整荒地，无法发现任何痕迹吧。

阿南在彻底闭锁的黑暗中静静等了一会儿。机栝停止，周边再无任何声响。

她打开了自己的火折子，照亮这伸手不见五指的地下，翻到上方，检查了一下。

这是木箱夯土一块拼搭而成，以减轻下方的活动支撑，虽然很厚实，但阿南一看这种上下机栝心中便有了底。

她放心地落地，踏着下方的支撑木条而行，很快便到了他们后来进入的那个窑洞之前。

大门紧闭，但阿南这个贼祖宗，天底下哪有挡得住她的锁。

臂环内的小钩子探进锁芯，她的指尖感受着上面传来的细微震颤，缓缓调整着钩子的深浅力道。

直到轻微的"咔嗒"一声响起，手下的锁应声而落，被她一把抓住，握在掌中。

她侧过身子，将门缓缓推开，以防备里面的暗器机关。

并无任何动静。于是她将手中的锁贴在地上，一路向前滚去，再侧耳倾听。

黑暗中声音清晰响起，砖地下面没有东西被触动。

流光牵着火折子直射入内，在室内转了一圈，瞬间照出了里面的样子。

看来是一间书房模样，空间不大，陈设颇为整洁。贴墙放着储物架，后面是书案和供桌，桌上甚至还陈设着一束绢制青莲，供在砖墙之前。

阿南将飞回的火折子抓住，握在手中，闪身进内，向着砖墙谨慎走去。

那砖墙磨得平整，以各式珠贝螺钿镶嵌，在整面墙拼出一朵巨大的青莲，在火折子映照之下，珠光辉煌，迷人眼目。

阿南只瞧了一眼，便低头看向脚下。

只见脚下青砖也拼成了一朵青莲，这图案让她想到了沉在渤海和东海水底的水城房屋，那些屋子的地面砖块，也俱如这般拼成青莲模样。

随即，她抬眼看向供在桌上的青莲，眼前似又忽然闪过北漠王女殒身的那个绿洲。

她被烧焦于青莲之中，就如遭天火所焚的罪人。

而她如今，也正踩在青莲之中，不偏不倚，正要踏向正中间那一处。

长年累月生活在危机之中的本能，让她向前的脚步立即一偏，随即，身体下意识地拔地而起，足尖一点，身影落在了供桌之上。

青莲晃晃悠悠震颤了一下。

由地砖拼凑成的青莲，那些原本严密合拢排列的青砖，不知何时已经无声无息绽放，砖缝挪移，下面一层青烟蔓延开来。

阿南捂住口鼻立于供桌之上，查看下方那层毒烟。

幸好它们沉滞凝重，虽然随着室内气流而缓缓涤荡，但短时间内，应该并不会向上蒸腾。

阿南知道这是混合了朱砂银汞的毒雾，若她此时还在地上，它们便会黏附于她的身上，从毛孔中钻入，过不了几日，她的双脚皮肤将寸寸溃烂破裂，血肉消融，直至最后烂得只剩森森白骨。

而现在，她不能在室内多活动了。

因为，她行动的气流必将带动沉在下方的这些毒烟，它们会随着她的动作向上升腾飞卷，只要气流中掺杂了一丝毒气，都将如疽附骨，缓慢地侵袭至她的全身，直至最后将她全身血肉彻底吞噬。

阿南放缓了呼吸，也尽量让自己的动作轻慢一些，徐徐在供桌上蹲下，然后竭力弹跳向对面书桌。

气流翻涌，下面的毒烟骤然如潮水般在桌下翻滚起来。

所幸供桌与书桌尚高，那些涌动的毒烟并未触及站在上面的她。

但，毒烟消融蔓延的速度，肉眼可见地在飞快增加，那毒烟的颜色渐渐与上方透明的空气交融，就如涨潮的水，在不断向上侵蚀。

阿南知道这些毒烟怕什么——丹砂银汞都是怕火的东西，只需要一把火，她便能将它们付之一炬。

可是，这屋内藏着"山河社稷图"的秘密，他们一直孜孜以求的青莲盛绽之处，应该就在其中。

距离阿琰身上第五条血脉发作已经迫在眉睫，而阵法具体所在又实在毫无头绪。如果现在便将这间书房付之一炬，那他们又要去哪儿寻找阵法所在之处，拔除阿琰身上的毒刺呢？

她低头看了看那不断上涌的毒烟，咬一咬牙，俯身趴在书桌上，尽量轻缓地拉开抽屉。

里面果然是一沓纸，阿南大喜，抬手将其抓起一看，却又有些失望。

这是几封陈旧的信件，纸张黄脆，一碰便散落了些许纸屑，近期没有动过的痕迹。

很显然，这并不是那个西北宗主邀请竺星河与方碧眠看的东西。

但阿南瞥到上面的火焰青莲标记，还是下意识将它揣进了怀中，再翻下一个抽屉。

下一个抽屉中，放的是一些账目册子，多是教中捐献数目与支出账目，清晰板正，整整齐齐，甚至让阿南觉得有些熟悉。

但她此时心急如焚，也顾不上细看了，见这书桌抽屉中并无他物，便站起身看向对面的柜子。

这间窑洞并不大，除了书桌抽屉，能储物的就是那个柜子。此时柜子下部的腿已经全部浸在了毒烟之中，阿南估算了一下自己与柜子之间，尚有丈余距离，而柜子上方是光秃秃的窑洞顶，并无任何依凭，流光根本无处借力。

地下满是毒烟，她自然不能自寻死路，从毒烟中蹚过去。

目光打量旁边的储物架，阿南估算着将它拉过来垫脚的可能性。

但，拖拉架子倒下，固然可以垫脚，那倒下的巨大气流也会高高激起，到时候必然一室毒气紊乱，她必死无疑。

阿南低头看看正在不断上涌的毒烟，感觉自己后背一片微凉——是冷汗已经渗了出来。

她深吸两口气，强自镇定下来。

抬手勾住储物架一角，她定了定神，然后手猛然一勾一放，那贴墙而立的架子往外挪了六七寸之后，正要向外倾倒，但那力道又陡然松脱，它晃了两晃，反而因为惯性而向后仰倒过去，斜斜靠在了墙壁之上。

这一下虽然有些许动静，但毕竟几寸的挪移，毒烟并未被过多激起，架子下方的毒烟只缓缓一漾，便也就恢复了平静。

阿南缓缓松了口气，流光再度扎入毒烟之中，勾住了储物架的腿，将它缓缓地往前拖拽。

上头斜靠住墙壁的储物架，在她的拉扯下，缓缓地顺墙滑下，慢慢地、一寸一寸地抵在墙上向下滑倒。

洞壁被架子上端的棱角刮出一道深深的划痕，而架子也顺着土壁，在她的尽力拉扯之下，寸寸挪移着。

在刺耳的木头与地砖的悠长刮擦声中，最终，储物架与地面越来越近，直至最终一下，彻底躺平，倒在了毒雾之中。

幸好，为了防止东西从另一边掉落，架子的后方严严实实钉了一层木板。不然的话，上面的东西掉落，必然激起毒雾蔓延，场面一发不可收拾。

阿南来不及嘘一口气，眼看毒雾已堪堪要淹没储物架，若再犹豫片刻，她可能连这个下脚处也没了，便立即控制身体，尽量以最轻最缓的姿势，落在架子上，然后慢慢踩着它，走向柜子。

时间紧迫，她抬手在柜子上迅速叩击，确定了机栝之后，也没工夫慢慢破解了，臂环上小刀弹出，直接从柜门外用力捅入，卡住机栝，然后一手肘砸向柜门拼接处。

砰然声中，柜门榫接处被破坏，整扇门掉了下来。

柜门带动里面的机栝咔咔转着，但机栝中心早已被她破坏，徒劳运转着。

阿南飞快击溃最脆弱的杠杆相接处，卸了机关，然后高举火折子，看向柜子内部。

如她所料，里面是文书档案，一封封堆叠，类目繁多，但整齐得令人咋舌，几乎每一张册页都叠得严丝合缝，不会有分毫区别。

阿南一眼扫过，试图寻找那里面刚刚被人翻动过的痕迹。

但没有。那个宗主一丝不苟得可怕，即使刚刚用过的东西，他也原封不动归类排列，没有留下任何痕迹。

下方的毒烟蔓延，渐渐已经没过了储物架。

阿南抓起上面一堆册页，垫在自己的脚下，继续在柜子内搜寻。

手飞快地翻过一页页装订好的册子，历年来去的人物、青莲宗势力的变化、与各地来往联络的依凭……

　　这是按照年份归类的卷宗。她立即越过了所有卷宗，手指迅速挪移到最下面，将最下面的东西翻出。

　　看起来很普通的一本小册子，封面空无一物，只是纸张与她揣在怀中的信件一般古旧。

　　脚下垫的册页太多，已经摇摇欲坠。而毒烟漫上来，就要舔舐她的脚底。

　　阿南已来不及细看，只匆匆翻了翻。

　　里面的墨迹早已黯淡，只有某一处覆盖着灰黄的痕迹，她指甲一刮，尚有残存粉迹。

　　这熟悉的灰黄胭脂，是傅灵焰之前曾在几处地图上留下过的痕迹。

　　她将它塞进怀中，然后抓起柜子中几本书，用火折子点燃，丢向脚下毒雾。

　　艳红火苗舔舐之处，那青绿色的毒雾顿时被火苗卷进去，轰然爆燃。

　　火势弥漫，地上的储物架、册页乃至柜子四脚，全都轰然起火。

　　火光弥漫于地面，映照得一室亮堂如昼。

　　阿南按住蒙面巾，堵住口鼻，盯着下方大火。直等下面那幽青的颜色彻底被火焰席卷洗涤，焰色变为橙红，她才嘘了一口气，利落地从柜子中钻出，直跃向地上正在燃烧的储物架。

　　清脆的碎裂声响起，被火烧透了构件的架子哪经得起她这半空跃下的踩踏，顿时破裂。

　　阿南才不管地上的火苗，流光钩住门框上方突出的砖檐，身形如燕疾点而出。

　　耳听得哗啦一声，她身后的柜子因为她跃出的势头，向着地上重重倾倒，里面所有一切顿时被火舌迅速舔舐，化为乌有。

　　阿南钻出门洞，向前急扑，踩着支撑地面的柱子立即蹿到了最上方。

　　窑洞内的火舌轰然蔓延，仿佛追逐着她一般，向着前方喷出，席卷了下方支撑地面的木柱。

　　那活动的地面全靠木柱支撑，柱子虽然经过防腐处理，却怎能防得住如此大火，只听得毕剥声响，重重结构、四面八方穿插交错的木头飞快被火焰吞噬，转眼已经开始起火。

　　下方的火苗向上飞蹿，阿南心中暗暗叫苦，只能尽力往方院斜对面挪去，在交错的木柱之间匆忙钻到离火苗最远的地方，然后立即向上贴近机关，查看相接处。

　　她之前所料没错，这些厚实的地面由杠杆错构而成，只要寻找到连接所有部件的中心点，将其一举击破，所有支撑力便会于瞬间消解，地面将会整片垮塌。

火势汹涌，已直向她这边涌来。阿南正在加紧摸索查看之际，忽听得轰然声动，地面隐约一震。

原来是上面把守的人听到了下方动静，急急地打开了通道，冲进来查看火势。

阿南立即将身贴附在角落之中，等待他们将地面下降。

果然，一看见院中全是火焰，有人顿时大喊："快把地面降下来，火焰被隔绝封闭后，火势自然会灭掉！"

几个人有惊叫的，有提桶的，更有冲去撬扳机关的，大火之中嚷成一团。

只听得"轧轧"声响，地面微微一震，显然是有人扳动了机关，地面正要缓缓下降。

然后，才下降了数寸，忽听有人厉声道："不许降，升上去！"

那声音古板死硬，正是青莲宗主赶到了。

青莲宗众愣了愣，立即听命，反手拉上了扳手。

阿南眼睁睁看着那原本已经下降打开了一条缝隙的地面，又徐徐上升，将她逃生之路堵死。

她郁闷地将身体贴在角落中，耳听得宗主脚步声直冲那个充作书房的窑洞而去，在门口略一瞧，便大声道："封锁通道，守好机关！敢闯进这里，就算对方是只老鼠，也绝跑不掉！"

阿南心下冷哼，暗道，你困得住老鼠，可困不住你姑奶奶呀！

一回头，她的手便搭上了那些木柱，目光在各处纵横相接的杠杆中逡巡游移，迅速扫过一个个机窍。

火焰猎猎燃烧。荒漠之中缺水，但沙土并不缺，青莲宗弟子以水桶麻袋从上方迅速运送沙土下来，扑于火上。

沙尘与火焰在不大的方院中逼迫相争，书房的火焰此时已经被扑灭，而火焰正沿着支撑柱子及构件，向着阿南藏身处渐渐蔓延。

后方的弟子们铲起沙土，向着烈火扬去，离她越来越近。

阿南不管不顾，仿佛并没有察觉到身处烈火与青莲宗的包围之中。她伏在纵横的支柱之中，手指顺着一根根交错的杠杆滑过。

扑火的青莲宗众越来越近，火势被逼到了最角落，直至贴得太近，烟尘之中，阿南只觉得肩上陡然一动，是一锹飞扬的沙土簌簌落在了她身上。

她回头瞥了一眼，烟尘的另一边，隐约出现了一个挥锹的青莲宗弟子身影，已经离她不足十尺。

她仿佛毫无所觉，径自回过头去，手下重重一握，已经按住了众杠汇总的那一节。

她以臂环在上面重重一击，精钢相击声立即传遍了整个地下，令所有人都立即注意到这边。

青莲宗主最为敏锐，毫不迟疑，一手抓过一名弟子手中的长刀，大步向着这边而来。

阿南却毫不理会，只略一思忖，设计机关的人也知道这里是最重要的关窍，自然会用最坚硬的东西来制造，绝不会让人有可乘之机。

不过，纵然对方用的是精钢，那又如何，这杠杆不过指头粗细，再怎么千锤百炼，终究还是扛不下重力一击。

往后瞥了一眼，阿南看见那个宗主已经持刀大步而来。

她已经贴在了最角落之中，没有地方更没时间躲避，于是便不加理会，身子径自后仰，抓住后方一根横柱，腰身一挺，纵身跃起，双足狠狠向着那根精钢杠杆蹬去。

再强韧的精钢，也在这猛然的撞击下扭曲变形。所有连接的横梁竖柱，瞬间因为这正中间的受力点崩溃而轰然倒下。

柱子歪斜，沉重的地面失去支撑，沙沙作响中，上面的沙土不停渗漏而下。

一击奏效，阿南立即加重脚下力量，迅速狠命连蹬。

持刀向她冲来的青莲宗主眼见地面剧震，自己无法在片刻之间接近对方，当机立断将手中厚背刀向她狠掷过去。

阿南的右脚正在猛击杠杆处，只听"咔"的一声闷响传来，中心关节已被卸掉。

可此时那柄重刀已穿过纵横的杠杆，直抵她的胸口。她的身体被后方一根横杆顶住，避无可避，唯有抬起右臂，将臂环挡在自己的面前，硬生生挡下这一击。

"当"的一声，她手臂剧震，精钢的臂环虽未被击毁，可毕竟无法消弭那凶猛力道，整条右臂顿时剧痛酸麻。

后方青莲宗弟子大呼："宗主小心！"

上方沉重的地面彻底坍塌，轰然声响中，向着下方劈头盖脸倒塌下来。

阿南抬手抓住头顶横杠，却第一次未能将自己提纵起来——她的右臂已经失去了力量。

狠狠吸一口气，她左臂发力，勉强上跃前扑，让自己紧贴在门洞之上，以头上的屋檐遮蔽自己的身体。

被撑住的地面彻底垮塌，最后一瞬，阿南只看见青莲宗主的身影被扬起的巨大尘沙瞬间淹没。

不过她已没时间也没力气幸灾乐祸了。地面下塌，混乱之中上方天空显露，虽然外面依旧是黑夜，但那些微天光也让她感觉比困在下方火光烟尘中要好上千百倍。

她从藏身处跃出，踩着坍塌堆叠的土箱直扑地面。右臂虽然酸麻，但她以双足左臂配合，终于拼命跃出了这个下沉院落，向着山谷之外狂奔而去。

把守谷口的弟子听到下面巨响，又看到有人冲出，立即上前阻拦。

阿南手中流光倏忽来去，惨叫声中人影跌落。

面前一片黑暗，她的手臂又无法控制，也不知道自己伤到了多少人，只知道迅猛冲出一条血路，抢过一匹离自己最近的马，翻身而上，向外疾驰。

今夜正是月底，天空无星无月，一片阴霾。

她勉力向前驰骋出足有一二里，后方陆遭突变的青莲宗众才仓促集结，纵马向她追来。

她催促马匹，不管不顾只是前冲。

后方风声疾响，有人放了箭矢，向她背心而来。

阿南一拨马头，迅速转变了方向，以免被对方瞄准。

箭尖擦过她的肩头，落向了前方，深深扎入沙地之中。

沙丘平原，黑暗之中，阿南身体刚一偏，却听到耳边风声响起，一缕极为熟悉的风声在她的耳畔微震。

随即，一抹淡淡的银白幽光，如同月光般在她眼角余光中渲染开，笼罩了她的左肩。

春风。

她无比熟悉的银色蒹葭，只因这是她亲手替他所制。

形似芦苇的管身之上，透漏雕镂出无数诡奇的空洞，与血脉的行走正好可以形成六瓣对冲。

在春风入体之际，被带进去的气流会在瞬间将对方体内的鲜血压迫爆裂，绽开朵朵六瓣血花，就如春风催趁百花盛开，任其开谢。

那时她将自己亲手制作的这个利器送给他，心里想着，这世上，没有人比公子更适合它了，因为他与它都是这般温润而美丽。

而他也将它取名为"春风"，并且以它震慑了四海众匪。

春风伴流光，光华映海月。

如今却在这荒漠风沙之中，无际暗夜之刻，他的春风袭向她的心口，转瞬便要在她的身上，开出最为凄厉的殷红花朵。

这仓促交错的一瞬间，阿南猛然挥臂，臂环中的小钩子陡然弹出，在春风上一滑而过。

钩子插入春风上的镂雕，在她折腰挥臂之际，将他那必中的一刺带得略略偏了一寸。

仅只一寸，但已足够她避开。

春风刺入她的衣襟，划破她胸前肌肤，在她心口留下了一道血痕，并未如他所料刺入她的心脏，成为致命一击。

她的小钩子迅疾缩回，松开了他的春风。

他的春风也因为这一瞬缓滞，再无第二次出手的机会。

电光石火生死交错，无星无月的黑暗之中，她没有出声，他亦没有追赶。

马蹄声起落，转瞬间她已越过海客们，奔赴遥遥前方。

众人似是不敢相信公子居然会有一击落空的时候，怔了怔后，庄叔才哼了一声，怒道："他奶奶的！"拍马便要追上去。

"庄叔，"竺星河略略提高了声音，声音冷漠，"别追了，我们走。"

司鹭嘟囔道："对啊，反正人家是冲着青莲宗来的，关我们什么事……"

方碧眠在旁边道："司鹭你这话就欠妥啦，咱们现在是一家人了。这人鬼鬼祟祟，不知道窥探到了什么，就这样逃掉了，后患无穷呀！"

司鹭听她这么一说，顿时心下一惊，忙问："那……公子，您看？"

竺星河没说话，只看着那黑影远去的方向沉默片刻。

后方已经传来急促的马蹄声，是青莲宗众已经追了上去。

他顿了顿，手中春风缓缓收回扳指中："过去瞧瞧。"

第十章
故国旧梦

后方马蹄声起落急促，阿南胯下这匹马并不神骏，也不耐久驰，耳听得身后追兵越来越近，她无奈紧了紧马缰绳，狠狠一拍马身，催促它再快一些。

天边一线浅青，黎明将至，远方即将翻出鱼肚白。

后方追兵即将追上，已呈现扇形之势散开，要对她形成包抄之势。

心口被春风刺伤之处传来微痒的刺痛，伤口不深，却让阿南越生凶悍之意。

她冷笑一声，心道来吧来吧，你们知不知道这个阵势，正适合我的流光圆转使力，一波带走？

可惜，甩手之际，她才想起自己的右臂已经无法使力，更别提准确操控了。

紧了紧手上臂环，她自马上转身回头，却看见了跟随在青莲宗后方的另一拨人。

当中的人一身莹白锦衣，坐于马上的身形颀长清俊，在黑暗中隐约显现。

阿南自然知道他们如今已是一条船上的同伙，可心下还是难免一恸，原本打算力战的那口气便泄了。

纵然她可以扛下青莲宗众的攻击，可她没有信心在此时此刻，力抗春风。

狠狠一咬牙，她拨转马头，继续向前驰去。

耳边风声急乱，冬日凌晨的风既狂且冷，自她脸畔迅疾擦过，如同乱刀。

前方已近郊区农庄，她的马已彻底力竭。她再度催趁之际，只听得一声悲嘶，后方的箭矢已经深深扎入马臀。

原本便已精疲力竭的马匹因为伤痛而陡然人立起来，马上的阿南当机立断地纵身跃起，脱离了马身。

乱箭齐发，马匹轰然倒下，身后青莲宗众纵马直冲而上，向着她围攻。

阿南在地上打了个滚站起身，以马匹遮蔽住箭矢，盯着当先向自己跃来的那个骑手，目光在黑暗中似发着兽类般的亮光。

转瞬之间，铁蹄已经贴近，向着她重重踏下。

而阿南将身一矮，手中流光疾射，从马上骑手眼前划过。

哀鸣声顿时在荒野上响彻，那骑手捂住淌血的眼睛，因为双眼剧痛而惨叫。

阿南揪住马辔头，纵身斜飞而上，一脚将他狠狠从马上蹬下。

可惜她的右臂在紧要时刻失了力，让她横踢的脚差了毫厘，那骑手身体虽摔下，脚却还卡在马镫之上，被惊马在地上倒挂拖行，惨叫声更甚。

两个人的体重大大拖慢了马匹速度，阿南臂环中小刀弹出，抬手斩了马镫，任由那人掉落于地，纵马拼命前奔。

谁知马匹跑了两步，便趔趄倒地。原来那人十分凶悍，在坠马之际，便将手中的刀直插了自己马匹的腹中。

阿南无奈之下，只能再度弃马。可这一回她再想要抢夺马匹，已经来不及了。

后方的众人已经围拢上来，甚至连一直紧随于后的海客们也已经到来，将她包围于其中。

阿南拨转马头，目光在逐渐收缩的包围圈上扫过，寻找着突围之处。

天空忽有长长的鹰唳传来，依稀朦胧的晨光中，她看见展翅高飞的那只苍鹰。

她立即嘬口而呼，招呼它下来。

苍鹰直扑而下，遥遥向她飞来。

周围的人不知她要干什么，但料想有只老鹰过来肯定棘手，当下不再迟疑，所有马匹向着她围拢奔来，手中弓箭上弦，眼看便要乱箭齐发。

阿南举起臂环，竭力控制自己手臂麻木的颤抖，环顾周围那些即将将她圈拢抵杀的骑手，心中忽然生起一个念头——

这个时候，阿琰的日月，可比她的流光好用多了。

一线流光，究竟能不能杀灭这数十全力进击的虎狼之众呢？

就在她扬眉振手，臂环中的流光要激射而出之际，黑暗的荒野之上，忽然绽放盛大的光华。

日月照临，不可逼视。

那光华自阿南的身后而来。第一层光华先行抵达，那射向她的乱箭在微光牵引下全部失了准头，散乱地钉于地上。

随即，第二波光华直射而出，围攻她的所有人瞬间落于马下。

解决了箭矢的第一波光华再度催趁，化为第三波光华，气流嗡嗡振动间，原本斩杀了一轮之后已经受到阻碍而跌宕的第二波利刃被气流裹挟，再度协同共振飞旋，绕着阿南的身躯旋转飞舞，只听得哀叫声连连，外围搭弓的十数人亦坠落马下。

此时，对方才看清从黑暗中疾驰而来的人，与阿南一般的黑衣，胯下剽悍黑马快捷无伦。

他隐藏在黑暗中，追逐的马蹄隐藏了他的马蹄声，以至于众人都不知道他何时欺近到来。

唯有阿南，知道操控这华光炽盛的武器的人是谁。

她心口波动过一阵巨大的欢喜，向着他奔去。

他于马上俯身，紧握住她的手。

借着他向上提携的力量，她飞身上马，落于他的身前。而他也无比自然地一手挽缰绳，一手自她腰前揽过，将她护于自己怀中。

阿南来不及缓口气，便急急侧头问他："你怎么过来了，又怎么知道我在这里的？"

他示意了一下空中鹰影，低低道："你至今不回，我想青莲宗根基深厚，没那么好闯，有些担心。"

"确实，我错估了形势。"原本只想来打探青莲宗底细的她，未曾想过，她昔日的兄弟竟然已经与青莲宗联手，站在了彻底的对立面。

强敌压阵，他们来不及细述，匆匆数语便看向面前局势。

前一批人已经落马，后方的骑手不甘收势，众马依旧暴烈，向他们疾冲而去。

而他带着阿南拨转马头，直视着面前山崩海啸般的攻势，略一扬眉。

在青莲宗如潮攻势的后方，竺星河勒马静静站在黑暗之中，冷冷地看着他们。

对面马上的阿南拼杀这一路，已经力竭疲惫，唯有一手抓住缰绳借力，坐直身躯。

而朱聿恒的左臂紧紧地从她的腰间横过，将她牢牢抱在怀中，只用右手操控，手中武器流光激荡，肆意纵横，如一轮嗜血的妖异光华，在荒野暗夜中陡然升起，骤开骤谢，无比迅捷。

圆转的锋利光华，自他们周身倾泻而出，一波波射向外围。

距离他们最近的人先被第一波斩落，随后第二波紧随其上，最后是第三波光华一转即逝，收割了最后残存的几个青莲宗众。

跟在后面的海客们，没想到黑暗之中居然隐藏着这般华美又可怕的武器，就在他们被这三轮光华惊得无法动弹，以为已经到了杀戮终止之时，却没想到第二、三波弧光隐隐奏鸣，驱动第一波光华迢递而来，化为第四波斩杀之力，已经来到了他们面前。

灼眼的华光已经带上了粉色，那是利刃上面残留的血迹，让刃光都变了色。

但，就在这一往无前的光芒向海客们飞旋而去之际，朱聿恒的手腕，被阿南抬手握住了。

他的手微滞，感觉到阿南紧握他手腕的力道，目光不由得在竺星河的脸上停了停，手下日月光华刹住了前行之势。

手腕一抖，天蚕丝微颤，带动珠玉琢成的薄刃甩脱了血珠，迅疾回归于他手中的莲萼之中，静静垂于他的腰畔，不见半丝血腥之气。

只有地上呻吟打滚的青莲宗众，昭示着他刚刚举手投足间斩杀了多少人。

朱聿恒低头贴了一贴阿南略显凌乱的鬓发，目光定在不远处竺星河的身上，那里面分明写着些挑衅意味。

竺星河收紧了右手，春风隐藏于银色扳指之内，在此时此刻荒漠的夜风中，触感尤为冰冷。

阿南移开目光，一夜的疲倦似乎都涌了上来。她靠在马上，低低对朱聿恒道："阿琰，我们走吧。"

"好。"

天边曙光初露，空中苍鹰疾飞，于他们周身盘旋。周围惊马伤者，混乱不堪，但已经不值得他关注。

他拥着阿南拨转马头，抛下一地死伤，向着后方的敦煌绝尘而去。

等他们去得远了，方碧眠跳下马，赶紧去查看地上众人的伤势。

司鹭看得心惊肉跳，喃喃自语："这……这人用的什么武器啊，太可怕了！"

冯胜、庄叔等人纵横海上多年，什么大风大浪没有见过，此时的声调也是微变："幸好咱们没有与青莲宗一起进扑，要是与这人起了争执，今日能不能全身而退，还存有疑问。"

方碧眠望着地上哀叫的同袍们，泪流不止地咬紧颤抖的双唇，目露恨意。

"这两人，究竟是什么来历啊……"司鹭兀自心有余悸。

竺星河神情冰冷，翻身上马，示意海客们离开。

方碧眠看看他的神色，含恨道："尤其是潜入青莲宗内部的那个人，我看她那般身手，绝不在南姑娘之下，至少……差不离。"

竺星河充耳不闻，没有搭理。

而司鹭听她这般说，则立刻反驳道："怎么可能！阿南肯定比她更厉害！她要是在这里的话，哪容得对方这么嚣张！"

庄叔叹道："可南姑娘怎么还没回来啊？司鹭，你上次不是说和公子一起找到她了吗？"

"找是找到了，可、可庄叔你不知道，阿南她变了……"司鹭骑马跟随众人往回走，沮丧道，"她眼睁睁看那个浑蛋把我摔了两次，就是不肯回头！"

庄叔深深皱眉，而前头的冯胜听到，立即回头嚷嚷了出来："不能！不可能！南姑娘上次与我们分别，就是为了咱们舍生殿后，说她为了荣华富贵背叛兄弟，我冯胜第一个不相信！"

司鹭急道："冯叔，难道我会骗你？她不但翻脸不认公子，而且还把方姑娘都打伤了呢，方姑娘现在还敷着药！"

竺星河没说话，只望着天边逐渐亮起的鱼肚白，神情沉郁。

方碧眠叹了口气，道："算了，我这点伤不算什么，能让南姑娘出口气就好。我看她如今遍身绮罗，金玉加身，日子过得也挺好。"

司鹭摇头道："阿南不是这样的人！她在海上时，我总见她拿珠宝玉器与海上商人换大马士革的钢刀、泰西的水银镜、绥沙兰的座钟，她以前从不在意珠宝锦绣的！"

庄叔附和道："我也信南姑娘，她定是另有苦衷。"

方碧眠默然垂头，不再说话。

司霖冷冷道："近朱者赤，近墨者黑，再说她平日就是最爱臭美的性子，漂亮衣服穿着，贵重首饰戴着，又有一堆英俊男人哄着捧着，可不就本性暴露，迷了心窍吗？"

司鹭又气又急，眼巴巴看着竺星河，期望他能给个准话。

众人的目光也都在竺星河身上，请他拿主意："公子爷，您是最了解阿南的，您看，她真的会一夜之间性情大变，抛下我们兄弟转投敌营吗？"

在众人的议论声中，庄叔张了张嘴，欲言又止。

他忽然想起在阿南只身殿后护送他们离去的那一夜，他得了孙儿，一群人饮酒之际，他还酒后失言，催促公子娶了阿南，然后便发生了那一场尴尬……

他抬眼看看冯胜，冯胜显然也想到了那一节，似要说话，庄叔赶紧拉住他，摇摇头示意别说话。

"不论如何……"竺星河终于开了口，声音清淡而坚定，并无犹疑，"我信阿南。就算她因为种种原因而离开，也不至于转投敌阵，对我们这些昔日兄弟动手。"

"公子爷说得对！"冯胜与庄叔等人心头石头落了地，立即附和道。

"再说了，阿南不肯回来也未必是坏事。"竺星河淡淡道，"她的个性，确实是执拗了些。"

众人都想起阿南在分开前一直力图阻止他们与青莲宗合作，方碧眠作为青莲宗的要人，更是被她帮助官府擒拿下狱，青莲宗众付出巨大牺牲才将她救出，若是阿南回到海客这边，怕是青莲宗那边也有意见。

"便让她在外面多玩几天吧，或许，她能因此深入了解朝廷内幕，也未必不是好事。"

公子既然发了话，众人也便不再争议。

已近敦煌，路边人家院中，一棵虎蹄梅正在吐蕊，在这风沙灰黄的大漠中，竭力扩散自己的馥郁香气。

从树下经过之时，晨风中一两簇金黄的花枝掠过他的耳畔，将香气沾染在了他的发间与衣襟上。

竺星河闭上眼睛，在马上仰头闻嗅这些熹微晨光中的氤氲香气。

他想起与阿南重逢时她身上的香气，以及刚才与那个刺客擦肩交手之际，那种相同的气息。

那黑暗交错的一瞬间，不需看也不需听，他便知道，那是阿南。

只是，她身上已沾染上了属于朱聿恒的特有气息。

不是沉檀龙麝的香气，只如冷冽严冬中影影绰绰一枝寒梅在朝阳中初绽。在与朱聿恒的数次交锋中，竺星河留下了深刻的记忆。

如今，他们穿着一式的衣服，身上熏染着一样的香气，策马扬鞭而去，将他丢在风沙之中，甚至，她不曾回过一次头。

——十四年前的暴风雨中向他伸过来的那双手；五年前只身跃上他的船头说"我出师了，以后你赶不走我啦"的那条身影；尸山血海之中相抵拼杀互为依靠的那片脊背；无数次从必死的困境中挣扎相扶而出，她扬头对他露出的粲然笑颜……

当时以为能永远延续下去的一切，原本在他面前鲜明灼亮，此时却被那香气如火焰卷过，全都成了褪色的灰烬，惨淡粉碎。

不过……那又如何呢？

他睁开眼，从这片刻的迷乱中抽身而出，抬手缓缓掸去衣上的落花，神情依旧平静。

等朱聿恒死了，她自然便回来了。

兜兜转转一个小小波折，不可能改变早已注定的结局。

被阿琰抱在怀中驰回，阿南才发现后方侍卫们正在拼命赶来。

想来是阿琰看到鹰扑后太过焦急，所骑的马又太过神骏，将所有人远远甩在了后面，才在千钧一发之际赶了过来。

再度对上韦杭之幽怨谴责的眼神，阿南心虚又无奈。

可凌晨刺骨的寒风中，阿琰的怀抱温暖得过分，再说她也实在没力气挣开阿琰自己回去了。

干脆，她自暴自弃地靠在皇太孙殿下怀中，任由他们敞开了看。

反正女海匪行走江湖多年，比任何人脸皮都要更厚。

回到敦煌，阿南第一件事便是将怀中的东西掏出来，一股脑塞给朱聿恒，然后扑入浴桶，将自己全身的沙土尘灰彻底洗去。

一夜厮杀，疲惫交加。她有些虚弱地举起右臂看。

被厚重砍刀击打过的手腕已高高隆起，肿胀不堪，不知有没有伤及筋骨。

她按住疼痛颤抖的手，浸在热水中，低头看向自己胸前的痕迹。

春风刺过，她心口一道殷红的血痕，在水中隐隐作痛，甚至压过了右臂的伤势。

她眼前又浮现出遥遥坐在对面马背上的竺星河。

被黑暗吞没的荒漠边际，他在深不见底的暗夜之中，筹划着倾覆天下的计谋，决绝一如当年他在断崖上许下的悲怆誓言。

她答应过阿琰，会尽全力帮他。可，谁能想到挽救阿琰性命，与破坏公子的大计，竟会以如此方式，纠缠在了一处。

她深深吸着气，狠狠将自己的头埋入了水中。

水声让她的双耳嗡嗡作响，这是血脉在她体内行走的声音，她活着的证据。

　　她还活着，公子也活着。可那些春风绮丽、流光飒沓的日子，那些他们并肩而战的过往，早已死去了。

　　如今存活于世的他们，是背道而驰的春风流光，再也无法相伴。

　　披着湿漉漉的头发起身，阿南扯过毛巾胡乱擦了几下。太过疲惫，散发披于肩头也懒得再弄。

　　外面传来食物的香气，阿南感觉自己饿极了，连睡意都无法抵过饥饿。她走到外间，果然看见桌上已经摆下了各式餐点。

　　她想喝的南瓜粥炖得温温热热的，撒了饱满的红枣与枸杞，在冬日晨曦中冒着腾腾热气。桌上还有西北的面食，搓鱼子、酿皮子，重油重盐，最适合疲乏虚脱的她。

　　来不及与对面的朱聿恒打招呼，她喝了两口粥，抓过桌上的筷子就吃，将嘴里塞满。

　　朱聿恒抬手给她盛了一碗羊肉汤推过去，见她头发还在滴水，便起身拿起旁边的布巾，将她那头长发包住。

　　她头发既浓且长，坐着的时候垂下及地。他拉了把凳子过来，将它们置于膝上，慢慢用毛巾揉搓吸干。

　　宿昔不梳头，丝发披两肩。

　　手指穿过她的万缕青丝，触感细软却又令他指尖微微麻痒。年幼时读过的子夜歌，隐约浮现在他的脑海之中。

　　他抬眼看向阿南，她亦有些惊讶，略略回头看他。

　　他避开阿南诧异的目光，嗓音略带低涩："别着凉了，还有很多事等着我们呢。"

　　阿南"嗯"了一声，便回头继续用膳去了。

　　而他在她身后，透过她半湿的发丝凝望着她。

　　微扬的下巴与修长的脖颈是一条优美的弧线，而这条弧线又延伸成更令人心动的肩颈线条，向下延伸至细韧的腰肢。

　　披在她身上的衣衫被她的头发濡湿，贴在她的背上，将她的躯体勾勒得纤毫毕见，却偏偏有一缕碎发，蜿蜒于她的领口，如在指引他的目光向下探寻。

　　他的心口猛跳起来，目光逃避地游移，却看见了她衣袖下滑，露出肿胀瘀紫的手腕。

　　"你的手怎么了？"他抬手轻握住她的手掌，看向那伤处。

　　阿南将筷子换到左手吃着，道："阴沟里翻船，被青莲宗主砸的。不然的话也不需要你来救我了。"

朱聿恒看了满不在乎的她一眼，拉开抽屉取出药瓶，将药酒倒在她的伤处，抬手帮她将瘀血揉开。

阿南风卷残云将桌上东西吃了大半，才缓过一口气来，搁下筷子看着朱聿恒。

而他抬眼望着她，低声责备道："说了多少次，不许你再这般冲动了。"

看着他眼中盛满的担忧，阿南没来由地心虚，含糊道："我哪知道他们也会来呢？本来以为只是跟踪方碧眠，去打探阵法而已……"

朱聿恒望着她，似是想问海客与青莲宗们所商议的事情，但最终还是罢了，沉默地替她放下袖子，盖好药瓶。

阿南活动着手腕，问："不想问我昨晚听到了什么吗？"

"想。"朱聿恒坦诚道，"但我说过，不会让你为难。你若不方便说，我便不会问。"

阿南静静望了他片刻，望着他坦荡赤诚的双眼，心道，你可知道，有人正商议杀你的祖父，挑拨你的父叔，分裂这王朝天下——

而这群人，是曾经与她浴血奋战生死与共的朋友。

往日恩，今日义，让她心口春风的伤又火辣辣地痛了起来，仿佛要将她胸口灼烧出一个黑洞。

可她没办法开口。出卖昔日的朋友给如今的朋友这种事，她无法想象也不可能去做。

不敢再看朱聿恒，她逃避般转开头，抬手将半干的头发草草绾了个髻，定了定神，道："重要的是，我带回来的东西……你看到了吗？是否有用？"

"看了，很有用，我可能已经寻出阵法的地点。"朱聿恒洗净手，坐在她对面，将那些陈旧的卷宗翻开。

阿南凑过去与他一起看着那本册子，问："是傅灵焰留下的吧？"

"是。"他将它摊在她的面前，指向其中地图道，"你看，这便是鬼域。"

阿南知道自己找对了，这就是青莲宗主带竺星河与方碧眠看的，关于傅灵焰留下的那个可以灭绝西北防线的阵法所在。

册子上是无数条黑线，互相连通，蔓延勾连，最终汇聚成一个巨大的骷髅头图案，两个标记点在骷髅头正中，正如一对灰败的眼睛。

那标记由陈旧的胭脂绘成，当年必定是鲜红夺目，十分显眼，可如今早已黯淡，与灰黄的书册相差仿佛。

阿南皱眉问："这是……地下通道？"

"对，共有三个入口，正在鬼头的眉心和双耳部位，而这眼睛，似是地下所在，目前我尚不知道是什么意思。"朱聿恒在鬼头上绘出标记，道，"地下的通道与地面的不同，是上下纵横且相互穿插的，因此路线难寻。"

阿南喝着粥，听他详细讲解其中的路线。

玉门关这边的地下道，由生活于此的人们世世代代陆续挖掘而成，千百年来水文环境变迁，穿井的路线也多有变化，不断废弃旧的，又不断挖掘新的。

"根据这张图来看，六十年前傅灵焰借率众北上之际，利用当地人力将地下矿道、水道、天然洞穴连接，设下了这个玉门阵。"朱聿恒指向面前矿场，说道，"眉心，位于魔鬼城处；双耳，一边是矿场入口，一边是王女死亡之处。只是……"

这纸上无数条细线，有直有弯，有长有短，有的似断头路却又在另一边向前延伸，有的一个拐弯后与另外的相接，复杂至极。

阿南此时疲惫至极，也懒得去详细看路径，只指着双耳交汇处的一个黑点，问："这个，你觉得是什么？"

"这里属于鬼面的鼻部，凡人皆仰赖呼吸生存，我看，应该是一个重要的控制点。"

"这样，对地下通道最为熟悉的人，应当是探勘矿脉的老工头们。你去矿场多找几个，先把路线给理出来。"阿南揉了揉自己肿胀的手，道，"我得躺一会儿，真的有点累。"

"好，我先去布置，你好好休息。"

朱聿恒出去安排，而阿南倚在榻上，又忍不住抄起下面的那几封信札看了看。

这是六十年前的信件，纸张黄脆，甚至因为她揣在怀中活动激烈，导致信封都残破了。

她抚平信封上的火焰青莲标记，将它拆开。

果不其然，这是当年傅灵焰所写的信。

　　长河日落，沙陵浴血。红日西沉，一如弹丸。风沙漠漠，割肉如刀。静夜深长，唯念思君。

阿南摊开信，开头便是这没头没尾的几句话。

她有些诧异，把后面的信纸翻出来看了看，确定没有收信人名讳也没有寄信人落款，便又看了下去。

　　　　郎君见字如面，灵焰玉门关外事务已毕，不日将归君身畔。回程之际，
立于沙丘之上纵目望远，眼见千山万壑俱为君容，思君切切，亟待振双翅
而越万里山阙，不必夜夜梦里相见……

阿南略感错愕，又觉得心口一阵微甜——这被收藏在青莲宗要地的，居然是当
年傅灵焰写给她心上人的情信。

看信上语句，显然与对方相爱至深，正在魂牵梦萦之际。

"奇怪……"

朱聿恒回到屋内，听她看着信件自言自语，便走过来问："怎么了？"

"傅灵焰的情书啊，你说怎么会在那里呢？"阿南将信件展示给他看。

他坐到她旁边，低头与她一起看信，说道："两个可能。一是傅灵焰当年因
故没寄出信，放在了这边；二是收信的人便是青莲宗内的人，对方将这封信保存
了下来。"

"对哦，这么说收信的人应该是……"

"青莲宗敌首龙凤帝吧。"朱聿恒淡淡道，"所以她不写抬头称呼也不写落款，
是希望他只是自己的'郎君'，而不是要持礼守规的那个'陛下'。"

阿南赞成地点头，看向下一页。

　　　　昨日破头潘自南而来，已具告我北伐之事。郎君谋略既妥，灵焰自当
鼎力相助。唯我身份于军中颇为不宜，当另寻一名分，以供号令军士之用。

看到这里时，阿南与朱聿恒都是心口微动，两人不觉对望一眼，都看到了彼此
眼中那个呼之欲出的名字。

阿南迫不及待，立即翻看下页，看她后面所写究竟如何。

　　　　思及当日与君相识，入宫之际拆"机关"中的首字为姓，自此拥有第
二身份。不若如今便以第二字为姓，借此为郎君驰骋，定苍茫河海、万里
江山。

阿南盯着"机关"二字看了许久，又缓缓抬头，看向朱聿恒。

朱聿恒亦在此时转头看向她，两人同看信笺，相距极近，此时一同转头，脸颊差点相贴。

默默挪开了些许距离，阿南轻咳一声，然后指了指上面的字迹，道："机、关……"

朱聿恒点头："当年傅灵焰在宫中，身份是姬贵妃。"

"如今她的第二个身份，姓关……突如其来地出现于军中，无人知晓她任何过往。"

"关大先生。"朱聿恒肯定道，"除此之外，又作何人想？"

关大先生，生年不详，籍贯不详，亲朋不详，生平不详……

他就像是一个突然出现在龙凤朝的绝世杀神，率领中路军北上，连下前朝三都，凭着九玄阵法纵横山海，所向披靡。

直到六年后他在军中被杀，就此陨落，尸骨无寻，人生近乎传说。

阿南摩挲着这陈旧的纸张，心下颇有感慨："仔细想来，傅灵焰与关大先生的关系，我们确实早该察觉。"

朱聿恒示意韦杭之进来，道："我让人查找一下档案，看看是否能为我们的猜测提供佐证吧。"

关大先生当年北伐之时，敦煌作为西北重镇，亦是要地之一。虽然时移世易，但他既然于此大放光彩，必然会留下种种痕迹。

在浩如烟海的卷帙中，文书们寻到了一本《北伐实录》呈上。这是当时中路军随军金书所录，详细记录关大先生与破头潘这路北伐的行军进程，关大先生作为中军统领，自然有多处出现。

他们坐在一起，将所有内容翻了一遍，从关大先生忽然被委以重任出征，到最后骤然去世，六年间所有辉煌绽放殆尽，最终消散不见。

一遍翻完，他们商议了一下，将关大先生历年来加官晋爵受赏赐的记录，按照年月日，整理了出来。

"你看这里，"阿南右手不便，因此朱聿恒抬手帮她按住书页，示意她看自己关注的那几行，"关大先生北伐的六年里，每年七月初，都会发生一些事情。"

"七月初？"阿南眼睛扫了下去，"初六吗？"

她记得那幅龙凤帝御笔的画像上写着，七月初六所绘。

不过并不是。第一年是立朝三年七月初九，龙凤帝亲自出城送别三路大军，与关大先生执手依依惜别。

"三路大军北伐，其他二路大概都是按规行事，唯独对待关大先生，似乎不一般呢。"阿南点评着，又翻到第二年的七月。

七月初五，关大先生转战晋宁，皇帝赏赐驰送至军营。

"七月初五，第二天就是七月初六了。"阿南抬眼看向朱聿恒，"拙巧阁内傅灵焰那幅画像……你还记得吗？"

朱聿恒点头："七月初六，应该便是傅灵焰的生辰。"

她满意地冲他一笑，又继续看下去："五年，关大先生攻克辽阳，任辽阳行省平章事。七月初，因前朝官军围攻汴京，他抛下辽阳潜行回军，救护龙凤帝退守安庆。"

"这也使得六年关大先生疯狂反击前朝军队，横扫北漠，攻克大宁，又再取上都。而那年七月初，朝廷的赏赐又千里迢迢送到了上都，和之前一样，无人知晓龙凤帝特意给关大先生送来的，究竟是什么东西。"

至七年六月，前朝军反扑义军，围攻益都，关大先生将其军引于渤海，设阵将其一举击杀。

至此前朝再无人可力挽狂澜，败势已成。那年七月初，龙凤帝亲赴山东，为关大先生庆功。

直至九月，二人分别后，关大先生二渡碧江，连克朔、抚、安三州。谁知就在这势如破竹之时，关大先生却在年底一病不起，他派人知照龙凤帝，并于正月被袭杀于王京，尸骨无存。

"三个月，一个横空出世的战神，就此消失了。"阿南将书册合上，托腮若有所思地望着他，"真是令人措手不及。"

朱聿恒望着面前眉眼氤氲倦怠的阿南，遥想着当年惊才绝艳的"关大先生"，缓缓道："可是，她别无选择。"

"是啊，毕竟三月还能遮掩，四五月就要显怀，在军中要如何遮掩得住呢？"阿南叹了口气，掰着手指道，"而按照时间来推断的话，当时腹中这个孩子，定然就是六十年前被傅灵焰带着辗转寻医的那一个了。"

傅灵焰于军中所怀，并借死遁而生下的孩子，最终却遭"山河社稷图"缠身，成为朱聿恒的前车之鉴。

这个结论，让两个人都陷入沉默。

傅灵焰苦苦追寻孩子的生路，最终带着孩子渡海求生。而六十年后，同样身中怪病的朱聿恒，身上血脉崩溃的时间，却与她在各地设下的机关阵法严丝合缝。

　　她放弃了关大先生与姬贵妃的身份，离开了宫闱，远离了权力纷争，带着孩子奔波于大江南北，遍寻名医，希望能救治自己的孩子。

　　而就在她寻医的途中，龙凤朝表面上进入全盛时期，北漠一蹶不振节节败退，下属诸王迅速光复南方。但辉煌的表象下，是龙凤帝无力节制各路藩王，诸王为扩充地盘而陷入混战，直至各股势力最终合并为三支大势。

　　难以节制诸王的龙凤帝，在利用诸王相争来平衡势力的同时，催促傅灵焰尽快回归。

　　他们翻过龙凤帝写给傅灵焰的信件——其实严格说来，更像是诏书。诏姬贵妃回朝，勿使金册玉宝蒙尘，椒房兰闺空置。

　　傅灵焰确实回去了，还与龙凤帝有了第二个孩子，但孩子尚在腹中，她便只身离开了皇宫，再未回归。

　　乱世纷争终有停息之日，而当本朝太祖于鄱阳湖击溃其余诸王主力之后，龙势已成，再难遏制。

　　龙凤帝被部将迎往应天，等待他的是应天郊外那座由傅灵焰亲自选址构想、居于瀑布之畔、宛若仙阁的行宫。

　　船行至长江入海口之时，龙凤帝曾短暂停靠傅灵焰创建的拙巧阁，在那座四季花开锦绣的东风入律楼阁之下，寻访当初那个身影。

　　然而，那里只留下了他曾为傅灵焰绘制过的画像。

　　傅灵焰早已离开了故土，乘槎归于海上，再不回还。

　　龙凤皇帝只拿到了她写给他的最后只字片语，一封诀别信。

　　阿南将最后一封信拆开，看着上面的第一句，神情疑惑黯然。

　　十年光阴，离合聚散。傅灵焰的笔迹未变，行文口吻也未变，只是当年缱绻温柔的离愁别恨，全都已转成了决绝去意。

　　今番留信，与君永诀。舟楫南渡，浮槎于海。千山沉沉，万壑澹澹。千秋万载，永不复来。

　　当年这段轰轰烈烈的相恋，改变了千万人的命运，也决定了山河与王朝的起落。可最终，只落得她只身离去，与他恩断义绝。

　　龙凤帝最终未能见到傅灵焰精心为他设计的行宫。

　　他的船尚未到达应天，便因风暴而倾覆。众将士为这位不幸的皇帝痛哭一场后，新帝顺理成章登基，励精图治，开创了全新的蓬勃王朝。

"为什么呢……"

一夜困意袭来，阿南靠在榻上睡去时，手中兀自握着那封诀别信。

傅灵焰并未透露什么，可她依旧能从这几行字中看到失望、怨恨与决绝。

阿南迷迷糊糊合上眼，任由那页发黄信笺飘落在自己的心口。她抬手按着这古旧薄透的纸张，想知道龙凤帝究竟做了什么，会让当年那般爱他的傅灵焰消磨掉了所有感情，转身离他而去。

"对她不好吗……"

不可能不好。他年年记得她的生辰，满怀爱意为她绘像，亲手替她制作笛子，简直就像是一对民间的痴恋男女。

是当初有了嫌隙而离开吗？

可龙凤帝有需要，她还是带着孩子回来了，他们的感情并无变化，还多了一个女儿——也就是傅准的母亲。

是相隔太远生疏了吗？

可看诀别信里的感情，绝非是淡了或者变了。

这里面，肯定有什么外人所不知道的缘由，导致傅灵焰如此狠心决裂。

六十年前，她在大江南北设下这些阵法，是为了对抗入侵的外族，收复河山。因此在北伐成功之后，她便关闭了这些杀阵，此后她携子远遁海外，应该是没有回来过。

那么，是谁利用这一甲子循环之期兴风作浪，又是谁，以何种手法，将阿琰的性命牵系在她留下的阵法之中呢？

困倦让阿南在思索中沉沉睡去，可即使进入了梦乡，她依旧无法摆脱杂乱思绪。

在梦里，她眼前纵横来去尽是虚妄的幻影。

她眼前出现了年幼时曾遇到过的，慈祥对她微笑的白发老婆婆，她努力想看清她年轻时的模样，却发现她并不是画像上的样子，而是幻化成了傅准的模样。

她还看见傅灵焰握着自己的手，问："阿南，你会重蹈我的覆辙吗？"

阿南想问是什么覆辙，回头却看见阿琰温柔的容颜。他手中珠玉鲜花灿然鲜明，可比它们更为动人的，是他凝望她时那烁烁目光。

正在心底欣喜间，她脚下忽然一松，眼睁睁看着傅灵焰不断向下跌落。她急忙抬手想抓住她，可千山万水，层峦叠嶂，失重坠落的人忽然变成了她自己。

她心里忽然明白过来，这是从三千阶跌落的自己，再也采撷不到心中的星辰。

痛苦绝望让她骤然醒转，坐起时看见窗外已是午后。身上海棠百蝶缂丝被温暖柔软，显然是睡着后朱聿恒帮她盖上的。

她捂住双眼，梦里的一切还沉沉压在心口，难以释怀。

她怎么会与傅灵焰合二为一呢……真是怪事。

许久，阿南才缓过一口气，穿好衣服推门出去，看见门外轮值的廖素亭。

"南姑娘，你起来啦！提督大人临时有事出去了，你要是找他的话稍微等等，很快应该也就回来了。"

廖素亭性子活泼，与韦杭之的风格完全不一样，阿南与他混得很熟，也不顾忌什么，随手抄起桌上一盘核桃饼，端过来与他一起站在屋檐下吃着。

抬头看看天气，日头已西斜，她问："他什么时候走的？"

"未时。接到飞鸽传书，殿下吩咐了事情便出发了，好像挺急的。"

阿南算算时间，心下思忖着，难道前去探索魔鬼城的人发现了阵法入口？可如果是这样的话，阿琰应该会等她睡醒了再一起过去，不应该一个人匆匆出发啊？

"他带了多少人过去？"

"没几个，就诸葛提督、墨先生、傅阁主他们。"

"唔……"她啃完一个核桃饼又捏起一个，寻思着那就更不像是去破阵的样子了。

飞鸽传书，这么着急，难道说，是那边出事了？

正在思忖着，却见驿馆门房朝他们招手示意。廖素亭起身走到门口，马上又转回来了，对阿南说："阿晏来了。"

"来找殿下吗？他不在呢……"

"他指明了来找你的。"

阿南错愕中，把手中核桃饼都给捏碎了："找我？"

拍去身上的碎饼屑，阿南赶紧跑到门口一看，身穿丧服等在驿站门口的人，可不正是卓晏吗！

看见她出来，卓晏立即迎了上来，望着阿南，双唇张了张，似要说什么，却又不便当着众人的面提起。

阿南见状，示意他与自己一起到里面去。刚跨过门槛，她脑中一闪念，带着他走到了楚元知的住处。

"阿晏，你过来是有什么事吗？卞叔可还好？"带着卓晏与楚元知到屋内坐下，阿南心怀鬼胎地给他们斟茶，搜肠刮肚思索怎么把话题引过去——甚至她还朝楚元知使了个眼色，表示实在不行，骗也要骗得卓晏同意开棺才好。

楚元知自然记得阿南和他商量给卓寿开棺验尸的事情，可看着披麻戴孝神情低落的卓晏，他欲言又止，实在开不了口。

在阿南眼色的怂恿下，楚元知终于轻咳一声，正要开口，谁知卓晏却神思不属地抬眼看阿南，先开了口："阿南，楚先生……我今日过来，是有个不情之请……"

阿南立即拍胸脯道："阿晏你有什么事尽管说，能帮的我们一定尽力！"

"此事……委实有点难以启齿，尤其是我身为人子，我知道……实在是不孝之至……"卓晏艰难地说着，一字字从喉口挤出，嗓音都显得嘶哑，"我、我听义庄的人说你们去验过北漠王女的尸身，所以想请你们，也验一验我爹的尸身。"

楚元知颤抖的手一错，茶碗直接就打翻了。

阿南也是目瞪口呆，一时无言。

"我知道盖棺论定，入土为安，万万不该有这样的想法。可……可我爹即将安葬，近日却还是风言风语，说我爹生前肯定是做了极大的恶事，才导致被天打雷劈而死……我决不能容忍别人这样说我爹！我爹之死，其中蹊跷甚多，是以就算冒天下之大不韪，我也想请朝廷彻查此案，还我爹一个清白！"

"阿晏，你既然这样想，那我们肯定为你尽力，绝不辜负你的期望！"阿南一拍桌子，大声道，"是非曲直，我们一定还你爹一个公道！"

楚元知在旁边嘴角抽了抽，但阿南一个眼神瞟过来，他立即重重点头，大力附和："南姑娘说得对！此事，我们义不容辞！"

阿南以权压人，借了敦煌最资深的两位仵作过来，楚元知熟知雷火，自然也列席在旁。

卞存安作为见证人，在灵堂与他们相见，垂泪拜托，哭得晕厥。

堂上僧侣道士念了九九八十一遍往生咒，符水遍洒，金磬轻击，香烟缭绕中众人开启棺木，将里面卓寿的尸身显露出来。

两个仵作上前，将卓寿的寿衣解开，露出尸身，报告着尸身状态，在卷宗上记录着。

而阿南走到棺木旁看了卓寿遗体一眼，与楚元知交换了一个眼神——

一模一样。

卓寿与北漠王女，一男一女，一个城南一个城北，可是那被焚烧得焦黑的尸身，一般无二。

楚元知精通雷火痕迹，一边听他们验尸，一边检查尸身痕迹。

卓寿遗体显示，火焰自他左肋开始烧起。太过炽烈的火焰迅速洞穿了他的腰腹，使他在生前捂着腹部失去意识后活活烧死，就连死后都维持着这般姿势。

阿南着重看了看左肋的痕迹，可除了些许烧焦的砂石痕迹，并无任何异状。

楚元知抬手在卓寿左肋烧得焦脆之处，捻着那些焦土痕迹："南姑娘，你说怎么卓司仓与……的手上，都沾染了沙土啊？"

阿南知道他口中省略掉的，是指王女。她仔细看着楚元知指尖的沙土痕迹，凑近他低低问："你还记得，殿下之前交给你的那撮沙土吗？"

她指的，就是他们从梁家的柴房工具桌缝隙中，弹出来的一点点灰迹。

楚元知恍然，也压低了声音："对，就是那东西！"

阿南给他使了个眼色，做了个包东西的手势。

楚元知会意，默然点了点头，凑近卓寿的伤口，慎重缓慢地重新审视起来。

"说起来，这么多年了，我验过无数尸首，刀伤枪伤，溺毙焚烧，却还没见过被雷击而死的尸身呢。"年纪较轻的仵作说道。

比较老成的仵作则道："我在永州倒是见过一例雷击昏迷者，那人侥幸未死，只是身上被击出了怪异花纹，就如雷电从他头上生根一般，从脸至胸全是密密麻麻的紫色根须纹样，好不诡异！"

楚元知解释道："雷电之力，击于表面一点，深入内里万千，身上留下的疤痕正是表明了雷电之力的进击之法，一触则瞬间走遍全身，无可挽救。"

另一个仵作问："然而，看卓司仓的死状，似是在雷击之后还保存有意识，以至于手捂雷击之处倒下，而不是一般被雷击者那般直挺挺倒下？"

"对，没有痕迹而被烧死，一般来说，是天雷击中其他东西，焚烧之后引燃了他全身。这样的话，虽然也因雷击而死，但却是间接的，因此而并未直接失去意识。"

阿南若有所思道："可我看过当时现场，卓司仓所在的地方一片荒芜，别说周围有什么易燃物了，就连一棵树一根草都没有，沙漠之中哪来的东西引燃？"

楚元知亦是疑惑不已："而且，卓司仓当时的衣服已经彻底湿透，不是周围的草木，又有什么东西能在他身上烧起来呢……"

虽然尚有谜团，但尸身既已验完，几人见再无所获，便做好记录，准备合棺。

卓晏见寿衣被解开后还没理好，忙示意他们停一下，自己弯腰伸手入棺内，将焦黑遗骸所穿的寿衣细细整理好。

活人右衽，而死者所穿的寿衣则是左衽，毕竟阴阳有别。

卓晏强自控制双手的轻微颤抖，将寿衣的左衽压到右衽之上，悉心压平，再以细带系好。

阿南看着那左衽衣襟，心中忽然一动，一直卡在心口的那件小事浮上心头，让她不由得扬了扬眉。

验尸已毕，在声声超度经文中，一行人抬棺出城，送至城外择好的墓地。

卓寿重罪流放，落叶归根已成奢望，这地方又并无什么亲友，只有街上老人帮忙找了抬棺的"八仙"和吹打班子，廖素亭搀扶着卞存安，卓晏怀抱灵位，送到城外好生安葬。

墓旁已搭了简陋茅屋，封好墓土后，卓晏留下结庐守墓。

阿南走出几步，回头看看坐在墓前的卓晏，有些担忧地问廖素亭："这么冷的天气，阿晏要守多久啊？"

"看情况吧，少则七七四十九天，最长的三年也有。"廖素亭道，"主要是担心新坟下葬，会有不法之徒来掘墓偷盗，毕竟死者怎么都会有套寿衣，拿去当铺也能换几个钱。"

阿南眺望周围荒野："这衣食不周的，阿晏在这儿能撑得住吗？"

卞存安抹泪道："我隔天去送一次东西，陪陪阿晏。"

阿南看卞存安那病恹恹的模样，给卓晏搬送东西估计够呛，便道："这个交给我，我帮阿晏办了。"

同来送葬的诸葛嘉在旁冷冷道："照我说，烧成骨灰算了，不用买坟地不用守，以后殿下要是允他父子落叶归根，带回去也方便。"

而且，反正卓寿那遗体，再烧一把也没什么区别了。

"理是这个理，但你这个人，说话绝情冷性的，总让人听着难受。"阿南横了他一眼，向他伸出手，"给我搞点银子，二三十两就行。"

诸葛嘉脸都绿了："这一路你都向我借多少钱了！"

阿南一副小人得志的模样："又不向你借，我向神机营支取的。要查验殿下给的令牌吗？"

诸葛嘉咬牙切齿："进城再说！谁出门带这么多钱？"

等进城拿了银子，阿南便去街上买了一堆日用的大件小件，外加一条十斤的棉被，然后直奔城内最大的米面店。

把银子往柜台上一丢，她吩咐掌柜的签个契："每五天给我送一袋米面去郊外，搭点时蔬鸡蛋什么的，记得风雨无阻。先送三个月，这些银子算预付，多退少补。"

掌柜的一看白花花的银子，乐得合不拢嘴，忙不迭答应了。

阿南指了个身强力壮的伙计，让他扛起东西跟自己先跑一趟，熟悉一下路径。

沿着荒道往卓寿墓前走，拐过个大土堆子时，忽然有个小孩慌慌张张从后方跑出来，差点和阿南撞个满怀。

眼看他就要摔个屁股蹲，阿南赶紧扶住他，一看这脏兮兮的小孩，破旧裤脚下一双冻得满是血口子的光腿，脸上还带着鞭抽的血痕，正是当日被官兵抽打驱赶，然后被梁垒救了的灾民孩子。

她将他放下，问："荒郊野外的，你跑这么快干吗？"

"前面……有个人快死了！"小孩吓得不轻，指着卓寿的墓说道，"我看他扑通一下就摔倒了，和，和我爹一样！"

阿南心下一惊，赶紧三步并作两步，赶到卓寿墓前一看，空荡荡的，并无任何人在。

她又立即钻到茅庐内看去，才松了一口气。

只见卓晏已经被一个妇人扶到了床上，对方掐着他的人中，正在低声轻唤他："卓少爷？"

听到阿南进来的声音，她回头看来，彼此都是愕然。

"梁舅妈？"阿南见对方竟是唐月娘，不由得诧异，忙打了声招呼。

唐月娘忙道："南姑娘，我路过这里，看到卓少爷倒在墓前，所以扶他进来了。"

阿南过去看了看，还好卓晏只是悲伤过度一时昏厥，应无大碍。

"没事，休息一下吃点东西就好了，还好舅妈热心。"阿南示意伙计把东西放下，见唐月娘伸手探着卓晏额头，便问，"舅妈认识阿晏？"

唐月娘应了一声："之前卓少来过矿场，见过几面。"

阿南烧了点水，唐月娘用勺子舀着水，喂卓晏先喝两口。

卓晏意识不清，嘴唇只下意识地嚅动着，而唐月娘的动作轻柔又妥帖，将他下巴捏开后略倾半口水，耐心地等待他吞咽下去后，再给他喂半口水，不紧不慢。

阿南见她这般细致，也放下了心，在旁边坐下后，一抬眼看见他们的侧面，心口忽然微微一动。

这冬日阳光斜照进窗内，卓晏和唐月娘额头眼鼻的轮廓被同一缕日光照亮，依稀竟有些相似。

　　阿南觉得心里有些古怪。唐月娘喂卓晏喝了半碗水，放下手道："我给卓少煮点粥吧。"

　　可卓晏昏迷中吐着模糊的吃语，手下意识地紧抓着她的衣袖，不肯放开。

　　唐月娘想要掰开他的手，可低头听到他的声音，身体忽然僵住了。

　　他叫的，反反复复是"爹、娘"两个字。

　　唐月娘顿了顿，默然将他的手掖入被子。谁知卓晏不知做了什么噩梦，猛地挣起，唐月娘猝不及防，身体一歪，肩膀撞在后方墙上，失声痛叫了出来。

　　阿南忙伸手去扶她，对卓晏责怪道："阿晏，你看你把舅妈都撞倒了。"

　　卓晏茫然坐起，看着唐月娘，迷迷糊糊不知道发生了什么。

　　唐月娘忙捂住肩部，摆手道："不妨事不妨事……"

　　"还说没事，你看你都流血了。"阿南想查看下她的伤势，唐月娘已抚住肩头起身，强笑解释道，"没事没事，刚撞上床沿了，揉几下就好。"

　　"要不，我给你找个大夫瞧瞧？"

　　"不用不用，我们乡下人，受点伤有什么大不了。"她说着，见卓晏已经无事，便安慰了几句，匆匆离开了。

　　目送她离开，阿南问卓晏："你和梁舅妈认识？"

　　卓晏有些迷惘，想了想才知道她说的是唐月娘："梁婶子吗？我们见过几次面。"

　　阿南若有所思地看着他，他见她有探究之意，便努力又想了想："有几次我去矿场办事没来得及吃饭，她借厨房给我做过两次，她做的羊肉卤子面，味道挺好的。"

　　见他再搜刮不出其他印象，阿南便道："这倒是，我也去她家蹭过饭，至今念念不忘。"

　　叮嘱卓晏好好照顾自己后，阿南带着廖素亭离开，一出门便低声对他道："找两个利索点的兄弟，好好盯着唐月娘。"

　　"怎么，她有问题？"

　　阿南揉着自己右臂的青肿处，道："嗯，我昨日去梁家蹭饭时，她还手脚利索呢。我不信阿晏这个草棚能撞出这么重的伤来。"

　　廖素亭立即道："反正咱们人手足，干脆也叫几个人去矿场，包管她全家插翅难飞！"

阿南与他相视一笑："那最好不过了。"

到了城郊，阿南又想起一事，对廖素亭一招手，打马如飞拐去了北漠的使者们被软禁之处。

她怀揣三大营令信，自然是来去自如，守卫还亲自陪她进内。

她却并不召集人过来问话，只在院中转了一圈，见檐下晒着几件婆子们的衣服，上手摸了摸有件青布褂子已经干了，便取了下来。

旁边正要过来收衣服的几个妇人面面相觑，又不敢上来拿，只能站着看。

阿南拿着衣服，问她们："这衣服是你们的吧？"

有个老妇人点了点头，迟疑道："这……是我的。"

"好像已经晒干了，我帮你叠好吧。"

说着，她便十分熟练地将衣袖拢在衣襟前，门襟朝下折好，背面朝上，叠成整齐方正的一件，然后递给对面的婆子。

却见对面的婆子脸色都变了，慌忙抓过衣服，一句话都不说，先把衣服抖散了，然后将衣襟朝上，衣袖反折，重新叠了一遍，紧抱在怀中，似是怕阿南再抢去了。

阿南打量着那衣服，问："怎么了，是我叠得不好吗？我觉得挺整齐的呀。"

阿婆瞪了她一眼，一脸敢怒不敢言的表情。

阿南却朝她笑了，从怀中掏出块碎银子递给她，道："抱歉啊，大娘，我不太懂你们北漠的规矩。是我这样叠衣服有什么不对吗？"

婆子看着她手中的银子，迟疑着不敢去接，旁边的守卫喝了一声："问你话，你就从实回答！"

婆子吓了一跳，哆哆嗦嗦道："是，我们北漠的人，叠衣服可不能这样叠……这衣襟向下折衣服，是指穿衣的人……已经死了！这是给死人整理遗物呢！"

阿南"啊"了一声，忙将手中的银子塞到她手中，说："对不住对不住，我可真不知道是这样的意思。大娘，这银子您拿去买点红布香烛去去晦气，真是对不住了！"

那婆子虽然感觉自己触了霉头，但掂了掂她给的银子，又觉得不亏，脸色也好看了起来。

阿南看向周围的人，见之前做主答话的妇人正在人群中，便示意她随自己到旁边屋内坐下，问："阿娘，前次验尸时，我看王女身上的首饰大都还在身上？"

妇人神情愁苦，憔悴不堪，显然王女惨死，她又被软禁在异乡，一直寝食难安："那必定是在身上的。只是王女死得凄惨，我们当时也没去点数过她的首饰……怎么，难道王女的东西，在义庄被人偷盗走了？"

阿南没有回答，只将那个金翅鸟颈饰拿出来，展示在她的面前："近日有人捡到了这个东西，我看这金翅鸟的纹样，似属于你们北漠王族。"

"正是！这东西是王女的颈饰啊！"妇人一下子便认了出来，忙道，"王女出事那天，她正戴着这个！"

"确是她的颈饰？"

"是的，我们北漠的项圈，时兴紧套于脖上。这金翅鸟正悬挂在锁骨正中，领口纽结之处。"妇人肯定道，"不信姑娘看一看，左边翅膀上的绿松石纹路，依稀像朵五瓣花。"

阿南仔细查看，果然与她说的一样。

她满意地收好金翅鸟，道："好，放心等待消息吧，相信你们很快便能得到自由，回归北漠了。"

阿南心情不错，一路哼着小曲回驿站。路过果子店时，还下马买了各式糖果点心。

廖素亭帮她拎着大包小包，笑问："南姑娘今日挺开心？"

阿南眉开眼笑道："可不是嘛，我心底几个大疑团，现在已经解了大半，连带着也扯出了后面诸多内幕，现在啊……"

她雀跃地想，真想赶紧和阿琰分享自己的发现呢。

然而回到驿馆，阿琰还没回来。她在屋内无聊地转着圈，感觉心中有无数话要讲，却没法和阿琰凑一起尽情聊个够，快憋坏了。

最终她也只能拎着糖果去厢房，找了正在查验物证的楚元知："今天麻烦楚先生啦，来，给你的谢礼。"

"啊，不用不用！我如今是神机营在编职官，朝廷差遣何须客气。"楚元知口中推辞着，一边早已飞快洗干净了手，摸出几条裹满糖霜的山楂糖尝了尝味道，眼睛眯了起来，"甜蜜微酸，璧儿肯定爱吃，那就多谢南姑娘了。"

阿南看破不说破，只笑着朝他一伸手："给我。"

沉浸在甜食中的楚元知怔了一下，才醒悟过来，立刻从桌上拿出一个纸包递给她。

阿南小心翼翼地打开纸包，见里面果然是卓寿遗体上刮下的一小撮焦砂，便问："这东西，和王女身上的相同吗？"

"应该相同。"

"和殿下给你的那包呢？"

"这个对比过了，确实相同。"

"是什么东西，你知道吗？"阿南将它放远一点，端详着问，"不会和葛稚雅那个即燃蜡烧过后一样，有毒吧？"

"怎么可能，如今是西北寒冬，而即燃蜡要高温才能燃烧，那东西在这边没用。"楚元知示意她尽可凑上去细细观察，"这个是煅烧后的石头，类似石灰。"

阿南有些失望："只是普通石灰？"

"类似。"楚元知往嘴巴里塞着山楂糖，含混道，"感觉比一般的石灰石疏松些，或许是煤块煅烧后再燃烧后剩下的。"

"煤块……卓寿和王女在身上揣煤块干吗？"阿南百思不得其解，最后只能将东西包好还给他，道，"要不，反正时间还早，咱们再去一趟义庄，看看王女的尸身？"

楚元知看看她又看看手中的山楂糖，脸上不由得浮起"两斤糖买我东奔西走"的委屈模样。

"不让你白跑，待会儿我买十斤八斤松子糖谢你！"

"不用不用，璧儿的脸伤能恢复，都得感谢你。再说糖吃多了又牙疼……"楚元知下意识捂了捂腮帮子，苦着脸道，"有个两三斤也够了。"

阿南扑哧一笑："走吧！"

这回过去，义庄的老头已认得他们了，立刻便将他们带去了王女尸体前。

趁着楚元知刮取王女颈部和手上的砂灰，阿南取出金翅鸟，在王女的项圈上比了比。

项圈微有变形，下方的金链连接处也对上了，证明金翅鸟确是从上面扯下来的无疑。

楚元知诧异地问："王女全身上下比这值钱的珠宝多得是，怎么只有这东西丢失了？"

阿南挠着下巴道："是啊，我也是不得其解。"

毕竟，北漠王女与瑙日布走入洼地之后，只有十数息的时间。

因为是冬天，王女内外穿着好几层锦缎，若说她们二人凭这十数息的时间把里外衣服换了个遍，那是绝不可能的事情。

那……瑙日布扯掉这个金翅鸟，又伪装跳井自尽，究竟是为什么呢？

阿南慢慢地打马往回走，一路坐在马上沉吟，却终究想不明白。

前方已到驿馆，楚元知忽然下马，快步走向门口。

阿南抬头一看，原来金璧儿正站在门口张望，神情十分惶急。

"你怎么站在风口？多冷啊。"楚元知将手中的糖递给她，捏了捏她的衣服，看看薄厚。

"唉，顾不上了。"金璧儿惶急地拉着他的衣袖，对阿南道，"南姑娘，让元知陪我去一趟矿上吧，我大舅他家里……出了点事。"

"哦……"阿南心里琢磨着，也确实该出事。

毕竟，昨晚梁鹭就在青莲宗聚会中，而今日唐月娘也有伤在身。

如今他们一家是否知道自己已泄露行踪，又准备如何应对呢？

阿南又忽然想起，昨晚情况太过紧急，她印象有些模糊——她和阿琰对付的那群青莲宗教众中，有没有梁垒呢？

于是下意识的，她便脱口而出："梁垒怎么样，受伤了吗？"

金璧儿含泪错愕地看着她："梁垒？他没事啊，是舅母出事了。"

阿南讪笑着，看看黄昏天色又有些诧异："舅妈？可我下午还看见她呢！"

"就是刚刚来报的消息。"金璧儿眼圈一红，眼泪扑簌簌就掉了下来，"如今他们一家人都下落不明了……"

"一家人？下落不明？"阿南眨眨眼，心道不得了不得了，她刚察觉了唐月娘的可疑之处，对方便做出应对了？

这般迅速冷静的反应，令阿南一时十分佩服——她才仅仅去软禁北漠使者的院落走了走，给楚元知买了点糖，又跑了趟义庄，他们居然就全家遁逃？

"素亭，你快去找辆车。"阿南立即便道，"好歹我也蹭过舅妈几顿饭，她出事了我得去瞧瞧。金姐姐，咱们一起走吧！"

阿南陪金璧儿坐车，楚元知和廖素亭骑马，四人一起赶往矿区。

在车上，金璧儿一边抹泪，一边对阿南讲述了事情的来龙去脉。

"舅母今日出去一趟，不知做错了什么事，一回来便被舅舅打了一顿。矿上人见舅母被打得夺门而出，赶紧过来拉架，谁知一错眼，她人就不见了！"

阿南没想到唐月娘居然遭遇家暴，眨了眨眼追问："可你说，梁家全家都不见了？"

"众人在附近没找到舅母的踪影，后来……在矿道入口找到了一只鞋，被人认出是舅母的！"金璧儿含泪道，"南姑娘，我听矿上的人说，其他地方的女人想不开了会投河，而矿场那边没河没江的，有人想不开就钻地下去，迷在里面，永远也不会出来了！"

毕竟，大部分地下矿脉曲折复杂，而且很可能充斥瘴疠之气，此时矿道内又正在涝塞之时，不熟悉的人进去随时会被坍塌的矿道埋葬，从此再也不会在世间出现。

"这么说……"阿南若有所思道，"为了搜寻唐月娘，梁老伯和梁垒都下去了？"

金璧儿点头："是，如今他们三人全下了地道，至今未见出来。矿上人心下都是不安，因此赶紧过来跟我们说了这事。"

阿南正沉吟着，骡车停下，已经到了矿场。

几人匆匆进入矿场内，见几个男人正站在棚下，口沫横飞道："别说了，必定是那野男人的事儿发了！我看啊，梁辉这个王八是当定了！"

金璧儿迷茫地过去，正想询问一下有没有消息，谁知对方一看见他们，立即便散了，个个似怕被揪住询问。

阿南料想是唐月娘塞银子给男人的事泄露了，正要找人打听，一眼便看见了刘五老婆。

她手里拎着些杂物，正抹着眼泪往外走，想是来这边收拾亡夫遗物。

阿南忙拉住她，慰问了下她丈夫的身后事，又打听是怎么回事。

那妇人本就与梁家有仇，一听她提起梁家，当下咬牙切齿道："姑娘，我上次说什么来着，我男人明明看见唐月娘给外面的野男人塞钱了，可大家都不信，说她看起来像个贤良妇人……现在你看吧，矿上那几个在山东就与他们老相识出来证实了，她和梁辉居然是半路夫妻！你说这能有个真心诚意吗？"

阿南心道，你好像也是二婚啊……不过人家现在跟自己说要紧事呢，她赶紧抓住重点询问："唐月娘还有前夫？可她看来约莫四旬，而儿子梁垒都十七八了，看来她的第一段婚姻该是很短了？"

"可不咋的，怪道之前有人说唐月娘有点顺天周边口音，你想那地儿兵匪那么多，肯定是日子过不下去了呗，才改嫁去了外地！"妇人说着，往四下看了看，神神秘秘地又凑到她耳畔，说道，"听说唐月娘一直没提过之前那家人的事儿，大家就猜测啊，穷人家好不容易娶个老婆，就算丈夫死了也是婆家干活的劳力啊，一个大活人跑了不得亏彩礼？唐月娘指定是自己跑的！可前面那个与唐月娘才是明媒正娶，梁辉倒是后来的，到时那家告个官闹个事什么的，我看他们啊，一家子吃不了兜着走！"

廖素亭听得津津有味，甚至摸出了一把瓜子给阿南，谁知阿南却出了神，非但没注意他的瓜子，反而在沉思中皱紧了眉头。

等刘五的老婆走远，廖素亭抬手在她面前挥了挥："南姑娘？"

阿南一抬手，兴奋得差点将他手中的瓜子给飞撒出去："二婚！前面那家人会来闹事！对啊！我怎么没想到呢？"

廖素亭攥紧瓜子，嘴角抽了抽："南姑娘，你这很有点幸灾乐祸的模样啊……"

"这不叫幸灾乐祸，这叫天助我也！"阿南顾不上与他解释，转头就向矿道大步走去，探头朝内看了又看，脸上的表情，似乎想将他们全家都从里面拖出来。

"南姑娘，你说……咱们可怎么办呢？"金壁儿走到她身后询问，满怀忧虑的声音将她从兴奋中拉了回来。

对哦，梁家是金壁儿的舅家，这事儿处理起来，可能还有些难办……

抬头见天色已入夜，阿南正与楚元知商议是不是先送金壁儿回驿馆，一抬头间，看见一彪人马自沙漠中而来。

灯笼火把亮如白昼，照亮了这群衣甲鲜亮的整肃队伍。

被簇拥于其中的人玄衣紧束，原本神情凝肃，但在看见她时，那眉梢唇角轻轻一扬，流露出难掩的温柔。

阿南只觉心口一阵激动，立即朝着他奔了过去。

一日不见如隔三秋，阿琰，他可知道她憋了多少话要和他分享啊！

第十一章
幽冥九泉

　　矿场所有老工匠被连夜召集，灯火挑得通明，一群老匠人凑在一起，将各自多年来对于矿中地势的记忆拼凑到一起，绘出地下详细地图。

　　地下与地面不同。从上方入口而下，同一个地方可能有无数上下通道层叠，而上面的通道又可能与下面的相连，或者无数条通道纵横交错，或者上面的通道越过下方数条道路，又与其他下方的通道相连……

　　阿南看众人各自比画地下那些错综复杂的道路，一边吵闹争执，感觉脑袋嗡嗡作响。

　　转头悄悄瞥了朱聿恒一眼，却见他神色沉静边听边画，在众人七嘴八舌的描述中迅速理出了一张地图，赫然是从骷髅头的嘴巴与双耳处进入眼睛的路径。

　　"照影鬼域中……"阿南不由得喃喃着，又分外佩服地看着他，"这么复杂的路线，你居然理得出来？"

　　"其实这与你替我做的'初辟鸿蒙'道理相同，都是四面八方屈伸延展的结构，考虑其中勾连交错的力道即可。"他朝她解释，一边毫不影响地倾听众人言语，将通道补充完全。

　　等遣走了老工匠们，剩下他们几人面对地图才发现，组成"鬼域"的道路上，出现了一小块突兀留白，便是"鼻部"到"眼部"的中间一小段。

"毫无疑问，此处便是阵法中心，为防止有人误闯阵法，布置了防护措施。"墨长泽研究着地图，问朱聿恒，"不知入口在何处？"

"一共有三处入口。"朱聿恒首先指向骷髅嘴巴处，"此处便是魔鬼城入口，但那边刚递送了飞鸽书来，派去的几队人马折损了大半。"

阿南不由得诧异，问："魔鬼城不是风蚀的岩层吗，机关如何设置？"

"对方手段十分高明，机关借地势而设，魔鬼城中巨石堆叠险如累卵，大队士兵脚步声引发了地面震动，下方通道顿时崩塌堵塞，巨石牢牢卡住了入口，十天半月怕是难以清理出来。"

"十天半月？可如今已经是月底了……"阿南脱口而出。毕竟，阿琰身上的"山河社稷图"，随时会在下月初发作。

朱聿恒点头，神情凝重地涂掉了骷髅头眉心处："因此，魔鬼城入口一时半会儿是进不去了。"

"那，左右双耳的通道呢？"

朱聿恒指着左耳，道："这是绿洲处的木青莲，两丈许深处寻到了早年打出的空洞，但其间已被人填充了上水石，形成青莲形状。"

其他人不知道上水石用处，但阿南去过实地，一听便知道。

这种石头上水保水效果最好，足可提取绿洲下的水脉，绿洲之中那些蓬勃生长的草木便是生长于其上。而周边的植被没有充足水分，自然生长得没有青莲图案中的那么旺盛。"

"清理上水石，怕是也要许多时间？"

"不止，石头还被数十年来的地下根须紧紧纠缠盘绕，怕是比那边更难清理。"

"也就是说，咱们现在唯一可进入的通道，就是这条……"阿南指向右耳，"地下矿场通道？"

"恐怕，这是唯一一条路了。"朱聿恒说着，取过笔在空白处画上了几条形似三瓣青莲的道路，道，"另外，这是傅阁主提供的手札中拿到的一份小地图，道路如同莲花，我估计，或许是用在这片空白处。"

突如其来被点名，一直坐在角落里轻抚吉祥天的傅准终于抬头看向了她。雀羽映着灯火，连带他的苍白面容也带了些华光："提督大人才智超群，南姑娘冰雪聪明，应当分析无误。"

而阿南不怀好意地朝他一扬嘴角："这阵法情况诡异，这样吧，墨先生坐镇地面，傅阁主和我一起下去，另外咱们再找几个老矿工做帮手，先下去探一探。"

此言一出，朱聿恒顿时睫毛微微一跳，目光转向了她。

而傅准脸都青了，捂着自己的胸口娇弱咳嗽："南姑娘，你说真的？在下本就心肺脆弱，万一折损在那种暗无天日、闷不透风的地方，拙巧阁的弟兄们可怎么办？"

"放心吧，好人才不长命，你这种人怕什么！"

见她心硬如铁，傅准幽怨地托起肩上的吉祥天，想要交给身旁的薛澄光，略一思索又转而递给了他身旁的薛滢光，说道："女孩子总细心些，滢堂主，替我打理好吉祥天。"

薛滢光应了一声，挽过孔雀搭在臂上，柔声道："地下气流污浊，阁主身子骨不佳，请务必小心。"

傅准摇头叹息，回头看向阿南，一脸"你都不疼我"的委屈模样。

阿南记得薛滢光是薛澄光的双胞胎妹妹，他们同任拙巧阁坎水堂主，擅长的并不是地下功夫，心下有个诧异一转，傅准怎么带他们来大漠了？

"为何要擅作主张，由你带傅准下地道？"

一群人各自去准备，朱聿恒叫住阿南，沉声问她。

阿南不答反问："不然，你准备怎么安排？"

"你有伤在身，理应好好静养。"朱聿恒握住她的右臂查看，见昨日的药有奇效，上面瘀肿已散了不少，才略略放下心来，道，"此次破阵，让傅准担主，墨先生为副。傅准与青莲宗渊源颇深，这阵法他应能手到擒来，而墨先生敦厚可靠，若傅准有异心，他可从旁掣肘，以作制约。"

"道理是这个道理，但傅准在玉门关调查那么多日，为什么非但毫无进展，好不容易找到个地下水道，还差点让我葬身其中？"阿南抱臂冷笑道，"他下阵后将其他人引入岔道甚至死路都有可能，墨先生这种老实人，哪是他的对手？"

朱聿恒知道她分析得没错，道："好，那我亲自带队下去。"

"以你的能力，钳制住傅准自然可以，但，怎么从他身上挖出自己想要的东西来？如今九玄门传承基本就在他身上，对这个青莲阵法，他必定知道得比我们通透，只是不肯吐露！若是任由他将时间拖过去，很快就要到月初，'山河社稷图'随时发作，到时青莲阵法摧毁西北，我们这一趟岂不是又白来一趟？"

说到这，阿南抬眼朝他一笑："阿琰，这世上最了解他、有信心能跟他斗一斗的人，你觉得是谁？"

朱聿恒抿唇望着她的笑靥片刻，沉声反对："可，你这是与虎同行，实在太冒险了。"

"形势如此，不入虎穴焉得虎子？"阿南毫不犹豫道，"你可是重任在肩的皇太孙，不许意气用事。听我的，我负责地下阵法，你掌握上面的局势。如今正是紧要关头，你……一切当谨慎为上。"

她没有明说，但朱聿恒已心下洞明。青莲宗要借圣上西巡生事，既然竺星河与他们有牵扯，怕是海客们也介入了其中，所以阿南难以启齿。

但，在如此艰难的抉择下，她依旧还是暗示了他。

"好，我知道了。"他点一点头，心下生起淡淡暖意，"阿南，多谢你提醒我。"

见他应了，阿南也不多说，抬手按住那张地图，道："此次下阵，摆在我面前有三大难题。一是一团乱麻的地下矿道，二是如何从傅准身上挖出秘密，三是，若三个出口都有人把守，那么梁家三人很可能潜伏在里面！"

"梁家？"

"对，你还记得梁骘因为金璧儿帮忙收衣服而暴跳失态吗？"

她曾对他提过的事情，他自然牢记："你发现原委了？"

"我始终有些介意，梁骘在青莲宗总坛当时拿出来安定海客的东西是什么……直到今天我看到阿晏整理他父亲的寿衣，才忽然想到，地方不同，衣饰上也各有各的习俗，梁骘那边的习俗，很可能在叠衣服上有禁忌。"

朱聿恒赞成她的看法："梁家号称她被送给唱花鼓戏的夫妻，但江南没有这种习气。"

"于是我就想，梁家说她被送给花鼓夫妻，若证明是假的，进而会不会她这个女儿都是假的，根本不是梁垒的双生姐姐？那么她从哪儿来，又为什么会与这家人凑到一起呢……"

"北漠。"朱聿恒神情微敛，思忖道。

"对。所以我跑去了北漠使者队的下榻处试探。果不其然，她们在叠袍子时，前襟必定要向上放置的。如果前襟向下收衣服的话，那便表示是去世之人的遗物！"

朱聿恒手指在桌面轻弹着，思忖道："一个北漠的女子，冒充青莲宗教徒的女儿，混入了为迎接圣驾而准备的队伍中……看来，他们所谋甚大。"

"然后我也确定了，梁骘当时拿出来安定人心的东西，想必是，她北漠身份的证明——而且应该是个举足轻重的身份。"

"难道说……"两人相望一眼，有个猜测已呼之欲出。

片刻沉默后，阿南收紧十指，做了个擒拿的手势："我们是不是应该，立刻去抓捕梁鹭？"

朱聿恒抬手要唤人进来，但略一思忖，却又停下了，说："不急。"

阿南错愕地睁大眼看他。

他沉吟抬手，点着那幅骷髅地图，道："原本，这是敌暗我明的形势，但如今线索渐明，局势已逆转为敌明我暗。对我们来说，暂时维持这样的情况，比突然打破好。"

阿南不敢置信："好不容易发现对方的马脚了，你却打算按兵不动？"

而朱聿恒却压低声音，轻声道："圣上此次西巡，微服绕了一点路，如今已过祁连山了。"

阿南大吃一惊："真的来了？这么快？"

"圣上率队行军历来讲究兵贵神速，几次北伐皆是如此。筹措粮草或许要两三年时间，但攻伐凯旋不过两三月，他是一国之君，怎么可能在外与异族一直缠斗？"

"祁连山到这边，再扣除鸽子的行程，这么说过不了几天就到了。马允知心心念念的马屁，这下终于可以拍上了。"阿南口中说着，心下却隐隐浮过不安。

皇帝真的来了，看来，公子与青莲宗的计划，也要开始实施了。

如今北漠、青莲宗、海客确定联手，下一步便是刺杀皇帝、逆乱西北的谋划了。

她心乱如麻。公子会从中动何手脚？青莲宗说能借傅灵焰当年的阵法设下的刺杀计划，又会是何手段？

而朱聿恒却毫不知晓她内心的波涛，只道："如今背后的逆乱势力终于露出了马脚，若我们如今速战速决将梁鹭给擒了，稍不小心，这条线岂不就断了，无法将他们一举成擒？"

阿南听着他疯狂的打算，简直想抬手摸摸他的额头，看他是不是发烧了："所以……你居然打算让圣上以身涉险？"

"我会做好万全之策的。"朱聿恒低低道，"昨晚回来后，我立即命人去盯紧青莲宗总坛，但那边早已化为焦土，青莲宗众作鸟兽散于灾民百姓中，怕是难以彻底清剿。如今梁鹭是唯一的突破口，我们正好可以暗地里掌控动静。再者说，圣上不日便将驾临，若此时便将梁鹭抓起来，一切必将重新回到不可控的局势，对我们来说，并无好处。"

阿南心说，阿琰你可真是个狠人啊，为了掌控局面，连你的祖父、当今圣上的安危都愿意拿来当赌注？

"你做这个决定，被圣上知道了，后果会怎么样，你考虑过吗？"

朱聿恒只朝她微微一笑，道："你放心。"

阿南却难以放心，道："你可知道，梁家人现在已经下矿道了！"

朱聿恒听她把来龙去脉一说，反而更显泰然："那我们就更不能现在就抓捕梁鹭了。"

阿南抱臂睨着他："说来听听？"

"梁家三人知道秘密可能泄露了，必须要尽快脱离，那么，为什么还要在有限的时间内演一出家暴戏，而不是直接逃离呢？"

"因为，他们还想赌一把，赌我们来不及在圣上驾临的这一两天内查出真相，这样他们的计划还能继续实施，不必毁于一旦！"阿南一点就透，抚着下巴若有所思，"所以，他们反借矿场那个唐月娘有奸情的流言，顺理成章制造了一起家暴，从而不动声色地遁逃？"

"此外，这地道可能也是他们计划的一部分，或许他们知道我们要破阵就必定得下地道，因此可能要借此机会，在里面兴风作浪。"朱聿恒望着她，道，"阿南，你这次……真的太冒险了。"

"说我冒险，你自己还不是连圣上都敢拿来赌一把？"阿南朝他一笑，"行了。你和墨先生上次不是配合得挺好吗？只要你们在上方及时关注动静，我不会有事的！"

地下通道狭窄，考虑到魔鬼城的教训，此次下地一共安排了六人，分为三派：一是朝廷的人，阿南为首，廖素亭为副；二是拙巧阁主傅准及坤土堂主康晋鹏；此外便是最熟悉矿场的两个老工匠。

配备好地下必需品，火折子、水壶、匕首、避毒丸……绑腿窄袖束腰短打，阿南连头发都尽量紧束，免得在狭窄的地方妨碍到自己的行动。

"阿琰，我去去就来！"阿南轻松无比，朝他挥了挥手，转身便跃进了矿洞之中。

朱聿恒在洞口凝望着她，而她快步向前，身影很快融进了黑暗，他手中火把便再也照不见她了。

后方的人相继跟上，鱼贯而入，随她走进幽深地下。

一锄一锹挖出来的矿道泥泞不堪，宽窄不一地向内延伸。有矿的地方被开采之后，会余下较大的空洞，但没有矿物可采的地方，甚至无法直立行走，所有人都以狼狈的弯腰姿势往前行进。

地下闷热无比，他们都穿着轻薄透气的短衣。交错处有几个矿工往外走，个个都打赤膊，恨不得连裤子都剥了。

阿南问他们："请问，找到梁家人了吗？"

矿中惧阴气，一般不让女子进出，那人先是呸呸两声去晦气，才瓮声瓮气道："他婆娘掉下岩洞，他和儿子下去救，结果一家都没声息了，我们正要出去求援呢。"

阿南立即道："你领我们过去瞧瞧。"

前方岔道口积水严重，他们蹚着及膝的水往前，曲曲折折进了许久，到了一个用竹排与杉木支撑住的坑道口，下方便是一个天然岩洞。

"就在这里了，下面挺深的，我们下去看了看，没找到人。"

阿南取出地图与两位老矿工商量对照，确定这是他们前行途中必经之地，想着梁家三人或许在岩洞中设好了埋伏，便商议道："我看傅阁主身子孱弱，康堂主，你先带他慢慢缓降下去。"

康晋鹏是个实心眼，倒没觉得不对，应了一声便在二人身上系好绳索。

傅准翻了阿南一个"虎落平阳被犬欺"的白眼，只能忍辱去探路。

等他们快落地了，阿南才利落地系绳，与矿工们商量好缓降的节奏，对其他人一点头："走！"

上头的人拉住绳索，他们以双脚为支撑，缓慢地沿着下方石壁缓缓垂降，让松明子照亮周身情况。

这是一条天然形成的地底裂缝，火光下铜矿金光耀眼，伴生的云母光泽莹润，团团氤氲的金玉幻彩将他们周身簇拥包围。

下了约有十来丈，他们的脚陆续落了地。下方乱石嶙峋，耳听得叮咚声响，似有泉水流泻。

阿南举高手中松明子，看见他们身处狭长的地缝中，周围石壁湿滑，下方隐约有水流。

这次跟随下来的两个老匠人，略一探讨便得出了一致结论，敦煌附近的河道唯有龙勒水，这水应该便是来自其地下渗流。

"南姑娘，这条缝隙，怕是几十年前我们师父所说的鬼道啊！"

阿南搜寻着梁家人的踪迹，随口问："什么鬼道？"

老大们眼神变得畏惧，声音也压得很低，像是怕惊动了地下深埋的什么东西："几十年前，这里突然黄泉倒灌，冲走了数十个矿工。等水退去之后，有几个矿工便下到这里，想将尸身寻回来，谁知只要进去的，就全都没回来了……"

廖素亭一听，顿时大惊："几十年都没人进入了？那里面岂不是很臭？幸好我带了通犀香，来，南姑娘，傅阁主，咱们点上熏一熏……"

眼看这四人毫不在意危险，径自点起了避邪驱毒的香丸，两个老矿工嘴角抽搐，感觉这趟下来怕不是什么好差事。

地下潮湿，香丸捏得很实，半天才燃起来。

阿南将它塞进火折子悬在身上，而康晋鹏粗手粗脚的，香丸骨碌碌滚到了地下，捡起来一看已经打湿了，只能厚着脸皮又向廖素亭讨了一丸："谢了兄弟，下次我帮你炼几颗喷火石[1]，在香里面嵌一小粒，遇火即着，特别好用。"

廖素亭笑道："那也架不住掉水里了啊。"

"怕什么，那东西一着了火，遇水只会越烧越旺，绝对灭不了的！"

说者无心，听者有意，阿南眉毛一扬，拉住他问："康堂主，什么喷火石这么厉害啊？"

傅准在旁边似笑非笑地瞧她一眼，问："南姑娘对这个，感兴趣？"

"只要是我没见过的，都感兴趣。"阿南恭维康晋鹏道，"康堂主不愧是拙巧阁坤土堂主，对于这些矿产土石，果然见识广博，我都不知道这东西！"

"南姑娘可折杀我了，术业有专攻，我家祖祖辈辈都是干这个的，所以知道多些。"康晋鹏挠头笑道，"其实也不难，只要将煤块封在窑中干馏，制成焦炭，再与石灰同炉煅烧，如果炉温够高，运气够好，便能得到一种遇水即燃的石头。如今我手头没有，等以后有机会制几块给你们瞧瞧。"

"煤块石灰，遇水不灭……"阿南眼睛亮得比往日更为灼人。

傅准望着她那模样，忍不住捂胸轻咳："南姑娘，你真是江山易改本性难移，还和当年一模一样啊。"

"少废话。"阿南对他可温柔不起来，转头引领队伍，沿着石洞往深处行进。

一路行去，岔道盘绕，通犀香缓慢燃着。

通犀香以各种矿物碎屑混合在香粉中，点燃后若遇到不洁气体，则烟焰气味会发生变化，从而分辨遭遇到何种瘴疠毒气，以作示警。

但如今它只散着舒缓的香气，并无任何异样。

偶尔洞壁之间会有几具森森白骨，应该便是当年被冲进来的矿工们，黑暗中看着骨殖磷火跳动，一股幽冥迢遥之感，更显压抑沉重。

1　喷火石：指电石，即碳酸钙。

走了约莫有十来里路，廖素亭先忍不住了，喊着"又饿又累"打破一路的死寂，从怀中取出肉干，掰了几块与他们分食，竟似要把这险境搞成踏青。

几个人边走边吃，阿南撕了一条嚼着，对廖素亭赞赏道："这味道不错呀，哪儿弄的？"

"我猎的鹿，自己下厨做的，闲着没事我爱弄点东西磨磨牙。"廖素亭见她喜欢吃，兴致勃勃道，"好吃吧？神机营没有人不爱这口的，我靠着这东西，差点把诸葛提督那只鹰都勾引过来了。可惜啊，就差一点点……那鹰对他真是忠心耿耿。"

阿南想起朱聿恒曾说过诸葛嘉救护那只鹰的事情，颇感兴趣，问："那鹰现在呢？"

"北伐时为了保护诸葛提督死在混战中了。我们都劝诸葛提督再驯一只，毕竟阿戾那凶悍护主的模样，谁见了不赞叹？全靠了它，诸葛提督每次打猎总是遥遥领先，毕竟谁的鹰犬都拼抢不过阿戾。"

阿南想起她和阿琰在海岛上养的那只虎头海雕，感叹道："驯一只鹰哪有那么容易啊，不止人心复杂，万物皆有灵。"

却听旁边有人笑了一声，慢悠悠道："也没这么复杂。别说驯鹰了，只要方法得当，驯一个人也不难。"

阿南回头一看，火把颤动的光线照亮了傅准霜雪般皎洁的面容，配上一副似笑非笑的神情，让阿南只觉一股寒意从后背升腾而起。

而他凝视着她，拖长声音问："南姑娘觉得我说得对不对？"

阿南嗤之以鼻，一边嚼着鹿肉干，一边转过头去，懒得理他。

地下大裂缝曲曲折折延伸向前，不知前路究竟多远。

直走到脚下逐渐干燥，泥浆渐变为沙土，他们脱离了潮湿阴森的地缝，进入了干燥的黄土地道。

见地势有变，阿南边走边摸出地图，在幽微火光下看了看，估计前行的方向约莫是西北，如今已经行了有十数里了。

康晋鹏忽然停下脚步，低低地"嘘"了一声，问："听到什么了吗？"

众人屏息静气，倾听洞中声音。细微风声自他们身边呼啸而过，隐约带着几缕诡异呻吟声响。

毛骨悚然间，阿南细听那尖锐声音，道："别担心，这声音听来不似人声，更像是风吹过什么狭窄缝隙产生的，我估计前方该有变化了。"

正说着，她拐了一个弯，手中的火把忽然明灭不定，光焰陡暗。

阿南立即抬手护住火光，警惕地观察周围。

这是一个十丈方圆的土洞，干燥板结的黄土洞壁上，赫然呈现着一个个黑暗的洞窟，就如只只诡异的眼睛在盯着他们，令众人尽觉后背发麻，极不舒服。

孔窍共有十二个，四面八方高低上下凿在洞壁上，个个可容一人低头通行，并无排布规律。

众人对照地图研究，肯定了这个洞室应该便是骷髅地图的"鼻部"。

也就是说，这十二个洞窟，应该便是地图上的空白处，通往"双眼"照影阵。只是此处情形诡异，洞口又毫无标记提示，他们哪里能迅速寻出正确路径？

阿南不觉有些遗憾，要是阿琰在这儿就好了，他肯定能准确推断出身处方位，说不定还能根据鼻部与眼部的连通地势，寻找到正确路径呢。

可惜他总是有要事在身，哪能一直与自己相伴而行呢？

阿南叹了口气，待要拂去这无谓的念头时，心口忽然一跳——

独行天下无所畏惧的司南，从什么时候开始，想要依赖别人的力量了？

在海上纵横之时，刀山血海惊涛骇浪中，她独自闯荡毫不迟疑，未曾妄想过任何助力。

即使那般倾慕公子，也从不奢望他会在风浪之中披荆斩棘而来，救她于危急之中。

无论身处何种境地，她的一生早已习惯了独来独往，一力扛起所有责任，做一柄一往无前的利刃。

可如今，利刃居然幻想着有另一柄与自己同样锋利的剑刃，如日月相随般，与自己同进同退，彼此分担？

她皱起眉，拂去自己不该有的依赖情绪，警惕地向洞窟尽头那些黝黑的洞口靠近，驻足于洞窟之前的一根小柱子上。

这是一根雕镂着莲花纹的石柱，上方平托着一片其薄如纸的铜片，约莫有尺许见方，年深日久，上面落了厚厚一层灰尘。

廖素亭少年性急，抬手便将灰尘擦掉："这铜片上面，难道有地图线索？"

众人心中都与他一般想法，忙一起凑到铜片之前看去。

洞内干燥，这铜片光滑平整，并未出现锈迹，那铜片几乎可以照出面容，上面别说刻字，连划痕都不见一条。

廖素亭抬手在它上面敲击了一番，依旧是毫无所获。

这确实只是一片最普通不过的黄铜片，只是里面不知掺杂了什么，数十年来未曾有半分锈迹。

他矮身观察下方石柱，看到了上面刻的一行字，忙道："大家快看，这里有字。"

阿南俯身一看，赫然刻的是一句古诗——羌笛何须怨杨柳。

她脑海中立即浮现出渤海水城的入口处，刻在石壁上的那一句"西出阳关无故人"。

渤海水下时，是绮霞用一曲《阳关三叠》抵冲了声浪，打开了通道。难道说，这边也需要一曲《折杨柳》？

可，就算他们找到了演奏的人，又是何种用法呢？

她转头看向落在最后的傅准，问："傅阁主，你有什么看法？"

"不好说……我的身体，不适合久待地下。"傅准抬手抚胸平缓喘息，虚弱道，"我现在耳中嗡嗡一片，根本无法思考。"

阿南翻他一个白眼，随便选了个洞穴："我先进去探查一下。"

洞窟并不是笔直的，走了十来步，一拐弯便见后方洞壁与下方一般，在洞窟上打出了无数条通道，不知通往何处。

阿南眉头一皱，退出后想了想，手臂搭在斜上层洞窟借力，随便又选了个上方洞穴进入。

与之前的洞窟一般，每个洞窟都分出无数分支，也不知这地下究竟蔓延出多少地道，就如一棵看不见的巨树深深扎入地底，根须一而十，十而百，不计其数。

"南姑娘，你小心点。"下方廖素亭站起身，紧张道，"我总觉得这洞内怪怪的，你要是迷失了就不好了。"

"怕什么，无论何种地洞迷道，只要一直贴着左边走，遇到死路就依旧靠左折返，总能寻到出口的。"阿南道，"怕只怕洞内有机关陷阱。"

"这……"廖素亭正觉心惊，脚下的洞窟猛然一震，众人的身体都歪了一下。

站在上方洞口的阿南更是站立不稳，差点摔了下去。

她一把扶住洞口，却见身后洞中烟尘滚滚，正向前迅速涌来。

"护住两位老大！"阿南对着廖素亭急吼，一侧身直扑向下。

下面傅准来不及闪避，不偏不倚当了她的肉垫，胸口被撞个正着。

廖素亭与康晋鹏一人一个，拉起两位老匠头向后疾奔。他们刚拐过弯，后方的烟尘已从洞窟中冲出，所有的火把被席卷的尘土扑灭，洞内彻底沉入了黑暗之中。

被阿南压倒在地的傅准惨烈地闷哼着，而阿南才不管他，将脸紧埋在手肘中，捂住口鼻，等待面前弥漫的尘烟呼啸而过。

尘灰尚未散去，黑暗中阿南只觉得风声骤起，直扑向他们。

阿南右臂有伤，臂环早已移到左臂，流光朝着风声处一旋即收，只听得"唔"的一声闷哼，几滴温热的血被带回，落在了她的手背上。

阿南岂是善与之辈，对方既已受伤，她一个飞扑立即循声冲了上去，黑暗中下手极狠，流光上下飞旋，当即封住了洞穴上下。

只听得嗤嗤声不绝，来人定是在她手上受伤不轻，只可惜面前无法视物，不知道是否中了对方要害。

眼看对方节节后退，她就要将对方逼到最后一步之际，忽听得铮的一声，她的流光竟被卡住了，再也拉不动分毫。

她当机立断，撤掉流光，臂环中精钢丝网激射而出，笼罩住对面，与此同时右手二指一转，点亮了手中火折子。

她的火折子由精铜折射火光，光芒强烈，瞬间照亮了洞中。

只见一条黑影一闪即逝，跃入了她之前所站的洞口，钻入了洞窟之中。

对方身法极为利落，虽只一瞥之下，阿南依旧可以肯定，那定是梁垒。

而她的流光与精钢丝网，都缠在了那张铜片与石柱上。

阿南将丝网收回，重新装置好流光，回头查看后方情形。

烟尘与巨响掠过，簌簌土灰扑过之后，洞内死一般地寂静。廖素亭与康晋鹏已护着老匠头退出去了，洞室只剩下刚刚被她当肉垫撑过的傅准。

阿南走过去踢踢傅准，问："死了没？"

"没，"傅准勉强从紧咬的牙关中挤出几个字，"多谢你……还给我留了半条命。"

阿南甩甩隐隐作痛的右臂，确定没有加重伤势后，捡起火把点亮，抬头看向梁垒逃窜的那个洞穴，恨恨一咬牙："肯定躲在那个洞里，我进去看看！"

"南姑娘，这洞中危机重重，我又被你砸成重伤，天大的本事也无力施展……"傅准扶着洞壁勉强站起，拉着她的衣袖虚弱地说道，"你可千万别丢下我一个人。"

堂堂拙巧阁主讲这种话，阿南不由得嘴角微抽："怕什么，你出洞拐个弯找康堂主不就行了？"

"可我没听到他们的声音，难道已经走远了？"傅准说着，摸了摸身上，面露错愕之色，急忙低头在地上寻找，"我的玄霜不见了。"

"丢了吗？"阿南将火把随意照了照地上，凌乱积土薄薄的，却十分平整，哪有瓶子的踪迹。

傅准捂着胸口重重咳了一通，那一贯苍白的面容潮红一片，喘息急促："进入地下太久，我得补玄霜了，不然……"

"是药三分毒，少吃点也好。"阿南冷冷丢下一句，跃到上方梁垒逃窜的洞口，照了照内部。

里面安安静静的，印着一串脚印，看起来只是个空荡幽深的普通黄土洞穴。

傅准回头看向拐弯处，竟没有出去，反而艰难地爬上来，跟上了她。

阿南也没理他，顺着脚印沿着曲折洞穴前行，很快便寻到了机关爆发之处。

陈旧机关喷射的浮土没能蔓延到旁边的岔洞，脚印在此消失了。火光照耀下，他们看到一朵径围三尺大小的莲花镶嵌在洞壁上，颜色乌青沉沉，不知是何金属打制。

莲花有三层十八片花瓣，中心是一簇铜质镏金的花心，光芒尖锐，微微颤动，似是随时会发射的模样。

她立即停下了脚步，以免触发机关，引发花蕊齐射。

"傅阁主，不如你来看看，这机关如何解除？"

傅准精力不济地扶着胸，抬指在莲花中心轻叩，倾听里面传来的勾连振动声，查看被带动的青莲瓣片。

万世眼之下百器千具无所遁形，虽然他依旧有气无力，但眉眼中精光微闪，立即便锁定了机关中心："三层莲瓣，从内至外分别为三六九之数，这是天地人三等均分之术。"

阿南臂环中弹出小刀，略加敲击后迅速锁定了机栝承力处，臂环中弹出钩子，在最外围的一、四、七花瓣处用力一挑，只听得"轧轧"声轻微响起，原本贴在壁上盛绽的莲花缓缓合拢，钢铁花瓣将中心所有的铁针遮掩闭拢，看起来稳妥安心多了。

解决得太过简单，又隐约听到不知何处响起的机栝声，阿南心里反倒生起不祥的预感。

她回头看向傅准，却见他还是那副死样子，料想他绝对不会告诉自己机栝牵动了何处，便立即收手，道："走吧！"

傅准跟着她往外走："南姑娘这是要去哪儿？"

"先和廖素亭、康堂主会合吧，这洞里危险，大家在一起总比较安全。"阿南加快脚步道。

"南姑娘，别走这么快……看在你把我当肉垫的分上，拉我一把吧？"傅准气息奄奄地追上她，有气无力地抚着左胸，"这里，胸口剧痛，心都快被你弄碎了。"

阿南狠狠翻他一个白眼，强忍住与他内讧的冲动，跃下洞口。见廖素亭他们这么久了还没回来，她心下感觉不对，立即往通道来处走去。

出了洞室，拐到外面地道，前方曲折洞窟中并无四人的身影。

阿南脸色剧变，立即加快了脚步。

周围是粗糙狭窄的洞壁，当时青莲宗于此势力并不太大，仓促下无法调动太多人手，因此只以地下裂缝粗粗加工凿成。

路越走越窄，阿南的神情也越来越不对，走了约有两三里，她停下了脚步："这不是来时路。"

勉强跟着她的傅准应了一声："可我们这一路……没有别的岔道吧？"

正说话间，前方突然出现了一个洞口，阿南立即快步走到洞口，向外看了看，神情顿时剧变。

傅准越过她的肩头看了看外面情形，低低地叹了一声。

他们所站的地方，比下方要高上些许，正是一个土壁上开出的洞口。而他们斜下方的主洞中，端端正正地摆着一张铜片，上面积满了灰尘。

阿南从洞口跃出，落在铜片之前，抬头一看上方，十二个洞口开在洞壁之上，死寂一如当初。

傅准爬下来，阴阳怪气："南姑娘料得真准，这洞内很古怪啊。"

阿南抿唇抬手，一把拂开面前铜片上的灰尘，下方依旧是光洁无一物的亮铜。

铜片下方石柱上，"羌笛何须怨杨柳"的字样依旧存在。

她将自己的掌印狠狠按在上面，留下清晰的纹路："走，再来一次。"

傅准拉住她的衣袖，艰难道："南姑娘，扶我一把……"

阿南想一把甩开他，可侧头看见他气息急促嘴唇青紫的模样，不由得问："你怎么了？"

"玄霜……我真的该服用玄霜了……"他恍惚道，"我眼前全是重影，踏不出脚步……"

见他确是神志不清的模样，阿南只能默然咬牙，将他拉住。

这一路两人都很沉默，阿南走得很快，傅准走得磕磕绊绊，偶尔他虚弱地说一声："南姑娘，等等我。"阿南会放缓一下脚步，但始终未曾看他，只一直盯着前方的路。

死寂的地下洞穴中，随着他们的脚步声，壁上会偶尔落下些微黄土。手中的松明子已经光芒黯淡，洞壁之上绝无任何岔道洞口。

前方洞壁渐渐收窄，那熟悉的感觉让阿南心下油然生起不祥的预感。

她急步走向前，在洞口处火把向下一照，眼前又出现了熟悉的洞穴，铜片静静托着被拂开过的尘土。

阿南再度跃下通道，低头看向那张铜片。上面被她拂开的地方，清晰地留着她的掌纹。

这世上笔迹、涂画什么都可以仿冒，但掌纹，每个人都不一样，是绝不可能仿印的。

傅准精疲力竭，手脚并用爬下来，虚浮地问她："南姑娘，你准备怎么办？"

"你看起来快死了。"阿南举起松明子，看着他发青的脸色，说，"你在这儿等着吧，我再去探一次路，看看这究竟是个循环，还是有人造了一模一样的洞室。"

"南姑娘，你别抛下我……"傅准意识模糊，精神似有些错乱，抬手想要抓住她。

阿南避开他的手，毫不留情道："若这真的是个循环，那么廖素亭他们也一定在其中兜圈。你留下来等着。他们要是回来了，你负责接应。"

傅准艰难喘息着，知道她不会带上自己了，只能靠在洞壁上，目光无神地望着她远去。

阿南深呼吸了两次，再次向着前方地道走去。

松明子快燃烧完了，将火光剥得只剩指甲盖大的一豆持续燃着。照着孤身一人，洞壁显得更为逼仄可怖。

她取出臂环中的小刀，在地道中贴着墙壁慢慢走，以免自己在昏暗中错过了难以察觉的岔道。

刀尖轻划洞壁，些微黄土簌簌落下。

狭窄黑暗的地道，随时可能熄灭的火光，静得连刀尖的声音都在隐约回响。

耳内满是突突跳动的声响，就像落入大海最深处一般——周身太过安静了，以至于耳朵放大了身体内血脉的流动声音，响在她耳畔。

在这压得人喘不过气的昏暗中，她的刀尖忽然轻微地一顿，被洞壁卡了一下。

阿南的手下意识地轻抬，刀尖便脱出了那一处障碍，又随着她继续往前。

阿南的脚步顿了一顿，退回两三步，将刀子贴在壁上，轻微推向前。

在相同的地方，刀尖再次卡住。

阿南俯下头，将火把略微拨亮些，查看洞壁的异常。

一条在昏暗中极难察觉的缝隙，隐藏在洞壁之上，向着上下延伸。

阿南定了定神，抬手将刀子插入那条缝隙中，往上下划动。

那条缝隙贯穿了整个洞窟，笔直一如墨斗所弹，将地道整齐地划分为两部分。只是因为洞窟内部本就凹凸不平，又布满尘土，所以极难察觉此处有条接缝。

阿南心底油然生起谜团破解的亮光。

她疾走几步，拐过前面那个弯，刀子迅速在壁上划过，两步之内便寻到了另一条笔直横切过洞窟的缝隙，确定了她的想法。

唉，说来说去都是因为阿琰不在，不然的话，以他棋九步的能力，肯定早就发现了道路的变化。

心下既定，阿南的脸上也露出了轻快的模样。她加快脚步，继续持着刀子贴着洞壁往前，直至前方洞口变窄，她才收好刀子，故意放沉了脚步，从洞口中钻出。

果不其然，傅准正委顿地靠着洞壁而坐，见阿南神情沉重地举着快熄灭的火把从黑暗中出来，他张了张口，但尚未发声，急促的呼吸便淹没了他的话语。

阿南跳下洞口，走到他的身边。他面色微青，双唇颤抖不已，那双一向阴鸷的眼睛也变得湿润恍惚，看向她时已经无法聚焦。

阿南迟疑了一下，抬手摸了摸他的额头，果然发现他额头滚烫。

"看来我们真的要困在这儿了。"阿南在他身旁坐下，盯着黯淡火光，声音略有波动，"松明子的油脂已经烧尽了，等到火光一灭，黑暗中更是摸不出去，必死无疑。"

"反正，没有玄霜续命……我也会死。"傅准转过头凝视着火光下她依稀的剪影，昏沉恍惚的面容上忽然绽开笑意，一向阴阳怪气的语气竟带上了些温柔，"可，我觉得这样也不错……毕竟整个世上除了南姑娘，还有谁配与我死在一处呢？"

"要死你自己死，我还有大把美好时光。"阿南冷哼一声，懒得消耗自己不多的精力来搭理他。

而他喘息甚重，话语中带着些异样的兴致："不管如何，以后咱们成了鬼，就在这里彼此相伴了。"

阿南问："反正你活不长了，不如跟我说说，照影鬼域中究竟是什么意思？"

傅准眯起眼打量着她，语气不稳："都到这绝境了，你……还惦念这个？"

"以前葛稚雅对我说，朝闻道，夕死可矣，我不懂是什么意思，但现在陷入绝境，才懂了……未曾知晓谜团便撒手，我不甘心。"阿南叹了口气道，"更何况，你祖母的阵法不是都会留下可破解的阵眼吗？或许我们在这里是等死，到了那边反倒有一线生机呢？"

傅准沉默地盯着她许久，直到火把的光在他脸上一跳，他迷蒙的眼中终于露出一丝清明："南姑娘，你知道吗……没有玄霜，我真的会死……阁内的叛徒，他们杀了我爹娘，把我沉了海，我在海里窒息了很久，虽然活下来了，可是我从此以后……不吃玄霜我会全身抽搐，会昏迷僵硬，会死……"

阿南没料到他竟会在此时对自己示弱，不由得问："是癫痫吗？"

他没有回答，只紧紧揪着她的衣袖，哀求地望着她。

若真是这样，他万一发作，没有了药物，可能真的会死。阿南默然抿唇，避开他的目光，说："那我帮你找找吧。"

她手中的火把照着地上，看了一圈后一无所获，又无奈地回头看他："没有，你不会丢在路上了吧？"

他死死地盯着她，许久，他呼吸与瞳孔一起收缩，整张脸都扭曲起来，声音也越发模糊："南姑娘……你听到了吗？"

阿南照着四周，在一片死寂中迟疑地问："什么？"

"我娘的声音，她教我唱的童谣……我娘说，它叫《青莲盛绽曲》……"

"《青莲盛绽曲》？"阿南心口一动，俯身贴近他。

"十二莲叶取第九，九品莲叶取第六，十品莲叶取第八，十二莲叶复取九，九品莲叶取第六……"

他含糊低吟着，阿南等待着后面的话，他的声音却已渐渐弱了下去，身体抽搐着陷入了昏迷。

阿南急了，抬手拍了拍他的脸："喂……念完再睡！"

他脸颊滚烫，身体微微抽搐，显然没死，但阿南探着他那急促灼热的鼻息，觉得他离死也不远了。

她抬头看向壁上排列的洞窟，数了一下，发现刚刚有青莲机关的，果然是十二洞窟中左数第九个。

她起身以臂环小刀在土壁上刻下了"司南入洞探路"六字，以备廖素亭他们万一重返时可以知道下落。

收回小刀，她低头看看昏迷的傅准，见他身上肌肉无意识地颤抖抽搐，看来濒临死亡，迟疑了一下，还是带上了他。

艰难地将他揉上了高处洞窟，阿南半扛半扶着他重新回到那朵乌沉沉的青莲前，看到洞壁左右正是九个岔洞，她便左数了第六个，带他走了进去。

傅准身躯清瘦，可毕竟是个男人，阿南左手持火把，右手抓住他左胳膊，勉强以肩膀扛住他，拖着他前行。

洞内复杂无比，一条条交错蔓延的洞窟，如同一张连通的大网。到了第三重岔道口，果然是十个洞窟，她选了第八个进去。

等走到第四重岔道口，阿南正要带着傅准进入第九个洞口时，迷迷糊糊伏在她身上的他却开了口，声如呓语："走第八。"

阿南错愕地瞥了他一眼，回过神来，怒问："要是不带上你，我就得按照错误的走下去，死在里面了？"

傅准没回答，只望着她灼亮的双眼，低低问："那你为什么……要带上我？"

阿南毫不迟疑："出事了把你当垫背！"

他亦不带半分犹豫："别说垫背，就算为你死了……我也是甘之如饴。"

阿南气愤中哪会搭理他的胡言乱语，喘过几口气休息一下，继续向前。

地道蜿蜒曲折，他们高高低低走着，傅准模模糊糊指点着，两人逐渐走向了洞窟深处。

火把即将燃烧殆尽，只勉强维持着一点光亮。

趴在她身上的傅准借着黯淡火光，侧头望着她。在山洞中奔波来去，她早已疲惫不堪，额头沁着细汗，脚步略带踉跄。

唯有那双比常人都要深黑的眼睛中，火光烁烁跳动，显得更为灼亮。

他靠在她的肩上，耳语般低微地问："阿南，还记得我们相遇时的情形吗……"

阿南斜他一眼，没搭理他。

他口气温柔恍惚，仿若午夜梦回，尚未清醒："那时候，你受了重伤，也是这般绝望的境地……可我真喜欢你这般模样，每次我闭上眼都似在面前，困兽犹斗，永不言败……万死不悔。"

阿南抬起手肘狠狠撞他："你再给我提个'死'字试试！"

被她撞得艰难咳嗽，傅准又艰难地笑了出来："你说……要是我们一直这样，你扶着我，我靠着你，在这黑暗中慢慢走下去……就算永远走不到终点，是不是也不错？"

"闭嘴！"阿南唾弃道，"你才走不到终点！"

他笑着闭嘴，靠在她的身上，任由她带自己趔趄地走。

面前的路忽然亮了起来。阿南诧异抬眼，火把微弱光芒下，眼前已不再是黑洞洞的洞窟，而是云母丛生的洞窟。

云母莹润晶亮，五彩生晕，在火光下反射出团团簇簇的灿烂光彩。

走了这么久，阿南本已力竭，但此刻不知哪来的力气，带着傅准便加快了脚步。

面前是个高大洞窟，洞壁上缀满了方片状的七彩云母，在火光下发着迷眼炫光。

洞窟后方是一扇青石对开大门，对照朱聿恒理出的地图，应当可以连通魔鬼城。只可惜那边通道已被乱石堵塞，无法进入。

而在洞窟正前方，壁上出现了两条黑洞洞的岔道，正如一对骷髅的黑眼，在凝视他们。

岔道正中的云母壁上，浅浅刻着一行字——

　　今日方知我是我。

字迹刻得很浅，又散乱潦草，写到最后一笔时，似乎因为力竭，长长的一笔从云母上拖下去，像一缕叹息坠入无声无息的黑暗。

虽然凌乱，但阿南还是可以看出，这是傅灵焰的笔迹。

"今日方知我是我……"阿南低低念着这一句，看着那绝望的笔迹，只觉得其中有说不出的悲凉之意。

一口气憋到这里，傅准终于彻底失去了力气，他倚靠着云母洞壁缓缓滑下，跌坐在地，低声道："好了，这就是你要寻找的照影阵……我们只能走到这里了。"

阿南没搭理他，抬手抚摸着傅灵焰刻下的字迹，问："这句话，是什么意思？"

傅准委顿于地，断断续续解释道："这是鲁智深当年于六和塔写下的偈语。他一世英雄，轰轰烈烈……直到临死那一刻，听到钱塘潮信来……才终究通明顿悟，坐化而去……"

肺部似在灼烧，他喘息着，给她念了那首偈语——

　　平生不修善果，只爱杀人放火。忽地顿开金绳，这里扯断玉锁。咦！钱塘江上潮信来，今日方知我是我。

阿南听着，抬眼看着绚烂云母中的那行字，喃喃问："可傅灵焰一生纵横天下，快意无敌，哪有金绳玉锁捆着她啊？"

傅准语带嘲讽："那你以为，她为何要……大彻大悟，与龙凤帝决裂，出走海外？"

阿南张口正想反驳，脑中却忽然闪过一道亮光，想起了傅灵焰那封诀别信。

今番留信，与君永诀……千秋万载，永不复来。

无敌于世的傅灵焰，为了龙凤帝而成为姬贵妃、成为关大先生，可她自己呢？

她又是如何寻到自己，决绝斩断一切，远赴海外的？

像是看出了她的心思，傅准捂着心口，气若游丝的声音在这洞中隐隐回荡，如同魔咒："其实也很简单……要打动这世上的男人，往往需要的是富贵名利，可如果面对的是女人……"

阿南没说话，只觉心下一阵微寒，盯着那行字抿紧了双唇。

"哦……我差点忘了，南姑娘也是过来人，见识过驯鹰手段的……"傅准那嘲讽的笑太过用力，引得喘息更急，"金绳玉锁，为情所困……我祖母浴血刀丛，为心上人打下大好江山，而南姑娘也不遑多让，无论是战四海还是破阵法，比诸葛嘉的鹰可好用多了……"

"闭嘴！"阿南被戳中伤疤，声音冰冷。

傅准没有闭嘴，晕眩让他靠在洞壁上，急促地用力呼吸着，却还艰难地挤出恶狠狠的话："哦，说不定不懂……毕竟刚撞了南墙，现在又要撞北墙呢……"

阿南不愿再与他说下去，霍然起身，去探索云母壁上的机关。

可，许是地下太过幽闭，她脑中一片混乱轰鸣，来来回回只有"驯鹰"二字在回荡。

让傅灵焰付出了一生的龙凤帝……

让她苦练十年终得相随的公子……

让她出生入死甘愿相伴的阿琰……

明知她杀人不眨眼，第一次见面便差点死于她手下，他却愿赌服输，顶着宋言纪的名，一直跟随她……

她救走公子后，本应对她恨之入骨的他，却很快便与她再度合作，直接抹平了她犯下的大罪……

他身为皇太孙，却对她一个女海匪关怀备至，呵护有加到了事无巨细的地步……

在梦里，她与傅灵焰合二为一，一模一样的坠落……

太过繁乱嘈杂的往昔，一幕幕在脑中闪现，让她心口涌起前所未有的恐惧慌乱。

她难以自抑地抬起臂环，狠狠砸在云母之上。

飞进的细碎晶亮直喷她的面颊，她狠狠侧脸避开，看到了傅准脸上那似笑非笑的神情，又猛然觉得心口腾起怒火。

中计了，这是傅准别有用心的挑拨，用心险恶的离间！

那是阿琰啊……是拙巧阁天平阵中，用自己身体承托起她身躯的阿琰；是水道机关中，生死瞬息间奋不顾身向她奔来的阿琰；是青莲宗围攻时，孤身匹马来迎接她的阿琰……

这世上，哪有人会为了驯鹰，这般不惜生死，赌命相随？

冷冷瞪了傅准一眼，阿南将所有一切狠狠撇出脑海，一咬牙再不思索，回过头去，收敛所有心神去查看洞内结构。

傅灵焰所刻的字迹下，一左一右两条通道相对向前延伸。这两条道路都开辟在满是云母的洞壁之上，高度、深度、弧度一般无二，甚至连地上云母雕镂拼接的青莲也是一模一样。

"都一样的，两条道同起同归……最终都汇聚于一条路上。"身后传来傅准有气无力的声音，似在看她好戏。

因为洞道弯曲，阿南在洞口看不到后方的景象，略一思忖，她投石问路，掰了一块三四斤重的云母，顺着地道上的青莲滚去。

地上的云母青莲一受到压力，轻微的嗤嗤声立即响起。

黯淡火光下，机关发动只在须臾。阿南并未看清那是什么，只觉得像一层层云影渡过，又似条条雨丝掠过，在这云母洞中如虚幻薄影，片刻间飘移消逝。

被她抛进去的云母滚到洞壁，安然无恙。

这如雾如雨的，究竟是什么东西？

阿南不得其解，再度掰下一块云母，撕下一片布捆住。她将火把上的灰烬敲了敲，在亮起来的光芒下，拉住布条将云母远远甩入洞内深处。

密密匝匝的光影应声而出，蒙蒙白气笼罩了洞窟。

这一次，阿南终于看出，那是四壁云母缝隙间喷射出来的水汽。

云母极为稳定，无论遇上什么都能不腐不朽。可包裹它的布条在遇到水汽后迅速焦黑消融，化为灰烬而去。

就算阿南这样天不怕地不怕的人，也是悚然而惊。

这东西，比青莲宗总坛那些毒汞可怕多了。一是见效快，二是四面八方覆盖，根本无处躲避。

她抬头观察洞壁，企图找出藏在云母后的机栝。

"南姑娘，别白费心机了……"傅准呼吸不畅，声音仿如从喉口硬挤出来，"你破解不了的，只能规规矩矩来。"

“什么规矩？”阿南冷笑，“这东西我看主要就是绿矾油吧？我就不信，这小小的洞壁能存多少毒水？人多势众齐力捣破了不就行了？”

傅准笑容嘲讽：“南姑娘未免太天真了……九玄门最擅借山河地势为阵、以阴阳乾坤为法，你猜猜……为何照影阵会在肃州地下，连通矿脉？”

阿南哪能不懂他的意思，可思索许久，脸色微变，不得不勉强道：“因为这地下，盛产毒水的主要成分，绿矾。”

“绿矾转为绿矾油，只需要借喷火石之类能爆燃的矿物，加一个简单的煅烧机关而已……你猜猜，这地下有多少绿矾矿，你又能有多少人来填这个洞窟？再说了，填满了，你又怎么过去呢？”

阿南悻悻地转头，看向两个洞壁间隐约的空隙。

相同的通道，相同的青莲踏步，相同的白雾弥散。

“照影……”阿南一扬眉，终于知道了这两个字的用意，“这就是这阵法的规矩？必须要两个心灵相通又能力同样超脱之人，彼此默契相互配合，两边力量彻底均衡，才能维持机关不被触发，穿过这条通道，到达阵心。”

傅准喘息赞叹道：“不愧是南姑娘，一眼便看出了关窍。”

阿南立即明白了他为什么会让薛氏兄妹过来：“双胞胎应该是这世间配合最为默契之人，若说这世上能破掉这个照影阵法的，可能也只有两位薛堂主了。”

“是啊，除此之外不作他人想……可就算薛家兄妹破了阵，又有何意义？”傅准虚软地靠坐在壁上，露出森冷的笑意，“多四个月的心理安慰而已。”

阿南心口陡然生起疑惧：“什么意思？”

傅准抬眼朝她张了张嘴巴，可挤出来的话语低哑，根本听不清。

阿南下意识俯身贴近一点。

她听到傅准的声音，如同魔咒萦绕在她耳畔：“你活不了，他也不过比你多活四个月，你急什么呢？”

阿南心口剧烈一跳，而傅准滚烫的手已握住了她：“阿南，你盗走我的玄霜，宁可我死，也不肯怜惜我……还假意装作寻不到出路，诱我带你破解地图来到这里……你这样，对得起我吗？”

阿南猛然醒悟，立即抽回手掌，撤身疾退。

但，云母缭乱的光芒中，傅准已抬起了手。

青碧云母的光芒骤然一收，黯淡火把的最后一丝光线熄灭。

四肢陡然拧转弯折，手肘与腘窝同时剧痛，她如一具提线木偶般，无法做出任何反应，便僵硬跌倒在黑暗之中。

在手足的抽搐剧痛中，她听到衣衫轻微的窸窣声，是傅准慢慢地接近她，摸索到了痛苦蜷缩的她。

"你故意砸在我身上，不就是为了趁机盗走我的玄霜吗？我说我会死，你都不肯给我，阿南，你对我实在太狠心了。要不是我凡事多留一手，身上另有备用的，你怕是已经弄死我了……不过，也怪不得你，毕竟我对你也不见得好。"傅准在她耳畔低语，如蛇芯轻缠，"事已至此，你安心去吧……或许我会带你回拙巧阁，让你像吉祥天一样，永远活在最绚烂美好的时刻……"

阿南咬紧牙关，强抑四肢的剧痛，从牙缝间狠狠挤出几个字："我死也……不会死在你身边！"

他笑了出来，低低道："事到如今，你是不是有些后悔呢？若是当初，你被我废了手脚后乖乖留下，何至于兜兜转转至此，生出这么多事端呢？"

四肢传来的剧痛让阿南全身冷汗，湿透了衣衫。

一想到要被傅准活生生拖进死亡中，她顿觉毛骨悚然。也不知道哪里来的力气，她一个翻滚，将他狠狠撞飞，脱离了他的掌控，向后缩去。

后背抵上洞壁，她猛然抬手护住心口，才发现自己的四肢并没有再度折断。

强忍剧痛，她抚摸上自己的臂弯与腘弯。

没有任何伤口，这令她全身冷汗涔涔的疼痛，仿佛只是一个看不见的幽灵，附着在她的关节旧伤处。

就和上次在玉门关水道中一样，只是现在痛楚更为剧烈。

她脑中骤然闪过一个可怕的念头，只觉得恐怖至极。

可还未等她思索，心口已然一颤，与四肢一般的剧痛传来，如硬生生往她体内钻进去的附骨之疽，正一分一分地侵占她的生命。

她全身颤抖瘫在地上，竭力挤出几个字："这……不是万象！"

黑暗中傅准的脚步声恍惚接近，俯身靠近了她："是什么，重要吗？"

"不知道谜底，我死也不会瞑目！"阿南趴在地上，竭力嘶吼，"告诉我，为何阿琰只剩四个月？"

傅准没想到这种濒死关头，她居然还只顾着朱聿恒，紊乱的气息中显出一丝躁怒，冷冷道："他身上的'山河社稷图'，瞒得过别人，怎么可能瞒得过我？"

见他果然知晓此事，阿南又问："就算这个阵法此时发动，他身上又要爆损一条经脉，可奇经八脉也还剩下三条，一条两个月，他理应还有半年时间，你为何说只剩四个月！"

"哦……"傅准捂嘴咳嗽，冷冷道，"可能是我算错了。"

"你说谎！"阿南仿佛忘了自己是待宰的羔羊，嘶声逼问他，"我问你，为什么你祖母的手札里只有七个阵法，为什么我们在青莲灯映照出的地图上，找不到第八个标记？'山河社稷图'究竟是如何种到阿琰身上的，谁种的，为什么？！"

"别问了，安安心心赴死不好吗……"傅准充耳不闻，手指缓缓下移，顺着她的下巴、脖颈、锁骨，一直向心口而去，"一下就好，很快的……"

她趴在地上，用尽最后的力量，厉声道："傅准，你若杀我，拙巧阁定片瓦不存！"

抵在她胸口的指尖停了下来。本应在倏忽间释放的万象，被傅准迟疑收住。

他嗓音波动："难道说，这是你们设下的……"

话音未落，黑暗中剧震已响起。

整个洞穴剧烈震荡，火光迸射中云母飞散如雪，被骤然而来的光芒照亮。

位于洞窟后方的石门，在火药冲击下猛然被掀翻。

火光洞明的瞬间，一条朱衣身影迅捷跃入，激起散碎的云母如万千转蓬，乱舞在他身侧。

大片黑暗中，唯有他的身影被泄下的火光照亮，凛然超卓，摄人心魄，大步向他们而来。

第十二章
鬼域照影

　　傅准微眯起双眼，看着自入口处威势赫赫降临的皇太孙殿下，再看向面前的阿南，心下顿时明了——

　　这对凶煞，怕是早就通好气了。她负责在下面套取他的秘密，于准确地点触动机栝；而他带着墨长泽在上方，借"兼爱"查探动静定位到此，一举爆破到阵法中心。

　　傅准那双苍白清瘦的手下意识地微屈，似是要最后控制住些什么。

　　命若悬丝的阿南就在他不远处，只要他的手指微动，立即便可以攫走她的性命。

　　"阿南！"

　　一眼看出傅准要做什么，朱聿恒急奔向蜷缩于地的阿南。

　　爆炸余震犹在，他便疾冲入内，脚步竟有些趔趄。

　　几步来到蜷缩于地的阿南面前，他俯身将她一把抱起，拢在怀中，急切地查看她的情况。

　　傅准死死盯着这对紧紧相拥的人，终究冷笑了一声，缓缓垂下了手。

　　而阿南在朱聿恒的怀中勉强抬了抬手，四肢犹在抽搐，喉口一个字也挤不出来，只朝他扯了扯唇角，示意没事。

　　见她身上并无伤势，朱聿恒又以掌心轻触她的额头，见没有异常，才松了一口气。

而韦杭之紧随朱聿恒身后，用"你又折腾我们殿下"的眼神看着阿南，满脸郁闷。

阿南有气无力地翻他们一个白眼，想争点气推开阿琰。

可一来全身像被抽了筋一样脱力，二来他把她抱得那么紧，她根本脱不出他的怀抱，干脆自暴自弃地朝朱聿恒勾勾手指，示意他低下头来，把耳朵凑到自己唇边。

"傅准……知道'山河社稷图'。"

朱聿恒默然点头，倒也没有太过惊讶，只瞥了傅准一眼。

不知是装的，还是玄霜服得晚了些，他如今奄奄一息靠在墙壁上，面色灰败，睫毛微颤。

朱聿恒不再管他，只紧紧地握着阿南的手臂，整个身体缓缓前倾，便跌靠在了她的身上。

旁边的人都以为他是太过紧张脱力了，才紧紧靠在阿南身上，虽觉这行为有些不妥，但也都默默转开脸，假装没看到。

只有阿南听到了他在自己耳畔强压痛楚的喘息声，心下不由得掠过一阵恐慌，忙问："阿琰……你怎么了？"

他伏在她的肩上，竭力从牙关中挤出几个字："阿南，我……身上血脉动了，有点脱力。"

他微颤的声音在她耳边响起，让她顿时明白发生了什么。

难怪他刚刚奔向她时，脚步带着趔趄。

他身上的"山河社稷图"，是发作了，还是与前一次一样有了感应？

阿南强忍四肢的疼痛，以颤抖的手撑住他的身躯，借他的肩膀挡住他人目光，扯开他领口看了下去。

是旧的血脉在狰狞跳动，与前一次在玉门关一样。

难道说，是距离这个阵法太近了，导致"山河社稷图"受了影响？

阿南的手指颤抖地抚上自己臂弯的旧伤，目光忍不住看向旁边的傅准。

似乎是感觉到了她的目光，他半睁半合的目光略略一转，向她看来。

刚刚还要将她置于死地的这个男人，此时瞧着她的眼神不可谓不温柔，甚至还带着一丝笑意。

只是阿南觉得那笑容诡谲极了，当日曾短暂闪过她心口的莫名不安，再次涌现。

是巧合吗……

阿琰的"山河社稷图"，与她身上的旧伤，不偏不倚，再度同时出现。

"杭之，"阿南拥着朱聿恒，抬头唤了韦杭之一声，"你先带人退出去，我与提督大人……有事要与傅阁主商议。"

韦杭之踌躇地看向朱聿恒，只觉殿下与阿南这当众依偎的模样不太对劲，但见背对着他的朱聿恒也抬起手，示意他退下，才犹豫转身，带着众人一起出外，还将炸出了缺口的青石门也扶了起来。

洞内只剩了虚弱的三人，松明子照得周身云母青碧炫紫，迷离诡异。

局势危急，阿南也不客气，强忍四肢伤痛，单刀直入便问傅准："傅阁主，殿下身负'山河社稷图'之事，不知你是如何知晓的？"

傅准抚胸调息，道："我舅舅亦遭此等恶法缠身，我对此事岂能不关注？再者皇太孙殿下若有不豫，总有万民关注，结合起来推测，我想该是如此了。"

他说的话也算在理，朱聿恒慢慢地缓过一口气来，艰难地挺直身躯，靠在云母壁上熬忍自己血脉的剧痛，声音低哑："既然这样，你可知我为何在此时发病？"

"此处距离南阵眼不远，再者南姑娘适才为了给殿下发送信号，曾经引动过阵法，可能阵心的母玉因此受震，才引动了殿下身上的血脉应声而动。"傅准气息还是不稳，神情却已自若，"殿下可以再想想，比如在破其他阵法时，是不是也曾被影响过？"

阿南紧盯着傅准，一字一顿道："可在玉门关水道，'山河社稷图'也发作过一次。"

"当时情形如此紧急，殿下于瞬息间冒险止住巨大机栝，就算身上没有'山河社稷图'，也会有所损伤，触动筋脉旧伤更是情理之中。"傅准淡淡道，"又或许，那处阵法亦是我祖母所设，与地下阵法隐隐有牵连，因此而触动也不一定。"

他的解释滴水不漏，听起来甚有道理。

朱聿恒又问："傅阁主，你与阿南同行探阵，本应互帮互助，为何在如此情境之下，欲行杀害同伴之事？"

傅准轻抚胸口，神情淡淡地望着阿南："正因为如此情境，我以为自己活不了了，所以我得带走她，好对死在她手下的拙巧阁兄弟有个交代。"

见他理直气壮，阿南冷笑："你奉朝廷旨意，不想着破阵，只想着我与你阁中的私怨？"

"谁叫我出身江湖，惯用江湖手段行事呢？"傅准掸去衣上沾染的云母碎片，唇角竟还有一丝笑意，"实不相瞒，圣上与太子曾嘱咐过我，一切以社稷百姓与殿下安危为重，只要于殿下有利，不惜一切，无须顾忌。适才我本以为今日要死于此处，觉得南姑娘这样的女海盗，出身匪窝，又与海客乱党有众多纠葛，留在殿下身边总是个祸害，还是及早清除掉为好。"

　　阿南冷笑一声："傅阁主如此忠君爱国，却怎么明明对这地下阵法了如指掌，却还一直瞒着殿下不肯指明，害得这么多人四处劳顿，身陷险境？"

　　"我所知的一切，早已清楚明白地告知殿下了，包括地图、手札等一应物事也都交于你们看过。下方的密道口诀，是我小时候母亲教的，可没到这里之前，我从未曾将二者联系起来，只是在进洞后看到面前刚好是十二个洞窟，形状一如荷叶，才偶尔想起了记忆中的歌谣，供你尝试。"摇动的火光之下，傅准神情比口气更云淡风轻，"至于照影，我心下有这个猜测，但毕竟只听过传说没有确证，没有把握的事情我自然也不会特意提出，只提前带了薛氏兄妹过来，以免万一我猜对了，不至于贻误大事。"

　　阿南揉着自己的关节，感受着体内尚未消除的抽痛，因为他滴水不漏的回答，只觉得一阵无处发泄的郁闷。

　　洞内陷入短暂的沉默，最终是朱聿恒转了话题，道："既然如今险境已过，还望傅阁主以后谨慎行事，别再行此内讧争斗之事。"

　　"多谢殿下提点，在下谨记于心。"他似笑非笑地望着阿南，道，"还望南姑娘也不计前嫌，只要你并无异心，以后咱们就共同进退、融洽相处。"

　　一股恶心劲儿直冲天灵盖，阿南狠狠剜了他一眼，哼了一声没搭理。

　　傅准没有提他们两人串通好骗自己阵法路径的事情，他们也没有提他暗怀鬼祟之事。

　　毕竟，如今至为重要的是摆在面前的照影阵，其他一应事宜，都只能推后再说。

　　具体地点既已找到，众人开始商议破阵之事。

　　"看这两条道路倾斜延伸的弧度，里面大概率便是手札上那条形如青莲的道路了。"众人研究着地图，探讨左右两边如何配合。

　　向来简单利落、人狠话不多的诸葛嘉问："不如直接排布炸药，毁掉地道中的机栝，不就成了？"

　　墨长泽苦笑道："诸葛提督，问题是咱们不知道这洞窟四周究竟有多少毒水，到时候淹没了我们是小事，毁了里面阵法，如何是好？"

　　种种商议无果，最终，还是薛氏兄妹穿上一色的薄铁甲加头盔，站在了阵法入口处，决定先进去探一探阵。

　　薛滢光毕竟是女子，身高体重自然都与哥哥薛澄光不同，为了均衡两边的力量，她所穿的快靴垫了厚跟，又在身上绑了铅块，做好了充分准备。

虽有简单的青莲地图，但具体情况及阵法中心究竟如何，则无人知晓了。

韦杭之见殿下面容有些苍白，便请示他是否要先出洞歇息。朱聿恒轻声询问阿南，她摇摇头，看着洞壁上傅灵焰所刻的"今日方知我是我"七字，说道："我留下来看看。毕竟，这样的场面也算难得。"

韦杭之无奈，只能命人出去取了软垫，又带了饮食下来。

薛氏兄妹准备完毕，两人分站左右洞窟之前，对望一眼，一点头后齐齐跃出。

两条身形同时拔地而起，足尖在下方地上借力，半空中一个向左一个向右略微旋身，手臂挥出借力，两只脚同时踏在第一朵云母青莲之上，身体微微一晃，同时站定。

这全副武装依旧利落整齐的动作，让众人都暗暗在心里赞了一声好。

四下无声无息，显然他们两人这如同临镜相照的动作稳稳均衡住了两边机关的力量，并未触发任何危机。

薛澄光隔着洞壁的间隙朝妹妹一扬手："走！"

双胞胎心有灵犀，话音未落，两人又同时跃出，向着斜前方的另一朵青莲掠去。

足尖甫一落地，在薛澄光另一声呼唤中，两人又是再掠而起，两个起落间，身影已经被曲折的洞壁挡住，不见了踪迹。

阿南握着水壶，盯着洞口，神情凝重。

前方洞窟向左右两边分岔而开，两人相隔甚远，已无法看到彼此动作，彼此呼喝的声音也难以传递，只能寄希望于双胞胎的心灵相通让两人动作始终保持一致。

等待在洞窟外的人并不少，可谁也没说话，静得落针可闻。

一片寂静中，忽然脚下一震，众人尚未回过神，只听得"沙沙"声响，上方无声无息落下了大片的沙土来。

阿南立即抓住朱聿恒的手，与他一起站了起来。

未等他们站稳，伴随着隆隆声响，照影双洞中，白色的水雾如一缕云气疾翻出来，从洞内至外直冲而出，追赶着前面趔趄向外奔逃的一条身影——

是薛滢光。

全身盔甲也总有缝隙，毒水应当是已经渗入内部，此时闷在里面虽看不见情形，但滴滴血水淌了一路，让她急乱地往外冲去。

而另一边的洞窟中，却并不见薛澄光的影子，没有了双边平衡力的压制，她足踏之处青莲乱翻，水雾云气更显凶猛。

她左扑右闪想要躲避之际，一缕水光直扑她的面门。她下意识抬手捂脸，护住自己的眼睛，在闷哼声中，剧痛让她立即甩手，身体脱力后仰，眼看整个人就要被上方喷泻的毒水覆盖。

阿南手中流光疾飞，早已钩住她的衣襟，将后仰的她拉了回来。

与此同时，后方另一条道中的薛澄光也从里面左闪右避地撞出。他头盔已失，模样比妹妹更为可怖，头发已被消融了大半，总是笑嘻嘻的面容上早已皮开肉绽，成了个血人。

见他仓皇窜出，脚步乱踏，众人立即大吼："薛堂主，止步！"

只因他的脚下，便是与薛滢光相对的那一朵青莲。

薛滢光已被阿南扯住，他踩住这边青莲，应当可以无虞。

可薛澄光如今身受重伤，仓皇之中，哪里听得到众人的呼喝，只下意识地继续往前冲，企图突出重围。

正在他膝盖微屈、脚掌用力之时，上抬的身躯忽然硬生生顿住，不知怎么的忽然消去了前扑的势头。

薛澄光的脚顿在了那朵青莲之上。他毕竟也是机关高手，虽然全身血肉正在被毒水消融，但只这一顿便察觉到了洞内机栝的异样，稳住身躯看到了另一边被阿南拉扯住的妹妹。

双方终于再度相对站立在了双边青莲之上，稳住了机关的均衡，让洞内恢复了平静。

众人都出了一口气，这才思索起薛澄光为何忽然停住。

阿南松开了薛滢光，控制流光回到自己手中，不动声色地瞥了傅准一眼。

朱聿恒顺着她的目光看向傅准的手。

那双苍白清癯的手五指微张，指尖上似有几点微光在火光下闪烁，但随即他的手指一收，一切便消弭于此时的静寂中，无形无声。

朱聿恒忽然想起阿南说过，傅准在江湖上的名号。

万世眼。

无论何种机关、暗器、阵法，只需一眼便能立即找出最核心的机制，破解甚至复制，便如一眼看穿万世因果，一念破万法。

所以……他是在这般险境之下，将薛澄光的身体当成了机栝，以万象那无声无息的力量，阻止住了他前进的脚步。

虽然只是一瞬间一抬手的事情，可这般举重若轻的效果，需要无比精准的判断、收放自如的控制、不偏不倚的准头，缺一不可。

朱聿恒心口微寒，看着傅准空空如也的手掌，感觉到一种莫名的压迫感。

薛氏兄妹脱险踏出洞口，一起瘫倒在地，薛澄光更是伤势过重，登时陷入昏迷。

众人急忙打开水壶，尽量冲去他们肌肤上的毒水，让上头传下缚辇，将他们抬出去冲洗。

相对蜿蜒延伸的双洞中，只残留焦黑血迹，昭示着破阵者的惨烈下场。

墨长泽过来请示朱聿恒："不知殿下的意思，是继续破阵，还是先行退出？"

朱聿恒摇了摇头，道："这般形势，硬闯无益。等薛氏兄妹探路情报出来，我们详细研讨再说吧。"

诸葛嘉调遣士兵，严密把守住石门入口。阿南又提醒他派一队人马，按照路线入密道内搜寻廖素亭与康晋鹏。

一行人无功而返，阿南更是恹恹的。

长空碧蓝，荒漠寂寂，日头晒得远处沙丘发着银白的光芒，与天空的云朵相映，世间明亮得令他们眼睛湿润，回想刚刚地下的黑暗憋闷，恍如隔世。

阿南缓了片刻，见不远处是林立堆叠的怪石，在沙漠中如残垣断壁荒丘绵延，想必便是诸葛嘉率众探索过的魔鬼城了。

魔鬼城位于骷髅地图的眉心，与代表双眼的照影阵自然距离不远。

她打起精神问诸葛嘉："阵法入口处在那边吗？"

诸葛嘉点头："我们后来是分散行动，尽量不触发里面的地动，才根据殿下与南姑娘的猜测，找到了城中大片雷公墨痕迹，确定了入口。"

阿南便问："那些雷公墨，真的像青莲吗？"

"如此说来……"诸葛嘉听到"青莲"二字后，略带诧异，说道，"确实很像。中间是深深的陨星坑，周围是高耸围簇的尖锐怪石。陨星的赤焰烈火烧熔了周边沙砾石头，朝向陨石坑的石头都被高温烧出琉璃般的青黑光泽，站在坑底向左右而望，就如站在一朵巨大的青莲中间一般。"

"真的？"阿南眼中又闪出了光芒。

朱聿恒一看便知道她在想什么："刚脱险境，你先好好休息，下次再去看。"

阿南郁闷地抬手看看尚在隐痛的手肘，无奈地打消了念头。

一路行去，她将地道的情形与朱聿恒说了一遍，提到了铜片下"羌笛何须怨杨柳"一句。

"这其中的道理，可能与我们在渤海水下所遇见的相同。"阿南思忖道，"你说，这回的照影阵，是否也需要《折杨柳》呢？"

朱聿恒赞同，回头吩咐诸葛嘉在敦煌这边找个通音律的人。

"敦煌这边通晓音乐的伎家不多，又都是马允知的人，我看那些人都不便使用。"诸葛嘉说着，略一迟疑道，"或许，可以叫卓晏过来试试。"

阿南错愕地瞧了他一眼，心想卓晏虽然通晓音律，但他如今在守墓啊，让他过来奏乐，你有没有良心啊？

朱聿恒亦微皱眉："他如今热孝在身，怕是不方便。"

"朝廷大事，何拘小节？当年袁彦道热丧在身尚替桓温豪赌还债，留下'千金掷帽'之名，如今这是朝廷要事，他还能顾忌这些？"

阿南看着诸葛嘉凉薄的神情，放慢马步与他落在队伍最后，问他："诸葛提督这般无情，是还介意阿晏之前放浪无形，得罪过你吗？"

诸葛嘉斜了她一眼，冷冷问："南姑娘是想让阿晏在墓前守足三年？"

阿南眨眨眼，有些不解其意。

"圣上即将抵达敦煌。"诸葛嘉将声音压低，"阿晏这辈子的前程，即将定夺。"

阿南默然，想起卓晏的家族已如此，以后再要过之前的日子，确实千难万难了。

"天地君亲师，君在亲之前，朝廷下了命令，他的前程便能改变了。若是只顾着守墓而什么都不做，那他这辈子便只能待在西北这边熬苦日子……"诸葛嘉不是个惯于对人表达心意的人，说了几句后便扭开了头，注目着远远的沙丘。

"他在我麾下时，我觉得他十分烦人，恨不得把这个不学无术的浪荡子早点给打发出去……"

但最终，他却鬼使神差，在朱聿恒要寻人时，提议了卓晏。

阿南望着他的侧面，动情地说："嘉嘉，你这人吧，虽然外表看起来冷冷的凶凶的，可其实心肠挺热的。"

诸葛嘉一个白眼飞过去："闭嘴！"

前方河道弯弯曲曲呈现，在沙漠中跋涉许久的人终于来了些精神。

众人纷纷下马奔向龙勒水，正要扶薛氏兄妹好好清洗皮肤，却又纷纷愕然停下了脚步，不知所措。

往日丰盈流淌的龙勒水，露出了大片河床，竟似快要断流了。

"不应该啊，我们过来时刚从这边经过，那时候河水还是满满当当的，并无任何枯水迹象。"墨长泽皱眉看着河床上尚带湿痕的石头，道，"而且看起来，这水还是刚退去的。"

众人议论纷纷，对于这突如其来的枯水莫衷一是。

阿南拨马贴近朱聿恒，道："阿琰，我觉得这很不对劲。"

朱聿恒亦点头道："我们在阵中时，薛氏兄妹入照影洞穴后，曾经引发过一次地动，你有注意到吗？"

"嗯……"阿南正在沉吟，却听得前方马蹄声响，数骑奔马向这边而来，看见他们之后，立即上前行礼禀报："参见提督大人！"

阿南一看其中就有廖素亭与康晋鹏，顿时惊喜不已："你们怎么在这儿？"

廖素亭比她更激动："当时洞内地动，我们奔过拐弯处躲避尘暴，等里面声息没了之后，便想再回那个洞室。可道路不知何时已经转换，我们四人迷失在了途中。幸好我家学渊源，康堂主见识广博，终于寻到岔道，在玉门关脱出来了。途中遇到矿场的人来报信，便委托他们先将两位老大送回去，我们二人返回来找你们。"

那些过来的人正是被安置在矿场调查的人手，此时禀报道："属下等奉命调查矿场，但今日……矿上再度奔涌水流，矿道又被冲毁了！幸好水流只奔涌了片刻便止住，属下等担心下矿探索的队伍出事，因此着急前来禀报。"

朱聿恒皱眉，问："什么时候的事情？"

"辰时末。"

朱聿恒与阿南对望一眼。不偏不倚，就在薛氏兄妹破阵之时，矿道也同时涌出了地水。

"看来，洞中那剧烈的振动不仅造成了矿洞溢水，与龙勒水陡然水位下降也必有关联。"阿南凑到朱聿恒耳边道，"难道刘五妻子的胡思乱想居然成真了，刘五真的是被梁家人操控阵法害死的？"

朱聿恒面露沉怒之色："难道为了杀一个刘五，他们便要害死矿下那么多人？"

"也可能是他们当时试着启动阵法，只是也和我们一样没成功……"阿南思忖着，又想起一事，忙问廖素亭，"那通道循环幽闭，你怎么逃脱的？"

"说来南姑娘不信，你当初在玉门关遇险的那条枯水道，其实与地缝是相连的。"

阿南"咦"了一声："你怎么发现的？"

廖素亭笑着朝她一拱手："在下河西廖家传人，江湖人称'八十二'。"

"专精逃脱术那个廖家？"阿南恍然大悟，难怪阿琰指定他陪自己下去。

旁边人疑惑地问："什么'八十二'？"

廖素亭骄傲地说道："都说世间机关有九九八十一路，我们廖家最善于机关阵法之中腾挪脱逃，于八十一路之外演进出第八十二路，无论何种绝路都能开辟生路，获得一线生机。"

阿南笑道："所以区区地缝，对你来说根本不算什么。"

"哪里，南姑娘寻到阵眼，才是真了不起！"

这边两人互相吹捧，那边墨长泽铺开地图，再次观察龙勒水与敦煌的关系。

龙勒水由疏勒南山涓涓细流而来，由东南而流向西北，过鸣沙山后一路向北，横穿敦煌而过，滋养沿途万千百姓后，消亡于下游草泽之中。

墨长泽道："看来，矿洞的水是龙勒水的地下部分，或许那边一直延伸过去的鬼道，便是当年龙勒水在千百年前的旧河道。只是沧海桑田，河水改道，旧河道沉于地下，但被当年设阵的人发现了引道之处，因此那青莲阵法一经发动，断的必然是龙勒水及其滋养的地下水脉！"

朱聿恒神情冷峻："龙勒水若是断了，敦煌百姓岂不是无水可用、无田可种了？这边的军镇，又如何能延续下去？"

何止军镇，这背后，不仅是敦煌百姓流离失所，无奈背井离乡，还有更可怕的后果……

阿南在一旁听着他们的讨论，心下一跳，终于知道了之前她脑中曾掠过的不祥预兆是什么。

她想起了自己在青莲宗总坛听到的，青莲宗主与公子商议过的那些话语——

关大先生选中了玉门关沙海中一个要害之处，设下了绝灭阵法。

傅灵焰要找天女散花、地涌金莲之处，设下一个禁锢，让这里从此再也没有征战争夺的必要，一切归于静寂。

而龙勒水一旦断流，地下穿井的水也会同时枯干。届时敦煌城内外，百姓、驻军，甚至牲畜、植被将被掐断水脉，彻底从繁华重镇变成不得不抛弃的沙漠，最后成为一座死城，在风沙侵蚀中彻底消亡。

而阵法一经启动，又有北漠在此时与青莲宗内外勾结，大举进犯，西北边防将化为乌有。

失去了敦煌之后，朝廷想控制西北便难如登天了，驻军防线只能向东南收缩，中原腹地的防御更为薄弱，阻挡北漠挥师南下的防线将更为艰难。

可……

阿南望着斜前方朱聿恒的侧面，心里矛盾纠结。

他知道青莲宗与海客联手，要干一番大事吗？她暗示过皇帝会有危机之事，他是否已经领会?

破阵未成,归途气氛压抑。只在靠近敦煌城之时,众人看见城中情形,才陡然精神振奋起来。

只见风沙侵蚀的古旧城墙上,鲜明的旌旗招展,十二龙太常旗居中,日月四象星宿旗并彩幢、华盖、龙首幡赫然在目。

旌旗下方,是甲胄鲜明的整肃队伍,齐整列队,随扈中军。

看见这样的阵容排场,众人哪还会不知道,皇帝御驾亲临,已至敦煌了。

朱聿恒一眼便看见了荥国公与宁阳侯麾下的队伍,知道他们是此次圣上的左掖军,他打马上前,与他们见面。

荥国公笑呵呵地往城内一指,道:"圣上本打算只到瓜州,但因记挂殿下,因此多增了这段行程。殿下快进城去吧,勿让圣上久等了。"

朱聿恒虽也急着去见祖父,但刚从地下脱困,这一路又风沙跋涉,身上全是尘土,便回头对阿南道:"我换身衣服觐见圣上,此次阵法你先与各位先生磋商,待会儿我回来咱们详叙。"

阿南应了一声,眼看他带韦杭之纵马离去,回头瞥了瞥荥国公,想起他就是袁才人的父亲,心下闪过一个念头——他知道自己的女儿是死在太子妃手下吗?

荥国公自然不知道。他五十不到年纪,笑容满面平易近人,捋须目送朱聿恒离去,便看向阿南,打量问:"你便是那位南姑娘?"

阿南没料到他居然知道自己,拱手向他行了一礼,说:"乡野草民,不足国公爷挂齿。"

荥国公笑道:"你可是举足轻重的人,不然朝廷此次怎会调动江南、岭南大批海边民众档案,为你搜寻父母籍贯?"

阿南知道阿琰在帮自己寻找父母身世,倒没料到居然是这么大的排场,估计朝中很多人都知道了。

她难免有些不好意思:"多承殿下费心了。"

荥国公捻须而笑,意味深长地打量她,阿南自然知道他的神情代表什么,暗自揣测,他们究竟如何看待自己与阿琰的关系。

其实她自己心底都尚未理清,可众人俨然已将她当成皇太孙身边人,让她感觉有些别扭。

不过别扭归别扭,一想到荥国公都已知道此事,那么自己的父母该是寻到了,她心头又涌起喜悦来。

毕竟，那个遗失在风浪中的锦囊是她此生最大的遗憾，就如她将自己的爹娘遗失在了茫茫暗海之上，让她每每在午夜梦回之时难以释怀，遗恨不已。

这么想来，和阿琰在一起也挺好的……至少，无论什么事情，他都是信手拈来，永远能满足她的期待，不会让人失落。

圣驾亲临，敦煌的正堂早被肃清。朱聿恒迈入广亮大门，看见堂前众人垂手立在院中，偌大院落内静得落针可闻。

侍立于门边的大太监高壑，见皇太孙殿下来了，赶紧迎上来，压低声音道："圣上此行龙体疲惫，说是除了殿下您，其余任何人不见。"

朱聿恒向他一点头，快步进了门。

出乎意料，皇帝并没有任何长途跋涉的倦怠模样，反而面带隐怒，一见朱聿恒进来，便将一封密函丢给他："刚收到的边关急报，北漠已经得知他们王女惨死之事，借口是我朝之人指使杀害王女，如今正要纠集军队，陈兵边关。"

朱聿恒打开急报看着，只听皇帝又问："你出发来敦煌时，朕曾将此事交托予你，如今进展如何了？"

朱聿恒道："王女与卓寿之死，孙儿目前已有线索，只是凶手一时难以擒拿。"

皇帝双眉一竖："难以擒拿是什么意思？"

"凶犯已显露形迹，线索与作案手法孙儿与阿南也已基本理清。只是对方异常警觉，逃脱在外，如今孙儿正在安排设局中，不日便能将罪魁祸首擒拿归案。"

"不日？今年秋焚后，北漠粮草已尽，正在穷凶极恶之际，只差南下的由头。朕此次微服西巡，未备好北伐粮草，怕是无法深入草原再犁王庭，此事你得迅速应对才好！"

为遏制北漠实力，边境每年会焚烧两次草原，一次在秋，一次在春。烧的范围与时机都要谨慎选择，既要让北漠人饥马乏，又不能让他们没了活路，控制在苟延残喘的界限之上。

托赖此举，多年来北漠犹如困兽，而如今因王女之死，打破了多年平衡，让他们俨然有了兴风作浪的借口。

朱聿恒道："单单应对北漠不难，但孙儿还查知，山东青莲宗流寇已流窜至西北，如今正要与北漠联手，对陛下不利。"

边境不宁，内外势力勾结，形势如此严峻下，朱聿恒口气神情却显得颇为轻松，令皇帝的眉头反倒松开了，问："看你的样子，难道说，其中还有利于我们的方面？"

"是，北漠王女之死，导致边境动荡，但也是此事的突破口，孙儿有把握，只要拿到了证据，便能平息一切，非但北漠要乖乖撤出我境内，宁顺王有生之年亦不敢再生事端。"

皇帝见他如此肯定，便也放心道："好。既然如此，一切便都交给你吧，只是北漠来势汹汹，你务必在他们到来之前查明真相，以免贻误战机。"

"孙儿定不负圣上所托！"

等正事谈完，皇帝示意他到自己身旁来，握着他的手仔细端详，说道："瘦了，黑了，怎么看起来有点像那个阿南了？"

朱聿恒不觉笑了："圣上见过阿南？"

"你属意的人，朕自然得去打量一眼。"皇帝又问，"玉门关这边阵法进展如何了？听说你刚从那边回来？"

"是，只是此次阵法太过棘手，目前无功而返。"

朱聿恒将照影阵法描述一遍，皇帝也是沉吟："天底下双胞胎好找，可身手要一样出色的已很困难，何况你身上'山河社稷图'时间紧迫，上哪儿再找这样一对人破阵？"

"可此阵若是不破，届时丢了敦煌一带，西北防线收缩至嘉峪关内，长城便由北攻据点而转成边界防御线，日后局势被动，只能靠沿线九边重镇，大是不利。"

皇帝叹道："你所说的这一切，朕焉能不知？可人力有时而穷，这阵法若委实破不了，那便另寻他法吧。朕记得你说过，下一个阵法或许在昆仑？"

"即使没有这'山河社稷图'，仅从战略出发，孙儿也认为，这个阵法对西北的意义太过重大，远胜昆仑山阙。"朱聿恒却并未附和皇帝的意思，斩钉截铁道，"这个玉门阵，破得了要破，破不了，也要破！"

"好！既然已下定了决心，便纵是千难万险，死生何惧！"皇帝见他神情如此坚毅，抬手重重拍在他的后背上，"朕相信，你定能破解西北困局。"

顿了片刻，他又问："你抱持此心，那个司南知道吗？她是否会与你一起？"

"会。"朱聿恒毫不犹豫道，"无论如何，我们二人不会分开。"

皇帝听他回答得如此肯定，沉吟颔首，将身旁一个匣子打开，取出几份卷宗，道："这是司南的身世，朕已经查证确凿。"

朱聿恒抬手接过，谢了圣上。

"朕能帮你的，也仅有这些了。能不能让这野性难驯的女海匪为你所用，还是得靠你自己的手段。"皇帝意味深长道，"去吧，希望她不要辜负你所付出的一切。"

朱聿恒出了门，一边走着，一边翻开手中的卷宗，目光在上面扫过。

里面是一批筛选过后，时间、年龄、位置都相符的夫妻。其中可能性较大的几个，皇帝又御笔点了出来。

第一对，失踪后家中余下公婆及二子，被朱聿恒一眼排除。若阿南母亲之前曾有过两个孩子，那么她在海上定能及时察觉到自己怀孕，更不至于因为第三个孩子是女儿而失望难过。

第二对、第三对，夫妇皆目不识丁，而阿南的锦囊中，留着父亲给她的家世名讳字条，至少也该是识得几个字的。

第四对倒是一切都契合，但男人是个会吊麻捻缝的修船好手。这种工匠被抓后，海盗必定不舍得流海处死。

……

十来对看完，朱聿恒将册页翻过来，看向后面的内容。

他的脚忽然停了下来，目光定定地盯在某一处寥寥几行字上，就连一贯笔挺的身子，也陡然变得僵直。

跟在身后的韦杭之愕然止住脚步，看向朱聿恒。

他看见殿下低垂的目光定在那卷宗上，整个人仿佛凝固了。

泰山崩于前而面不改色的皇太孙殿下，此时脸色难看得让韦杭之心生恐惧，甚至想逾矩上前拉住殿下，将他从这不可置信的恍惚中拖出来。

但，不过数息时间，朱聿恒便将手中卷宗一把合上了。

他将它紧紧攥在手中，厚实的桑皮纸被他握出深深折痕，他的手指骨节也泛出了淡淡青色，仿佛手中握着的不是一卷纸，而是一个可怕的深渊。

韦杭之不知这份折子背后隐藏着什么，只小心地低唤他："殿下……殿下？"

他听到朱聿恒悠长的呼吸声，是殿下在竭力压制自己的异状。他虚浮的目光望着庭树许久，才慢慢从恍惚中回神，情态也渐渐如常，只是声音尚且略带沙哑："杭之……"

韦杭之应了一声："在。"

"阿南在哪里？我……现在就去找她。"

阿南正在敦煌城楼之上，俯瞰大漠广袤，风沙漫漫。

日头昏黄，朔风卷起沙砾，如同水流般在大地上漫延。

长烟落日孤城外，不知何处传来细细笛声，似有若无吹着一曲阳关，听得不真切，却格外显得缠绵悱恻。

朱聿恒上到城楼，见阿南正专注地看着下面，便向她走去，问："在看什么？"

"阿琰你看。"阿南指着下方的龙勒水，一群灾民被组织起来在修筑堤坝。

冬日的寒流之中，一群汉子喊着号子戽水，在最边上拉着戽斗的，却有一个格格不入的乡下妇人。

朱聿恒皱眉："这种重活，怎能让妇人去做？"

阿南靠在城墙上，凝望着那个妇人，低低道："我猜想，她肯定有个孩子得养活，所以才抢着来干最累最重的活计。为了给孩子多挣一口吃的，当娘的什么都愿意去做的。"

朱聿恒望着那个手脚粗大面色黧黑的妇人，抬手默然握住了腰畔的荷包——

那里面，装着他的母亲用鲜血给他抄写的祈福经文。

"阿琰，你知道吗……我娘当年在海盗窝里时，为了从别人嘴里给我抢口吃的，她还和别人打架呢。"

听她提起她娘，朱聿恒的手不觉微微收紧，抬眼看向阿南。

"那时候我还小，我娘得在一天劳作后，捡些剩下的鱼头鱼尾，拿回来煮给我吃，母女俩勉强填饱肚子活下去……"阿南并未察觉他这轻微的失态，她沉浸在往昔记忆中，望着下面的妇人，神情黯淡，"唉，阿琰，我一直在想，我娘要是活到现在就好了，我一定让她过上好日子。我们一起打扮得漂漂亮亮的，大江南北哪儿风景好我带她去哪儿玩，什么好吃吃什么，她想要什么我都给她买……"

朱聿恒专注地望着她，倾听她的话。

可阿南说到这里，又怔怔地顿了许久，才摇了摇头苦笑道："可其实，我连我娘长什么样都记不清了。我那时候太小了，她离开我又实在已太久了。"

她眼中的伤感让朱聿恒不可自抑，他握住了她的手，轻声道："阿南，你娘……"

说到这儿，他忽然又想起了案卷上的那些字，内里深埋的可怕真相，让他脊背微微发寒，一时迟疑着，无法再开口。

阿南看着他的神情，似是察觉到了什么："我听说朝廷大动干戈帮我找爹娘，那，有结果了吗？"

朱聿恒知道瞒不过她，便收敛心神，道："有，我看到卷宗了。"

阿南端详着他，问："我爹娘是哪里人？"

他却反问："你记得母亲确切的口音吗？或者说，你娘日常生活中，有出现过什么地方特有的习惯之类吗？"

阿南摇了摇头，说："我娘去世时，我才五岁，又处在鱼龙混杂的海匪窝中，是以连口音都未形成。后来被送去我师父那边后，所接触的人都是应天口音的官话，更是什么都不记得了——不过肯定是东南沿海一带的。"

朱聿恒微点了一下头，却思忖许久不开口。

阿南有些急了，甩开他的手道："算了，你把案卷给我，我自己看吧。"

"不用了。"听她这样说，朱聿恒立即抬手拦住了她。

他凝望着她，声音因为压得低而慢，显得极为慎重："你的籍贯，应该在福州府闽县辖下的马尾。"

"马尾……"阿南望向东方，眼中闪出灿烂的光，"中国塔[1]？"

朱聿恒未曾听过中国塔，面带询问。

"在海上航行时，我们问异国的船舶要去往何方，很多人都会说，去中国塔。后来我回归时，看到七层八角十丈高的罗星塔立于江心激流之上，重山层层固守大地，一瞬间明白了为什么海员们总是难以忘记它。"阿南抬手捂住怦怦的心口，又问，"籍贯找到了，有关于我爹娘的讯息吗？他们是怎么认定的？"

"其实，还没确切认定。"朱聿恒说着，将抄录的户籍名册取出，说道，"其他的，我觉得都对得上，但有一些细节，大概唯有问过了你，才能确定。"

阿南点了一下头，凝望他的眼神中，罕见地露出了紧张忐忑。

"福州府闽县马尾中屿村，有世居于此的王姓人家，生子名王蠡，十来岁上父母双亡，便随村中渔民出海打鱼，无有田产。二十余岁娶妻李氏，李氏时年十八，为家人提挈逃荒而来，以半筐咸鱼、两捆海菜为媒彩而嫁入。"

念到这里，他抬眼看向阿南，低声说："十八岁的适龄姑娘，本不止这些身价。但一是饥荒所致，二是因为……李氏略带残疾。"

阿南神情尚还平静，但喉口已微显哽咽，紧盯着他问："是……哪方面的残疾？"

朱聿恒顿了片刻，缓缓道："她的右手上，缺了两根指节。"

阿南的眼圈在风中瞬间通红，那双一贯亮得灼人的眼睛，难以控制地蒙上了一层朦胧水雾："是……确实是我娘。"

朱聿恒垂下眼，轻轻点了一下头。

---

1 中国塔：古时海外水手对罗星塔的称呼。

　　大漠风沙如帐幔般在半空飘忽舒卷，自他们耳畔呼啸而过，阿南的声音也如风沙缥缈："我幼时，阿娘告诉过我，她的手是在刚学走路时摔到灶膛里，被火烧残的。"

　　她记忆中，母亲总是将自己的手握起缩在袖管中，不让人看到。所以她在对任何人讲述自己的母亲时，也下意识地回避了这一点，不愿显露母亲的残疾。

　　在她被傅准废掉双手之时，她也曾深陷于绝望。但，她看着自己伤痕累累的手，仿佛看见了母亲那双遍布伤疤的手。那双在海盗窝中养活她们母女的手，那么丑陋，甚至因为残缺而有些可怕，却是她此生最依恋最难舍的温暖。

　　这世上，再也没有这样一双手了。

　　她这一生中，遇到过多少双漂亮的、绝妙的、有力的、温柔的手，可唯有她母亲那双不完整的手，才是她人生最初的起点。

　　她抬手按在面前敦煌的青砖城墙上，手指收得那么紧，就像握住了母亲的手，许久不愿放开："阿琰，我去闽江时，曾依稀觉得当地人讲的话似乎有点熟悉，现在想来，大概因为我的记忆中，还残存着母亲的口音吧。所以即使我在海上出生、成长，可自然而然的，在返回陆地之后，在看到中国塔的那一刻，感觉像回到了母亲的怀抱般安心……"

　　她声音颤抖，手背因为收得太紧，青筋突起，几近痉挛。

　　一只坚实又温柔的手覆上了她的手背，那双举世难寻的手张开五指，抚慰她暴突的青筋，插入她的指缝，与她紧紧相扣。

　　他紧握着她痉挛的手，将她所有的伤痕包容于掌心中。

　　他拥她入怀，让全身脱力的她埋在自己心口。冬日严寒被隔绝在外，她急促散乱的呼吸逐渐松懈下来。

　　低沉而柔和的声音，在她耳边轻轻响起："既然你找到家了，那咱们去请泥瓦工匠并高僧大德，在你家原址起衣冠冢，诵经超度九九八十一天，这样，你回去时便可以迎你爹娘魂归故里了……我听说，海边人都这样替不归的亲人招魂。"

　　阿南默然听着，慢慢闭上眼睛，将自己的脸深埋在他的胸前。

　　"阿南，你父亲这边已经没有亲人，但外祖家应该还有人在，你母亲有来历有印记，寻找他们并非难事。到时候你有了根，有了亲人，便不会如此孤单了。"

　　或许，有了牵绊之后，她能安心在属于他的王朝疆域中生活下去，至少，不会再那么轻易离开，断然决绝。

　　因为心中这不可遏制的侵占欲，他握着阿南的手又更紧了一分，哪怕会让她感到疼痛，也在所不惜。

阿南紧抿下唇，默然的，哽咽着"嗯"了一声。

这辈子，她一直都是自己手握利刃，拼杀出一个天地。但此刻与他十指相缠，感觉到他那有力的掌握，她第一次恍然觉得，或许，能切实与另一个人相互依靠，两个人一起努力奔赴向前，也未尝不好。

朱聿恒吩咐士兵去下方劝离那个妇人，让工头多关照她与孩子。

那妇人离开寒冬的河水上岸后，旁边果然跑出一个五六岁的孩子，拉着她的手一起离开。

两人携手站在城墙上望着这对母子领了饭食离开，不觉看了许久。

天色渐晚，日光黯淡，寒风已起。

两人正要离去时，朱聿恒忽然想起一事，取出一个盒子递给她："差点忘了这个，刚从顺天送来。"

阿南打开盒盖，眼底便有青蓝的光泽泛起。

盒子中，是她遗落在他手里的那只绢缎蜻蜓。它一如往常，半透明的翅翼轻颤，似乎下一刻便要乘风飞去。

阿南怔了怔，伸手将它取出，指尖抚摸过它幽蓝的翅膀，托在自己的掌心之中："终于舍得还给我了？"

朱聿恒轻声道："对，我不介意了。"

阿南抬眼看朱聿恒，似乎在问"不介意"是什么意思。

"一开始，是怀疑它与三大殿起火有关，所以不能还给你。后来，知道它是你送给竺星河的信物，所以不愿还给你。但现在，我知道你的心了，所以我敢还给你了。"

她默然垂眼，将蜻蜓从食指转到小指，又转到手背再旋入掌心，叹了口气，问："天底下还有你不敢的事？"

"其他的没有，但与你有关的，我不敢去冒险。"

听着他如此赤诚坦率的话，望着手中的蜻蜓，阿南心下竟觉微微悸动，难以自抑。

他直直盯着她，目光一瞬不瞬，声音亦是平缓有力："阿南，我此生前路叵测，生死难料，可因此能遇到你，一切灾祸便也成了命运恩赐。我无惧无畏，甚至满怀感激。"

　　明明应该恼怒他这么久才把蜻蜓还给自己的阿南，此时却只觉眼眶热热的，泪水几乎要夺眶而出。

　　最终，她只深吸了一口气，站在城墙上抬眼望着远处绵延起伏的荒野与沙丘，举起了手中的蜻蜓："算了……"

　　她转动机栝将蜻蜓尾巴后面的金线拉紧，然后将它举在冬日朔漠的狂风之中，狠狠一拉。

　　在漫卷浩荡的西北风中，青蓝色的蜻蜓振翅乘风而起，向着遥不可见的远方疾飞而去。

　　它飞得那么急，那么快，冬日黯淡的日光只来得及让它闪出一抹幽光，它便拖曳着那缕蓝紫光线，彻底消失在了这片广袤无垠的大地之上。

　　苍穹浩茫茫，万劫太极长。

　　它仿佛从没来过这世间，又仿佛永远刻印在了她心底最深处。

　　她年少时曾夜夜枕潮而眠的那些梦境，在这一刻全都成为不可追寻的过往。

　　不知是如释重负，还是剜心割肉。

　　盯着蜻蜓最后消失的方向，阿南伫立许久，将自己僵举在半空的手缓缓放下，默默牵住了朱聿恒的手。

　　他掌心灼热，在这般的冬日风中，那热量自她的手上蔓延，足可熨暖她的心口。

　　他们都没说话，只携手望着面前这浩大的世界，久久静默无声。

第十三章

玄黄错跱

皇帝御驾，一切都以妥善为要。朱聿恒亲自领兵去城内布防巡逻，而阿南是个闲不住的人，略作休息有点精神，感觉身上伤势也没什么大碍了，挂念起在郊外守墓的卓晏，便骑马出了城。

龙勒水蜿蜒流淌过灰黄的荒原，冬日夕阳薄薄披在绵延的大地上。

尚未到墓前，阿南便看见了卓晏的身影，却见他被一个孩子拉着离开了墓地，往后方快步走去。

阿南有些诧异，追上去问："阿晏，你上哪儿去？"

卓晏抬头看见她，指了指拉着他大哭不已的孩子，道："他娘出事了，我去看看。"

阿南看着这孩子脸上的鞭痕，问卓晏："你认识他？"

"嗯，他娘出去干活时，他偶尔会溜达到我这边，挺懂事的。"

转过土堆子一看，下方河床上，一个女人昏迷不醒，倒在水边。

原来她在河中戽水太久，冻得腿脚麻痹，回程中摔下河岸撞到了头，至今未醒。孩子拉不动她，只能来找人求救。

卓晏忙和阿南将她送回窝棚，安置在干草铺上。卓晏问明了灾疫大夫所在便急忙跑去了，阿南想着给她烧点热水，正去河里打水，忽听到身后传来诧异的声音：

"南姑娘？"

回头见是墨长泽和几个弟子，阿南便打了个招呼："墨先生怎么在这儿？"

墨长泽道："龙勒水是此地命脉，河水忽然干涸，必有大事，我带弟子们来查看一下。"

阿南点头，又指了指岸边，说道："河水涨落不定，灾民们还在修筑堤坝，这边工事该有些应对方案才好。"

"是该出个方案。但天灾频繁，纵然我们救得了此地灾民，又如何救济天下灾民？就算救得了全天下的灾民，可还不是众生皆苦，每个人都奔波挣扎在这世间，蝇营狗苟。"墨长泽叹道。

阿南默然，心道若青莲阵法彻底发动，这边怕是水都没了，还修筑什么堤坝？

抬头看见卓晏带着大夫过来，走到了墨长泽身后。他显然也听到了这番话，眼中泪光涌起，悲难自抑。

阿南感慨，人生巨变，卓晏这个浪荡子也终于开始懂得人生艰难，也不知是好事还是坏事。

听墨长泽他们商议如何改水道，阿南便道："我看此处地势，应当适用渴乌，也就是过山龙。墨先生，我画个图样给你瞧瞧看合适不。"

时间紧迫，她匆匆画了个大概，墨长泽看着草图眼中放光，又遗憾道："只是沙漠之中哪来如此多的木头竹竿，终究难以施展。"

却听旁边卓晏迟疑道："虽然没有竹木，但龙勒水出敦煌后，在下游有个水草丰茂之处，生长着不少芦苇。我看过有人以芦苇和上胶泥，加以烘烤，亦能造出相似物件。"

墨长泽大感兴趣，道："这种法子在南方较多，我久居北方，倒不是很熟悉，你具体和我说说。"

卓晏顿时瞠目结舌。

他过往二十余年都是个不学无术的浪荡子，即使见过那东西，但哪懂得详细具体的道理，磕磕巴巴连猜带蒙讲了一些，墨长泽和几个弟子都是大摇其头，感觉难以实施。

"墨先生别急，隔日有空，你们一起弄点芦苇胶泥试验一下呗。"阿南说，"阿晏也好好回忆一下，要是能帮上忙，对敦煌也是大功一件。"

眼看天色已暗，送走了墨长泽后，阿南到卓寿墓前上了炷香。

"阿晏，其实我有事要找你帮忙。"打量他披麻戴孝的模样，阿南又觉有些难以开口，"你会吹笛曲《折杨柳》吗？"

"会，这曲子我熟。"卓晏道，"毕竟我朋友多，相聚别离常吹这一首。"

"这曲子，有古曲和今曲的区别吗？"

"这倒没听说，笛曲传承有序，应当没有什么变化。"卓晏说着，忽然明白过来，问，"这么说，是这次的阵法，需要用到《折杨柳》？"

阿南点头，道："敦煌这边的乐伎，因为都与马允知有关系，所以我们不方便用，阿晏，你是我们最信得过的人了。"

卓晏毫不迟疑，问："什么时候去？到时候喊我一声即可。"

阿南没想到他如此干脆，心下一松，笑了："你不担心别人背后非议？"

"那又有什么，我本就是无行浪子，哪天断过非议？"他靠在墓碑上，面上尽是萧瑟神情，"实不相瞒，阿南，我也想和你、和墨先生一样，这辈子做点有意义的事情。做不了大事，哪怕再小，也想去试试。"

告别了卓晏，阿南又受托去看了看卞存安。

"阿晏在那边认识了个孩子，请卞叔你下次过去时，把家里那几本画册顺便带过去，他也可以给孩子教教字画打发时间。"

卞存安一听，眼泪便落下来了，哽咽道："以前让他看书，他都偷跑出去斗鸡走狗，如今倒懂得上进了。"

阿南劝慰了他几句，想起唐月娘的事，便借着由头提了起来："卞叔，你看，咱们还有可能找到阿晏的娘亲吗？"

卞存安叹了口气，黯然道："怕是难了，我也不知道那人是谁。"

"那，你给我讲讲当年的事儿？阿晏亲娘是哪儿的人该知道吧？"

"应该是顺天附近小村落的。当时我跟随永年兄出逃，为了遮掩我的身份，永年兄便请调去了个边防小卫所，顺便把我安置在那里。那时候马允知是百户，永年兄任他副手。我在那边无人打扰，日子过得平静，只是他们卫所有几次未能完成上头委派的命令，有时被罚俸杖责，打得厉害……"

即使过了多年，卞存安说到那时的卓寿，面上依旧有疼惜之色，叹道："不久马允知立功升调，永年兄接管了卫所。过了有半年左右吧，有一天晚上，他来跟我商量找个婴孩来遮掩身份之事。我说那可没办法，可他却说……到时候就有了。"

"半年后，他真的抱了个刚出生的娃回来，就是……阿晏了。我问永年兄是哪儿来的孩子，他说是别人不要的。我看阿晏眉眼与他颇像，本来有些怀疑，但后来一直没见什么女人出现过，才信了他的话。"卞存安想着当日襁褓中的卓晏，忍不住心酸，"卫所全是毛头小子，哪懂得什么。卓家老人知道此事后，喜不自胜，觉得卫所苦寒不好养孩子，立刻跑来将孩子带到顺天了。阿晏从小备受祖父母宠爱，从没受过什么苦，如今落到这境况，是我对不起他……"

从卞存安那儿听了一番陈年旧事，阿南一边思索着，一边回到驿馆，正遇上康晋鹏将大夫送出门外。

阿南便问："薛堂主他们情况如何了？"

"薛姑娘伤势轻些，刚刚已经用了药歇下了，薛兄弟倒是刚醒。"康晋鹏指指屋内，面带焦虑。

拙巧阁与阿南其实本有冤仇，不过毕阳辉死后，他们都与朝廷合作，康晋鹏此次又与阿南一起下过地道，因此也化干戈为玉帛了，甚至主动邀请道："南姑娘，进来一起听听阵内的情形吧。"

薛澄光虚弱地躺在床上，眼睛半睁半闭。

他全身溃烂，烧焦的衣服贴在灼伤的皮肤上，脸上缠满绷带，虽然勉强开口，但声音低弱，几不可辨。

"当时……我与滢光一起入内，越往里面，只觉身体越重。洞窟蜿蜒，有时我们分开太远，彼此呼喝也听不到，只能靠着下意识的判断进行……纵然我们二人自幼心灵相通，一路过去也常有闪失，不过我们算是老江湖了，也能勉强弥补……"

阿南靠在柱子上，揉着手脚旧伤酸麻处，听薛澄光继续讲下去。

"险险通过地道后，尽头是一个高大广阔的石室，里面是五色云母雕琢成的满池莲花，分布于室内，在火折子下熠熠生辉，我们一时都看呆了……"薛澄光的声音颤抖得越发厉害，显是回忆起当时的情形，至今心有余悸，"莲池正中，是一朵巨大的青莲，上面有只云母青鸾展翅欲飞。我们料想阵法中心必定就是这只青鸾，于是便向它而去，谁知没走出几步……"

他的声音中流露出极度的恐惧，若不是身受重伤瘫在床上，怕是已经跳将起来："一阵疾风忽然扑面而来，莲池上方倾泻下大片毒水，比外面所喷的更为可怕，连那些云母莲花都在水中迅速消融。我下意识地向后疾退。可……滢光不知怎么的，仿佛没听到我的声音，不仅没有撤回脚步，反而抬手向着前面扑去，似要投入那片可怖毒水之中……"

他说到这里，喘息越发急促，显然回想当时情形，依旧觉得恐怖至极。

"眼看血海扑面而来，我唯有冲过去揪住滢光后背的衣服，将她一把扯回。她也终于醒悟过来，跟我一起奔回洞窟……可，已经来不及了……"

后方血海汹涌，前方照影双洞默契已破，漫天毒水将他们笼罩其中。

而他们左支右绌，再也无法同进同出，只能拼着被蚀出一身血肉模糊，勉强逃出阵中，苟全一条性命。

阿南听到这番死里逃生的遭遇，也不由得感到惊心。

以薛氏兄妹这样一对当世高手，尚未踏入机关中心便险些丧命，究竟是什么样的机关，可以将一池青莲瞬间翻成血海，而且陷入机关的人还毫无任何察觉？

难道说，傅灵焰的阵法机关真的已经达到了这般鬼神莫测的地步？

"不对啊，刚刚我们询问过滢堂主阵中情况，前面都差不多，但她在阵中所见，与你所说的大相径庭。"康晋鹏疑惑的声音传来，他取过手边一张记录，见薛澄光显然已经看不了东西了，便交付于阿南，说："南姑娘你看，滢堂主说，她看到的明明是雨落莲池，不是血海毒水啊。"

阿南闻言，顿时错愕不已，上前来接过薛澄光手中的卷宗一看，果然，薛滢光所说在上面清清楚楚——

她在出照影双洞后，踏着莲叶向正中心的青鸾而行时，忽觉轻风袭面，一汪碧水如雨帘般从一池青莲中泻下，漫卷起雨雾云烟，将后方的莲花与青鸾笼罩在其中，如同仙境。

洞中火折子光芒黯淡，薛滢光心旌摇曳，待要向前再走两步，看清楚情况之时，后背却被哥哥一把抓住，将她拖了回去，大吼："快跑！"

她尚未回神，便只能随着兄长仓皇逃出。可此时他们心境大有不同，一个急切逃命，一个疑惑不解，因此而乱了配合，导致两人险些命丧洞中。

这大相径庭的描述，令阿南与康晋鹏都是疑惑难解，面面相觑许久无言，根本理不出洞内真实情形。

阿南一路思量着，顺着院廊走回前院所居之处。

屋内点着明亮灯火，门外侍立着韦杭之。

阿南脸上不觉露出了笑容，一脚迈进去，果然看见朱聿恒端坐于桌前，已经为她备好了晚膳。

阿南洗净了手，毫不客气地在他面前坐下，一边抓起块羊肉啃着，一边将刚刚薛澄光那边所见的事情讲了一遍。

"两个一起进去的人，所讲述的内容却好像对不上啊。"阿南啃着羊排，问朱聿恒，"你觉得，谁说的比较可信些呢？"

"就算角度有所不同，但同在阵中，不至于所见的东西会大相径庭。所以这里面的真实情境，能确定的应该是有云母莲池、青鸾和从天而降的水帘。"朱聿恒思忖道，"相比较而言，我觉得薛澄光的可能性大些。"

"嗯……不是我不信世上有那么厉害的水，问题是，若进去一对人，阵法为了防御便把云母石莲熔化了，那里面绚丽的景象岂不是即用即抛了？傅灵焰不会这么浪费吧？"

朱聿恒听着她的话，笑了："显然不会。"

既然阵内的详细情形探讨不出，他们便也先撂开了。阿南跟他讲了讲卓晏和卞存安的事情，在烛光下一起把饭吃完。

等盘碟撤去，他取出药酒督促她擦上。

阿南捋起袖子，见右臂的肿胀大有好转，转了转手臂正在感受伤势时，手肘忽然一紧。

是朱聿恒握住了她，将她的衣袖捋了上去，看向她臂弯的伤处。

阿南一怔，想要抽回手，可他握得很紧，低声道："阿南，让我好好看看你的伤。"

他声音又温柔又低沉，自她耳畔直入胸臆，让她心间忽然绵软下来。

她恍然想，阿琰啊，每次紧紧抱住她不肯松手时，那强硬又执着的力道，总是与此时他的动作，一模一样。

原本一直掌控主动的她，在此时的他面前，放松了身体任由他审视自己的伤口——不是示弱，不是服软，只是舍不得看他在要求无法得到满足时，露出失望的神情。

而他温暖的掌心覆在了她微凉的手臂伤口上，小心翼翼地贴着，问："还会痛吗？"

"在阵中被傅准控制住时，确实生不如死，但现在又没什么感觉了。"阿南屈了屈手肘，恨恨道，"傅准这个浑蛋，我绝不会饶过他！"

可再一想，傅准那冠冕堂皇的借口，把皇帝和太子都搬出来了，怕是阿琰要帮她去讨债也为难，只能闷闷地"哼"了一声。

朱聿恒的指尖在她旧伤上抚过，却没有发现新的伤口："是万象吗？他怎么伤到的你？"

"万象只是看不见而已，怎么会连伤口也没有？"阿南盯着自己的手肘又看了几眼，确实连最细小的痕迹都没有找到。

正在思索之际，忽然间一个念头闪过她的脑中，她呆呆地望着自己的手肘，心下有个极可怕的设想，像是要将她劈头盖脸吞噬。

当时在黑暗中，她是面向傅准的。

就算万象可以准确地攻击她的臂弯，那么她向后的腘弯，他又是如何攻击的呢？

一缕尖利的冷气沿着脊椎渐渐升上来，让她的身体莫名僵直，遍体生寒。

她木然站着，而朱聿恒未曾察觉她心内的惊涛骇浪，轻轻帮她理好衣袖，却不曾将她的手放开。

阿南紧握着他的手，定了定神，望向他的胸膛，问："你的伤怎么样了？"

朱聿恒略扯了扯自己的领口，让她看看咽喉下的赤线："还好，痛过了便安静下来了。"

"傅准那个浑蛋心机太深沉了，玉门关这个阵法，从内部结构到密道路线再到你身上的'山河社稷图'……他早就一清二楚，却看着我们着急奔波，要不是我这次用计，他从始至终半个字都不吐露，简直一肚子坏水！"

"可你也太冒险了，总是任由自己陷身于危机中。"

"我也是有把握才会去冒险啊，对自己有把握，对你也有把握。"

"万一哪次我有个失误，你怎么办？"

"不会，"面对他的担忧，阿南却轻快朝他一笑，"毕竟你是从来不会让我失望的阿琰嘛。"

朱聿恒明明觉得心口还郁积着担忧，可看见她的笑容，还是忍不住伸手揉了揉她的发，像抓住了偷鱼的小猫，生气又无可奈何。

阿南将面前的茶一口喝完，道："别磨磨蹭蹭啦，留给咱们的时间不多了。如今是月底，马上月初，你身上的'山河社稷图'就要发作，这次咱们一定要赶在阵法发动之前，将里面的母玉给取出来，免得你身上的子玉再被呼应碎裂，又毁一条经脉。"

"嗯。"朱聿恒应了，想起一件事，又道，"梁家三人不知躲在矿道何处，至今未搜索到。不过盯着梁鹭的人确定，他们尚未联系上。"

"是我大意了，不过最终能让傅准带我入阵，还是全靠他们动了手脚。"阿南心有余悸，又有些庆幸，"幸好你没有第一时间去抓梁鹭，不然最后的线索也没了。"

"目前她在月牙泉一切如常，只等好戏开场了。"

"那就好。"阿南思索着，皱眉道，"我总觉得，这案子的前因后果都已经有了，只是……还差一点点碎片未曾拼凑上，是什么呢？"

"我知道是什么。"朱聿恒仿佛看出了她在想什么，从旁边取来两份文书，递到她面前，道，"正巧，我过来便是要拿这个给你看的。"

阿南拿过来，翻开第一份一看，当即皱起眉头："这是……数十年来北漠对我朝的用兵记录？"

朱聿恒点了一下头，示意她详细查看里面的内容。

阿南笑吟吟地将手按在上面，那双亮亮的眼睛望着他，问："这种军机要事，让我这样的女匪看，合适吗？"

"谁说你是女匪了。"朱聿恒在椅背上又加了个垫子，让她舒服地靠着好好看，"你现在坐镇朝廷破阵小队第一把交椅。"

"那也得等我把傅准先给扇下去，才能坐头把椅。"阿南开着玩笑，歪在椅中摊开第二份文书，却见是二十多年前顺天周边一个小卫所的旧录，诧异地挑了挑眉，"杨树沟卫所……百户马允知，副手卓寿？"

朱聿恒点头："二十三年前，二月，你对照看看。"

阿南将两份文书一起翻到二十三年前的二月份，看了一眼，便露出了错愕的神情。

呆了片刻，她猛抬头看向朱聿恒，气息都有些不稳："二十三年前二月，北漠退避于王庭，并未有任何流兵在外，而……杨树沟卫所，歼敌百余人，马允知因此荣升，副手卓寿擢拔为百户？"

朱聿恒点头："所以，一切前因后果，都清楚了。"

阿南只觉得脑中风声呼啸，望着这份二十三年前的档案，她既愤怒又激动，脸色都变了。

朱聿恒铺开一张素笺，提笔道："来，咱们将此案再从头到尾理一遍吧。"

他走笔如飞，在纸上写下本案的两个表象——卓寿与王女之死。

同一时间，同一场雨，分隔于敦煌南北。

都在诡异的雷火之下全身起火，被焚烧而死。

关窍基本通了，阿南将档案扣在桌上，掰着手指道："先把卓寿的线索理出来。"

两人商议着，在纸上一一列下——

其一，二十三年前，卓寿与马允知同在小卫所，马允知高升，卓寿得子。

其二，二十年来卓寿与马允知素不往来，似各有成见。

其三，苗永望临死之前，曾寄信诅咒卓寿暴亡，很可能提到天雷之说。

其四，卓寿运送草料到矿场，因公而来，却独自先行离去。

其五，知晓他离去内情的刘五，因为撞破唐月娘私情，疑似被杀。

阿南与他看着整理出来的线索，露出释然表情："现在看来，卓寿之死的疑问都已经有了答案，接下来，就是北漠王女的事儿了。"

朱聿恒照例在纸上列出疑点——

其一，一直梦见自己死于火焚的王女，果然死于火下。

其二，天雷穿透雨伞，劈中咽喉起火，火又从伞下冒出。

其三，侍女跳河而死后，属于北漠王族的金翅鸟首饰出现于干涸水道中。

其四，梁家忽然认祖归宗的女儿，竟遵循北漠风俗。

其五，王女死后，北漠立即得到风声，以侍女书信为凭，前来兴师问罪。

五条疑点，朱聿恒在纸上一条条列出，阿南一条条看着。等到他收笔之际，抬头与她相望恍然。

如电光石火，洞明照彻，从顺天到敦煌一路憋着的谜团终于都有了答案，两人不觉都露出笑意，轻出了一口气。

"看来，万事俱备只欠东风了……"阿南的手抚过纸上尚未干的墨迹，点在卓寿与王女之上，道，"现在就等着他们落网了。"

"别担心，他有金蝉脱壳之计，我们也有引蛇出洞之法。"朱聿恒搁下笔，沉声道，"只要恶人敢兴风作浪，就决计无法逃脱！"

圣上西巡，马允知千盼万盼，一朝梦想成真，圣驾居然真的降临了敦煌，他自然欣喜若狂。

正在忙得脚打后脑勺之际，另一个喜讯又到来——圣上决定前往千佛洞祈福，途经月牙泉，要那边做好接驾准备。

马允知派人一路打马狂奔到月牙泉，吩咐阁内做好准备。

鹤儿急忙给梁鹭梳妆打扮，激动得手都在颤抖："哎呀哎呀，这可是要面圣啊！

梁鹭姐你这辈子见过最大的官是多大啊？你怎么都不紧张呢？不瞒你说，我除了马将军，只见过村长呢！"

再想了想，她又掩嘴笑了出来："哎，不对，上次那位提督大人，虽然大家都不敢说，可私下都在传说是皇太孙殿下。那个气度，那个模样，无论哪个姑娘看见都会心折呀！"

梁鹭端详着镜中的自己，抬手掠了掠鬓边的发丝，随口道："不过是个略好些的男人而已，这世上也有人不屑嫁给他的。"

鹤儿咋舌道："罪过罪过，谁会这么想不开啊？"

梁鹭笑了笑，没再说话，垂眼一只一只给自己套上臂钏。

鹤儿蹲下去，替她将衣带丝绦系成三连九环万字结。

"鹤儿……"

她忽然听到梁鹭低若不闻的声音，便抬头看她："啊？"

梁鹭垂下眼睫没有看她，手上臂钏跳脱铿然有声，几乎要掩去了她的声音："你去敦煌城里，替我买半斤糖渍梅子。"

鹤儿呆了呆："现在？"

"对，现在。我跳完舞想吃。"

"可……可我还想偷偷看看圣上长什么样呢！"鹤儿迟疑道，"再说了，梁鹭姐你上石莲跳舞，我不得帮忙吗……"

"有什么好帮的。"梁鹭冷着脸道，"快去，等会儿要是没有梅子，我叫马将军把你发卖到军中去！"

鹤儿吓得慌忙起身，套上件厚衣服，直奔敦煌城。

皇帝移驾声势浩大，阿南也盛装打扮，一身孔雀蓝的锦缎配白狐裘，浓密的头发以青鸾金环束成三鬟望仙髻，明艳生辉。

她与诸葛嘉等人一起，在队伍前头一里处骑马先行，引领圣驾前往月牙泉。

茫茫荒野中只有一条路沿着龙勒水前行，连通敦煌与月牙泉。路上行人都被拦在远远道旁，阿南一眼便看见了骑着头大青驴候在道旁的鹤儿。

"鹤儿？你怎么在这儿？"阿南远远问她。

鹤儿忙道："我替鹭姐买糖渍梅子去。"

"哦……"阿南露出意味不明的笑容，"那她身边不是没人了？跳舞的事儿谁帮她准备？"

"我已经帮鹭姐打扮好了，跳舞的事我也帮不上忙。"

"是吗？那我去瞧瞧她今天是不是特别漂亮。"阿南笑嘻嘻的，仿佛完全不知道她在紧张些什么，"敦煌水桥边那家果子铺有糖渍梅子，味道不错，你去买吧，梁鹭保准喜欢。"

鹤儿忙不迭点头，而阿南拨马回来，朝廖素亭一笑："看来，今天会有一场精彩的表演啊。"

月牙泉还与他们上次来时一般，宁谧而恬静地躺在沙丘之中。岸边垂柳已经落尽了树叶，显得这冬日更为萧瑟。

见他们到来，马允知赶紧迎上来。

皇帝此次微服简从，只带二三百人马，在鼓乐马蹄声中，御驾徐行至月牙泉前。

碧波粼粼的月牙泉中，梁鹭早已立于石莲之上，彩衣飘摇招展，容光艳丽逼人。莲花随风旋转，她腰肢柔韧纤细，越显动人。

行道旁人群肃立，静候圣驾。

车驾在人群之前停下，陈设好蟠龙金漆凳，宫女卷起车帘，大太监高鋆忙疾步趋往车前，将圣上从御驾上搀扶下来。

在外从简，皇帝只穿了明黄团龙便服。他身材矫健高大，自马车上跨下，观看面前的月牙泉与月牙阁，在人群的簇拥中手抚髭须，点头赞叹。

马允知回头赶紧朝月牙泉上暗暗招手。

水面上涟漪荡开，飘摇的石莲自丛丛菖蒲中转出，莲花上的梁鹭手持绢制莲花而立，周身彩带飘曳，浑如壁画中的散花仙子。

皇帝目光微眯，颔首之际，脸上也露出了笑模样。

见圣上满意，高鋆对马允知笑道："马大人这安排可真不错，还没到千佛洞，先来了个莲台飞天。"

见圣上目光驻留在泉上，旁边的鼓乐顿时一变，大有丝路异国的辉煌宏阔之风。

梁鹭腰肢款摆，在莲台上随乐声左旋右转，急转如风。她这身下的莲花浮在水面之上，本是浮浅之物，可无论莲台如何旋转起伏，她的身姿始终不离莲房，那原本难于立足的无序转动，只更增添了她的袅娜风姿。

岸上随扈军队众多，月牙泉边逢迎守候的也有数百人，但所有目光定在她的身上，一时都如痴如醉，神为之夺。

唯有阿南目光冷静地审视她的周身，时刻关注她的举动。

在急管繁弦之中，梁鹭一个后仰下腰，以膝盖为支撑，手托莲花，整条脊背几乎贴着水面转过。鬓边金花在月牙泉上下交映，闪耀出灿烂光彩，照得她面容皎洁如月，神采更盛。

这个完全不可能的动作，让众人看得目瞪口呆，喝彩连连。

廖素亭咋舌不已："这，这可太神了，仅靠双足支撑，如何能维持后倾至水面的动作？无论如何，人在后仰之际，必须要以双手支撑，才能稳住身体呀！"

阿南笑道："也不是不行，如果她的脚下有借力的话。"

廖素亭的目光移向梁鹭的足部，只见她足尖似卡在石莲的一处凸起中，但那块凸起并不大，浮石又质地疏松，不知要如何借力。

阿南贴近他的耳畔，轻声说："莲房处有另一个人，紧紧抓住了她的脚，因此她才能这般自如地做出种种不符常理的危险动作。"

廖素亭恍然大悟："原来如此！只要下盘稳住，上身自然可以自由倾斜！"

"咱们第一次过来时，她跳的舞可没有这般险难的动作。"阿南笑道，"你猜猜，她改变了编排，特意跳这般复杂、只有两人配合才能跳的舞蹈，是为什么？"

廖素亭自然不知，而阿南微微笑着，声音低得几乎消失在乐声中："你看，这不就名正言顺带了个人进来吗？"

乐曲到了最高潮部分，鼓乐催得如骤雨般急促，梁鹭在旋舞，脚下莲花亦在水中飞旋，荡开层层涟漪，波光飞溅。

管弦繁急处，骤然翻出最高音。梁鹭手中的绢制莲花在水风中化为漫天花雨。月牙泉上乐音顿收静寂，零落花瓣中水上石莲的旋转也渐缓，一曲终了，只剩袅袅余音。

"好！"素来不喜歌舞的皇帝，破天荒拊掌喝彩。

马允知又惊又喜，忙示意梁鹭行礼。

护卫谨慎地隔开皇帝与月牙泉的距离。梁鹭大方从容，虽然靠岸了，也并未上去，只遥遥隔着护卫人群，在石莲上向着皇帝盈盈下拜，笑靥如花。

皇帝的目光在她身上停了停，并未说什么，转身便带人进了月牙阁内。

马允知本打算让梁鹭跟上伺候，但皇帝周围重兵护卫，哪有他安排的份，只能丧气地挥挥手，示意梁鹭先退到一边。

而梁鹭也不着急，划着石莲便进入了菖蒲枯萎的岸边。

月牙阁早已清理完毕，一番彻查确定无虞后，皇帝在众护卫的簇拥下踏入阁内，略事休整，准备出发前往千佛洞参拜。

虽只稍息片刻，但迎驾哪敢马虎。阁中早已备下雁荡毛峰，设好团龙锦褥，熏上了软丝沉香。

皇帝在阁中坐定，啜了一口茶，抬眼看见面前那扇九天飞龙云母屏风，不觉来了兴致，站起身走到屏风面前站定，端详上面以五色云母拼合的飞龙与祥云，龙颜大悦："这屏风，颇具匠心啊！"

人群中的马允知听到此话，顿时喜不自胜。

皇帝目光在天娇的龙身与飘飞的云朵上掠过，待看见龙头之时，脸色一沉："这怎么回事？"

马允知赶紧躬身往前凑，恭谨道："敦煌游击将军马允知参见陛下！"

皇帝沉声问："你这屏风上的龙，有眼无珠，是何用意？"

"启禀圣上，此龙乃天造地设，由云母矿脉中天然生成。臣等将它自地下请出之时，众人都说此等灵物乃天生祥瑞，怕是凡间留不住，要化为飞龙而去。"马允知眉飞色舞，将这一番话说得跟真的似的，"是以，匠人们细心雕琢其形，却不敢添之以神，更不敢点画龙睛。如今陛下御驾至此，敦煌子民无不欢欣鼓舞，想必只有陛下御笔为这条云龙点睛，以浩荡天恩镇压龙气，钦定它长驻龙勒水，才能佑我一方子民永享盛世太平！"

这一番马屁，结合这十二扇通天彻地云龙屏风的精彩神妙，拍得皇帝舒坦不已，捻须点头："看来这条天生地养的云龙，就等着点睛了？好，拿笔来！"

见自己的奉承正到妙处，马允知欣喜若狂，赶紧恭恭敬敬地跪下，山呼行礼："请陛下点睛！"

大太监高釐亲自捧砚，以斗笔饱蘸浓墨，将它交到皇帝手中。

皇帝接过斗笔，走到云龙之前，看向那鸡蛋大小的眼珠。

此时龙眼尚是灰白色，为了便于上色，打磨成了粗粝的起砂质感，只待这一笔浓墨下去，整条龙身焕发神采，成为一条完整的祥龙。

皇帝背对着他们，提笔顿了片刻，似在酝酿画意，随即，他的笔不假思索地下落，点向那颗龙眼。

他笔势极为有力，转瞬间便落向屏风，浓墨点在龙眼之上。

就在墨水触到灰白眼球的那一刻，只听得嗤嗤声骤然响起，龙眼猛地喷出炽热烈焰，随即，整条云龙就如被点燃了引线，火光迅速蔓延，整扇云母屏风喷射出烈火浓烟，瞬间笼罩住了站在屏风前的皇帝。

现场顿时大哗。

侍卫们训练有素，立即结成人墙，迅速向中心奔拢，冒着被火焰卷噬的危险，去保护圣上。

屏风上浓烟弥漫，嗤嗤直冒，整座楼阁顿时被烟雾笼罩。

可奇怪的是，在这般险境之中，皇帝站在屏风之前，居然只退了半步，未曾逃离。

韦杭之恐慌至极，一步跨进浓烟中，去护卫皇帝。

然而，未等他在烟火中触到皇帝，便听得耳边似有雷声炸开。

浓烟烈火中，月牙阁内又是一阵震动，高悬于梁上的四盏大宫灯已有三盏骤然炸开，如火球坠落，摔向下方，飞溅出大团火花。

护卫们被火焰灼烫，顿时乱了阵脚，围拢之势缓了一缓。

阿南失声叫道："六极雷！"立即抢入混乱烟火之中。

灯笼火光飞溅，而流光钩住横梁，阿南翻身跃起，拔身直扑向屏风内侧烟火最盛处。

混乱声响中，她于浓烟中落地，往前一个直冲，正要定位六极雷的中控，浓烟中却扎入了一个怀抱中。

身穿明黄团龙袍的人迅疾抬手，将她结结实实地抱住，脚下坚如磐石，一动不动。

阿南抬头看他，浓烟呛烈，烟焰让两人都无法开口，只在眼神交会的刹那，他向阿南点了一下头，随即看向脚下。

他的左脚正牢牢踏在屏风前的那块地板上，即使面前火光如电，爆裂声四起，混乱中他的身形依旧一动不动，沉稳如山岳。

阿南松了一口气，扯起衣领捂住口鼻，急道："千万不要动，六极雷已动其五，你踩住的这一极一旦松动，便立刻爆开了！"

周边一轮爆炸剧震未过，侍卫们已重新结阵，立即上前。

韦杭之见皇帝身影牢牢站在烈火之中，如同钉住般，吓得立即扑上前来，要将他从火海中拉出。

阿南一把拨开韦杭之的手，摇了摇头制止他。

未等韦杭之回过神来，云母龙身中显是埋了引燃之物，火光大炽，烟焰乱喷，已彻底燃烧了起来。

那些火与平常的火焰大为不同，浓烟烈焰引燃了冬日厚重锦衣，他们身上的衣服顿时冒出汹汹火光。

这边的侍卫扑救皇帝身上的烈火，另一批则立即结阵，以皮盾相抵，同时奋力，将面前沉重的火焰屏风向后推去。

在猛烈的撞击下，那燃烧的十二扇通天彻地屏风失去平衡，终于在轰然声中向后倒去。

正当火花四溅、众人回头躲避之时，后方一条彩衣人影骤然扑出，一脚踏上正在倒下的屏风，手中短剑寒光森然，以鹰击之势，向着牢牢站在火焰正中的明黄身影刺去。

远处的护卫，因为浓烟而无法逼近；近前的侍卫，正被腾起的火光眯了眼，如今皇帝的身边，正错出了一瞬间的防守空虚。

但只这一瞬间，便已经足够彩衣刺客的剑尖，递到了他的胸前。

千钧一发之际，皇帝右手掌中骤现金属光芒，如同锁子甲般细密编织的精钢骤然于他的掌中扩展又迅速合拢，如同一片云翳将剑尖瞬间吞噬，响起一股金属绞缠的刺耳之声。

那片怪异的精钢，正是阿南所打造的岐中易"初辟鸿蒙"。

刺客去势太急，剑尖被重重勾连的精钢锁住，收势不住又无法抽回，整个身子顿时前倾，眼看便要撞在皇帝的身上。

皇帝左脚纹丝不动，却毫不犹豫地飞起右脚，踹向刺客的小腹。

小腹受击，刺客痛极脱力，手中短剑当即被"初辟鸿蒙"绞走，身体落地趔趄后退。

而对面的皇帝一脚紧踩在六极雷阵心之上，右脚踢出伤敌后，整个身躯也立即一倾，眼看便要失去平衡栽倒在地。

一抹流光劈开烟雾火光，迅疾钩住他的身躯，将其偏离的身体拉了回来。

正是阿南。

二人配合得天衣无缝，他立即稳住身形，左脚牢牢踏在六极雷阵眼之上，未曾有半寸挪移。

"廖素亭，去找楚元知！"

烟焰初散，身着明黄之人沉声下令，声音已经变得年轻，再不是那沉稳威严的皇帝声音。

摔出去的刺客趔趄爬起，强忍下腹剧痛，纵身便要跃下月牙阁。

因为在近身相搏的刹那，他已经发现，对方的面部与脖颈早已罩上了金丝火浣软甲——

他做好了万全准备，甚至可能早就洞悉阁内将要有伴随火焰而来的一场刺杀，备下了防火与防刺的一应措施，在提笔点睛前，便在背对众人之时准备好了一切。

也就是说，这场暗杀，是螳螂捕蝉，黄雀在后！

刺客大为惊骇之下，心知自己布置的陷阱已反为他人所用，急转纵身，便要逃离。

就在他转身之际，身后火焰熊熊的屏风猛然爆裂。

流火四溅，烈焰纷飞，是阿南掀翻了屏风，操纵它们翻滚相撞。

两股火焰互压，并不是相助相长，反倒像是两个怒汉相搏，竭尽全力后都偃旗息鼓地暗了下去。

就在火焰被阿南扑灭之际，众人也看到了屏风后刺客的足尖点上了窗台。

就在刺客跃起逃离之际，面前忽有无数光华骤然纷起。

朱聿恒手中日月乍现，万缕华光迅疾收拢，将刺客牢牢缚住扯回楼内，一把掼在了地上。

不待他爬起，候在楼内的诸多侍卫已冲了上来，刺客脖子上架着七八柄刀，被揪了起来。

他不急反怒，死死盯着那被收回的日月，问："原来那日屠戮我宗诸多兄弟的人，是你？"

他声音粗哑，带着一股非男非女的调调，听着有种森冷的邪行，正是阿南当时在地下院落中听过的青莲宗主的声音。

阁内火势已灭，浓烟散尽，刺客的面容也终于呈现了出来。只见他身穿舞姬彩衣，脸上戴着一张似在开口而笑的青色面具，配上那一板一眼难辨雌雄的声音，说不出地诡异。

阿南脱口而出："青莲宗主！"

对方充耳不闻，只冷笑一声，先朝对面的"皇帝"开口道："皇太孙殿下，你的脚可一定要踏牢了，否则，我们所有人连同这座月牙阁，全都将被炸得血肉横飞——当然，你在阵眼正中间，肯定是炸得最碎的那一个。"

周围人尽皆大惊，目光不自觉投向那块被踩住的地板，脊背立即全是湿冷的汗。

见他已察觉到自己身份，朱聿恒便抬手将自己面上的伪装撕去，冷冷道："六极雷之威，本王亦曾见识，无须宗主多言。"

"那你可知，关闭阵眼的机关，设在何处？"

所有人的命都握在他的手中，青莲宗主气焰嚣张，面对脖上刀剑毫无惧意。

朱聿恒略一沉吟，抬手示意，周围侍从收回了架在刺客脖子上的刀，但刀尖依旧对准了他，不曾松懈。

"你有何要求，不妨说来听听？"

青莲宗主如有恃无恐，掸落了身上的灰土，道："蒙朝廷厚恩，我青莲宗如今处处遭堵截追杀，如今行此下策，只为了谋求朝廷一个公正的对待。"

"你们在山东猖獗横行，杀官员、劫灾粮、煽动民变，本王倒想听听，何种对待才属公正？"

"我教一开始不过是贫苦百姓互帮互助，笃守青莲老母教诲，共济普救。只因受到地方官僚盘剥，实在无奈才走上对抗官府之路。如今我们大部势力早已被朝廷于山东剿灭，只求退于西北苟延残喘，还望朝廷能法外开恩，放我们一条生路！"

"怎么，真以为挟我们几条性命，就可以胁迫朝廷了？"朱聿恒的脚一直紧踩住六极雷的阵眼，神情泰然自若，"你们造反谋逆，企图刺杀圣驾，有何资格与朝廷谈判？"

青莲宗主死死盯着他，声音更显冷硬："还请殿下早做决断，否则，等你站久了，脚不受控制了，怕是追悔莫及！"

"我看，会追悔莫及的人，是你才对！"危急时刻，阿南顾不得许多，踏上一步大声道，"一旦六极雷爆炸，你以为自己就能逃得掉？"

青莲宗主站直了身子，甚至还顺手理了理斑斓舞衣上缀着的流苏穗，冷冷道："只要能为我青莲教众谋取生路，我殒身何惧？"

"可你知道，你这番妄为，首先会夺取谁的性命？"阿南说着，大步走向了朱聿恒的身边，将一个挡在面前的侍卫拉住，说道，"卓晏，你退开点。"

这个孝服外套着青蓝曳撒的人，正是被朝廷临时调来前去破阵的卓晏。

"卓晏"——这二字如一根淬毒的寒针，直刺向青莲宗主。

他脸上戴着面具，因此不见神情，但那微缩的瞳孔与瞬间凝滞的身躯，却让阿南知道自己算准了一切。

卓晏正死死盯着刺客防卫，没料到被阿南忽然挤开，愣了一下之后，虽然不知道她是何用意，还是默然地退开了半步。

而阿南微抬下巴，谨慎地盯着青莲宗主的同时，提高了声音："我劝你最好先想清楚，玉石俱焚并无意义。"

"哼……"青莲宗主顿了片刻，却又是一声冷笑，"你以为，这就能威胁到我？"

"别再作无谓的挣扎了，若你清楚后果，还想保住自己家人和教众的话，先把手中的东西放下吧，青莲宗主……不，唐月娘！"

她一语道破了对方的身份，其他人则罢了，本就认识唐月娘的卓晏与马允知顿时大惊失色，卓晏甚至失声"啊"了出来。

青莲宗主目光落在卓晏身上，沉声道："一派胡言！"

"事已至此，梁舅妈你又何必负隅顽抗呢？"阿南笑道，"我早已知晓你的身份、你的过往，你的一切都已无所遁形了。"

青莲宗主死死僵立，许久不肯回答。

事关自己麾下的矿场之人，眼看要被卷入刺杀案，马允知忧惧交加，干脆豁出去问："可……青莲宗闹事多年，从未听说他们的宗主是个女人？"

"有句话叫欲盖弥彰。众人都默认青莲宗主是男人，那么他要遮掩身份，只要简单伪装个声音不就好了，为什么非要变成雌雄莫辨的声调，这岂不是此地无银三百两？"阿南说着，又冲着面前的青莲宗主一笑，"由此，我便想到了葛稚雅之事，她伪装成太监之时，也是如此变化自己声音的，以求混淆视听。"

"但天下女子不计其数，青莲宗主怎会是一个矿场普通工头的婆娘？"

"马将军难道不觉得，她身上有太多巧合吗？唐月娘从山东而来，而青莲宗的余党正是在山东被剿灭后流窜而来；梁辉来到矿上，矿场便频发灾害；卓寿离奇死亡后，她的儿子梁垒格外关注卓晏……当然，还有一些小细节。比如说，唐月娘总是把东西打理得整整齐齐，家里一切干净得纹丝不乱，而青莲宗主也是，在总坛用完文件后，哪怕时间再急迫，也会重新归置得跟刀切似的平整。"

众人的目光，顿时落在青莲宗主那即便生死搏斗后依旧紧束不乱的发髻，以及被她下意识整理顺直的舞衣流苏穗上。

"不过让我确定你身份最重要的一点，还是因为你好心帮了卓晏。那日我大闹青莲宗，机关坍塌压到了你之后，你自然会受伤，随即我便发现了唐月娘肩上有伤，因此想调查下去，谁知你一家人立即演戏潜逃了，甚至还让梁垒在机关地道中除掉我——"阿南抱臂望着面前的青莲宗主，微微一笑，"你说，这么多疑点都聚到一起了，我能不能锁定唐月娘就是青莲宗主？"

青莲宗主一动不动站在原地，并不出声。

而阿南笑道："反正如今你一家人早已罪行昭彰，如今你既要谈判，那就敞亮些揭下面具谈，这么遮遮掩掩，多没诚意呀，你说是吧？"

话音未落，她手中流光疾出，一把扯下了青莲宗主的面具，露出了她的本来面目——

四十来岁年纪，一张端庄鹅蛋脸，因为平时爱笑，她眼角的鱼尾纹十分明显，正是唐月娘。

她目光扫过卓晏错愕的神情，事已至此，干脆也吐出了含在口中的麻核，只是声音一时尚未恢复那种僵硬死板的感觉："南姑娘真是神通广大。我在教中多年，几乎无人能察觉我的真实身份，没想到竟在你面前露出了破绽。"

"不敢，我也只是大胆猜测、小心求证而已。"阿南施施然道，"唐宗主，你勾结外族，为祸西北，身负多条人命，如今还行刺圣上。我看你还是赶紧将六极雷的总控处指给我们吧，说不定朝廷还能因此饶你一条性命。"

唐月娘冷冷道："行刺之举不过是为我青莲宗在世上寻一处可供喘息之处，至于其他罪名，恕我受不起，不敢接受姑娘扣过来的罪名。"

阿南与朱聿恒交换了一个眼神，顺着他的目光，阿南瞄了瞄檐角一条微不可察的灰线，明白他还需要一点时间来推演六极雷的布置路线。

既然要拖住唐月娘，阿南便抬手示意，让韦杭之率一干侍卫先退下。

卓晏张了张嘴，看着唐月娘想说什么，阿南却道："阿晏，你也去吧，这事不是你的责任。"

唐月娘冷眼看着一干人陆续撤走，阁内只剩下伫立不动的朱聿恒、阿南、诸葛嘉、韦杭之等人。

正要随大流离开的马允知，却被阿南叫住了："马将军，你身为本地将军，又是安排此次行程之人，在这边出事你却先离开，这样不太好吧？"

马允知脸上青一阵白一阵的，只能忐忑地走了回来："多谢殿下许可，容卑职留在此处听用！"

"好了，唐宗主，接下来我便一桩一件将你所犯的罪行戳穿吧。从哪儿说起呢……这么说吧，我在矿上听到了一些流言，比如梁辉对你动手，是因为你前夫找来了；你与外面的野男人有私情，甚至还送了银两之类的。但我问遍了矿场，也无人知晓你的前夫与野男人究竟是谁，只知道流言最早来自刘五。

"刘五，矿场看守仓库的一个普通人。他身上与本案却有两处交集点。第一，他是唯一一个知晓卓寿为何会独自离开矿场，以至于在荒野中被雷火烧死的人。第二，他也是看到了你与外面的男人私相授受，给了对方银两的人。"

说到此处，唐月娘那镇定的面容上终于微微变了色。

"这让我感觉有点奇怪。一个不离仓库的仓管，在差不多的时间内，忽然听到了两个秘密。难道说他听墙角的频率居然如此之高？再进一步想，那么有没有可能，这两个秘密，其实就是同一个秘密呢？即，卓寿提前离开矿场后死亡，与你的前夫上门纠葛，其实是同一件事。而你跟男人私相授受的东西，就是导致卓寿死亡的原因。

"这么一想，我面前一切便豁然开朗了。二十年前的变故、二十年后的重逢，一切都可以连起来，成为一个完整的因果故事。"

众人的目光全都关注在阿南与唐月娘身上，唯有朱聿恒一边听着，目光不动声色地顺着横梁的灰迹游移，飞快地在心中计量测算四面上下的汇聚中控点。

而阿南早有准备，从袖中取出一份抄录的薄薄案卷，展现在唐月娘面前。

"二十三年前，杨树沟被北漠夷平，全村百余人一个不留。而当时驻守杨树沟附近的卫所，百户马允知，副手卓寿，剿灭了北漠流匪约百人，马允知由此升职，不久后调任延县为镇抚，而卓寿升任百户。"

马允知听到自己的名字，顿时一个哆嗦，脸色更难看了几分。

"当时卓寿私藏太监，为避人耳目，最好的方法自然是生一个孩子。然而，这个孩子要从何而来呢？"阿南慢悠悠地说着陈年闲事，转向唐月娘，"这个时候，他遇到了一个适龄的、能生育的女人，她在封闭的山沟中长大，在杨树沟被北漠流兵夷平之时幸存，稳妥又干净。"

唐月娘神情冷冷地看着她，像在听另一个人的故事，可眼中的恍惚又像是在看着前世的自己。

"原本，孩子出生后，这个女人自然也该消失在茫茫世间，再也不会出现。谁知，命运兜兜转转，在敦煌这个西北沙城中，他们再次相遇。"

马允知盯着唐月娘，脱口而出："卓寿的孩子，是她生的？"

"可让我疑惑的是，卓寿如何会向当初自己迫害利用过的女子勒索敲诈？而你看来绝不像是没有主意的人，又怎么会瞒着丈夫，偷取家中那么多银两，拿去给自己的前夫？"阿南没有理睬马允知，只盯着唐月娘，继续说了下去，"可事实表明，那日发生的一切，确凿无疑。你将银子交给了卓寿，而卓寿死在了回去的路上。卓寿临死时，众人因为惧怕引火烧身，并无人接近；仵作过来验尸时，他身边也并未发现银子，那么，你被'前夫勒索'走的银子，究竟为何会突然消失不见呢？"

说着，她抬起手，指向地上碎裂焦黑的屏风。众人的目光随着她的手，看向已经烧毁的祥龙眼睛。

墨长泽恍然大悟，道："当时她交给卓寿的，并不是银子，而是外表包银的喷火石！"

"对，便是喷火石。拙巧阁坤土堂主康晋鹏曾告诉过我，将煤块封在窑中干馏，可制取到焦炭，再与石灰同炉煅烧，如果炉温够高，便能得到一种遇水爆燃的石头，只要稍微加一点引燃物，就能在雨中越烧越旺。"阿南看向咬紧牙关的唐月娘，道，"由此，雷火为何先从卓寿的左肋烧起也便不言自明了。因为你做了一件事，让他肯定会将致命的东西放在此处。"

她伸出手，做了一个接过东西的手势："银子。以右手接过，探入衣襟，揣在怀中。"

诸葛嘉质疑道："可卓寿曾是应天都指挥使，就算充军下放，他何至于向一介妇人勒索这么点东西？"

"卓寿不至于，但唐月娘可以制造机会啊。比如说，她还念着当年亲生的孩子，因此给他打了平安锁，请他代为转交给孩子。银锁一般都是空心的，为了防止凹陷，里面填充些东西也很自然，穷人家甚至只外面包一层银上去，因此卓寿自然不会起疑。

"送银锁的时机，当然是经过谨慎选择的。西北少雨，而那天却难得即将下雨。卓寿本是与别人一起来的，却因为被刘五发现了他与唐月娘私相授受，于是卓寿被唐月娘催促着独自匆匆离开。而在回去的路上，瓢泼大雨下了起来，前不着村后不着店又没带伞的卓寿，在雨中看到人群聚集的避雨处时，他第一件事，应该便是以湿漉漉的手，摸一摸怀中那个让他心神不宁的银锁——于是，手上的水顿时濡湿了喷火石，火光爆燃，将他贴身衣物及整个人烧了起来。雨越大，水越多，火烧得也就更旺，卓寿便死得更惨。"

唐月娘咬紧牙关，紧攥成拳的手微微颤抖，却一声不吭。

见她这模样，马允知怪声怪气道："唐月娘，所谓一日夫妻百日恩，何况你们还生了卓晏这么一个好孩子，你于心何忍呢？"

"闭嘴！"唐月娘抬手指着他，咆哮道，"你明知当年我们全村是如何被夷灭的！马允知，我不会放过卓寿，更不会放过你！"

听着她的嘶吼声，马允知下意识一哆嗦，又赶紧站直了，不敢让人看出异状。

可惜朱聿恒已看向他，沉声问："马将军，你可有何话说？"

马允知赶紧道："没有！她来敦煌之前，我从未见过她，也不知道她为何恨我……"

"你从未见过我，可我见过你。"唐月娘尖锐的嗓音打断他的话，脸上的神情也现出扭曲，"若不是我还要借此布局，你以为，你能活到现在？"

马允知强自反驳道："大胆！无知匪首，胆敢对本将军咆哮！"

"马将军，你也知道自己是朝廷将军？"阿南声音亦转冷，目光微寒地盯着他，"当年你和卓寿，时常因为剿北漠游袭不力而遭受军法处置，罚俸受笞。不过巧的是，很快你们就立了一场大功，毙敌百来人，受到了奖赏，你还因功擢升了。而更巧的是——当时被北漠劫掠杀光的杨树沟，也是百来人的村落。"

唐月娘死死瞪着马允知，目光如刀。

"我又想，是什么原因驱使唐月娘居然愿意与杀害了自己所有亲人，甚至将自己家乡夷为平地的北漠合作？看来只有一个答案——杨树沟并不是毁于北漠兵贼，而是被你们屠戮了，用于应付差事，升官发财。毕竟，在荒原上要找几股流匪很难，但屠杀一村老弱就简单得多了！"

马允知一听这话，立时看向朱聿恒，见他目光与阿南一般冷厉，顿时吓得汗出如浆："你……你胡说八道！"

"马允知。"朱聿恒是上过战场的人，不是没见过这种杀良冒功的戏码，冷冷开口道，"从实招来，当年你与卓寿，是不是为了向上面交差，杀不了北漠兵匪，就屠杀了杨树沟的人，贪功领赏？"

马允知扑通一声跪在地上，全身抖若筛糠："殿下明鉴，这……这女人满口胡言，卑职绝对不敢……"

"你有什么不敢的！"唐月娘打断他的话，厉声道，"二十三年前，我女儿大丫周岁那一日，我与丈夫、公婆在家中烧了一桌好菜，请了一家亲戚过来喝周岁酒……到天快黑时，大丫困了，我抱着她进屋哄她睡觉，忽然听到外面响起惊叫声，我丈夫他……全身是血地扑进来，让我抱着女儿赶紧躲进地窖。他趴在地窖口上帮我们遮挡，我抱着女儿缩在地窖中，透过头顶砖缝看见了持刀带人闯进门的凶徒马允知！"

唐月娘举起手，指着面前跪伏在地的马允知，目眦欲裂："当日率众杀人的，就是你！我到死，也不会忘记你这张脸！"

马允知声音嘶哑："你……你血口喷人！"

唐月娘没有理会他，她的神思仿佛回到了二十三年前，声音也剧烈颤抖起来："你杀光了我的亲人，把左耳割掉，当作歼敌凭证，又一把火烧了我们全村。我躲在黑暗的地窖里，被透进来的烟呛到昏迷，醒来后发现女儿已经被熏死在我的怀中。我爬出来，全村已尽成焦土，而卓寿独自回来查看现场，发现了我……"

他没有杀她，只将她锁在了卫所的废弃囚房，逼她替自己生个孩子。她在不见天日的地方待了一年多，因为卓寿总是蒙面而来，放下吃食便走，连他的面目都未曾看清过。

等到孩子呱呱坠地的那一刻，她连孩子是男是女都不知道，他便抱走了孩子，再也不看她一眼。

她离开卫所后，没了家也没了亲人，只能在外流浪乞讨。

是青莲宗众救了饿晕在田间的她，在一群衣衫褴褛的穷苦民众中，她第一次听说了青莲宗的名号，知道了青莲老母救苦救难普度众生的故事。

她开始虔诚地信奉青莲宗，梦想着获得青莲老母的神力，终有一日能手刃仇人。

她豁命努力，既有韧性也有天赋，很快便成了教中得力的人物，因为朝廷的动荡，她随流民辗转去往山东，并在那里遇到了在山东青莲教中颇得人望的梁辉，在宗主的安排下，结为了夫妇，有了梁垒这个孩子。

她再度有夫有子，十几年时光似乎也就这么过去了，但，她心中存着的复仇之火，却未曾有一日熄灭。

她见过了世面，也发觉了屠村兵丁的服饰根本不是北漠的，家园一夜之间化为灰烬的理由，变得扭曲复杂。

直到十数年后的一天，某个要人途经山东，满街的人都被屏在巷中，由雄壮整肃的大队兵马先行通过。

她在街角抬头看，日头从上方逆照，骑在马上率众入城的那条威严人影，与当年抱着她的孩子离开的那条身影，重叠了。

她打听到那是即将赴任的应天都指挥使卓寿，也知道了他膝下有一个与她孩子一般大的独子。那时她的身手已非当年那个无知村姑，让她敢于潜入登州知府苗永望的府邸，打探行踪。

可惜她寻错了路，堵错了人，没能堵到卓寿，却遇到了苗永望。

而苗永望是个无比警觉的人，在她逃离之后，命人追踪到了她，查知了她是青莲宗的人。

那时青莲宗主率众在山东起事，又在围剿中身死，临死之前将青莲宗托付给了唐月娘，唐月娘才知道原来从不以真身示人的宗主，与她一样都是女子。

为了安定人心，她将宗主埋葬后，披上了她的衣服与面具，口含苦麻核，顶替了从不以真身示人的宗主。除了日日相见的家人有所察觉，其余教众都以为，他们的宗主未曾更换过。

可苗永望利欲熏心，为了察知卓寿的秘密，暗地里遣人跟踪了她足有一年之久，并着手调查卓寿的过往，不但探知了她的双重身份，还察觉到了她对卓晏的异常关怀，推测卓晏可能是卓寿与青莲宗主生下的孽种。

他满怀得意，给流放西北充军的卓寿写信，表明自己早已知晓他当年与青莲宗匪首的牵绊，建议他借助儿子来制服青莲宗，或可将功赎罪，获得起复机会，否则青莲宗擅引天雷，他必定不得好死。

但唐月娘此时早已安排了青莲教众入他家为奴，他清理废纸篓之时拼凑出了信上内容，传给了唐月娘。

苗永望得意扬扬去南直隶筹粮借兵，自觉掌握了青莲宗的大秘密，可以凭此功劳获得荣华富贵，于是乐不可支地跑去教坊寻欢作乐，谁知唐月娘授意方碧眠，稍动手脚便干掉了他。

山东青莲宗大势已去，唐月娘知晓西北出了新的大矿之后，便决心携精锐转移。可她没想到的是，来到敦煌之后不久，她便发现了来矿场视察的游击将军马允知，认出他是当初率众屠村的仇人。

她也与卓寿再度相遇。这个时候，这个男人已经既不是强迫她怀孕生子的兵匪，也不是高高在上的都指挥使，而是流放充军的司仓。

她制备好了喷火石，只待选择一个能碰水的时机送给他，他便能与当初她所有的至亲一样，成为一具惨死的焦尸。

但她没想到，不需要她寻找机会，因为苗永望寄给卓寿的信，他竟在人群中留意到了她，并且对她说，愿意弥补自己的过失。

弥补，如何弥补呢？他准备用什么方法，向她家乡的一百条人命赎罪？

因此她只从怀中掏出了早已准备好的东西送给了他，说，这些年她一直心心念念牵挂着自己那个孩子，为他求了一个平安锁，希望他能将它带给孩子。然后她假装被人撞破形迹，催促他赶紧离开。

——与她观察到的天象无差，那一日的沙漠中，果然下起了大雨。

当天晚上，她便听到众人讲起这桩奇闻，新来的敦煌司仓，不知道造了何等深重的罪孽，居然被雷火活活烧死了。

"卓寿恶贯满盈，终于下地狱去了，而接下来，该死的人就是你！"唐月娘抬手一指满头虚汗的马允知，厉声道。

马允知脸上灰败，勉强挺起胸膛道："血口喷人！本官是顺天延县的百户，抗击北漠游匪更是多次受到朝廷嘉奖，岂是你这个刺客一张嘴可以抹黑污蔑的？"

"哼，你以为当年所做的事情，没有了物证就可以瞒天过海了吗？"唐月娘声音比寒冰更冷，目光中的神情却比刀子更锋利，"我早已拿到了北漠历年来的游兵图，二十三年前，根本没有任何一支北漠兵马接近过顺天！那么，率兵屠杀了我们全村的人是谁，你拿去领赏升官的一百多只左耳又是谁的？你说！"

马允知张口结舌，惶惑中一个字也吐不出来。

朱聿恒终于开口，道："唐月娘，此事朝廷定会依照国法军律，追究他当年杀良冒功之罪，该杀就杀，该剐就剐，给你们全村一个交代。"

唐月娘哼了一声："太晚了！"

马允知自知无可抵赖，体若筛糠伏地哀求道："殿下明鉴！卑职当年率众屠杀杨树沟，是……是卓寿提议的！卑职也是一时糊涂，当年因为剿匪之事，动不动就被叫去挨军棍，每每骨头都要打断……卑职当时哀叹自己总有一天会被活活打死，结果卓寿提议说、说不如我们另寻个法子，咬咬牙先把这一关给过了……"

阿南冷笑一声，打断他的狡辩："怎么，因为卓寿死了，马将军便要将一切罪行推到他的头上？"

"当年这事确是卓寿提出的，他还带我一起去屠村……"

"若是如此，怎么你升上去了，他一个人留在边防继续率领那几个小兵屯田？杀良冒功，这可是天大的罪行，结果你升官后不与他共富贵，他后来也与你并无交情，这是一起屠过村的同谋？"

马允知目光游移，抖抖索索着汗出如浆。

"而且卓寿被充军至敦煌后，常与你不对付，甚至鄙薄你的为人，依我看来，当年屠村时，卓寿这个刚刚外来的副手，怕是被你们这群兵匪隐瞒在外，这才解释了为什么你们烧杀之后那么久，他才一个人过来查看现场，并且带走了唯一幸存的唐月娘！若他真的参与了此事，唐月娘生子后，没有了利用价值，他该直接杀掉。可他并不惧怕屠村罪行，这说明他只想要孩子，对于唐月娘村落的事情，他管不了，也无法管！"

唐月娘怔怔地听着，那愤恨扭曲的脸上，一瞬间出现了片刻的迷惘。

"唐月娘，你杀卓寿情有可原。他身为边关将士，发现上司杀良冒功，却不去揭发此事，反而关押了你这个幸存者，还强迫你为他生儿育女，是他该死之处。"阿南转向她，清楚说道，"但一码归一码，他不应该那样死，尤其不该全身焦黑被烧死，因为这惩罚，该用在你全村的仇人上，让那个人那般死去，才是正理！"

唐月娘听着她的话，眼睛顿时转到马允知身上，目光森冷如刀。

"可是，就这么把马允知连你自己一起炸死了，岂不是掩盖了他的罪恶？他犯下这累累罪行，不应该广为周知，受万人唾骂吗？"阿南又问她，"再说了，阿晏一直在寻找亲生母亲，他还记得你给他做过的羊肉卤子面，念念不忘呢……"

唐月娘目光中闪过一片虚软，但随即，她便狠狠一咬牙，脸上又现出冷笑来："南姑娘，别企图以母子亲情来打动我。这么多年来，青莲宗救我育我，宗中兄弟姐妹支撑扶助，早已胜似我的家人。别说那个我未曾喂养过的孩子了，就算是大丫、是垒娃儿，甚至我自己，为了保全我的宗中兄妹，我都可以毫不犹豫牺牲掉！"

随着她的咆哮，朱聿恒终于轻轻舒出了一口气，向阿南使了个眼色，意指自己已经洞悉了阁中六极雷的走向。

可廖素亭已去了许久，迟迟未将楚元知带来，六极雷没有他的主持拆卸，如何保证安全？

阿南不动声色地走到窗边，朝下面看了看。

为了引唐月娘现身，他们放出风声圣驾今日去千佛洞祈福，楚元知便也带了金璧儿过来，准备两人一起去佛前添香祈福。

梁鹭与其他歌舞伎一起居住于月牙阁后的一排平房内，是以到了这边后，金璧儿自然去了她的屋内歇息。

阿南一眼便看见了廖素亭正在一间小屋门口，手按在刀柄之上摆出戒备模样，却并不见楚元知从里面出来。

显然，里面出了什么问题。

未等她细细思索，只听得砰的一声尖锐声音响起，一道浓烟穿透下方屋檐，直冲云霄——

是一支响箭，呜咽声令阁内正在与他们对峙的唐月娘顿时变了脸色。

她一瞥空中响箭，立即察觉到阿南向下看的用意，随即一掌重重击在身后栏杆上："好啊，原来你们根本没有谈判之意，只企图拖住我，好对我青莲宗众下手！"

随着她的重击，月牙阁四角的第一跳华栱之下，同时无声无息翻出了黑沉沉的弩箭机栝，全部指向了阁中。

看那角度，它们对准的，正是踩住六极雷机关眼的朱聿恒。

"既然如此，也没必要谈判了，你们来世投个好胎吧！"

说罢，她的身影在窗口一闪即逝，已经翻出了栏杆。

阿南正要阻拦，阁内风声劲疾，机栝弹出，四角弩箭已齐射向阵眼中的朱聿恒。

日月光芒迸发，无数光点自他掌中飞射，就在弩箭向他疾射而来之时，光点一旋一转便改变了箭头去势，扎入了地板。

而他身后难以护到之处，阿南也在瞬间出手。

流光击向斜前方华栱，钩住斜后方的弩身将其扯歪的同时，她飞身而起，足尖一下钩过面前花架，将上面的花盆狠踹向朱聿恒正背后那具弩箭。

哗然碎裂声中，花盆将弩身撞得歪在一旁，嗖嗖射出的弩箭立时偏了方向，深深扎入墙壁之中。

第一波弩箭射完，朱聿恒叫了一声："阿南，来！"

阿南与他心意如一，两人配合默契，弩机第二次启动的声音未落，她已一步跨到他的身后，与他脊背相抵。

四周檐下，第二波弩箭齐发，笼罩住了整座楼阁。

幸好在阿南击打之下，弩箭匣机只剩了两具对准他们。日月辉光流转，在他们周身穿梭如电，只听得破空风声不绝，夹杂着青蚨玉嘤嘤嗡嗡共振共鸣之声，飞射而来的弩箭大失准头，在他们周身落了一地。

二轮激射结束，朱聿恒手中日月之光收束，防备第三轮攻击来袭。

他的脚依旧稳稳踏在六极雷阵眼之上，纹丝未动。

在死角处避开弩箭的韦杭之已冒险站起，举着皮盾冲往檐下，抬刀狠狠向隐藏弩机处射去。

咔嗒一声，弩机立即被他的巨力钉入，就此废掉。

后方诸葛嘉如法炮制，操起长刀，将另一具弩机贯穿。

阿南直奔到窗口，朝下一看，月牙泉上水波动荡，唐月娘已不见了踪迹。

她气恨地一拍窗口："可恶，居然让她给跑了！"

"月牙泉边重兵把守，她逃不了！"诸葛嘉冷冷一扬眉，当即向下追去，"她敢冒头，我就把她摁死在水里！"

阿南回头看了朱聿恒一眼，见韦杭之谨慎地守在他的身旁，而另一边，马允知躲避不及，被弩箭射中了膝盖和肩膀，正捂着伤处瑟缩强忍，不敢呼痛。

"阿琰，再坚持一下，我马上回来！"她说着，连楼梯也来不及走，流光钩住檐角翻身而下，直降向梁鹭的屋子。

第十四章

大鹏金翅

月牙阁后平房外，廖素亭一见阿南落地，立时急道："南姑娘，梁鹭劫持了楚先生与金璧儿！"

阿南往内一看，梁鹭的刀正抵在金璧儿心口，冲着对面的楚元知冷笑道："表姐夫，摸出你身上那柄匕首，想要表姐活命，你就把自己的手筋给断了！"

楚元知脸色惨白，右手抖抖索索地摸到自己腰间的匕首，正抵在臂弯处迟疑之际，只听金璧儿惊叫一声，梁鹭抵在她胸口的刀尖送了半寸，她心口顿时一股鲜血涌出，染红了衣襟。

"璧儿！"楚元知失控嘶喊，眼圈顿时通红。

"怎么，心疼啊？平时看你们那么恩爱，就让我瞧瞧是真的还是假的！"梁鹭的刀尖顺着金璧儿的胸口往上挪移，抵在了她的咽喉处，眉头一竖厉声道，"反正你的手早就废了，拿它来换金璧儿一条命，你舍不得？"

看着金璧儿咽喉处迅速沁出的血珠，楚元知抓紧了匕首，当即便朝着自己的臂弯狠狠扎下去。

就在刀尖即将触到皮肤的瞬间，流光在室内一闪而过，将他手中的匕首卷住。

阿南一甩手，匕首脱手，当啷一声掉落于地。

她一脚踏进屋内，说道："这可不行啊，楚先生。月牙阁上正危急万分，就等着你去解决呢，你的手怎么可以出事？"

楚元知没有回答她，只仓皇地看向面前的金璧儿。

梁鹭气急败坏，阴狠地瞪了阿南一眼，压在金璧儿颈中的刀子更重了一分，鲜血顺着刀子滑落，滴滴落在胸口。

"楚元知，你已经杀了我表姐父母，难道还要眼睁睁看着她去死？"梁鹭咆哮道，"二十年前你放火焚烧驿站，把我表姐全家都烧死了！你要有人性的话，就给我捡起刀子，在你妻子面前替自己赎罪！"

楚元知如遭雷殛，整个人顿时摇摇欲坠。

他竭尽全力遮掩了二十年的罪孽，居然在此时被一口喝破，以最无可挽回的方式，呈现在了金璧儿面前。

阿南亦是心口一紧，立即看向金璧儿。

原本在梁鹭的挟持下抖抖索索的金璧儿，此时骤然听到梁鹭的话，顿时瞪大了双眼，直直地盯着楚元知，双唇颤抖，却一个字也吐不出来。

"胡说八道！"见事态即将无法挽回，怕楚元知真的就要捡起地上的匕首自戕，阿南立即撕破了此时局势，指着梁鹭怒道，"口口声声表姐、表姐夫，你以为自己真是什么梁鹭？北漠王女，你这种假冒作祟的人，也敢在我们面前胡言乱语，编造事实，张口便来？"

楚元知与金璧儿还在震惊悲恸中，来不及反应，而梁鹭听到阿南猛然喝出"北漠王女"四字，身体便是陡然一僵。

阿南反应何等迅疾，只需对方这一瞬间失神，她的流光早已出手。

一抹弧光缠上梁鹭持刀的手臂，迅疾一转，她只觉得手臂一凉，手中刀便不受控制，当啷落地。

右臂鲜血喷涌而出，梁鹭才感觉到钻心的剧痛，叫了出来。

本已呆滞的金璧儿，也不知哪里来的力气，一下从她的禁锢中冲出，向着面前的楚元知扑去。

两人紧紧拥抱在一起，都是泪如泉涌。

梁鹭捂住已经彻底没有了力气的手臂，靠在墙上，死死盯着阿南，从牙缝间拼命挤出几个字："你说……什么？"

"怎么，你以为自己的计划天衣无缝，不可能被人察觉吗？"阿南一步跨到她的面前，足尖挑起地上的短刀，踢到墙角。

"可惜你再怎么掩饰自己，也改变不了出生之处的习惯。在金姐姐帮你折衣服之时，就因为门襟向下折叠，你便大发雷霆，认为我们在咒你。"她走到梁鹭面前，俯头紧盯着她道，"当时我只觉得你脾气古怪，后来才发现，原来北漠风俗，衣服前襟向下是在收拾遗物！"

"就算我知道北漠风俗又怎么样？"梁鹭咬紧牙关，狠狠道，"北漠王女早已被你们设计害死了！死在你们的疆域中！"

"怎么，为了挑动边关血雨腥风，宁顺王难道真舍得让亲生女儿惨死？"阿南冷笑一声，"不过，死一个侍女瑚日布，那肯定无关紧要。"

"瑚日布……她为了弟弟害死王女，事发后畏罪跳井身亡，人人皆可做证！"

"怎么会呢，你不是好好站在这里吗？"阿南抱臂打量着她，声音嘲讽道，"宁顺王在挑选送嫁人之时，选择的都是未曾见过王女的人员。所以，你完全可以在出发前便与侍女换了身份，一路顶着'瑚日布'的名号行事。送嫁队伍的人说，王女整日闷在车中神思恍惚，而侍女却颐指气使，所谓梦见自己被火烧死之语，也全是从侍女口中传出。在发现了瑚日布那封密信之后，众人皆以为这是她为了救弟弟而替北漠王女选好的死亡手法，可其实呢，一切恰好相反。"

阿南说着，从怀中摸出那个金翅鸟颈饰，在她面前亮了亮。

"这是我在地下水道捡到的，属于北漠王女的颈饰。让我来猜测一下当时的情形吧——你早已在瑚日布的衣领口缝了以喷火石所制的纽扣，当日趁着下雨，便与她一起走下洼地，在众人都看不见你们之时，一把扯掉瑚日布颈上的金翅鸟首饰，将手中伞倾向自己。瑚日布颈间的喷火石纽扣失去了遮掩，立即在暴雨中剧烈燃烧。咽喉受损，瑚日布迅速失去意识，死前唯一的动作，应该就是抬手扼住自己剧痛的喉咙，因此造成了那般怪异的死状。

"接下来，你便装出害怕的样子，留下瑚日布被汉人胁迫的证据，借跳井死遁，与早已联络好的青莲宗会合，冒充起了梁家早已不知下落的双生姐姐梁鹭。唐月娘机关算尽，在月牙阁设下喷火石、弩箭、六极雷三重杀机，而你则以自己跳的舞难度太大，需要人帮助为由，带唐月娘混入月牙阁，并在发现随行中有擅长六极雷的楚元知之时，负责解决掉他。"

阿南逼近她，一字一顿问："事到如今，你还有何话说？"

旁边的楚元知与金璧儿终于回过神来，两个人相扶着站起身，不敢置信地望着面前的梁鹭："表妹，你……"

"呸，我是北漠高贵的王女，谁是你们表妹！"梁鹭无可抵赖，终究露出狰狞嗤笑，"凭什么？凭什么同是草原的儿女，男人能劫掠厮杀，为我北漠百姓开疆扩土，我做女人的却只能被送来和亲，要乖乖做异族的女人，到这边来做小伏低忍气吞声？"

阿南冷冷道："你是为两国交好而来的，边境亦有不少百姓盼着你能带来和平，让他们免受战火之苦。"

"为两国交好？笑话，我只相信以力服人！如果不能骑马持刀把你们打怕、打服，靠一个女人用身体能哄得住男人？就算哄住了，又能撑多久，又是什么光彩的事？"臂上血流如注，她脸色已现惨白，瞪着阿南的阴狠之色却越发浓重，"我小的时候，能骑最烈的马，射箭摔跤谁也不是我的对手。可在我父王当上了宁顺王之后，他便逼我学习汉话、练习歌舞，因为他已经策划好了我的命运，要将我像牛羊一样送出去！可边关的战火，两国的仇怨，不可能靠我的歌舞解决，只有鲜血与杀戮，才能血洗仇怨！"

"那你的侍女瑙日布呢？你不愿意放弃自己放肆快意的公主人生，她却生来便要服侍你，甚至在最后，还要作为你脱身的工具，惨死于火中。你自己的命便要过得潇洒自在，其他人就要为你铺路，凭什么？！"

她目光中的狠戾终于闪烁了一下，但随即便被狠狠压了下去，她嘶吼道："凭我是北漠尊贵的王女！"

"你既然是王女，享受了尊荣，就该同时承担起责任，承担起百姓的期望。"阿南盯着她，厉声道，"只有得到、没有付出的人生，这世上怎么可能存在！"

她身体剧烈颤抖着，气息急促，最终一句话也挤不出来。

"楚先生，我们走！"阿南再不理她，转身便向外走去。

就在她跨过门槛之时，身后忽然传来金璧儿失声的低叫。

阿南回头一看，王女跌在墙角，那柄沾了金璧儿鲜血的利刃，已经被她自己送进了胸膛。

阿南默然看着她，而她呛咳出无数鲜血，痛苦不堪，脸上却兀自对她露出一个凶狠笑意，在满脸的鲜血中，显出狰狞，也显出悲怆："别想带我去羞辱父王……我踏出王庭之时，就再也没想过要……活着回去！"

阿南知道她已必死无疑，抿唇沉默了一瞬，走到她面前，蹲下来将金翅鸟塞进了她的手中。

"带走吧，这是属于你的，你丢不掉。"

她茫然举起自己的手，死死盯着金翅鸟看了片刻，将这北漠王族的尊贵象征紧紧按在了鲜血不断涌出的心口，再也没有了气息。

将金璧儿托给廖素亭，阿南带楚元知急匆匆奔上月牙阁二楼，一眼看见朱聿恒还岿然不动，才松了一口气。

楚元知喘息剧烈，一看朱聿恒脚下的情形，顿时额头沁出了豆大的汗珠："殿下，千万别松动！"

"放心吧，早就踩半天了。"阿南说着，又问朱聿恒，"四方上下六点中心及分散处，算出来了吗？"

朱聿恒的脚一直定在这块地板上，一动不动已有半个多时辰，此时只觉腿部又麻又胀，如无数的蚂蚁在血管中乱钻。

他无法确定自己的脚是虚浮的还是牢牢踩住地面的，太久僵直的神经已经麻痹，只能抬手紧按住自己的腿，免得感觉欺骗了自己。

"差不多，你替我争取的时间刚好够。"朱聿恒说着，转头对楚元知说道，"楚先生，我只知道六极雷的一些粗浅理论，未曾深入研究，请你再与我解释一下。"

楚元知定了定神，道："六极雷为我叔公所创，时逢乱世，他加入拙巧阁抗击北漠，当时阁主傅灵焰与他一起改进了我楚家之学，也因此雷火之法中杂糅进了鬼谷子秘技，有道家阴阳相生之法在。"

随即，他便取了一截被烧焦的木头，在朱聿恒面前画出了六个点，代表四方与上下，又道："此地月牙为弦，楼阁为抱，当以三丈一雷、六尺一震之法布设机关……既然中控阵眼在殿下脚底，依照上下相谐之宗，鬼谷子有云，阳动而出，阴随而入，爆炸处定在上方。再根据四方互动之法，阳动而行，阴止而藏，爆发之点应隐于木中，以闷炸法云集响应。又据前后相生之术，阳还终始，阴极反阳……"

楚元知匆匆说着口诀，在地上计算着。

四个方向画图计算还能具象，但六极雷多了上下两处标识，他却一时无法在地板上描绘出来。

正在迟疑之际，朱聿恒的手一动，袖中的岐中易滑出，他的手指钩住关键圈环将其撑开，指着中心点，问："适才我观察周边相互勾连之势，若中控算作中心这一点，那么从均衡力道之意出发，是否可将阁内空间看作这个岐中易，那么，只需要找出最关键的六个支撑点，将其破坏掉，便能使整座楼阁彻底坍塌？"

"是，这也是六极雷的原则——无论何种地势，只需要六个点，必定破之。"

"好，那么以月牙阁的各梁、柱、墙、檐为支撑点，额外附加爆炸冲抵之力，我的计算便不会错。"生死攸关的时刻，朱聿恒深深吸了一口气，又长长呼出，然后将手中的岐中易一下撑开，指着第一点，扬声道，"阿南，西面檐角第二根椽下。"

阿南流光飞射，足尖一点便跃上了檐角，身体倒仰前倾，手下无比利落，手指尖顺着檐角第二根椽子一路迅速地敲击向前，直到确定了夹角处，臂环中弹出小钩子，迅疾插了进去，将那处相接的榫卯飞快起出。

填埋于此的火药在风中顿时散落，里面不知添加了何种药剂，有一两撮见风即燃，在她周身开出簇簇一瞬即逝的火花。

来不及掸去火花，只听朱聿恒又道："正南，第一根柱子，从上至下，二尺六寸处。"

阿南腰身一拧，在万千细碎光亮之中翻仰而起，一手钩住横梁，身形一晃便轻巧踏着屋檐掠去，片刻间已在柱子上寻到了二尺六寸处。

臂环中小刀弹出，利落地插入朱漆柱子之中，随着油漆破裂的清脆毕剥声，刀尖抵到了里面一块坚硬的东西，从声音辨认，应该是一块金属的东西挡在前面。

她手中小刀顺着金属飞速下滑，确定范围，扎入柱中用力一挑，金属块跳出，藏在朱漆下的细线立即被她截断。

"正北……"

阁内所有人屏息静气，看着朱聿恒毫不迟疑地吐出方位，而阿南绝无犹豫地准确下手，如臂使指，配合得天衣无缝。

四个方位的定点剔除，阿南回到朱聿恒的身边，略松了一口气。

而楚元知蹲在朱聿恒的脚前，已经确定了阵眼的深度与大小，朝阿南比画了碗口大的一个范围。

一番折腾，阿南额头沁出细密的汗珠。

朱聿恒抬手，将几滴即将滑落到她眼中的汗水抹去。而她只朝他点了一下头，抬手示意他将随身的凤喙交给自己。

定了定神，她将这无比锋利的匕首持在手中，看向他依旧死死踩住阵眼的足尖。

七层丝缎精细缝合的六合靴，以银线密密在鞋帮口沿处绣出云海波涛，将他的脚妥帖地捧住。

"这么精致的靴子，炸坏了多可惜啊。"阿南抬手掸掸鞋帮，让韦杭之不由得死死瞪着她，不明白这女人在这般危急下，怎么还能摆出这副满不在乎的模样。

握紧了手中凤喙，阿南利落地向下切去。

她的手既稳且快，凤喙削铁如泥，在地板上打出几个孔后，将匕首钉在正中，然后向下一拍又立时抓起。

地板被挖出了碗口大的一个洞，与楚元知比画的范围不差分毫。

楚元知伏下身，急忙去查看地板下方。

下面一片黑暗，阿南点亮火折子，精铜的镜面反射着光线，照亮了切口下的机栝。

借着亮光，楚元知伸手探入下方，细细摸索，微皱眉头。

阿南看着他颤抖的手，示意韦杭之："你带所有人退出。"

历经过无数大难险境的韦杭之，听到她这句话，脊背顿时被冷汗浸湿。

韦杭之单足跪于朱聿恒面前，按住他的脚，嗓音微颤："殿下，让属下代替您，将机关压住！"

阿南抬手一按他的肩，示意他起身："我知道韦副统领你忠心耿耿，可无论交接时如何谨慎，都难免会使压力产生变化，届时六极雷发动，咱们都得死。"

"可……"韦杭之张了张口，还待说什么，朱聿恒抬手示意他，"都下去吧，有阿南和楚先生在，我不会有事。"

韦杭之看向蹲在地上的阿南和伏在地上的楚元知，迟疑一瞬，然后挥手命令所有人退避，将他们远远遣到月牙泉外，回身又迅速返回朱聿恒身边。

阿南朝他一扬眉："是信得过我，还是不信我呀？"

韦杭之紧紧抿唇，没有回答。

"放心吧，不会让你失望的。"阿南声音低低的，手下却毫不迟疑，与楚元知对望一眼，确定他准备好之后，点了一下头。

楚元知深吸一口气，勉强控制自己颤抖的手，迅速探入了阵眼。

朱聿恒只觉得脚下轻微一震，他垂眼看向阿南，而她抬头看向他，双唇微动："别动，听我的话。"

朱聿恒微一点头，看见她低头紧盯着楚元知的手，那一贯不正经的面容上，沁出了一层薄汗。

她的目光中透出冷且坚定的光，定在他脚下的阵眼之上。

楚元知的手按住微震处，他的手虽然微颤，但对于所有动作都了然于胸，流畅地闭锁了阵芯，将其牢牢控住。

"走！"

原本一动不动的朱聿恒足尖，因为阿南的声音，身影几乎是下意识地拔地而起，向后急跃。

陡然脱控的阵芯"铮"的一声，当即从楚元知的手中弹出。

这是个黑黝黝的六棱形，眼看就要撞上地板之际，阿南的流光早已将其卷住，一把从窗口中甩出，砸向远处沙漠。

沙丘骤然发出剧烈声响，疾飞的阵芯在沙中爆炸，扬起了大片尘沙。

直至此时，楚元知才松了一口气，道："没事了……清除周边残线便可以了。"

朱聿恒的脚在地上实在僵立了太久，听到他的话，一口气松懈下来，整个人终于有些不稳。

背后阿南将他一把扶住，问："没事吧？"

他揉着自己僵直的腿，这才感觉到全身疲惫。神经一直绷紧未来得及思考，此时才感觉到脱离死亡的恍惚与欣慰。

他不由得紧握着阿南的手，久久舍不得放开，感觉这份欣喜也能借由他们肌肤相贴之处传递给彼此。

许久，他由韦杭之搀扶着在后方椅上坐下，探手入袖，将那团勾连纵横的金属片递到她面前，轻声说："你送我的岐中易，坏掉了。"

日月近身对敌不方便，这岐中易被他用来挡唐月娘的致命一击，擒拿绞取利刃，早已歪曲破损。

"坏掉就坏掉吧，你人没事就好。"阿南看了看，随口道，"你先收好，等回去后我帮你修复。"

一群人终于脱身月牙阁，走到月牙泉边。

岸边菖蒲丛已经被诸葛嘉一把火烧了，他手段向来决绝，将水面清得一干二净后，与士卒一起盯着蒙灰的泉面。

可惜水面一片平静，并无任何动静。

诸葛嘉的脸色不太好看。

周围布防严密，按照脚印来看，唐月娘只可能跳水潜伏。水域只有这么大，她但凡冒一下头或者水面有任何涟漪动静，立马便能发现——

可是没有，她消失得了无踪迹。

"难道说，这泉眼下还有其他水道相连，让她逃走了？"

打理月牙泉事务的人一致表示，他们在这边生活了几十年，夏天也曾在泉中潜水。泉水很浅，且下面全是沙地，水是从沙中的几个小泉眼中沁出来的，绝无任何水道相通。

见众人斩钉截铁，诸葛嘉便发狠道："那就在这儿一直守着，什么时候憋不住了，总会爬出来！"

阿南看了看波平如镜的水面，只有那朵石莲花还静静漂浮着。

她跳上莲花，四下看了一圈，水面确实连个水泡痕迹都没有。

面前还有一大堆事，她便没在上面浪费太多时间，上岸向着后方走去，想看看楚元知和金璧儿的情况。

"阿南，"朱聿恒望着她身上被火花灼烧出来的破洞，声音微喑，"休息一下吧。"

阿南略一迟疑，转头见楚元知正在后方屋内，面对着金璧儿颤抖的身影。

她心下一阵无奈，心道各人有各人的缘法，她只能揭露梁鹭是北漠王女，其他事，希望楚元知能处理好吧。

握了握朱聿恒的手，阿南在他身旁坐下，两人望着平静的水面吃了点东西，聊了一下在重重围困之中，唐月娘能跑到哪儿去。

朱聿恒的脚稍经按摩，基本恢复了常态，便起身道："我要去青莲阵中，你是留在这里，还是先回敦煌城去？"

阿南知道他的意思，沉默思索了片刻。

此次对方设置严密，一举而并行三种举措：月牙阁刺杀皇帝，北漠纠集于边境，启动玉门关阵法断绝敦煌及周边生路。

月牙阁由青莲宗负责，如今计划已经破灭。

大兵压境的北漠，王女之死可击破其阴谋。

而玉门关阵法……如此推断，负责的应当是海客。

若她跟随去破阵，那势必将与竺星河正面撞上。

朱聿恒见她沉默不语，便抬手抚了抚她纷乱的鬓发，轻声道："你好好休息，等我回来。"

阿南抬手按在他的手背上，迟疑了一瞬。

终究，她解下青鸾金环，将头发理好，束了个百合髻，道："反正这次阵法的关键点，需要一对双胞胎，我未必能破解得了。不如，我就在这边搜寻唐月娘的踪迹，静候你凯旋吧。"

皇太孙亲探绝阵，诸葛嘉廖素亭墨长泽等一干人自然都随同而去，月牙泉边只剩了阿南和一小队士卒。

阿南在泉边看了一会儿，身后士卒问："南姑娘，咱们就一直在这泉边守着吗？"

"不守了。"阿南郁闷道，"怎么可能有人在水下潜这么久不用换气呢？"

一众人附和道："可不是吗，那说不定是假脚印，用来迷惑人的，刺客早就用其他方法逃出去了！"

阿南点头，招呼众人准备出发。

一时间，原本随行的大队伍退得干干净净。就连马允知，也被绑了手脚丢在马背上，驮回敦煌接受国法处置。

喧嚣退尽，只剩下几个素日做工的人，进了一片狼藉的月牙阁，开始收拾残局。

一片安静的月牙泉中，终于有个人冒出了头，正是唐月娘。

冬日的水寒冷彻骨，她全身湿透，手脚僵硬，爬上岸便脱力了，趔趄着走到被太阳晒得温热的沙地上，栽倒在地。

沙子尚未吸完她身上的湿痕，便有一匹骆驼经过，跳下一个行脚商模样、身手极为灵活的年轻人，搀着她上了骆驼，披上厚厚的袍子，蒙好头脸。

两人骑着骆驼，绕过鸣沙山而行，眼看便要消失在沙丘之中。

就在此时，鸣沙山上忽然传来呜呜的声响，在午后的日头下，听来如雷鸣般轰然震动。

两人大惊之下，立即转头看向鸣沙山。

只见沙丘之上，一行人正自山腰间滑下，携带着滚滚烟尘，直奔他们面前，将二人团团围住，领头的正是阿南。

她一扬头，对着骆驼上的二人笑道："梁舅母，梁小弟，怎么一声招呼都不打，悄悄地就要走啊？"

唐月娘一声不吭，而梁垒少年心性，哪禁得起她这嘲讽的口气，当下掀开蒙面，怒道："原来你早已知道我娘的藏身之处，却不肯下水，故意在这儿设下埋伏！"

"开什么玩笑啊梁小弟，这么冷的天气，万一下水冻出个好歹怎么办？你娘一个人在水下冻着还不够吗？"阿南笑吟吟道，"要说你娘也真是挖空心思，这石莲浮在水上，就是因为中间有无数空洞。也因此只要她含着一根麦管，趴伏在石头底部，就可以尽情呼吸，藏到冻死为止。只可惜啊，我在海上长大，总是对吃水线特别敏感，一看那尊石莲入水的痕迹，立马就想喊舅妈赶紧出来了，毕竟您前几天刚被机关压过，肩伤泡水这么久，还好吗？"

这一番话说得梁垒脸上青一阵白一阵的，而唐月娘扯掉了蒙脸布，冷冷看着她道："南姑娘，我自认并未对不起你，你也不过是个海匪，何苦当朝廷鹰犬，来为难咱们江湖兄弟？"

"我行事不看出身，也不看交情，只看在我心中，觉得谁对谁错。"阿南居高临下，抱臂看着她，"你们青莲宗勾结外族，为害西北，我就是觉得你们错了！"

"难道，你觉得你家公子也错了？"

唐月娘的话，让阿南眉头一拧。

唐月娘盯着她脸上的表情，以为自己击中了她的软肋，当下又道："权力相争哪有什么对错？南姑娘，正所谓成王败寇，只要夺得天下的人将来能带给百姓福祉，那现在纵然手段酷烈一些，走的路稍微偏离正道一些，又有何关系呢？"

"少说这些大道理，我没读过书我听不懂。"阿南打断她的话，嗤之以鼻，"我只知道，你们要毁了敦煌，毁了整条龙勒水，毁了西北屏障，还要引狼入室侵吞西北。这算什么稍微偏离正道，这样的人，能带给百姓什么福祉！"

话说出口，她才恍然回神，明白了唐月娘所说的，指的是谁。

手段酷烈、偏离正道的那个人……正是她十几年来奉为心中朗月的，竺星河。

恨恨一咬牙，她懒得多说，只挥手示意身后随从的侍卫们上前，将唐月娘与梁垒带走。

梁垒身法虽强，可在侍卫们结阵围攻下，难免左支右绌，现了劣势。而唐月娘在水下冻得发僵，如今尚未恢复，更是不可能有作为。

眼看两人便要被抓捕之际，斜刺里忽然有一骑马冲出，直奔向梁垒。

马上人举刀乱砍，又毫无章法，重重向梁垒挥出，却堪堪被他闪避擦过。梁垒身形一转，避开刀锋之际揪住对方缰绳，右脚向上一绞一缠，在对方刀把脱手之际，左脚迅速跟上斜踢，转眼便将人踢落下马，夺过了缰绳。

就在这稍纵即逝的瞬间，唐月娘已从骆驼上扑下，落在空马鞍上。

而梁垒已扑向沙地，一个打滚抓起那掉落在地的刀子，架在了对方的脖子上。

梁垒揪着对方站起来，众人这才看清，这个横插进来又被挟持的人，正是卓晏。

阿南眉头一皱，明明该随着阿琰下地破阵的卓晏，怎么突然回来了？

"南姑娘，退后吧，否则……"梁垒说着，手中刀子又紧了一紧。

阿南扫了唐月娘一眼，冷冷问："梁垒，你明知道他是谁，却还能挟持他，对他下手？"

梁垒心下一紧，握刀的手顿了一顿。

却听唐月娘厉声道："是什么身份又如何！垒娃，只要能救兄弟们得脱大难，我母子万死何惧！唯我青莲，普救众生，千难万苦，殒身不恤！"

梁垒一咬牙，目露凶光，而卓晏则紧闭眼睛，一副引颈受戮的模样。

阿南心下忽然想，阿晏无论何时何地，一贯摸鱼混日子，为何这次，他明明看到了对方身手如此高强，却还要冲出来，导致自己落入他们手中呢？

她在戳穿唐月娘身份时，特意支开了卓晏，可如今看来，该隐瞒的还是瞒不过去。

她暗叹一口气，挥挥手示意侍卫们散开。

梁垒拉过一匹健马，将卓晏推搡上马，自己也骑了上去。

见他们打马在沙漠中扬长而去，身后侍卫们担忧卓晏，个个义愤填膺："南姑娘，要不要赶紧去救卓少？"

阿南摇头，说道："他们不至于杀阿晏，咱们待会儿把他接回来就行。"

一群人干脆在背阴处休息了一阵子，补充了些食水，才从沙漠中寻踪过去。

果然，在距离他们二三十里处，寻到了被孤零零丢在沙漠中的卓晏。

他正茫然坐在荒野中，任由日头炙烤。

"阿晏，没事吧？"阿南下马将他拉起，见他目光闪烁，心虚闪避不敢正视自己，便也不问他被劫持后发生了什么，只问，"你不是随殿下去破阵了吗？怎么突然回来了？"

卓晏抿着干裂的唇，艰难道："圣上觉得我不合适，打发我回来了。"

是，他的父亲获罪流放，他的母亲是青莲宗首领，皇帝不可能再给他任何机会。

阿南沉默地拍了拍他的臂，道："总之你没事就好，走吧。"

她驻足立马，查看周边地势，与熟悉这边路径的人商议了一下。

前方不远应该就是玉门关了，想起廖素亭说他是从那边出地道的，而且当时地道转换后有了新出口，阿南心下盘算，难道唐月娘的目标，是从那边进地道，还不肯放弃他们的阴谋？

示意侍卫们照看好卓晏，她紧了紧头上发髻，率了部分轻骑疾驰玉门关，看看是否能追击那对母子。

风沙弥漫中，原本该空无一人的玉门关旁，如今却有几条人影。

阿南过去一看，正是廖素亭与几个工匠。

"南姑娘，你怎么来了？"见她忽然而至，廖素亭十分诧异，"上次这边打开了出入口，殿下为求稳妥，临时命我过来巡查。"

阿南略一点头，问："有什么线索吗？"

"你看。"他说着，一指上次朱聿恒救她出来的水道，"这便是我与康堂主出来的地方。"

阿南过去一看，上次阿琰以钢枪卡住的机关已被卸了大半，后方显露的是如同织布机般密密匝匝绷紧的精钢丝，形成巨大的螺旋形状。

机关中心的精钢丝已被钢枪卷住，连同滑轨一起断裂。廖素亭带着她沿着断口进内，抬手指了指旁边残存的精钢丝，叮嘱道："南姑娘，小心一点啊，这东西要是碰到了，会把你连皮带肉剐一大块去。"

阿南"嗯"了一声，流光用的便是精钢丝，她哪能不知道？

"说起来，上次殿下在这边救你时的情形，我至今想来仍觉得心惊肉跳。"廖素亭声音压得很低了，却依旧在水道中隐约回荡，"南姑娘，别说是皇太孙殿下了，我这辈子，真没见过谁会这般毫不犹豫冲入如此可怖的机关之中，去救别人的。"

阿南笑了笑，说："如果殿下与我换位，我也会啊。"

廖素亭回过头，看着她那轻快却又不带半分犹疑的神情，不由得也对她笑了出来："南姑娘，对我们殿下好一点。"

"还不够好啊？好几次命都差点给他啦。"阿南笑着睨他一眼，想起这样的话，好像韦杭之也曾跟她说过。

她觉得自己有点委屈，可再一想也没办法，谁叫阿琰对她豁出了命，如此不顾一切，让所有人都看在眼里呢。

她这样的女匪为皇太孙殿下拼命，和皇太孙殿下为她这样的女匪豁命，在众人的眼里，孰轻孰重肯定是不一样的。

郁闷地撇撇嘴，阿南见地道入得深了，便打起了火把，沿着洞穴渐渐向内。

火光照耀下，他们发现了墙壁最狭窄处一条尚未干涸的淡红血痕，猜测该是唐月娘的肩伤在水下裂开了，才有这样的血水痕迹。

而……能为他们如此准确在茫茫沙漠中计算出通道口的，阿南心知肚明，除了公子，这世上还能有谁？

她耳边，又响起唐月娘那番话来。

难道，公子也觉得，成王败寇，只要成功了，就是正确的吗？

正在迟疑间，忽觉脚下微微一晃，里面传来了剧震声。

阿南愕然，却见廖素亭贴在洞壁口听了听，神情肃然道："机关发动了。"

阿南正要问什么机关，却听得里面隐隐传来一声惨叫，随即，脚步声越来越近，是有人向着出口这边奔来。

她听到司鹭的声音，隐约在里面响起："公子！公……"

他仓促的话语，仿佛被瞬间卡在了喉咙，再没有了声响。

"司鹭！"阿南急了，当即加快脚步，向里面冲了进去。

地道本就狭窄，这边属于岔支，更显逼仄。

阿南侧身贴着洞壁，正着急往前走，面前忽有人影一晃，向她扑来。

狭窄的洞中她来不及闪避，只能紧贴身后石壁，飞起一脚将对方抵在斜对面的洞壁上，手中火折子一亮，照出对面来人的模样。

正是司鹭，后方是神情惶急的方碧眠。

"阿南！"司鹭一看见她，就跟捞住了救命稻草般，也不管她为何会忽然出现在这里，扑上去急道，"公子遇险了！你快去帮他一把！"

阿南朝黑洞洞的彼方看了一眼，心中百转千回，还没来得及反应，便听方碧眠声音尖厉道："司鹭，你别透露公子行踪，她带着朝廷鹰犬来的！"

司鹭一眼看到她身后穿麒麟服的廖素亭，转向阿南的目光透出些不敢置信。

阿南看也不看方碧眠一眼，只道："司鹭，我是听到你的声音，担心你安危才下来的。现在你没事就好，那我便回去了。"

"阿南！"司鹭却不肯放开她，哀求道，"我知道你心里还有我们旧日兄弟，如今公子在下方失踪，你……你难道能丢下他不管？"

"这地道我走过一遍，里面确实岔道重重，上一次我也差点把命送在这里。"阿南断然摇头道，"不必多说了，破这个机关，我没有把握。"

她一转身，便要沿原路回去。

却听后方传来方碧眠的冷笑声，道："司鹭，别求她，咱们豁出一条命，葬送在这儿就算了！这种忘恩负义的人，你再求她，也是无济于事！"

阿南举起手中火把照亮她的面容，唇角一扬："方姑娘，我与兄弟们出生入死多年，何时轮到你一个外人插嘴质疑？"

"是，我确实只与兄弟们相处几个月，可我早已将他们都当成了自己的亲人！我做不到像你这般狠绝，为了自己的新主人，如今率众来对付自己的旧主！"方碧眠声音锐利，与往日大相径庭，"司南，你这般行事，对得起公子，对得起当年与你出生入死的兄弟们吗？"

阿南听她这指控，反倒着意多看了她一眼，觉得她这副模样比之眉眼盈盈装柔弱时倒顺眼了许多。

"方姑娘，你这样不是挺好？少弄些装模作样的虚伪模样，说不定我还会对你高看些。"她慢悠悠地抚着臂环，道，"至于对不对得起，我们心中自有一杆秤，无须外人评判。"

"正因为我是外人，所以我才能公正地说一声，公子救你、护你、培养你，没有他，这世上就没有你存在。"方碧眠指着她，一字一句透着凶狠，"司南，这辈子你欠公子的，永远也还不清！"

阿南双眉一扬，眉眼肃杀地盯着她，目光冷厉。

司鹭赶紧拉住了方碧眠，对阿南道："方姑娘是太着急公子了，毕竟地下情势真的危急！阿南你知道吗，这地道太诡异了，我们在下面鬼打墙不知道多久了，如今我真的担心公子！"

"我知道，上次我也曾被困在里面。那机关……"听司鹭声音哽咽，与当年他担忧自己时一般无二，阿南迟疑了片刻，终究狠狠深吸一口气，道，"算了，你们在这里等着，我把公子带出来。"

司鹭大喜，忙点头道："好！阿南，你可一定要小心啊！"

阿南紧了紧手中火把，越过他们便向里面走去。

廖素亭追上了她，心下难免焦急："南姑娘，殿下亦已率人下了地道，你这……"

"没什么，这未尝不是好事。"

毕竟，公子与青莲宗联手，阿琰这边虽然人多势众，但对地下没有他们熟悉，未必能讨到好处。

要是能劝公子离开，让双方免于冲突，也不算坏事。

压抑的地下，逼仄的通道，阿南手握火把，比上次还要沉默。

廖素亭与她一起沿着熟悉的洞窟而行，两人一路前进，观察着沿途的踪迹。

在走到一个岔道口之时，阿南抬手，以小刀刮过土壁，确定了位置，道："你看，这里便是关节处。"

廖素亭也是机关世家出身，一看见她所指的地方，当即便明白了："这是一个可旋转的关窍，形成一个拐弯。玉门关这条道与矿场那条道都在它的面前，里面的人可以用机关操纵关窍转向，随心转换路线！"

"对。而它的控制机关，就在第九个洞窟的青莲上。我估计，你们当时失踪便是因为梁家人切换了道路，导致关节转到了玉门关这条路上，所以你们无论如何也返不回来。而傅准那个浑蛋则骗我再度启动青莲机关，关窍翻转对接上了另一条地道。那条地道该是与洞室相接的一个循环，我后来便只能反复走那条首尾相接的路，再也出不去了。"

阿南说着，将臂环中小刀片弹出，在细不可见的地道缝隙中，向上下探去。

直到最终轻微的叮一声卡住，她立即便以小钩子探进去，回头对廖素亭道："我数到三，会尽力调整机关旋转。你记得在半周时将机关卡住一瞬，给我抢一点时间。"

廖素亭有些迟疑："可这关窍转换后，另一边会接上矿场的路啊，你去那边干什么？"

"不，弯弧转换之时，有一瞬间会转过洞室，我要是抓住机会，就能冲过去。"

廖素亭悚然而惊，心说这太危险了，正要阻止她，却听得耳边"轧轧"声响，阿南的小钩子往下一卡一掰，随即，便一个翻身滚入了岔道转折口。

洞口震动，低沉的轰隆声立时响起。再不立即决断，这万向旋转的岔道可能两边都卡在墙壁之上，阿南会被闷在其中无法脱身。

廖素亭无可奈何，只能在它旋转到半周时，将手中的火把迅速地插进缝隙处。

尖锐的声响中，岔道转到半周时，因为被卡住而咔咔作响，硬生生停了一瞬。

但随即，火把被巨力机关碾成粉碎，岔道以重达千钧之势，依旧飞速转了过去。

廖素亭站在已转成土壁的关窍前，焦急地拍着厚重土墙，趴在上面听着，却没听到对面任何声息。

抓住一瞬即逝的机会，阿南在岔道旋转之际，打了个滚，直扑岔道另一边。

关窍旋转十分快速，眼看出口便要切换，在稍纵即逝的刹那，岔道发出咔咔声响，略微一顿，出现了一个仅有尺余宽的通道。

阿南的身躯立即从缝隙中钻出，直扑向后方的洞窟。

嗤的一声响，是她的衣服被后方恢复旋转的岔道卡住，猛然撕裂了一片衣角。但她终于惊险脱出，在地上打了个滚，扶墙站了起来。

背后全是冰冷的汗。阿南拍了拍胸口轻嘘一口气，万幸自己没有被卡住，不然的话非得被斩成两截不可。

她摸了摸怀中的火折子，想起上次用过之后，燃料已经快没了，便只靠着记忆，扶着墙壁，一步步慢慢往前摸索。

幸好她曾在这边来回走过三次，对这地势已了如指掌，知道这边只有一条路通往那个陈设着铜板的洞室。因此虽然周身彻底黑暗，她依旧在死寂中一路摸索过去，并不恐慌。

脚下逐渐踏上了黄土层，前方的道路也略微开阔了起来。就在一转弯感受到风声之际，她听到了风声中夹带的轻微话语声——

洞室之中，有人在说话。

应该是两个男人的声音，但因为他们声音压得极低，又在洞中反复回响，以至于阿南停下脚步后，才听出那个年轻些的声音，便是阿琰。

她心下一阵惊喜，正想喊出他的名字，扑过去挽住他的手，却听他的声音在晦暗中隐约传来："是孙儿不让阿南过来的。"

阿南的脚步不觉迟疑停下。没料到皇帝居然会亲自下到这边查看，更没想到，他们居然在这样的地方，谈起了自己。

她将身体隐在黑暗中，无声无息地贴近拐弯口，朝里面看去。

火光摇曳，两支火把插在洞壁上，照出里面两条人影。

一条挺拔颀长，正是朱聿恒，站在他对面的，自然便是当今皇帝。他戎马一生，肩阔腰直，即使只看背影，也自有一番威严。

阿南心下怀疑，为何他们会调离了所有人，只余下他们二人在这通道的密室中，随身的侍卫们又埋伏在何方？

只听皇帝沉吟问："养兵千日用兵一时，你花费了这么多时间，按计划一步步将她驯养至今，朕听说……她已多次为你出生入死，这次月牙阁，她亦豁命为你化解危机，怎么如今这关键时刻，你却不让她过来了？"

朱聿恒沉默片刻，才低低道："孙儿怀疑，她与我身上的'山河社稷图'有关。"

阿南心口陡震，贴在洞壁上，屏住了呼吸。

驯养，怀疑……

她第一次知道，原来阿琰与他的祖父，在背后提起她时，是如此评价、这般态度。

"唔，朕亦有此猜测。毕竟你每一次出事，身上血脉崩裂时，唯一在你身边的人，只有司南——这世上，哪有如此巧合之事。"只听皇帝语带沉吟，问，"你是什么时候开始怀疑她的？"

在这空无一人的地方，朱聿恒的回答格外清晰，一字字钻入她的耳中："前两次阿南受伤时，孙儿身上的血脉皆被牵动，因此而引起了注意。一次可能是凑巧脱力，但两次都是如此，便不是巧合能解释的事情了。而且，孙儿每次'山河社稷图'发作时，唯有她……一直都在身旁。"

"那么，此次你下阵未带上她，她有何反应？"

"倒也没有。毕竟此次破阵，竺星河定会搅局，孙儿便以此为借口，说是以免让她为难。"许是疲惫交加，朱聿恒嗓音带了些沙哑，"孙儿也想借此测试一下，她究竟是不是我身上这'山河社稷图'的真凶。"

"别担心，'山河社稷图'不足为惧。这次破阵，咱们有的是能人异士，拿命去填也能将这机关填废了！"皇帝森然道。

"是，但孙儿还是想寻一寻伤亡最小的方法。"

"伤亡？傅灵焰当年设下这些阵法，就是用来杀人的，如今你倒想着和和气气解决，简直糊涂！"

皇帝说着，抬手一指外面："看到她留下的那句话了吗？'今日方知我是我'。"

朱聿恒默然点头，道："平生不修善果，只爱杀人放火……"

"唯有杀人才能救人。当年那情况下，不把山河搞得动荡破碎，义军能有机会？你看看，龙凤帝这人纵然万般无用，百般不是，可他将傅灵焰驯得服服帖帖，十年间指哪儿打哪儿，天下之大尽入他掌中。可惜啊可惜，可惜他最终功亏一篑，让傅灵焰逃出了手掌心，大业终不可成！"

朱聿恒没说话，只挺直了身躯，站在祖父的面前，纹丝不动。

而阿南靠在土壁上，只觉寒气沿着自己的后背，静静地渗入了肌肤，钻入了骨血，全身浸满了寒意。

皇帝声音却比此时的黑暗更冷："聿儿，朕当初命你处置司南之时，你既然选择了要驯服她，那就该记住前车之鉴。利用好一个人的同时，也要掌控好她。否则，自己养的鹰啄起主人来，可是格外痛。"

黑暗中，过了许久，阿南才听到朱聿恒低若不闻的声音："孙儿如今与阿南出生入死，我们都能为彼此豁命，她应该不会背弃我。"

"这也是朕忧心的另一个原因。纵然你如今时间紧迫，'山河社稷图'步步进逼，可你毕竟贵为皇太孙，别人为你拼命理所当然，你如何能为一个女人冒险豁命？"皇帝语带不悦，斥责道，"你在玉门关水道下那举动，可知大错特错！"

"是，孙儿知错，当时情形，如今想来也在后怕……"她听到朱聿恒嗓音缓慢暗哑，一字一句如从心肺中艰难挤出，"但，孙儿如今已濒临绝境，与其珍惜这所剩无几的日子，不如竭尽所能奋力一搏，说不定还能赢得一线生机。"

"也好，算你这把赌对了，至少那女匪因此欠了你一条命，肯定会更尽心地帮你。此外，你既如此着意，参照傅灵焰，朝廷也不会吝惜一两个妃嫔名号。可若不行，定不能将她留给竺星河，此等危险匪类，定要永绝后患！"

"圣上放心，阿南不会再与竺星河有瓜葛了。她如今有了亲人，寻回了自己的出身，孙儿相信她定会安心留在陆上的。"

"亲人？毕竟是已经死掉的，哪有活着的人让她牵绊？更何况……"他说着，语调更转冷肃，"朕问你，你为何要改变调查结果，擅自将司南的父母，移花接木为其他人？"

父母，移花接木。

就如一支利箭，骤然射穿了阿南的心脏，她本已冰冷的胸口，被猛然洞穿。

僵硬的身躯死死贴着墙壁，她的眼睛在黑暗中睁得大大的，一时间连呼吸都几乎无法继续下去。

她听到朱聿恒在彼端的沉默，仿佛过了许久，久到她觉得心口所有的热意都消退尽了，他才以最平淡普通的口吻回答道："因为，她原来的父母已经没有任何亲人，孙儿觉得不太好用。"

"也行，真假本无甚关系，只是你又要让人赶回南方重做卷宗，平添了许多麻烦。"皇帝显然早已见惯了此中手段，随意道，"既然做戏，那便做个全套吧，你令那边再找几个堂哥表叔之类的，让她风风光光衣锦还乡。女人嘛，多给些荣华富贵，凡事顺着她的意，没有不死心塌地的。"

只因为这么简单的原因，他便可以这般轻易地践踏她最执着的期望。

阿南紧紧闭上了眼，竭力不让自己发出任何声响，以免幽深黑暗放大了她的悲怆，让一切不堪入目的真相，都赤裸裸呈现在她面前。

那日敦煌城的流沙中，他紧紧拥抱着她，对她说："阿南，我此生前路叵测，生死难料，可因此能遇到你，一切灾祸便也成了命运恩赐。我无惧无畏，甚至满怀感激。"

从未曾有人在她面前如此坦诚心意，那一刻抵在他的心口，听着他情真意切的温柔示爱，终于将一切杂芜都挤出了心口，腾出了最深处的那一块，等待着新的人住进来。

她将蜻蜓放飞在了风沙中，希冀着从此之后，南方之南，星辰转移，日月照临。

可……承诺帮她寻回父母的阿琰，招的却并不是她父母的魂魄。

被她一再嗤之以鼻的、傅准点破过的驯鹰，竟如此猝不及防地真真切切呈现在她的面前。

他所有与她并肩奋战、生死相依的豁命之举，都是他押注在她身上的筹码，只是拿自己残存的性命赌一把。

没想到，在她梦里命运重叠交织、最终一起坠落悬崖的傅灵焰，竟是镜水彼端另一个她的照影。

眼中的灼热似要将她焚烧，脑中的混乱让她喘不过气。她只紧紧地捂着自己的口鼻，不让自己发出任何濒临崩溃的声息，出卖自己的踪迹。

而洞室那端，已传来脚步声响。

是侍卫们过来禀报，前方阵法已通，傅准正与墨长泽商讨，准备遣人进照影阵查探。

"走，既然在这边拿到地图了，那咱们就去压压阵。"皇帝说着，带着朱聿恒与他一起向着前方而去，又关切地问，"你身上如今感觉如何？"

"孙儿无恙。"

"好。'山河社稷图'已迫在眉睫，这次的阵法，若是能破掉最好，再破不掉，朕考虑将你身边所有嫌疑人等全部处理掉。韦杭之、卓晏还有司南……一个不留！"

他说着，背脊挺直，带着朱聿恒大步向前走去，消失在第九个洞窟中。显然，傅准已经将整个地下布局都清楚地昭示于他们。

声音远去，火光消失。

他们走了很久，阿南却始终紧贴在洞壁上，未曾动弹过分毫。

她的脑中，一直想着皇帝与皇太孙那些推心置腹的话。

孙儿怀疑，她与我身上的伤有关。

利用好一个人的同时，也要掌控好她。

她原来的父母已经没有任何亲人，孙儿觉得不太好用。

……

是她太幼稚浅薄，被感情冲昏了头脑。

凭什么呢？

凭什么会以为，她这个前朝乱党一手培养出来的利器，能得皇太孙青眼，能让他倾注这般深深的爱慕？

第一次见面，他便差点丧生于她的手下；为了救公子，她不惜将他丢弃于暴风雨中；再次见面，他很快打开了心结，重新接纳了她；孤岛之上，他强行留下她……

真好笑，她居然以为，这些事能顺理成章地发生，光凭着他对她的情意，就能抛下他皇太孙的职责与尊严，不顾一切。

只是，她真的想不到，渤海归墟中他紧缚住彼此的日月；滚滚黄沙巨龙中他奔来的身影；暗夜逃亡时单人匹马独战青莲宗，将她紧拥入怀的灼热胸膛……

一切都只是阿琰驯服她的手段。

她脑中回旋着的，只有傅灵焰诀别信上的那几句话。

今番留信，与君永诀……千秋万载，永不复来。

她想起那个梦，梦见傅灵焰从云端跌落，又梦见跌落的，其实是她自己。

那时候，其实她内心很深很深处，就已经有预感了吧。

怎么可能呢……一个混迹江湖杀人如麻的女海匪，怎么能得到皇太孙这般倾心的爱慕呢？

他哄着她，捧着她，时时刻刻让她看到他的宠溺疼爱，可这一切，都是需要代价的。

这世上，哪有不需任何条件与理由，便愿意为另一个人出生入死的道理？

她捂住脸，在黑暗中一动不动地僵立着，感觉滚烫温热的水痕在自己的指缝间弥漫。

最终，她紧闭着眼睛，任由它们消弭在掌心。

狠狠地一甩手，她靠在洞壁上，长长地呼吸着，将一切都抛诸脑后。

她向前走去，脚步很快恢复了稳定，甚至连脸上的神情都已转成僵硬冷淡。

走到那块铜片面前时，阿南打开自己的火折子，看了看上面的痕迹。

上次被他们擦亮的铜片，如今上面是一片被抹过的沙子痕迹。阿南的手抚过沙痕，尚未理清沙子撒在上面有何用意，耳边忽然传来轻微的声响。

她立即关掉手中火折子，身形掠向旁边，背靠洞壁警觉抬头。

却见本来幽暗的洞内，有明亮的火光照耀而来，与她手中的火折子一般无二的光，照亮了洞内，也照亮了手持火折子伫立于斜上方洞口的身影。

竺星河。

他依旧一身白衣，呈现在火光中的身姿如云岚霞光，照亮了这昏暗的地下。

他手持她当初所赠的精铜火折子，望着她在光芒中渐渐呈现的面容，火光在他眼中闪出微不可见的灿烂惊喜："阿南？"

"公子……"阿南望着他，又看看周围这十二个洞窟，知道他也是在寻找路径。

她定了定神，竭力呼吸着平息自己的语调："我在外面遇到了司鹭，他说里面阵法启动，他与你分开了。"

"嗯，适才对方将过道中的机关转向了，所以司鹭他们被隔在了另一条通道内。而我凭五行诀推算地下洞窟走势，因此在地道中藏身，避开了朝廷的人。"竺星河说着，在火光下望着阿南，声音也轻柔了一分，"你担心我出事，所以过来找我？"

阿南没有回答，垂眼避开他的目光，只道："我就知道公子才智过人，不会出事的。"

而他凝望着她，斟酌片刻，才问："你什么时候过来的，听到什么了吗？"

这熟悉的包容目光，让阿南心头那强抑的伤口似被撕开，又泛起疼痛的波澜来。

公子一定也听到了阿琰与皇帝的谈话，知道了他从始至终都在利用她的不堪内幕。

她只觉一阵灼热的屈辱与羞耻感直冲脑门，眼睛灼热，也不知在这火光之下，会不会被公子察觉。

她偏过头躲避他的目光，勉强维持正常的声音："什么？我没听到。"

竺星河借着火光端详她的神情。他是这世上最了解阿南的人之一，看在眼里，却并未戳穿她，只说道："阿南，兄弟们都在等你回去。你哪天要是想我们了，随时可以回来。"

他声音低柔而诚挚，一如这些年来在她伤痛失落时的抚慰。

阿南咬紧牙关，她不敢开口，怕一开口便再也无法控制住自己表面的平静，只重重点了一下头。

为什么呢……

她宁可这个时候，有个人来嘲笑她，讥讽她，而不是以这般温柔的态度包容她，让她在愧疚上再添一份悔恨。

深深呼吸着，她勉强调匀呼吸，说："那……我们走吧。"

竺星河略一挑眉，目光中带着询问。

"司鹭与方碧眠在外面等着公子呢，如今朝廷的人已准备破阵，他们人多势众，你一个人在这边遇到他们，怕是没有胜算。我看，公子还是尽快离开吧。"

"阿南，你真是变了。"公子端详着她，脸上露出笑意，"以前我们一起进击婆罗洲最大的海盗据点时，兄弟们联手对付外面的海贼，袭入大本营的只有我们两人。当时那岛上大炮火铳防守严密，可比这区区几条地道要凶险多了。而你我联手将岛上敌人清剿一空，从始至终，我未在你的脸上发现过任何犹豫迟疑。"

"是，可今时不同往日，这照影阵也不是一人可以破的，就算我愿意与你再度同行，我们又哪来灵犀相通的本事，可以一起破阵呢？"

"本来没办法，可傅灵焰当年，留下了解除阵法之法。"竺星河朝她微微一笑，走到那块平展铜片前，抬起手指在上面轻弹了几下。

阿南看到光滑平板上沙子轻微地跳跃起落，才恍然大悟这张铜片与那句"羌笛何须怨杨柳"的意思——

极薄的铜片在受到外面声音影响时，板面会出现细微而平均的振动，上面若有沙砾，便会顺着那振动的力量聚合分离，形成齐整对称的图案。

因此，这张铜片定是需要在积沙的情况下，吹一曲《折杨柳》，才能形成指引他们入阵的图形路线。

竺星河既然过来，自然是做好了准备。他抚平铜片上的沙子，取出袖中一支巴掌长的羌笛，低低吹了起来。

铜板上薄薄的沙子，随着声音的振动而跳动，渐渐形成奇诡的纹路，多边对称类似于扎染的花色造型，又似万花筒的绚丽图案。

随着这一曲《折杨柳》的徐徐终了，沙砾组成的复杂图案终于呈现在他们面前，上面是对称的波浪方格状，散落分布着大大小小的沙堆圆点，奇妙而炫目。

阿南尚未看出这里面的玄机，只见竺星河抬起手，在沙图中画下了一朵三瓣青莲。

青莲所经之处，所有疏疏密密的圆点便错落于花瓣左右，两边对称，与她当时所见薛氏兄妹的落脚点完全一致。

"照影阵的地图……"阿南喃喃道。

"对，这上面标出的，便是地图与落脚点。如今他们有了具体信息，应该就要去破阵了，不过，就算凭此地图进了洞，我也不信他们最终能在鬼域中破解一切。"

阿南心知他所说的鬼域肯定就是薛氏兄妹最后进入的地方。青莲宗在西北这边日久，又有关于阵法的资料，想必对于这个阵法早有另外的情报。

她正想询问那机关的具体情况，却听后方一个洞中透出隐约火光，应当是那端的侍卫察觉到这边的动静，过来查看了。

竺星河扫掉铜板上的沙砾，拉住阿南的手，立即钻入了下方的洞窟中，往内而去。

地下迷窟分岔太多，而竺星河带着阿南，在洞中左绕右拐，不多时便出现在了另一个洞中。

循环往复间，阿南已完全不知道身在何处，不由得问他："你知道这地下路径吗？"

"青莲宗那边有简要描述。"竺星河径自往前走，以手中火折子照亮前路，"不过没有也无关紧要，这地道路径基本都在五行诀的覆盖范围内，毕竟，五行诀与九玄门同出一脉。"

阿南默然点头。五行诀最擅丈山量海之法，传说出自轩辕黄帝；而九玄门是九天玄女一脉，被称为黄帝之师，二者自有相通内蕴。

于是她不再多话，只随着竺星河向内而行。

不多久，眼前出现了微微的光亮，也听到了隐约的话语声。

阿南将耳朵贴在壁上，只听得彼端传来一阵惨呼声，随即是众人惊呼上前接应的声音。

看来，这边已经到了距离阵法中心很近的地方，虽然没有通道过去，但声音已经可以传过来。

而里面的声音，应当是一个人从照影阵中狼狈逃脱后，支撑不住滚出来的声音。

如今已没有盔甲的声音，毕竟毒水四面八方而来，只要有一条缝隙便防不住，反倒影响配合。

公子预料得不错，纵然朝廷找了这么多能人异士，可最终就算按照地图进了照影阵，也无法破解最中心那片鬼域。

只听墨长泽颤抖迟疑的声音响起，请皇帝示下："陛下，这已是第五批了，所有进阵者非死即伤，无一能接近阵中心。请陛下稍加宽解，待老朽与傅阁主详细商议后，下午老朽亲身带人破阵。"

皇帝沉吟不语，应是许可了，那边传来了众人起身退出的声音。

"封洞，不许任何人进出，下午做好万全准备后，由墨先生入阵。"

只听到傅准慢悠悠的声音传来："照影阵必须由两个能力相当的人配合破阵。墨先生自然是绝顶身手，不知道陛下认为，谁能与墨先生配合呢？"

皇帝略一沉吟，说道："把司南叫过来。"

话音入耳，清晰无比。

竺星河在旁边瞥向阿南，而她脸上毫无波澜，仿佛只是轻风过耳一般。

即使，她比竺星河更清楚，这是朝廷让她卖命的意思。

等到沉重的石门关上，里面再听不到任何声响，竺星河才压低声音问她："走？"

阿南望着他被光照得盈透如琉璃的瞳仁，低低道："公子，你引动这个阵法，已经没有用了。"

竺星河没想到她忽然说这个，略带错愕地一挑眉。

"唐月娘刺杀皇帝没有成功，北漠的阴谋也已被戳穿，不可能再陈兵边境了。你纵然启动了机关，也只有敦煌百姓受苦，无法实现自己的目标。"

"就算达不到预定目标，可至少能为以后留下机会。我既然已经走到这里，就要抓住最后的希望。"竺星河目光微冷，坚决说道，"况且，这是我们早已商议好的，就算计划失败，可这阵法是一定要在此时此刻引动的，因为这是青莲宗的退路。"

阿南略一思忖，当即了然。刺杀失败后，青莲宗众必定要逃跑，而此时此刻，只有突发的阵法、龙勒水的异常及皇太孙的安危同时爆发，才能让朝廷疲于应对，从而为他们赢得最有利的时机。

"为什么……"

为什么不能好好回到海上去？为什么要和这种乱党合作？为什么一定要搅得天下大乱？

最终拥有一个满目疮痍的山河，又有什么意义呢？

但，她最终只将这些话吞回了腹中。

因为她已经一劝再劝，再说也没有意义了。

公子下定决心的事情，没有任何人能令他改变，她也不行。

后方传来了隐约的脚步声，轻微而快捷，几下便接近了他们所在，对方显然身手不弱。

阿南正要警戒之际，竺星河却拦在了她身前，唤出了对方的名字："梁垒。"

黑暗中这个轻微脚步，正属于梁垒。

他抬眼看向阿南，目光顿时透出狠戾，身子一矮，双掌摆好了防范动作："竺公子，这女人是朝廷的打手，咱们的大计便是被她破坏的！"

竺星河对他摇一摇头，道："别担心，阿南不会伤害我。"

梁垒哪里肯信，依旧狠狠盯着阿南。

竺星河抬手向他，问："东西带了吗？"

梁垒略一迟疑，见阿南侧立一旁并无任何反应，才慢慢从怀中掏出几管炸药，递到他手中。

微量的炸药，被镶嵌进洞壁中，引爆后一声闷响，洞壁便被炸得龟裂。

以矿工们常用的旋弓飞快扒掉碎石，面前的洞壁只剩了薄薄石皮。梁垒撑在对面洞壁上，纵身跃起，顺着石壳的裂痕，双脚狠踹下去。

在哗啦声响中，隔绝在他们面前的石壁被彻底打通，他们钻了进去。

留守在里面的侍卫早已察觉到洞壁的震动，正向这边围拢查看，谁料洞壁一破，碎石纷飞中夹杂着梁垒的袖箭，他们无声无息便都倒了下去。

里面只剩一片安静，掉在地上的火把映出后方紧闭的青石门，以及两个如骷髅眼洞般并列在面前的照影阵。

阿南走到阵前，抬起头，看见了上方那七个字，心口又涌起些微的酸楚来。

今日方知我是我。

她这一路走来，为了公子、为了阿琰，尽了力、豁了命，可最终也不知道自己是谁、该走什么路。

那一日傅灵焰知道了自己的处境时，是否也与她此时一样，绝望而茫然，不知自己是谁，不知这一路是对是错、这一辈子活成了什么模样。

司南，指引迷途的工具。

可她自己的迷航，又有谁来告诉她、与她同行？

"来吧，阿南，再帮我一次。"他向她伸出手，像之前无数次一样，做出并肩而战的邀请。

阿南定定地望着他，他的面容在火光下更显温柔莹润，在她的心中，曾是这世上最动人的景象。

可如今她望着他，却觉得自己的手有千万斤重，无法抬起握住他，许下与他并肩而战的诺言。

"公子……我要回去了。"一向再刚强不过的她，此时终于无法掩饰喉口的哽咽声，气息颤抖。

"我要回到海上，回到我的家，远离这片大陆。在天与海之间，那个不懂是非善恶、冷酷无情扫除所有阻碍的女海盗……那才是我，才是司南。"

竺星河的手僵在半空，他定定地望着她，却始终没有收回自己的手："你是介意方姑娘吗？别担心，她不会影响到我们。你在我心中，永远比所有女子都重要。"

阿南没有回应他，只木然听着他的温柔言语。

　　"阿南，我珍视你，很想给你世上最好的一切。可我面临的人生太过凶险，所以我迟迟不愿与你定下婚约，也不肯将我所有的计划与目标对你和盘托出。因为我担心，若我以此绑住了你，以后我有万一，定会牵累到你，让你无法再做回那个自由强悍的阿南……你，明白吗？"

　　他如此恳切地剖析自己的心意，温柔话语在这凶险如恶魔双眼的阵前隐约回荡，竟似带上了一些恍惚的缠绵。

　　可阿南沉默地望着他，轻微却坚定地摇了摇头，说："我离开你，不是因为方碧眠，更不是因为你不肯娶我、觉得你不喜欢我，而是因为……

　　"公子，你不再是我心中那颗星辰，我们也不是一条道上的人了。"

　　竺星河温柔的眼神中，陡然闪出一丝锋利目光，方才还温柔的声音也变得冷硬起来："我们一起在海上共患难，你跟我回归故国时未曾有过半分犹豫，怎么事到如今，我们不是一条道上的了？"

　　"因为我回头了。我……不想再做一把刀，一头鹰，一个为他人而搏命的我。我是司南，我是我。"

　　她抬手按在最后一个"我"字虚弱下拖的笔画上，深深呼吸着，倔强而固执。

　　公子终于攥紧了空空的手，望着面前这神情坚毅的女子，抿唇气息急促。

　　"好，你做你自己。"许久，他才生硬地丢下一句，转而看向梁垒，"我们走。"

　　阿南才知道，原来他们一开始就准备由竺星河与梁垒一起破阵。

　　竺星河身法糅合了五行诀，天下无人能出其右。而梁垒的身法出自九玄门，由傅灵焰带到青莲宗，他又专精于腾挪纵横之术。若说照影的话，他们二人自然是合适的搭档。

　　竺星河走到左边洞口，准备好要入阵。

　　梁垒瞥向阿南，显然还在戒备，怕阿南在他们进去后动什么手脚。

　　"别担心，阿南不会对我下手。"竺星河语音低沉而笃定，只望了站在洞边的阿南一眼，口中已经默数一二三。

　　"三"字乍出口，两人身形微动，已经同时向着里面跃去。

　　阿南站在洞口一侧，看着他们的身影消失在其中。

　　手中的火折子即将熄灭，周围一片寂静。阿南捡起侍卫们留下的火把点燃，听着里面竺星河发号施令的声音越来越远，深入了洞底。

　　她静静等待着，心头一片混乱，也不知在想什么。

　　太多情绪在胸口交织翻涌，她一时反倒觉不出悲恸来，只觉得胸口弥漫着钝钝的难受与失望。

直到耳边忽然传来一声惨呼，她听出是梁垒的声音，心下顿时一紧，立即紧盯着左侧的通道。

被她手中火把照亮的云母荧光骤然一亮，她看到里面有白色的身影飘忽而来——正是公子。

显然是梁垒出了意外，他无法再接近中心阵眼，不得不放弃撤出。

而梁垒在阵内受伤，虽然趔趄着跟他退出，可他伤到的正是腿部，那皮开肉绽的脚自然无法再与另一边的竺星河保持一致，即使他再怎么提纵身体，竺星河再怎么放慢脚步配合，但节奏已乱，又如何能配合得齐整。

眼看脚步趔趄中，他又慢了半分，而竺星河的脚在踏出下一步之后，洞中毒水突起，已向着他的脚掌射去。

眼看自己的脚要被切削掉，竺星河如何能再配合旁边的梁垒，身体下意识动作，足尖一点身躯拔起，迅速便脱离了那片水汽的攻击。

但也因此，旁边梁垒刚刚落地的脚顿时被毒水笼罩，嗤嗤声响起，他本已残破的裤管下，血肉迅速变成焦黑，烧出大片血洞。

他咬紧牙关，还要向着下一步奔去，可已经太迟了。

左洞的竺星河，提纵在半空中的身形也不得不下落，但此时他根本看不见旁边梁垒的动作，亦不知下一步应该踏足何处。

"右侧青莲！"阿南脱口而出，指点他的落脚点。

竺星河听到她的声音，毫不犹疑，向着右侧的下一朵青莲落脚点跃去。

眼看梁垒的脚也正落向此处，阿南那吊在嗓子眼的心正要回落，却听得"扑通"一声，随即梁垒的惨叫声在洞中骤然响起——

他受伤的脚未能撑住自己的身体，在踏下去的瞬间，摔在了地上。

顿时，满洞烟雾般的水汽翻飞，将他全身喷得血肉模糊，鲜血如万点桃花喷溅于洞中，惨烈无比。

而另一边的竺星河，身体已然降落。

阿南眼睁睁看着竺星河的脚尖，要踏上她所指点的那一处绝境。而下方落脚处，水汽已经蔓延生长，马上就要吞噬掉他下落的足尖。

来不及思索，阿南手中的精钢丝网激射而出，将竺星河的脚硬生生拉住。

即将被吞噬的千钧一发之际，竺星河下落的脚尖在丝网上一点，想要借力跃向空中。

　　然而精钢丝网是一踩即塌之物，怎能托得起他的足尖，危急关头，他唯有足尖在丝网上一转，钩住了它的洞眼，脚向后蹬去，整个身体才得以再度借力跃起，一个翻身向着洞口扑去。

　　阿南的手正要回拉，却忘了自己右臂有伤，哪能承受得住竺星河向后拉扯丝网的力量，手臂顿时被迅速向洞内扯去，身体也随之往前一倾。

　　到了此时此刻，洞内的竺星河已看见阿南身体失衡，站立不稳。但他身在空中力已用老，唯有顺着阿南的丝网前滑，堪堪越过下一朵青莲，然后立即再度跃起，飞扑出了照影洞窟。

　　与此同时，他身后数道纵横水汽启动，如雾如雪。

　　正向洞内倒去的阿南，眼看便要扑进这片毒水雨雾之中。

　　阿南的手紧急搭上臂环，想要将丝网丢弃，可哪里还来得及，身体一倾，整个人便迅速倒了进去。

　　竺星河与她擦身而过之际，猛然抬手抓向她的衣服，想要将她扯回来。

　　可洞中毒水已喷在了她的衣摆上，衣物迅速焦黑消融。

　　他的手中，只抓到了一片残破衣角。

　　阿南的身形只略阻了一阻，终究跌进了可怖的雨雾中。

　　竺星河落在洞外，心神剧震，仓促回头看去。

　　阿南已抬手蒙住了头脸，身体在半空中硬生生地偏转，险之又险地侥幸寻到一块没有雨幕的空隙处，手在壁上一撑，借力又跃了一步，落在了与梁垒相对的地方。

　　就在她勉强维持住身体之时，左腿膝盖忽然剧痛，令她的脚一弯，差点跪倒在地——

　　一缕水箭不偏不倚，正喷中了她腘弯中的旧伤。

　　熟悉的剧痛袭来，让她的身体不由得剧烈颤抖。可面前的机关让她只能竭力撑住身子，不敢倒下。

　　幸好千难万险中，她选择落脚的，正是与梁垒相对的那一块地方。两边维持住了平衡，洞中水雾终于消退，但局势也再次回到了之前的险境——

　　只是她将竺星河换了出去，一人脱困，一人受困，瞬间又成了死局。

　　竺星河丢开手中残布，飞速抓起侍卫的水壶丢进洞。

　　而阿南抓住水壶，毫不犹豫撕下衣摆，整壶水冲下去，将腘弯处那点毒水迅速洗掉。

　　竺星河那一贯沉静的嗓音，终于带上了急切焦灼："阿南，你没事吧？"

幸好两人动作都是极快，她的腘弯只被融掉了一层表皮，毒水尚未渗入肌肤深处。

阿南摇摇头示意他别担心，丢掉了臂环上沾满毒水的精钢网，正思索如何脱身，只听得洞外隆隆声响传来。

是洞内的动静惊动了外面人，石门被缓缓推动，门缝之外，人影幢幢，即将进内。

"阿南，能出来吗？"竺星河对阿南急问。

阿南越过洞壁缝隙，看向那边的梁垒。

他全身血肉模糊，趴在地上无法起身，更别提与她一起迅速撤出。

而她距离逃脱至洞口，起码还需要两个起落。

两个起落，一瞬间的事情，可她已经做不到了。

石门已被彻底推开，门外火光熊熊照入，铁甲士兵手中的刀光已映入洞中。

显露在石门外的，正是朱聿恒。他面容如严霜笼罩，那双骨节分明的手，已经伸向腰间日月。

竺星河双眼微眯，目光如刀尖般锋利，手也下意识地按在了春风之上。

可，对方身后刀剑出鞘的精锐，却在提醒他不要与之对面相抗——

洞外火光煌煌，洞内只有一支黯淡火把，外面骤然进来的人，肯定看不清里面的情形，正是他撤离的唯一机会。

可……

他急回头看向阿南，望着这个在极险境地之中将他交换出来，而自身陷于危境的女子，心下只觉巨大的痛楚如闷雷滚过，一时无法自已，只想要挥动手中春风，让朱聿恒的身上开出绚烂的六瓣血花。

而倾斜着身子，因为剧痛而全身微颤的阿南，她将身上正在焦化的外衣脱掉，仰头朝他露出一个勉强又切切实实的笑容。

"走吧，我豁命把你救出来，可不要你为我失陷。不然，兄弟们也不会原谅我。"

她的声音冷静得有些绝情，一如她之前一次又一次为他殿后、为他冲锋，在极险的时刻与他告别，等待着下次返回时一般。

沉重的石门已被彻底推开，煊赫火光下，朱聿恒率众大步向内而来。

这是他可以离开的最后一瞬间。

竺星河仓促地吸一口气，再看了阿南一眼，转身向着后方被炸出来的洞口疾退而去。

他听到她最后低低的话语，传入耳中，似幻如真——

"公子，多谢你在十四年前的风浪中，救助了孤女阿图……大恩大德，阿南在此谢过。"

洞中虽然黑暗，但朱聿恒立即察觉到有人要脱逃入地道。

瞬息之间，他的日月已在掌中骤然炸开，如一丛烟花迅疾追向对方的背影。

但，就在堪堪触到对方之际，一股剧痛忽然自小腹而起，直冲他的胸口，令他身子不由得一滞，手上也顿时失了力气。

他身上的冲脉在波动抽搐，抽取了他全身的力量。

飒沓纷飞的日月在空中丧失了飞行的力道，急速回转至他手中的莲尊座上。

他松脱了手中日月，不敢置信地抬手，按住自己的胸口，心下迅速波动过一股难言的恐惧。

难道说，他身上的"山河社稷图"发作了，就在此时此刻，阵法要启动？

他一抬手，诸葛嘉会意，率众越过被炸出的缺口去追击逃脱的黑影。朱聿恒定了定神，感觉胸口的隐痛波动过后，小腹至胸的冲脉并没有往常那般灼热发烫的剧痛，似乎只是突突跳动，有要发作的前兆——

这感觉，与之前被阿南的伤口引动时相差仿佛，只是要轻很多。

他性子坚忍，从不肯在外人面前露出自己的弱点，因此身形一滞之后，便立即提起一口气，大步跨到照影洞口，瞥向里面。

右边是血肉模糊倒地的梁垒，而左边……

他的目光落在阿南身上，顿了片刻，才不敢置信地唤了一声："阿南？"

他的眼中，一如既往尽是紧张关切。

那地洞中曾在她耳边萦绕的冷酷残忍话语，仿佛只是她臆想的一场噩梦。

迎着他的目光，阿南默默朝他点了一下头。腘弯旧伤的疼痛已稍退，她强撑着直起身："阿琰。"

她忽然出现在这里，又与梁垒一起被困于阵中，朱聿恒心下虽有疑惑，但他早已习惯阿南的自专，立刻向身后的墨长泽招手示意。

按照之前被困逃脱时的操作，墨长泽派人以绳枪钩住梁垒，枪兵在外拖扯，两人左右为衡，在外面人的指挥中，阿南几个起纵，终于安然落回了洞口。

而梁垒则因为失去了阿南在那边的压力，身上又被毒水烧出大片斑斑焦痕，被钩住拖出洞口时，已经奄奄一息失去了意识。

阿南甫出洞口，朱聿恒便立即查看她全身上下，见露在外面的肌肤并无其他伤痕，才轻出了一口气，将她沾染在脸颊上的乱发拂开，轻声问："怎么回事？"

阿南解下金环，冲洗了几缕被消融的头发，又将发丝紧紧束成螺髻，抬下巴示意被梁垒炸出来的洞口，道："青莲宗从玉门关处逃窜入地道，我在追击时发现梁垒踪迹，他们正炸穿了石壁，企图进来提前引发阵法，配合北漠及刺杀计划。我上来阻止，谁知手臂有伤，反倒被钢丝网拉了进来做替死鬼，还好你来得快，不然我这次可真危险了！"

朱聿恒瞥了洞中那个水壶一眼，心下洞明。

敢进地道来，又与她配合默契，值得她身陷险境的人，大概只有竺星河了。

但，她既不说，他便也不问，只命人将昏迷的梁垒拖下去，略带责怪道："不是让你遇事先和我商议过吗？你看你又让自己身陷险境，可知我会有多担忧。"

阿南朝他笑了一笑，避开他的目光，说道："江山易改本性难移嘛，谁叫我就是这样的人。"

朱聿恒见她神情有些怪异，想要追问，却又想她大概是要掩饰竺星河之事，心下掠过一阵无奈，便什么也没说，只抬手轻轻揉了揉她的鬓发，表示自己的不满。

阿南只作不知，在洞内看了一圈，问："我看你们也没找到双胞胎啊，准备怎么破阵？"

"我们破解出了铜片上的地图，如今已有了入阵的所有落脚点。只要双方控制好节奏，进入阵眼中心便大有可能。只是目前进去的几批人依旧与薛氏兄妹一样，非死即伤，没有任何人能破解得了阵中机关。"

"是吗？你给我看一下阵法地图。"

朱聿恒向身后人示意，取过一份绘好的地图交给她。那上面是三瓣青莲形状的洞窟道路，标注着疏疏密密的圆为落脚点，正是阿南在铜片上看到的路径。

朱聿恒指点着那两条相对分离聚合的路线，手指在火把下莹然生晕："你看，这洞窟弯曲盘绕，相对分离扩散又收合聚拢，正形成一朵三瓣青莲模样。在莲瓣聚合收缩之处，就是阵法最中心。只是目前进去的人，还不如薛氏兄妹，没有一个能支撑到中心的。"

阿南垂眼看着他的手，问："有地图有落脚点，怎么还会出事？"

"不知道，几乎所有人都在途中便乱了节奏，我怀疑，洞窟之中或许有其他影响破阵的东西。"

阿南皱眉听着，将地道路径在心中默然记熟，见朱聿恒又下意识抬手抚上自己胸腹，便问："你怎么了？"

"有点不舒服，适才'山河社稷图'似乎有异变。"朱聿恒压低声音说着，停了须臾，又以不经意的口吻询问，"你呢？身上伤势还好？"

阿南知道他看到适才自己受伤的情形了，便也不隐瞒，说道："我膝盖被伤到了，还好躲避及时，没什么大碍。"

"让随行大夫看看你的腿吧。"

"没事，破了点皮而已，我们现在还有更重要的事情做呢。"阿南说着，扶着他的肩看向照影洞窟，低低与他商量道，"你的'山河社稷图'既已有了反应，咱们得赶紧趁这阵法尚未发动之前，提前将其中的母玉取出，免得你这条经脉再损毁。更何况，这个绝阵一经发动后，龙勒水断流，敦煌一带便尽成死地，到时后果不堪设想。"

朱聿恒望着她，静默片刻，问："你……要入阵去破这个机关？"

她望着火光下闪耀迷眼的云母，轻声道："阿琰，你曾对我说过，'敦'意为盛大，'煌'意为辉煌。我想咱们一定能消弭这场浩劫，让敦煌永远盛大辉煌，让西北永远和平牢固，让千千万万像秦老汉那样的百姓，不用再半夜替亲人去偷青麦吃……"

她的目光转向朱聿恒，朝他微微一笑："再说了，傅灵焰留下的阵法，我怎么可以不去破一破？这回，咱们再去走一遭吧？"

朱聿恒尚未回答，便听身后墨长泽紧张道："不成，殿下金尊玉贵，身负山河重任，如何能入这般险境！还是我陪南姑娘吧。"

"可我公输一脉手法、身法都与其他门派迥异，与墨先生和其他人怕是配合不起来。这世上唯一能与我配合得丝丝入扣的，之前只有……"阿南指指朱聿恒，对墨长泽道，"这位金尊玉贵的皇太孙殿下。"

朱聿恒点头道："是，我与阿南，一向都是共同进退，未曾分离过。"

这恳挚的话语，发自肺腑，落于耳中，令阿南的心口不由自主地微颤了一下。

轻吸一口气定了定神，她合上地图，交到朱聿恒手中，转头见皇帝此次并未下洞，便道："你先回到地上去，问过圣上吧，看看他愿不愿意让你这个好圣孙和我这个女海匪一起去破阵。"

"胡闹，堂堂皇太孙，如何能入那般险境！"

果然，皇帝一口否决，不肯让朱聿恒亲身去破阵。

朱聿恒与阿南并肩立于他面前，道："孙儿之前与阿南一起下顺天、出渤海，破阵已非一次两次，陛下尽可放心，我二人一向配合无间，定会安然无恙破阵归来。"

皇帝目光落在阿南身上，见她神情沉静，并无任何异常，沉吟片刻，又道："可这阵法只能有二人入阵，就算别人想保护你，也没有办法插手。你未来是要扛起这个天下的人，若在阵中发生了什么意外，叫朕如何安心？以后这天下，该交予他人？"

周围的人一片静默，人人低头不敢出声。

皇帝一向威严的神情中，也显出难以掩饰的疲惫与无奈。此刻的他，看起来并不是那个酷烈的一国之君，而是这世间最为普通平凡的、执着记挂孙儿的一个祖父。

西巡本可以不来敦煌，但他来了。

月牙阁一局，他亲手为孙儿披上黄袍，嘱咐高壑相随。

帝王不应身涉危境，可他还是亲自到了沙漠中，为自己的孙儿压阵。

他一向个性强硬、手段残酷，可如今，在太孙要进这危险重重的阵法中心之际，他终于因为担忧，紧紧抓住了孙儿的手，不肯答应。

在一片沉默中，有个声音打破了寂静，道："请陛下屏退周围无关人等，微臣有些话，愿叮嘱皇太孙殿下。"

说话的人正是傅准。他之前被阿南胁迫着下阵，一番折腾到如今气色还未恢复，皇帝却十分信任他，明知他心怀叵测，依旧让他主持此次下阵。

此时听到他说话，皇帝毫不犹豫便挥退了所有人，只剩下他们四人留在帐中，对傅准说话的态度也显得十分和缓："不知傅阁主有何发现，是否可指点此次破阵？"

"其实，微臣早已想奏请陛下，这个阵，怕是只有皇太孙殿下能破，无法作他人想。"

皇帝脸色铁青，问："何以见得？"

傅准的右手缓缓摊开，指尖有细微的晶光闪烁，细看去却又不见任何实际踪迹："就在刚刚，'万象'已有轻微异动。它对天下所有机关阵法的动静最为灵敏，依我看来，怕是殿下身上的'山河社稷图'已有变化了。"

朱聿恒垂眼瞥了自己胸口一眼，见皇帝的目光落在他身上，便解开衣襟，将自己的胸膛露出些许，道："确有异常，不过，并未到发作之时。"

皇帝一步跨到他的面前，果见胸腹正中的冲脉正在缓慢蠕动，似有一股力量正要冲破而出。

他抬手按在这跳动的血脉之上，急问傅准："如何处置？是否可趁现在将其挖除？"

"不可。冲脉定五脏六腑百脉，如今'山河社稷图'尚未发作，我们无法准确寻到毒刺，贸然下手不但寻不到根源，反而会令经脉受损，到时若有差池……怕是性命堪危。"

皇帝的脸色十分难看，问："可之前，司南不是曾将太孙的毒刺取出吗？"

"是，但只有在机关启动、引动毒刺发作的一瞬间，才能定位到其准确位置，将其挑出清除。此外，这照影阵法如此艰难诡异，以微臣看来，纵然其他人能支撑到阵法中心，也定然没有余力寻出玉刺再击破阵法。而这世上唯一能在阵法中迅速定位到毒刺的人，怕是只有身负'山河社稷图'的皇太孙殿下自己，其他人绝无能力海底捞针。"

皇帝紧咬牙关，额头青筋隐现，竭力压制自己的怒意："难道说，只有让太孙亲自进内破阵这一条道了？"

傅准沉默不语，显为默认。

朱聿恒将自己的掌心覆在祖父的手背之上，紧紧地贴了一会儿。许久，祖父的手指终于有了松动，慢慢地将他的手握住。

"聿儿，事到如今，你……"

他紧盯着面前的孙儿，气息凝滞，喉口再也发不出任何声音。

而朱聿恒望着祖父，嗓音与目光一般坚定，绝不含任何迟疑："陛下，此事本就紧系孙儿存亡，岂有他人代劳之理？更何况孙儿身为皇太孙，既受万民供养，理当以此残躯赴汤蹈火，定局山河！"

"可……这地下机关危险重重，在你之前，已经折损了多少江湖好手，你身为未来天子，哪有亲身犯险的道理？"

"请圣上宽心，列祖列宗在天有灵，定会护佑孙儿安然返回。孙儿也定当小心谨慎，竭力而为。"朱聿恒跪在皇帝面前，深深叩拜，坦然无惧，"若孙儿已至天限，无法力挽乾坤，此番努力亦算不负这一副身躯。伏愿陛下与太子殿下千秋万代，山河长固，孙儿纵有险难，亦万死无惧！"

皇帝紧咬牙关，悲难自抑，只能狠狠转过头去，看向阿南："你确定，你与太孙能配合无间？"

阿南走到朱聿恒身边站定，朗声道："我与殿下出生入死多次，对彼此的行动都再熟悉不过。若这世上只有一人能与我一起同进同退的话，定非殿下莫属。"

"好！"皇帝终于痛下决心，道，"傅准，你可还有法子，助他们一臂之力？"

傅准略一沉吟，取出怀中药瓶，倒出两颗冰屑般的药丸，说道："这是拙巧阁研制的药剂，能增加触感与神志，对机栝的敏感更会大大提升。最重要的是，能抵御外来的杂念，相信对此次破阵必有裨益。"

见他的办法只有两颗药丸，皇帝略感失望，抬手示意道："你们先退下吧，朕还有话要吩咐太孙。"

阿南与傅准退出了帐篷，两人站在荒野中，望着不远处被炸出来的入口。

傅准抬起手，将药递到她面前："南姑娘，请吧。"

阿南看了看道："傅阁主的药越做越精致了，不过这东西……不会是玄霜吧？"

傅准微微一笑，将药往她面前又送近了两寸："怎么会？这是新改进的，混合了冰片与云母粉，还加了些雪花糖，口感很不错的，你尝尝。"

阿南翻他一个白眼，将药丸捏在手指中看着："阵法里面有什么？"

"不知道。"傅准收回手，抚胸轻咳。

"你祖母布置的阵法，你会不知道？"

"我若知道的话，怎会让薛澄光他们毫无准备去送死？"傅准抬手招呼空中飞旋的吉祥天，语带痛惜，"这两次受朝廷征召破阵，我拙巧阁伤亡惨重，若不是为了祖训，我宁可不要瀛洲那块地了……身为拙巧阁主，却让阁众如此死伤，我回去后也不知如何对他们交代。"

阿南冷冷地瞥了他一眼，又看向手中的玄霜。

"吃吧，不然你们没有任何希望。"傅准指着她所捏的玄霜，低低说道，"进去之后，务必收敛心神，心无杂念。"

阿南盯着手中的玄霜，许久，终于纳入了口中，将它吞了下去。

"这就乖了。"傅准朝她拱手一笑，"那我就祝你和殿下一举破阵，全身而退。"

"多谢傅阁主祝愿。可是，"阿南举着自己的手肘，询问："我的旧伤，确定不会在阵中忽然发作？"

傅准抬手让吉祥天落在自己肩上，诧异地望着她："南姑娘指的是？"

阿南再也忍不住，将起衣袖指着自己臂弯的狰狞伤口，一字一顿咬牙问："你，当初斩断我手脚筋的时候，在我的身上，埋了什么东西？"

傅准似笑非笑："哦……南姑娘可真没有以前敏锐了，都这么久了，你才察觉？"

阿南甩手垂下袖子，愤恨地盯着他，眼中似在喷火："所以我的手脚一直未能痊愈，是因为你在捣鬼！"

"唉，我还是心太软了。"傅准在风沙中哀怨地叹了口气，说，"当时把你擒拿回阁，一小半的人要我把你杀了祭奠毕阳辉，一大半的人让我把你手剐了以儆效尤。可我终究不忍心，顶住了阁内所有人的压力，只挑断了你的手脚筋络……谁知好心当成驴肝肺，你非但不感激我，还这般咄咄逼人来质问，真叫人情何以堪！"

"少废话！"阿南最烦他这般装模作样，狠狠剜他一眼，"我的手脚，为什么始终恢复不了？"

"能恢复的话，我还会让你逃出拙巧阁？"他笑了笑，轻声说，"不瞒你说，南姑娘，我以万世眼体用楚家六极雷，在你身上埋下了六个雷。除了你四肢关节外，还有两个，你猜猜在哪里？"

阿南猛然一惊，手掌不受控制地颤抖着，抚上了在地道之中曾经剧痛过的心口，不敢置信地盯着他。

"一个在心，一个在脑。而你身上六极雷总控的阵眼，在我的万象之中。"傅准愉快温柔地朝她一笑，摊开自己清瘦苍白的手掌，又缓缓地收拢，如一朵睡莲夜合的姿态，"六极雷触一处即发六处，所以你千万不要妄动，更不要尝试去解除，毕竟……我可舍不得看到一个瞬间惨死的你。"

一股寒意直冲阿南大脑，可身体又因为愤恨而变得灼热无比。在这寒一阵凉一阵的战栗中，她眼中的怒火不可遏制，一脚踢开帐旁灌木丛，就要向他冲去。

然而，傅准只抬了抬光芒微泛的手指，对她微微而笑。

"别担心，南姑娘，只要你不对我下手，我也不会舍得伤害你的。毕竟，这世上若没了你，那该多寂寞啊，还有谁能与我匹敌呢？"

那遍体焚烧的怒意，仿佛被一桶凉水骤然泼散，她的手慢慢垂了下来。

"那么……"她艰难的，但终于还是狠狠问出了口，"我身上的伤，与皇太孙殿下，是否有关联？"

傅准眯起眼看着她，神情变幻不定："我不是跟你说过了吗？你身上旧伤，和殿下的'山河社稷图'一起发作，只是巧合。"

"那这次呢？"阿南神情微冷，反问："我腘弯在阵内受伤时，为什么殿下的'山河社稷图'也有了发作的迹象？"

"用你的小脑瓜好好思索，别只急着为你的殿下寻找真相，连基本的常理都不顾了。"傅准望着她笑了笑，声音平淡中似夹杂着一丝温柔，"南姑娘，殿下的'山河社稷图'出现时，你还没出生，不要高估你自己。"

阿南恨恨咬唇，对他这阴阳怪气的回答，一时竟无法反斥。

"另外，圣上比你们，肯定都要更为了解我，然而，你猜他为什么始终让我负责所有行动呢？"他贴近她，在她耳边低低道，"记住自己的身份，记住自己是谁，记住，你是司南，你是你。"

火光炽烈，照影阵的双洞窟被映得明彻，连四壁云母都成了橙黄火红的模样，如骷髅终于从沉睡中醒来，张开了弥漫血光之眼。

扯掉身上披着的鹤羽大氅，朱聿恒只着圆领玄色窄袖赤龙服，腰间紧悬日月。

阿南将头发以青鸾金环束紧，取了平衡体重的铅块绑于腰上，以免自己与朱聿恒体重相差会影响到破阵。

一切已准备妥当，二人手中握住她所制的火折子，补好燃料，照亮面前荧光氤氲的洞窟。

朱聿恒转头看向身侧的阿南，低低问她："你脚上的伤还好？"

阿南活动了一下双腿，冲他一点头："皮外伤而已，你呢？"

"目前没感觉。"他按了一下心口处，望着她的目光怀着淡淡歉疚与心痛，"你身上带伤，又在月牙阁那边一通忙碌，至今没来得及好好休息，这一趟让你如此辛苦奔波，真是对不住。"

这温柔缱绻，却让她心中大恸，如冰冷利刃划过心间，黑暗中那些亲耳听闻的残忍话语，又猛然涌上心头。

她终究忍不住，声音微哑地喃喃："阿琰，你啊……"

朱聿恒凝望着她，等待着她问出后面的话。

她却抿住了双唇，狠狠转头，将后面所有的问话咽下。

望着洞口上方那一句"今日方知我是我"，她深深呼吸，闭了一会儿眼镇定心神。

最后一次了，与阿琰并肩而战的机会，以后再也不会有了。

她强迫自己将一切杂念挤出脑海，放空了自己，以免影响到自己入阵后九死一生的行动。

嗓音冷静得略显冷淡，她极为简单地将节奏定了下来："落脚处，换一息；拐弯处，换两息，无论如何，不能有任何停顿。"

朱聿恒与她多次出生入死，她寥寥数语，他便心领神会："好，走吧。"

两条身影同时跃起，进入照影阵中。

火折子的光在圆球内微微一晃，恢复了平衡，照亮他们脚下的路，也照亮了云母缝隙间他们彼此的身影。

云母璀璨莹润的光芒围绕在他们周身。这条道路上如今遍布鲜血，都是之前破阵未能成功的人留下的，斑斑血迹在云母微光之中越显可怖。

但阿南与朱聿恒都视而不见。

每踏上一个落脚点，便换一次呼吸，再次拔身而起。即使中间有些路段他们无法看见彼此，就算偶尔她的呼吸快了一丝，起身落地更快，他也能在壁上水雾冒出来的瞬间及时赶上，压住她的力量，让两边平衡。

拐弯处。落地，蓄势，换两息，足弓弯起。两条人影如两条跃出水面的鱼儿，轻捷无比，落向前方青莲。

他们的呼吸几乎重合，身影如临水照花，一人运动，两边偕行，不需任何停顿，亦无须任何思考，如同超越了意识，在面对阻碍时，自然而然便做出了与对方一模一样的反应。

后方洞外，众人站在皇帝身后，屏住了呼吸看着他们。

之前所有人进内，即使已经选了最为接近的体型与武功派系，但总会有些许闪失。

唯有他们面前这两条身影，腾挪闪移，息息相通。

他们信任对方如同信任自己，熟悉彼此的能力如同熟悉自身，甚至根本不需考虑便已经做出了对方会做出的选择与动作，无丝毫疑惧。

皇帝紧紧盯着他们，仿佛是第一次发现，原来他的孙儿，早已不是当年迷失在北伐战场上的那个小少年。

他已经成长为坚定而有担当的男人，矫健无比，不惧险难，血雨腥风中断然前行，果毅决绝。

他长大了，是因为……身旁这个阿南吗？

皇帝的目光，看向另一边洞窟的阿南。

与他引以为傲的孙儿有着相同身手的女子，起落凌厉毫不迟疑，以无惧无畏的姿态，转眼便扑向曲折的后方，与朱聿恒同时投入了黑暗中。

通道曲折，莲花瓣的形状，有巨大的转折。

他们顺着洞窟向外分散，中间再没有可以看到对方的连通空洞。

但毫无变化的，他们依旧保持着均匀的呼吸，按照地图上的指示，以相同的飞纵姿态落在相同的落脚处。

洞内始终保持着一片安静，并无任何机关触动的迹象。

再怎么黑暗曲折的道路，毕竟有尽头。穿过莲花瓣尖，他们重新向中间聚拢，前方道路斜斜向前，在时隐时现的云母空洞中，他们看见彼此的身影，心下更觉平宁安定。

两条洞窟越靠越近，直至汇聚成一条，他们二人同时落于洞口的最后一朵青莲上，停下脚步，看向了面前豁然开朗的溶洞。

阵眼中心，终于出现在他们的面前。

阿南知道此处凶险无比，跃出洞窟后立即向朱聿恒靠拢，扣住自己的臂环，低声道："小心！"

朱聿恒点一下头，握住日月，与她一样摆好了防守姿势。

可出乎他们意料，面前无声无息，只有巨大的溶洞上钟乳如玉，静静泻下一层轻薄水帘。

那水，与薛澄光印象中的血水并不一样，与薛滢光所看到的弥漫烟云也不一样，只是一片薄薄的水珠瀑布，如同帘幕般隔开了内外。

火折子的光穿透水帘，他们看到后方是借着地下矿藏中五色云母雕琢成的各色莲花，正中是一朵盛开的巨大青莲。在它的莲房之上，一只云母青鸾正翱翔垂下，它双翼招展，姿态轻盈，正伸长脖子，向莲房正中的莲子啄去。

满池莲华，水珠如帘，莲房与鸾喙将触未触，似接未接，绝妙如一幅花鸟画，绮丽且恬静，美得令人心生诡异之感。

阿南警惕地望着面前的一切，开口问身旁朱聿恒："你看到了什么？"

朱聿恒扫视着前方景象，谨慎开口道："满池莲花，一只青鸾飞来，正要衔取莲子。"

阿南见自己与他所见一般无二，反倒有些奇怪了："我也是，咱们走近再瞧瞧。"

莲花被簇拥于莲池中间，旁边是烟雾霭霭的虚空之地。只有一行青碧云母被雕琢出荷叶纹路，正如一条莲叶铺设成的道路，通往莲池中心。

两人相望一眼，担心是别有用心的阵法。阿南抬手从洞壁上砸下一块云母石，向荷叶上投石问路。

荷叶安安静静，并无任何变化。

阿南向朱聿恒打了个手势，率先落到荷叶之上，将上面那块云母石踢入荷塘之中。

荷塘下全是弥漫的水汽，火折子往下映照也只影影绰绰看不分明。这块石头落下去后，只见水汽波动了一下，随即，是轻微的波波声传来，下方荷叶根部翻出了带着油亮光泽的几缕水汽。

"小心，千万不要落在下面，下面全是毒水，阻止任何人潜入莲花根部。"阿南提醒着朱聿恒，又道，"幸好毒水主要成分是绿矾油，毒性很难蒸腾。不过下面积着一汪总不是好事，咱们速战速决。"

一片荷叶站不下两个人，阿南率先踏上莲叶，举着手中火光，踏着荷叶向青鸾逼近。

前方便是水帘，她离得近了，水珠飘飞，沾湿了她的鬓发衣襟。

水风徐来，阿南下意识抬手，要护住手中的火折子时，耳边忽然传来轻微的"咔嗒"声，在这空荡幽闭的地下，显得格外清晰。

她一生浸淫机关，立即听出这是机栝启动的声音。转头眼睛瞥到水帘后的青鸾时，顿时愕然睁大了眼睛。

水帘后，巨大的云母莲房之上，那只自天而降的青鸾，微微动弹了一下。

"阿琰，"阿南低低地问，"你……看到了吗？"

"嗯，看到了。"朱聿恒亦盯着那只青鸾，声音确定，"它的喙本来距离莲房中心的莲子还有三寸，但如今只有两寸半许了。"

这青鸾正缓缓向前伸头，眼看便要衔到面前那颗莲子了。

"怕是机栝在发动，走，赶紧去看看。"阿南立即穿透水帘，直扑里面。

就在踏上莲池的刹那，耳边忽有风声轻响，掠过脸颊。他们手中火折子的圆转机构晃动起来，火光忽然明灭了一下。

在这般沉闷寂静的地下，忽然吹来这诡秘的风，二人立即抬起手中的火折子，警觉地查看四周。

依旧是安安静静的莲池，莲花与青鸾蒙着瑰丽云母的光泽，似与之前并无任何区别。

只是不知道是阿南的眼睛适应了地下的黑暗，还是水雾增加了云母的盈透度，在她的眼中，感觉云母的颜色好像越显深浓，艳丽夺目。

她压低声音，问朱聿恒："阿琰，你有发现什么吗？"

"除了鸟喙，其他没有。"朱聿恒对于万物的细微之处总是能掌握得非常准确，因此他说没有，阿南便也就将注意力放在了面前的青鸾之上。

渐渐逼近，她终于看清了青鸾的鸟喙。只见两片青色云母簇成的口中，正伸出一根尖锐通透的玉刺，就如徐徐吐出的舌头，正向着下方的莲子刺去。

而碧青的莲子之上，有一个细小的孔窍，与莲子正好相对。

她示意朱聿恒与她互为依仗，一起缓慢而谨慎地向着青鸾而去。

"这应该便是……能引动你身上毒刺的母玉了。"阿南没有去触碰喙中的那根玉刺，担心机栝振动会导致细细玉刺折断，引发朱聿恒身上的"山河社稷图"，"空悬的青鸾与静待的莲台，已经在这里数十年了，距离如此之近，却又从未相碰。而如今你身上的冲脉有了感应，机栝也同时启动，我担心青鸾衔到莲子的那一刻，便是机关发动之时。"

"如此说来，机关应该会在下方这块云母莲台之内？"朱聿恒说着，见那根玉刺移动缓慢，与莲子暂时还有两寸距离，便俯身抽出凤鬶，轻敲云母。

云母疏松软脆，此时被他敲击，不但声响显得散乱，而且下方的声响也很难被传导过来。

阿南听了好几声，才确定道："石声夹杂金声，下方有机栝在。"

"嗯。"朱聿恒点头，将耳朵贴于莲台之上，仔细倾听。按照她的指引，将凤鬶的刀背往下轻敲。

幽闭的洞穴内，他敲击的声音并不大，可那有节奏的匀速敲击声与水声混合在一起隐约回响，不知怎的令阿南觉得心口如水波荡漾，难以抑制。

莫名的恐慌涌上心头，她抬头环视周围，看向上方俯飞而下的青鸾。

这青鸾借由上方突出的一块巨大青碧色云母矿凿成，薄透的云母被雕成片片通明羽毛，层层叠叠地生长在丈余长的身躯之上，偶尔夹杂着其他五色光泽，绚烂夺目，几能以假乱真。

耳边轻微的敲击声忽然幻化成婉转的柔曼音调，鼻尖微微一凉，阿南以为是水珠落下来了，抬手举高火折子，仰头看去。

只见青鸾那栩栩如生的翅膀忽然缓缓地扇动了起来，毛羽轻拂，卷起大团丝絮似的云朵。

阿南定睛一看，那云朵原来是片片白云母的辉光，在穹洞之上如仙雾缭绕。耳边丝竹之声流转，莲池上水珠波光幻目，五色莲花后缓缓转出一条身影，向她走来。

他一袭白衣，皎白的肌肤映着墨黑的眉眼，淡淡一抹唇色，在这云母莲池中，如画中人般缥缈幽远，漫卷于烟雾之中。

"公子……"阿南错愕地望着他，不明白他是怎么通过外间重重的守卫和照影双洞，安然无恙来到这里的。

而竺星河朝她微微而笑，温柔平和："我还是放心不下你，所以特地来带你走……跟我回去吧。"

花瓣飞过阿南的眼前，遮得她满眼蒙眬迷离，洞中的晦暗光线令她回到了少女时代，她恍惚看见无数个无星无月的夜晚，她站在乘风破浪的船头，在浓雾弥漫的大海上指引船队前行。

那是她人生中最好的岁月，无惧无畏，满怀希冀，迎面而来的全是灿烂的明天。

可如今的她望着面前与昔日一般无二的公子，却只默默地摇了摇头，低声说："可我已经回不去了。"

他的声音转冷："你不过是他们企图驯服的鹰犬，是他们想要利用的工具而已。"

"我知道……"阿南打断他的话，也不知是倔强还是虚弱，让她的声音嘶哑低沉，"可这与公子也没有关系了，因为我们已经不是同路人了。"

隔着流泻烟云，竺星河面露不解地望着她，而旁边花影中，方碧眠却飘忽走来，站在竺星河身后，声音尖锐而笃定："司南，这辈子你欠公子的，永远也还不清！"

"我不欠他了。"阿南冷冷望着她，"一命还一命，我已经还了公子一条命，我们两清了！"

随着她的声音落下，面前的竺星河忽然破碎了，化作无数的绢缎蜻蜓，随着风沙飞转，转眼成了横斜散乱的痕迹。

阿南心惊仰望，却哪里还有蜻蜓的踪迹，只剩了云母花雨紊乱，纷繁笼罩住她。

她正要抬手拂开它们，只听得耳边响起一声："小心！"

即使在一片迷幻中，她也依旧能听出，那是阿琰的声音。

如一箭寒气直冲脑门，她额头一片冰凉，骤然间被拉出幻觉。

面前已经恢复成那个地底矿洞，水雾笼罩下一片云母炫光冷冷闪烁。朱聿恒伸臂将她紧紧揽住，面上满是后怕："怎么了？你为什么对着空中说话？"

“我想……”阿南声音略有些急促，“我知道薛澄光和薛滢光看到的景物为什么不一样，无法相通配合了。”

朱聿恒警觉地查看四周，问：“云母能改变人眼看到的东西？”

“不是。”阿南说着，忽然想起什么，举起手中的火折子。

曾经装过“通犀香”的火折子，此时光焰微闪，残留的香爆开，她的掌中袅袅升起诡异的蓝紫色烟雾。

“这是……什么？”

“廖素亭给我的‘通犀香’，它能检测到地底异常的气息，从而改变颜色。你看，这紫色指示着周围有霉烂毒气。”阿南将火折子照向洞壁，气息有些不稳，“潮湿的地下，常有霉粉菌类飞散，吸入便会致幻。而这边地下如此密闭安静，火光与四周的云母散光相互映照，想必因此而引发了幻象，让我们堕入迷境。”

她的声音在洞中回荡，让朱聿恒觉得心口又飘忽起来，不自觉地收紧了拥着她的手臂。

阿南感觉有些喘不过气，拍拍他的手臂，示意他定定神：“不过，我们已经服食了玄霜，如今又知晓了这洞中的诡异之处，只要坚守己心，不要陷入迷惑，应无大碍。”

朱聿恒点头，慢慢放开了拥抱着她的手。

只是，他继续敲击探询下方的机栝时，感觉自己的知觉迟钝了许多，眼前无数黑影飘摇，耳边尽是杂音。

许久，他才艰难地在这重重干扰中竭力抽剥出些许实质来，对阿南描述下方的场景：“下方是杠杆加滑轮的装置结构。上头的极为细微，只如一根针尖般大小，下方逐渐增大，第二三层的声音听来，便应该有筷子粗细了，滑轮也有鸡蛋般大小。后面……越往下，机栝越大，到地下十余丈处，我听到的已是尺粗重杵的声音，再往下的地底深处……”

他贴着莲房，竭尽全力再倾听了片刻，最终摇头道：“只靠上面这敲击的回声传递，到这里已是极限，我只能根据推断计算到这里了。再深远处的勾连纵横，我能力穷尽，算不出来了。”

阿南心道，你这听声辨物的能力堪称惊世骇俗，还说能力穷尽？你可知棋九步的能力，亿万人中独一无二，令多少人艳羡？

恍惚间，她又想起自己与阿琰的那一场豪赌。

那时她对阿琰的双手和脑子垂涎欲滴，赢得了他后感觉自己风光无限。

可谁知道，自以为赢了的她，其实却是落入了他的彀中。现在想来，真是恍然如梦。

"所以我们面临的，是一个'飞绳引渡'之法。"狠狠一咬牙，她强迫自己转移思绪，指着莲房下方道，"譬如两岸建吊桥，先将最细的丝绳系在箭上射到对岸，再在细绳上系上略粗的绳索，以这细绳拉过略粗的绳子，再以略粗的绳子拉更粗的绳子……直至最后，粗绳索可以承载牛皮与钢线编成的吊桥主绳，才能顺利在上面搭建出牢不可破的一座空中桥梁。"

朱聿恒听了她的讲述，立即便明白了，他的目光看向青鸾口中将吐未吐的那一根玉刺，问："所以，这根刺，就是射向对岸的那支箭？"

"对，它的力量虽然极小，但这微末之力会层层引动地下的机栝。机栝越来越大，所施加的力量也越来越大，直至最终引动深埋地下足可排山倒海的那股力量，彻底截断龙勒水。"阿南想着上次阵法震动之时，曾经短暂枯竭过的龙勒水，声音也急促起来，"若地下这片迷窟通道确是龙勒水旧河道的话，我猜想，应该是土层下方存在着我们所不知的巨大空洞，到时龙勒水会改变流向，被彻底吸入地底深处，从此再也没有出现在地面、滋养沿途绿洲与百姓的可能。"

朱聿恒问："那我们是否可以摧毁下方的莲房，进而将机关停止？"

"莲房下方不过尺许口径，我们肯定无法进入内部拆解。而且，一经触动上面的微小机关，便会层层带动下方的巨大机栝，到时候，只会让机关提前运转，不可收拾。而外面呢，则全是毒水……"阿南指了指那一池毒水，"怕是我们潜下去后，还没动手，就已经被消融成骨头渣子了。因此，内外路径皆被堵死了。"

朱聿恒垂眼看向莲房上那颗莲子，又转而看向青鸾口中那根玉刺。它缓慢地，却始终坚定不移地向着面前的莲子移去，移动速度微不可察，却确实在逐渐接近。

"如此说来，我们唯一的机会，在上方这只青鸾身上？"眼看玉刺便要刺入莲子的孔窍，朱聿恒的手虚按在鸟喙之上，问阿南，"击碎它，是否可以阻止？"

阿南略一思忖，摇头道："可这是'山河社稷图'的母玉。一旦将其破坏，它崩裂之时，便是……"

便是他身上的冲脉赤血迸裂之际。

朱聿恒的手指尖悬在玉刺之上，仅有微毫之遥，却终究不敢去触碰它："唯一的办法，是让玉刺停下来？"

阿南一点头，定了定神，手抚上青鸾，在它的身上寻找。

"这青鸾既被设置成一甲子后自行启动衔取莲子，如此精密的手法，它的体内必有机关。"眼看玉刺离莲子已不到两寸距离，阿南心下急切，手下也寻得极快，"看看开口在哪里，当初傅灵焰是如何将机栝放置入体内的？"

她的手指在青鸾身上急促敲击，示意朱聿恒与她一起搜寻。

层层叠叠的云母被雕成片片薄透羽毛，青鸾根根羽色鲜亮，在摇曳火光下流转出青蓝紫黄各色，令人目眩神迷。

他们在这流光溢彩的毛羽之间搜寻，最终在招展的翅翼之下，发现了翅根有几条羽毛的走势略为散乱。

凤翥的刀尖沿着羽翼划开，下方果然露出了拼接裂隙。

这云母青鸾制作得极为精巧，只破开了翅下一拳大小的空洞，体内被彻底掏空，里面全是极为复杂的机栝，立体纵横，勾连在一起，层叠繁复。

机栝内部的棘轮、扭杠、钮钉……许是考虑到洞中弥漫的水汽会影响到金属，一应零件全由硬玉制成，被天蚕丝牵引着，一个个搭连相扣，转的速度或快或慢，有条不紊。

阿南俯身看向机栝中心，目光在上面迅速扫过，随即确定了中心点，顺着青鸾的心脏部位，向外追溯而去。

玉刺的关节，正悬系于心脏之上，与双翼及尾部紧紧相连，所有天蚕丝都绷得紧紧的。

她的脸色变得十分难看："阿琰，怕是有点麻烦。"

朱聿恒看着她，静待她的下文。

"这青鸾内的机栝层层，全都相系于那一枚母玉之上。若是我们阻止机关时有一处阻滞，导致任何零件运转紊乱，那么，玉刺必将立即粉碎。到时候……你身上的子玉也必将相应而碎！"

朱聿恒抿唇沉默片刻，决绝道："总得先试试，尽力制止机关。若实在没有办法将它完整取下，那……碎便碎了！反正我身上已有这么多条血脉崩裂，再多一条，也不是什么大事。"

阿南凝望着他在火光下坚毅的神情，如叹息般道："可我们这一路奔波，不就是为了阻止你身上的'山河社稷图'发作，让你身上的血脉不至于崩裂吗？"

"虽说如此，但，龙勒水决定敦煌存亡，也决定西北这大片防线，甚至是整个北方的安危。"朱聿恒毫不迟疑道，"阿南，孰轻孰重、如何取舍，我在进来之时便已经确定，相信你一定也与我一样。"

一路行来，阿南是这世上最知道他身负何等痛苦之人。可事到临头，他的抉择如此毫不迟疑，让她只觉双眼一热。

"我们先努力试试，务求将母玉完整取出。"不知怎么的，心口那些梗塞的怨愤似消融了许多，她忍不住牵起他的手，五指相交用力握了握，说，"可是阿琰，这些构件纵横交错，牵一发而动全身。你的手若进去拆解，稍有差池便将被卷入其中，你……切切小心。"

朱聿恒紧握着她的手，点了一下头，看着内部那些锐利且坚硬的机栝，心知只要自己一个疏忽，他的整只手便会立即被卷进去，瞬间绞成肉泥。

可时间不等人，他只与她十指交缠，静静地贴着她的体温一瞬，便定了定神放开了她的手，伸向了青鸾。

他的声音郑重而从容："若有万一，阿南，你定要尽快击毁玉刺，无论如何，确保地下机栝不要启动。"

阿南深吸一口气，用力点了点头，叮嘱道："这洞口只有拳头大，你的手伸进去后，便看不见里面的一切，只能凭着你的五根手指，摸出每个机栝的用处了。切记……务必要避开关节，务必要小心。"

朱聿恒依言，将自己的手慎重而小心地探了进去。

阿南只觉得心提到了嗓子眼，眼看着他的手探入了云母锋利的洞口，她紧紧盯着他的手，不敢移动半分。

他的手肘卡在绚烂晶羽簇拥的洞口，只能靠手掌的转侧与五指的伸展，在里面无比艰难地动弹着。

阿南盯着他的手，正在急切关注之际，忽然之间眼前一花，青鸾的羽翼微动，锋利的羽片立即在朱聿恒的手上重重绞旋，鲜血直涌而出。

她"啊"了一声，下意识地仓促抬手，要将他的手立即拉出。

但，就在她手刚握住他的右手腕之际，他的左手已经伸过来，紧紧抓住了她的手。

"阿南，别动。"

他的声音让阿南猛然惊醒，晕眩中眼前鲜血淋漓的手已经消失，那只是她眼前的又一场幻觉。

迷香是最能找到人心弱点的东西，关心则乱，多思成真。她知道自己不该如此执着紧张他的手，否则，只会叠加更多幻象。

朱聿恒亦是如此，越是担心自己的手会出事，越是在这诡异气氛下眼前幻象百出，耳边尽是汩汩的血脉行走之声。

　　面前的阿南幻化成了千个万个，雨声在耳边簌簌敲打，面前弥漫的水雾中尽是她转身离去的身影。

　　西湖暴风雨那一日，在他的噩梦中曾一再出现的那一刻，骤然间再度降临。

　　"山河社稷图"的血脉在身上汩汩跳动，而他被她抛在暴风雨之中，如坠冰河，万箭穿心……

　　祖父的逼问再度在耳边响起——

　　你力保她，并且答应朕会驯服控制她。可如今，究竟是你试图掌控她，还是她已经掌控了你？

　　对不起，皇爷爷，可能聿儿要令你失望了……

　　他一直没有勇气回答，或许他永远也驯服不了阿南。

　　他绝望地咬牙，在扑面而来的暴风雨中狠狠闭上了眼睛。

　　黑暗掺杂着幻象，让他的触觉更为敏感。他的指尖缓缓穿过各式冰冷的机栝，向着阿南所说的机关的正中心而去，那里，是掌控青鸾的心脏所在。

　　倏忽间，他的指尖捕捉到了一缕飘过去的、流动的风，从他的肌肤上一掠而过，像一根蜘蛛丝一样隐约浮现。

　　他略显迟疑，阿南的声音在他耳畔响起："怎么了？"

　　"在机栝中，有一缕极轻又极薄、很细微的东西……"

　　"是天蚕丝，既然轻软，那应该不是牵系住机栝的，而是松弛的……"阿南沉吟着，然后眉梢忽然一扬，问，"你再仔细探一探，它的连接处，是否是棘轮的中端，另一头牵系着紧绷的天蚕丝！"

　　朱聿恒勉强让自己的思绪集中，努力照着她的指点，指尖前伸试探。

　　在密闭运行了六十年的机栝中，他目不能视，唯一可以凭借的，便是那机关牵引时，极为微弱的几丝振动，甚至是风声。

　　"是……有一个十六齿棘轮，大约一文钱大小，牵引出一条两寸多长的天蚕丝。"

　　"阿琰，或许这机关是可逆转的！"阿南惊喜的声音立即在他耳畔响起，"只要你能准确定位到心脏与喉舌的连接处，将上面的天蚕丝反接，便能将玉刺往前探伸的力道转为回缩！而且莲房、青鸾配合如此缜密，它们很可能是上下连通，那么青鸾退却之时，这莲房也大有可能会合拢退回，消弭下方阵法！"

　　她的声音如此笃定，朱聿恒的心也稍稍放了一些下来，睁开眼望向青鸾口中的玉刺。

　　玉刺距离莲子，已经只有一寸不到。

他转头垂眼，正专心试探机栝中的天蚕丝，眼前的世界却忽然如水波动荡，身上的玄衣晕染出大片深浓的黑色，那上面夭矫飞舞的赤龙蠕蠕而动，喷吐火焰，盘旋飞舞着挣脱了锦绣束缚，向他猛扑而来。

龙，赤红殷朱的龙。暴烈而慈爱，跋扈而温柔。

它围绕着他呼啸而旋跃，俯头紧紧盯着他，威严的声音携带着风雷之声，在这洞中不断回荡——

聿儿，为了天下、为了朕与你的父王母妃、为了苍生社稷，不惜一切、不择手段，活下去！

活下去……

活下去！

他只觉得心口剧痛，如受重击的身躯向后一倾，下意识便要举起双手去阻挡那突如其来的攻击。

就在他的手抽动之际，一双手死死压住了他的右臂，厉声喝道："阿琰！不能动！"

朱聿恒悚然而惊，面前的龙骤然向他猛扑而来，就在穿胸而过的一刻，散为猩红血海，在他与阿南的周身久久震荡。

他一贯心志坚定，立即意识到自己正面临着幻觉，差点亲手引动青鸾内的机栝。

抬头看洞中已是波谲云诡，满池云母莲华在风雨中倾斜招摇，神光离合，形状虚妄，如鬼影幢幢。

风雨大作，化为怒涛，幻象席卷而来的是阿南驾船离去的身影，化成狰狞黑影劈头盖脸向他猛扑而下。

他紧闭起双眼，却遮不住眼前晃动的影影绰绰，只能下意识地急促低唤："阿南，阿南……"

"我在。"她紧紧按着他的手，企图拉他回到真实中。

他声音微颤，问："阿南，我们灭掉火、闭上眼，能对抗幻觉吗？"

"估计没用，我们是整个神智被侵蚀了，黑暗只会让我们更加无法控制……"

阿南的声音也虚浮起来，面前整座溶洞骤然旋转，满池的莲花青鸾扭曲颠倒，与头顶水帘一起幻化出无数异彩魑魅。

她一咬牙，眼睁睁看着它们冲自己呼啸而来，不躲亦不闪，只牢牢按紧朱聿恒的手臂，说："玄霜的效果怕是已经过去了，如今幻象已抵不住了。我们只能横下一条心，无论看见什么，只当作不存在。阿琰，你万万不可分心，这洞中，绝无任何可怖的东西，就算有，全部交给我！”

朱聿恒一点头，竭力将自己所有的注意力倾注于指尖，继续去摸索那至关重要的一条天蚕丝。

可面前那些摇曳的影踪，此时如同被旋涡卷入，在不断扭曲闪烁。他的耳边尽是暴雨怒涛，无论如何，也难以将自己全部心神倾注在手指之上。

波涛向下倾泻，整个天地仿佛都压在了他的身上，身躯失重地向下坠落，他明明没有动，五脏六腑却几乎要从喉口挤压出来。

“阿南……抱一抱我……”他的声音低低的，带着前所未有的虚弱颤抖，“拉住我！”

旋涡般的缤纷色彩在扭曲融合，异样鲜亮的色彩飞溅于面前视野，向着阿南直冲而来。

她睁大眼睛看着这片不知是真是幻的世界，听到了巨大雨帘声响中，朱聿恒的呼唤声。

她张开双臂，紧紧地在动荡呼啸的暴风雨中抱紧了他。

竭力收拢的双臂，真实而温热的触感，仿佛扯回了他最后一线神智，让他抓住了一条蛛丝般纤细的绳索，从炫目又诡谲的幻境中抽身而出——

蛛丝垂坠于他的手上，紧绷着，牵引着青鸾的心脏与喉舌。

他的手微微一颤，随即竭力控制住，明白自己已经牵引到了那一缕天蚕丝。

他的指尖避过重重叠叠的机栝，将这条极短又极细的丝线，从极小又极紧的钮钉之上，摸索着解下来。

阿南自他的身后紧紧抱着他，目光越过他的肩膀，看向前方的青鸾口中。

锐利的母刺，还在逐渐地向前伸去，距离那莲子，已经不到半寸距离。

“阿琰，你一定要……”

一定要破解这傅灵焰的阵法，一定要扭转这根玉刺，一定要阻止“山河社稷图”发作，一定要挽救盛大辉煌的沙漠之城……

虚幻风沙呼啸而来，阿南下意识地侧了侧头，想要避开那些刺目的炫光，却看见头顶水雾中交织出无数霓虹光圈，托出一条迅速下坠的身影，直扑向她。

她仰头看见这条悬浮于头顶的身影，两人如站在镜子的内外，一个站立仰望，一个下扑俯视，一瞬间她们一起望进了对方的眼中。

那是傅灵焰，也是她的影子。

她的眼中映照着她的身影，和她残破的人生。

今日方知我是我。

我是我。身不由己的人生，模糊的前路，跌宕的生涯，叵测的未来。

她如何能活成自己，可自己又该是什么模样……

她紧紧抱着阿琰，可她并不觉得欢喜。

眼泪自她的眼眶中大颗大颗涌出，落在他的背上。

被绑在木板上化为骷髅的父亲；风暴之中站在礁石上的母亲；牵着年幼时她的那只残缺右手，化成初次见阿琰时，拆解火铳那双莹然生晕的手。

阿琰，未曾看见他的脸，她便已为他的手而着迷，一路牵牵绊绊至此。

谁知他的手，却在暴风雨中，将木板上的骷髅推向了遥不可知的深海，又伸向了礁石上摇摇欲坠手指残缺的女人……

她迷乱了意识，空中盘旋的傅灵焰化为血雨，笼罩住了她，与她合为了一缕幽魂。

我是我，我是谁……

耳膜处突突跳动，太阳穴的剧痛让阿南在晕眩中抽出了凤翥。她奔赴于暴风骤雨的大海之上，要以利刃阻挡那双手——

那双要将她的父母推下惊涛骇浪的手。

而朱聿恒的手正伸向前方。凤翥吹毛断发无坚不摧，只需要一挥斩下，那只手，便消失在这世间，永生永世，再也不可能伤害到母亲和她。

她高举凤翥，向着下方狠狠扎下去。

"阿南！"她听到朱聿恒的声音，在耳边如炸雷响彻。

凤翥已经刺下，可他的手一动未动，不曾有任何躲避之意——

他无法躲避，因为他已经握住了最关键的那条天蚕丝。只要一个无序的动荡，青鸾体内的机栝便会立即启动，他的手掌会被碾为粉碎，攸关敦煌的阵法也会瞬间启动，覆水难收。

他盯着阿南，一动不动，目光与他的手一般不闪不避。

黑暗中，如寒星般的双眼，升起于无星无月的晦暗世界。在她被青莲宗围攻的那个暗夜，日月之光照临于她绝望的逃亡前路，也照亮了这对一直凝望她的眼睛。

阿琰，这是与她生死相依、无数次豁命互救的阿琰。

仅存的一线清明如闪电劈过她的心间，那凤翥扎下去之际，终于偏了一偏，从他的手臂上滑了过去，只留下一道血痕。

司南，你要记得，你是你。

轻微的"轧轧"声，在他们的耳畔响起。她的目光扫向青鸾与莲房，看到那枚玉刺已经探入了莲子上的小孔中，眼看着便要将它挑起，衔在青鸾口中。

她立即转头去看朱聿恒，却看到他正竭力控制自己的手臂。他的眼神正惶惑而无焦距地在前面的虚空中飘忽。

幻象来袭，保证会帮他扛下一切的她却动手袭击，他再也控制不住，心神乱了。

可他们一定要清醒过来，从这幻境中抽身！

她竭尽最后的力量，往后仰身举起凤翥，朝着自己的左腿腘弯狠狠地刺了下去。

旧伤再度绽裂，剧痛席卷全身。

尖锐的疼痛顺着脊椎直冲天灵盖，面前一切云蒸霞蔚瞬间退却，虚幻景象刹那截断。

苍白的云母与朦胧的水帘在她面前倾泻而下，将他们扯回了真实之中。

她看到眼前面容骤然惨白的朱聿恒，他左手重重按在胸腹之上，额头的冷汗已颗颗沁了出来。

她的判断是正确的。

她身上的旧伤，果然会牵动阿琰的"山河社稷图"。

如今想来，除了顺天第一次之外，第二次黄河决堤，她因为手脚旧伤发作而破阵失败的同时，视察堤坝的阿琰也因"山河社稷图"而坠河遇险。

第三次钱塘大风雨时，阿琰发作的同时，她亦沉入痛苦昏迷中，只是当时她以为，这是遭遇了玄霜的剧烈反噬。

第四次渤海之下，她提前将他的毒刺剜出后，便被卷入了旋涡失去意识，破阵后又在海岛昏迷，对于自己手脚的旧伤隐痛更是未曾追究。

所以……她一直企图揪出来的、那个长期潜伏在阿琰身边的黑手，就是她自己。

如巨大的惊雷炸在脑中，这突如其来的真相，让阿南几乎要控制不住自己。

可，她狠狠一咬牙，强忍住腘弯的疼痛，一手按住朱聿恒的手臂，另一只手扯开他胸前的衣襟。

只见他胸前纵横交错的瘀紫血脉之上，一条脉络狰狞凸起，从小腹劈向胸口，直冲咽喉，正在突突跳动。

幸好的是，它的颜色还未变。

陡然被剧痛从幻境中扯出，若不是朱聿恒向来意志坚定，此时怕是早已失去意识。但他的手，也已失控痉挛着，差点被青鸾绞进去，只被阿南死死按住，不许他动弹。

他呼吸急促颤抖，胸腹之间的冲脉正在蠕蠕而动，如一条夭矫的巨龙要冲破心口飞出。

心房之上，赫然是一处最为剧烈的震颤。那是被母玉吸引而即将发作的子玉，眼看便要碎裂于他的心口处。

但剧痛，也终于唤回了他的神志，让他明白发生了什么。

"阿南，朝这里！"她听到他颤抖的声音，不顾一切的决绝。

他们二人一向心意相通，一瞬间，她便知道了他想做什么——

他要以自己体内的子玉为反振，引动母玉碎裂，阻止莲房上的机栝被启动！

她不敢置信的目光，从他的面容转移到心口，她的手，微微颤抖了起来。

"别犹豫，不然……来不及了！"

洞内的机栝，发出繁杂混乱的怪响。

一池的莲花已摇摇欲坠，云母轻薄脆弱，只见无数花瓣在剧烈摇晃中破碎纷飞，如一池花落，竞相坠于下方迷蒙雾气之中。

阿南仓促扫过朱聿恒心口那狰狞跳动的子玉，又看向青鸾口中那枚尖锐的母玉——它与莲台越靠越近，眼看便要探入莲子上那微小的开口。

她狠狠咬住下唇，抬起手中锋利无比的凤翥，一刀向着朱聿恒的心口刺了下去。

刀尖破开表皮肌肤，她的手立即回转，刀口斜跳挑起，刃尖上正是那颗血色毒瘿。

顾不上他心口的血流，阿南抬手抓住毒瘿，以刀尖将它狠狠扎在云母莲花之上。

微不可闻的破裂声传来，在她手中子玉碎裂的刹那，青鸾口衔的母玉亦应声而碎，散成晶莹的粉末，被水风卷入，瞬间化为无形。

心口的剧痛驱散了朱聿恒面前的幻境，他在疼痛中强行控制指尖前探，立即触碰到了刚刚拈过的天蚕丝。

在这云母溶洞的震荡中，青鸾双翼被机关牵动，开始缓慢招展，似乎要向天官而去。

而他的手指险险掠过已飞速运转的体内机栝，指尖轻颤，擦过一根根交错碾压的杠杆、钮钉、天蚕丝，牵住了青鸾心脏与喉舌的两根丝线。

母玉已碎，他也不再顾忌，五指狠狠一收，将天蚕丝扯断，随后中指卷着极短的那两根天蚕丝在食指上一捻一转——

这是她在海岛上强迫他一再练习的手势，他如今已经熟悉得如同与生俱来，足以将两根最短的线紧紧连接。

喉口与心脏被反向重新联结，在所有机栝一卡一顿然后全部反向旋转之际，他将自己的手迅速收回。

阿南一把抱住了他，扶着虚弱的他猛然后退。

青鸾体内的机栝扭转绞缠着，浑身发出怪声，那凌悬于莲房之上的身躯往空中缓缓退却，晶灿绚丽的云母毛羽承受不住逆转的力道，顿时片片散落，散成半空一片晶莹。

而下方的莲台，那些由云母精雕细镂而成的花瓣也仿佛逆转了时间，从盛开的状态缓缓闭拢，渐渐收合为一枝巨大的菡萏，向着下方缓缓沉去。

菡萏下陷的力量太过巨大，伴随着洞中的震动，耀目的水帘忽然加大，而莲池花瓣与青鸾飞舞的羽片在剧烈的震动中更是片片乱飞。

炫目的光彩中，他们脚下所踩的莲池剧烈震荡，开始缓缓下沉。

"快走！"阿南看见朝外面延伸的莲叶路径也在震动中摇摇欲坠，立即拉起朱聿恒，向外跑去。

她一瘸一拐，朱聿恒心口流血剧痛昏沉，两个伤患在此时的混乱局面之中，只觉得眼前一片昏暗，只能彼此倚靠着，勉强踩着荷叶往来时的洞窟奔去。

就在阿南跃向最后一片荷叶的刹那，她的四肢旧伤处忽然剧痛袭来。

半空中她那口气一泄，整个身子一歪，脚下的荷叶倾倒，带着她一起坠向下方。

汹涌毒水如翻腾的巨浪，眼看便要将她的身体吞噬。

就在阿南要闭眼的一刻，日月光华映着火光，紧紧束住了她的腰身与四肢。

她抬头看去，阿琰一手紧按着胸口，一手死死拉住她。

按在胸口的手已尽成殷红，指缝间鲜血滴滴坠落。他本就整条冲脉都受了损伤，如今想必是拉住她的力道太过凶猛，以至于伤口撕裂，血流如注。

而他本就"山河社稷图"发作，正值剧痛缠身之际，此时紧抓住下坠的阿南，身体终于承受不住，被她的力道带得跌跪于地，整个人扑在了地上。

但即使胸腹与双膝的剧痛袭来，他依旧不肯放开阿南，只死死地抓着她，咬紧牙关放开了自己的胸口，紧攥着日月，一寸一寸狠命将她拉上来。

阿南尽力缩起身躯，不让下方的毒水沾染自己。

她仰头看上方的朱聿恒，在洞内这一番出生入死，他面色惨白，鬓发凌乱，早已到了绝境。

但他脸上并无任何迟疑。周围地动剧烈，水帘如注，眼看便要倾覆，可他仿佛毫无感觉，只竭尽全力，固执地将她拼命拉出下方的绝境。

阿南只觉得眼睛灼热，又觉得脸颊上一温。

她抬手擦去，一看指尖，才发现是阿琰心口的血，滴落在了她的脸庞之上。

她用尽全力，强忍腘弯剧痛，抬脚狠狠蹬在池中的荷叶梗上，在它倾覆的同时，用力上跃，紧紧抓住了朱聿恒的手。

他死死握住她的手，将她从下方狠命拉出。

两人都是受伤严重，跌跌撞撞向着洞窟而去。

后方的坍塌，扬起了巨大的水雾，可面前的洞窟，还有漫长曲折的道路。

可之前他们可以配合无间，顺利进来，如今他们都身受重伤，而且一个伤在胸腹，一个伤在脚上，又都是呼吸凌乱的情况，能再度配合顺利出洞的机会，已经极其渺茫。

但，待在阵眼中已经只有被活埋一条路了，他们不得不踏上照影归途。

相对望一眼，他们放开了彼此的手，勉强站上了第一块青莲石。

两人都是双脚虚浮，而洞中的水雾也在瞬间喷洒了一丝，差点触及他们身躯。

阿南立即调整重心，勉强压住自己足下青莲。

就在二人竭力调试着气息，要一起跃向下一朵青莲石之际，洞外彼端忽然传来了裂帛般的羌笛声，直穿过曲折洞穴，传入他们的耳中。

正是一曲《折杨柳》。

外面吹笛之人，显然将这笛曲做了改动，笛声的高低起落极为明显，引得他们紊乱的呼吸不由自主与其相合，形成了一致。

他们相对望一眼，顿时明白了，那是外面的人，在吹笛给他们指引归路。

再不迟疑，他们朝着彼此一点头，后方剧烈震动坍塌的同时，在相对蜿蜒的洞穴之中，他们向前尽最大的力量跃起，踏着青莲石冲出这片瑰丽诡异的绝境。

笛声起落，呜咽转侧，洞内的转折与落脚，隐隐竟是按照这曲折杨柳的节拍所设。

在他们竭力拔足之时，正是笛曲高昂之刻，在他们气息随笛曲松懈之时，正是洞窟转折之际。

他们渐行渐远，又渐贴渐近。这一缕笛声，指引着他们的呼吸、他们的脚步，配合无间。

在最后一个转弯口，他们看见了云母洞壁透漏出的对方身影。那一刻，胸臆似被笛声所引而剧烈颤抖，因为死里逃生的庆幸，也因为再度看见对方的强烈依恋。

他们踏过最后几朵青莲，扑出这片机关重重的洞窟。

随即，身后的坍塌声接续而来，地动山摇间，后方尘土如巨大的浪潮滚滚而来，推送他们向前面趔趄狂奔，洞中所有一切都恍惚起来。

他们看见了持笛吹奏引路的傅准，也看见了亲自站在洞口翘首企盼的皇帝，还看见了满脸紧张狂喜迎接他们的韦杭之、墨长泽、诸葛嘉……

两人奔出洞窟，一起支撑不住，摔于迎接他们的搀扶怀抱中。

剧烈的震动中，后方照影洞窟彻底坍塌掩埋，洞内灰土弥漫，连同入口石门也在震动中受损倒下，临时炸出来的通道被土石堰塞。

幸好经过勘探，石门后堵塞的通道不到一丈，侍卫们清理一时半刻，确定便可通行。

朱聿恒被众人搀扶到洞内开阔处，解下衣服，包扎伤口。

皇帝亲自喂他喝水吃食，见他精神尚好，才放下心来，慢慢询问着洞内的情形。

阿南靠在壁上坐着，慢慢喝了几口水，正包扎好自己腘弯伤口，抬头便看见了面前似笑非笑的傅准。

"南姑娘受伤了？这番破阵劳苦功高，真是受惊了。"

阿南有气无力地翻他一个白眼，看看他手中的羌笛："哪比得上傅阁主，不用劳累也立一大功。"

他捂胸轻咳，语带幽怨："这就是南姑娘对救命恩人的态度？"

阿南没回答，只指了指自己被血染红的腘弯处，冷冷问："是指这个恩情吗？"

傅准苍白的脸上浮起莫测高深的笑容，俯身在她耳边轻声道："别担心，会影响到的人，又不是你。"

阿南一扬眉，正要抬手揪住他的衣襟，他却早已直起腰，朝着她笑了一笑，轻拂下摆："既然能逃脱出这一番劫难，相信南姑娘也早已知道，自己该何去何从了吧？"

阿南没吭声，任由他离开。

她喝着水，撕了一块馕塞进嘴巴里，抬头看照影双洞已经淤塞，洞壁上傅灵焰所刻的字碎裂残损，只剩下"知我"二字。

鬓发凌乱，她抬手将青鸾金环解下来，抚摸着上面簌簌飞动光彩离合的宝石鸾鸟，阵心中的幻觉又再度涌到眼前。

她目光茫然地转向不远处的朱聿恒。

眼前幽暗的火光下，她看见他与皇帝低低说着话，祖孙俩如此和谐融洽。

两个天底下最尊贵的人坐在一处，火光簇拥着他们，众人敬仰着他们，而黑暗与算计、利用与驯养，全都只属于她这种卑微低贱的海匪。

恍惚中一切景物全部消失了，只剩下傅灵焰徘徊于山洞的身影，在她的眼前久久不散。

如隔水的一枝花影，如云母朦胧的荧光，扭曲波动，烙印心间。

呵……今日方知我是我。

她忽然笑了，用傅灵焰的首饰紧束自己的青丝，扶壁站了起来，取过身旁一支火把，慢慢向着后方的迷窟地道走去。

曲折纷乱的分岔，黑暗逼仄的地道，疲惫伤痛的身躯。

阿南走走停停，一直走到了铜板所在的地方，慢慢爬下洞口，盯着下方石柱上的"羌笛何须怨杨柳"一句看了许久。

上头的火光忽然明亮起来，她听到朱聿恒沙哑疲惫的声音，问："阿南，你不好好休息，到这里来干什么？"

阿南抬头看去，朱聿恒竟也穿过地道，寻着她到了这里。

他已包扎好了伤口，净了脸梳了头，只是身上衣服尚且破烂蒙尘。身后跟随着韦杭之，他手中的火把熊熊燃烧。

她仰头望着他，橘红的火光将他照得明亮通彻，掩去了他的疲惫伤痛，使他动人心魄的面容越显灿烂。

即使在这般压抑逼仄的地下洞中，他依然是矫矫不群凛然超卓的皇太孙。

也是她心中，最好看的那个人。

她的声音略带着些恍惚："哦，我想起自己从玉门关入口进来，廖素亭还帮我守在外面呢，我得……去那边，跟他说一声。"

朱聿恒俯身伸出手，示意她上来："好好休息吧，这点小事，我叫个人去就行。"

"没事呀，我只不过受了点小伤而已，早就没事了。而且坐在山洞里等着多闷呀，去玉门关不比这边强？"

她语气平静地说着，目光下移，看向他伸向自己的手。

火光给他的手镀上了一半灼眼的光，又给了一半阴影的暗。

这双让她一眼沦陷的手，为她破过困楼、解过牵机，也曾结下罗网企图阻拦她离去，亦曾为她而皮开肉绽、被割出道道血痕。

暮春初夏那一日，隔着镂雕屏风看见它的那一刻，她怎么能想到，后来这双手，牵过她，握过她，也紧紧拥抱过她，给了她一生中，无数刻骨铭心的痕迹。

她忽然仰头，朝朱聿恒笑了一笑，那双比常人都要明亮许多的眼睛，此时里面跳动着焱焱火光，一瞬不瞬地盯着上方洞口的他，轻声说："阿琰，我有话跟你说。"

朱聿恒胸腹的冲脉尚在疼痛，不便爬下洞口，便单膝跪了下来，俯身将身体放低，专注地望着她："怎么啦？"

而阿南踮起脚尖，微微笑着看他。

他们靠得很近，近得几乎呼吸可感、心跳可闻。

她与他身上都犹带着尘土，鬓发凌乱，也只够用侍卫带进来的水擦干净脸和手。

阿南定定地睁大眼睛看着朱聿恒。黑暗挡不住他那比象牙更为光泽的面容，浓长的睫毛也遮不住他那寒星般的目光，他直直地盯着她，像是要将她淹没在他的目光中。

这样的面容，这样的眼睛，这样的阿琰……以后，就再也见不到了。

她的心中忽然掠过激荡灼热的血潮，仿佛被那种绝望感冲昏了头，突如其来的，她抬起手捧住了他的脸，在他的颊上亲了一下。

她的唇灼热而柔软，酥酪般的甜蜜与温暖，却只在他的颊边一触即收，如风中误触旅人的蜻蜓翅翼，擦过他的耳畔便立即收了回去，羞赧于自己的失态，再也不肯泄露自己的情意。

从未有过的紧张与惶惑涌上心头，她不自然地抿了抿唇，眼睫也垂了下来："那……我走了。"

就在她要转身逃离之际，朱聿恒已经跪俯下身躯，一把抓住了她的肩，狠狠将她扯回自己面前，攫住了她的唇。

阿南身体一颤，下意识地抬手想要推开他。他却更用力地托住她的后脑，辗转吮吻她的双唇，让她几乎窒息在他掠夺般的侵占中，连呼吸都跟着他一起急促凌乱起来。

韦杭之惊呆了，立即转身疾步退到洞内，不敢出声。

直到她被他吻得无法呼吸，双脚都几乎支撑不住时，他才终于舍得放开她的唇。

他的手却不肯松开她，始终贪恋地钳制着她的肩，心跳越发剧烈，胸腹的疼痛夹杂着巨大的欢喜，令他意识都有些恍惚。

他微微喘息着，双眼紧紧盯着她，像是不敢相信自己居然可以恣意亲吻她，分辨不出面前这幽暗又动荡的一切是否真实存在。

他望着离自己咫尺之遥的阿南，心头忽然闪过一阵恐慌，害怕自己依旧沉在照影幻境之中，害怕下一刻便是梦境破灭、生死永诀的刹那。

　　他以颤抖的手紧紧抓着她，不肯放开，望着她低低地唤了一声又一声："阿南，阿南……"

　　"我听到了。"阿南不敢再看他的目光，别过头去，将他的手指一根根掰开，"你赶紧回去吧，免得伤口又裂开。"

　　"那……我在这里等你，你快点回来。"

　　"嗯。"阿南应着，走了两步又回头，指了指他所在的洞内，说，"那朵青莲的花蕊很危险，你按一四七的顺序将它关闭，免得伤到人。"

　　朱聿恒点了一下头，盯着她离去的背影，目光定在她的身上不舍移开。

　　而阿南手持着火把，沿着洞穴往外走去，被火光照亮的身影，在拐弯处消融于黑暗中。

　　她抬手捂住脸，抚过灼热的双唇，也擦去那些正扑簌簌掉落的眼泪。

　　她听到了阿琰按照她的指点，去关闭青莲的声音。

　　于是她也加快了脚步，以免在地道切换时，自己来不及走出这即将闭锁的黑暗循环，来不及赶上地道转换的那一刻，来不及抓住阿琰为自己创造的、最好的离去机会。

雨雪霏霏

　　一场雪下过，敦煌城与周围的荒漠沙丘，全都罩上了白茫茫一片。

　　雪霁初晴，日光遍照苍茫起伏的大地。朱聿恒率众出城，百余骑快马沿着龙勒水而行，查看河流情况。

　　龙勒水依旧潺潺流淌在荒野之上。近岸的水结了冰，但河中心的水流与平时相比，未见太大增减。

　　朱聿恒站在河边，静静地驻马看了一会儿。

　　距离他与阿南破解照影阵法已过了三天。目前看来，敦煌周边的地势与水脉并无任何异状，这六十年前设下的死阵，应该是已经安全破解了。

　　胸腹之间的隐痛依然存在。当时在洞中，毒刺已经发作，尽管被阿南在最后时刻剜出，冲脉也不可避免显出了淡红的血迹。

　　但与之前各条狰狞血脉相比，这点痕迹已是不值一提。他的身体也未受到太大影响，不会再缠绵病榻十数天无法起身。

　　旷野风大，雪后严寒，韦杭之打马靠近皇太孙殿下，请他不要在此多加逗留，尽早回去歇息。

　　"圣上明日便要拔营返程，殿下亦要南下，接下来又是一番旅途劳累。您前两日刚刚破阵受伤，务必爱惜自身，不要太过操劳了。"

朱聿恒没有回答，只望着面前被大雪覆盖的苍茫荒野，仿佛想要穷尽自己的目光，将隐藏在其中的那条身影给挖出来，不顾一切将她拉回怀中，再度亲吻那千遍万遍萦绕于魂梦中的面容。

"阿南……有消息了吗？"

韦杭之迟疑一瞬，回道："没有。不过陛下已下令，将她的图像传到沿途各州府和重要路段隘口。只要南姑娘一出现，必定有消息火速报给殿下。"

朱聿恒听着，心中却未生起任何希望，只拨马沿着龙勒水而行。

一开始，他还能控制住自己打马的速度，可心口的隐痛仿佛点燃了他深埋的郁积躁乱，他马蹄加快，仿佛发泄一般地纵马向前狂奔，一贯的沉静端严消失殆尽，只想疯狂地大声呼喊，将堵在心口的那个名字大吼出来。

他拼尽了全力，费尽了心机，终于让她放飞了属于竺星河的蜻蜓，让他有资格拥她入怀；他豁命相随，生死相依，终于换得她在幽暗地下，贴在他颊上的轻颤双唇，濡湿双眼……

可，属于他的极乐欢喜，唯有那短短一刻。

她引诱他旋转了地道，抛下了被幸福冲昏了头的他，消失于玉门关。

而那个时候，他还以为自己未来在握，以为自己终于得到了她，以为心心念念一路渴求终有了圆满结果，却没想到，一旦她冷漠抽身，他便是万劫不复。

冷厉如刀的雪风在他耳畔擦过，令他握着缰绳的双手僵直麻木。

他终于停下了这疯狂的奔驰，将自己的手举到面前，死死地盯着看了许久。

日光在他的手上镀了一层金光，显得它更为强韧有力，似乎拥有足以掌握世间万物的力量。

这双她最喜欢的手，有时她会以迷恋的神情细细审视它，让他无法控制地生出一种类似于嫉妒的古怪情绪。

可，再有力的手，也无法将她把握住，留在身边。

阿南，她是天底下最自由的人。她想来就来，当她要离开时，没有任何人可以挽留。

那一日，他在地道等待她返回，等了很久很久。

直到圣上亲自派人来催他，说石门已经清理完毕重新开启，让他立即返回地上。

那时，他才忽然如梦初醒，忍着伤痛抄起火把跃下地道，率领侍卫沿着地道一路寻找阿南而去。

可，地道已经转成了死循环，他在里面绕着圈，始终寻不到跟随阿南的路径。

心中生起不祥的预感，他只能将青莲再度调试，终于打开了前往玉门关的通道。

他不敢相信是阿南骗他截断道路，心口的狂乱执妄几乎要淹没了他的理智。

怎么可能，他们刚刚出生入死，怎么可能在携手同归的下一刻，她便如此狠绝地抛下了他？

甚至……在离开之前，她还与他热切相拥，缠绵亲吻。

她看着他的目光，比跳动的火光还要缱绻热切……那该是他以后能永远拥有的欢喜，怎么可能只这一瞬便失去！

他不顾任何人劝阻，拖着身上伤势，打着火把在地道中强撑到玉门关出口。

从枯水道中追出来，他只看到了神情错愕站在面前的卓晏。

因为地下的黑暗窒息，也因为心口的焦虑，朱聿恒喘息沉重，胸口的伤口似有崩裂，染得绷带渗出血迹来。

"阿南呢？"

卓晏显然没见过殿下这副模样，慌忙一指身后，迟疑道："她一出来，便上了马，向那边去了……大概有大半个时辰了。"

朱聿恒脸色苍白晦暗，死死盯着她消失的地方，厉声问："其他人呢？为什么不拦住她？"

"之前……之前有几个海客和青莲宗的人也从这边脱逃，所以廖素亭他们追击去了，至今还未回来。我一个人在这边，看到南姑娘从枯水道出来……她脸色不太好看，拉过马便要走。"卓晏犹豫着，似乎不知道自己该不该说后面的话，"我当时跑去拦她，问她一个人要去哪儿。她却抬手挥开了我，跟我说……"

他关注着朱聿恒的神情，小心翼翼复述道："她说，阿琰骗了我，所以，我要走了。"

骗了她。

心头似被这句话灼烧，朱聿恒的伤处骤然袭来剧痛，让他捂住嘴猛烈喘息着，喉头一甜，血腥味便在口中弥漫开来。

见他神情如此灰败，卓晏声音更低了："我当时看南姑娘脸色不好，也不敢去阻拦，她翻身上马，在要走的时候却又回头，跟我说……若是遇见了殿下，提醒您找傅准问三个字。"

朱聿恒声音微僵，问："哪三个字？"

"四个月。"

只这一句话，阿南便再也没有其他的话，纵马飞驰而去。

大漠残阳如血，风沙凄厉如刀。她冲向苍黄大地的彼端，未曾回过一次头。

四个月……

这没头没尾的话，连朱聿恒都没有头绪，更遑论卓晏了。

而朱聿恒望着阿南远去的方向，捂着心口缓缓倒了下来。

韦杭之忙抢上前去，将他一把扶住，听到殿下口中，喃喃地似在说着什么。

他扶着殿下，迟疑着将耳朵贴到他口边，听到他低若不闻的声音："也好……至少阿南……是自己离开，不是在地道中遇险……"

陷入昏迷的皇太孙被送到敦煌，皇帝亲自带了随行御医过来为他诊治。

可身体上的伤势尚且可医，心中的焦灼与煎熬，他们看在眼里，却无任何人能劝慰帮助。

皇帝与他商议，时值严寒，昆仑山阙冰封万里，又在北漠控制之下，这般情况纵然去了，破阵也是机会不大。更何况若是去了昆仑山阙再回转，两个月时间赶到横断山脉怕是十分紧迫，不如及早回转南下，专心对抗四个月后的那一处阵法。

如今这局势下，这番打算属于不得已，但也是最好的选择。

商议既定，皇帝查看过他的伤势，叮嘱他好好休养。朱聿恒目光看向他身后，道："孙儿有句话，想要问傅先生。"

傅准神情平淡，等皇帝屏退屋内所有人后，他才走到床榻前，对他一施礼："殿下？"

"傅先生，阿南临走前嘱咐我，要问你三个字，还请为我答疑解惑。"

傅准微微一笑："请说。"

朱聿恒审视着他的神情，道："四个月。"

傅准略略一怔，微眯起眼睛瞧了他片刻，未曾开口，却先将目光转向了皇帝。

皇帝淡淡道："这般没头没脑的问话，理她作甚。"

朱聿恒道："孙儿觉得，阿南既然留下此话，想必此事对孙儿至关重要，不可忽视。"

傅准掩唇轻咳，斟酌着开口："南姑娘所指的，想必关于'山河社稷图'。那日她诱使我带她找到照影阵，在阵前逼我吐露内幕，因我对'山河社稷图'所知有限，因此口误说了四个月。可南姑娘似乎很介意此事，即使走了，还不忘告诉殿下吗？"

朱聿恒虽然身带伤势，但他思绪通明，立即问："所以这四个月的意思，是说我剩下的时间，不是六个月，而是……"

"傅先生是口误，聿儿，你不必多心。"皇帝却忽然打断了他的话，一贯威严的语调因为急促发声，竟显出一丝波动。

朱聿恒微微一怔，垂下了眼，应了一声"是"。

惊觉自己失态，皇帝拍了拍他搁在床沿的手，语调中满是对阿南的不满："朕的意思是，你被那女匪影响太多了。她若真的关心你，绝不会丢下你，如此消失！"

朱聿恒默然摇头，道："是孙儿对不起她在先。流落海岛之时，孙儿曾答应她，永不欺骗她，永不伤害她……"

"可是阿琰，你不许骗我，不许伤害我。我想走的时候，就能自由地走。"

那时她握着回头箭，对他所说的话言犹在耳。

这世上所有人，包括阿南，永远也不会知道，为了留下她，他故意让海雕抓伤了背，泡在海水中吹了一夜冷风。他忍着伤口剧痛为她制作了那支回头箭，才让她打消去意，得到这一句许诺。

可事实是，他一直在骗她。

骗她说自己是宋言纪，与她达成了一年协议；

骗她说自己不介意她所有过往，企图潜移默化将她驯服；

骗她说找到了她的爹娘，他们都只是普通人……

若不是这一路而来堆积的谎言与欺骗，他根本没有办法接近她、打动她，与她走到现在。

见他在这般境况下依旧执意维护阿南，皇帝不满地训斥道："你身为皇太孙，有些事情不便告知她又如何？此女性子如此骄纵，走了也罢！"

见皇帝对阿南如此不满，朱聿恒终究道："圣上与我在地图洞室中商议破阵之时，阿南可能正好沿着地道，过来帮我们破阵。"

地道中，黑暗里。在某一时刻，他与祖父曾经挥退了所有人，在那个陈设地图的洞室内，讲了一些不适宜被人听到的话。

关于破阵的设置，关于他身上的"山河社稷图"，关于他们对阿南的利用，关于她父母的真相……

皇帝显然也是想起了当时他们所说的事情，恍然记起自己曾说过，若是此阵不利，便将阿南等有嫌疑的人全部杀掉的话。

思忖片刻，他道："你若要寻回阿南，朕可以替你安排。"

朱聿恒默然摇了摇头，道："不必了。"

阿南。她来的时候，如烈焰般席卷而来，纵万千人也挡不住；她走的时候，如逝水般决绝而去，即使他舍命相随，也无法挽留。

他一路依靠着她、强行拖着她，才终于走到这里。

如今她既已下决心离开他，他这样的人，又有什么资格去挽回，让她继续以性命、以伤痛，为他牺牲付出？

龙勒水边积雪绵延，旷野中呼啸的寒风似从他全身的骨缝间钻了进去，冰凉透骨。

见他一动不动，一直盯着自己的手，韦杭之正不知所措，忽见前方来了一行人，忙打马上前，对朱聿恒禀报："殿下，墨先生来了。"

墨长泽一身褐衣，上面溅满了泥点，正带着弟子们背着几捆芦苇沿河而上。

"殿下这么早便来视察河道，身体痊愈了？"墨长泽关切地慰问。

朱聿恒伸手轻抚胸口，朝他一点头："好多了，多谢墨先生关心。"

见他的目光落在芦苇上，墨长泽便道："我们准备在这里建一个过山龙，筑堤引水，整治河道。南姑娘之前给我们出过图纸，只是仓促之间不是很详尽，因此我们还需探讨数处细节关窍。"

过山龙，朱聿恒知道这东西。

在他们潜入拙巧阁寻找地图线索时，他曾为了阿南而陷身于天平机关。彼时阿南便是在千钧一发之际，掉转了拙巧阁玉醴泉的引灌水龙，将机关一举冲毁。

当时她站在夏末艳阳中，丢开龙头对他扬头一笑，说"阿琰，我们走"的情形，还历历在目。

她牵着他的手，在迷失了前路的芦苇丛中狂奔向前，与他一起踏平所有障碍，一往无前。

葱翠如碧海的芦苇丛在眼前摇曳，转瞬成了苍白。她留给他的已经只有这荒漠风雪，残山剩水。

他跳下马，拿过阿南手绘的图纸，看着上面熟悉的线条与潦草标注，只觉得心口又隐约抽动，痛不可遏。

"是哪部分不明白？"

"殿下您看，这边是圆筒打通去节，但这里所标注的圆圈与三角，我们揣摩着，尚不知是何意思……”

朱聿恒不假思索道：“这是阿南习惯的标记符号，圆可表为雌，三角表雄；若圆圈为阴，则三角为阳；圆表凹则角表凸。这既是过山龙，你们将标三角的机栝置于内，标圆处置为外，榫卯使其内外紧接即可。”

见他如此熟稔，墨长泽大喜，赶紧又问了几处不解之处，朱聿恒一一解答，仿佛那图是出自他的手中。

墨长泽赞叹道：“殿下真是博闻广识，居然对我们这行也这般了如指掌。”

朱聿恒将手中图纸递还给他，沉默了片刻，才道：“不，我只是……了解阿南而已。”

疑惑得解，墨长泽带着弟子编织捆扎芦苇。

后面有人制备好了胶泥，提过来与他商议薄厚，是否适合裹上芦苇烧制。

他开口说话时，朱聿恒才发现，这个浑身上下糊满泥巴的人，赫然竟是卓晏。

“阿晏，你怎么会在这儿？”

卓晏忙见过了他，说道：“之前，墨先生与我探讨过胶泥烧制渴乌的事情，这些时日我与墨先生和各位师兄弟一起研讨，墨先生觉得我在这方面有点天赋……”

墨长泽笑道：“何止有点，卓少天资聪颖，之前只是没有将心思放在正事上而已。如今他已拜入墨门，是我门下弟子了。”

朱聿恒倒是没想到，当初那个凭着祖荫在神机营混日子的花花公子，不久之前尚是倚红偎翠的浪荡生涯，如今却滚得像个泥猴，在这西北苦寒之地，为改造河道而耗尽心力。

他抬手拍了拍卓晏溅满泥巴的肩，问：“那你以后，不回江南了？”

“不回了，我在这里，已经找到今后要走的路了。”卓晏说着，朝向后方示意，说，“卞叔现在有了我弟，也精神好多了。我们想在这边好好过下去。”

朱聿恒回头看去，卞存安左手拎着食盒，右手牵着一个瘦猴似的孩子，正朝这边走来送饭。

他看着那个陌生孩子，认出正是当日入敦煌之时，被士兵们抽鞭驱赶的孩子，便问：“你弟？”

“他娘去世了，他如今在这世上，也是无依无靠的孤儿了。”卓晏说着，双眼带了湿润，默然道，“虽然他还小，不记得自己从哪里来，不过此心安处是吾乡，以后我们就在这里安家了。”

朱聿恒紧紧地按了按他的肩，说道："好，阿晏，相信你定能干出一番实绩，为敦煌百姓造福。"

"嗯，我与阿南也谈过。我这般消沉下去也并无意义，还是得做点什么，至少，对得起我这有用之身。"

朱聿恒默默点头，遥望玉门关的方向，看见绵延起伏的皑皑白雪，晦暗的云朵低低压在荒丘之上。

"是，人活于世，我们都得肩负起自己的责任。"

即使阿南已经离他而去，可身为皇太孙，背负"山河社稷图"，他有自己必须要走的路、必须要前进的方向。

无论面前是万千人，抑或是空无一人，他都得走下去。

告别了卓晏与墨先生，浩渺长空中，雪又纷纷下了起来。

龙勒水浩浩荡荡，曲折向前，回程中的朱聿恒听到空中鹰唳声，抬头望去。

一只苍鹰自上而落，将一只灰兔丢向下方的主人，再度振翼飞起，斜掠过了长空。

正是当初阿南曾借去夜探青莲宗总坛的那一只苍鹰。

他的目光随着它的身影而向前，投向那遥不可知但一定存在的远方，仿佛看到了关山万重之外，那条刻在他心口、永难磨灭的身影。

阿南，她如今在哪里，身上的伤还好吗？她留下的三个字，是否揭示了傅准与"山河社稷图"的关系？

如今，他得奋力振作，一个人独自面对这更显严峻的局势了。

被抹去了痕迹的那一个阵法，傅准口中只剩下四个月生命的他，一向对他关爱有加的祖父暗暗维护傅准，不允许他探询真相……

他的手探入怀中，握住那已经残破的"初辟鸿蒙"。它薄软而明亮地躺在他的掌中，尚带着体温，熨烫他的手心。

虽然已经破损，但他提挈中心点，还是勉强可以让它内里相撑，形成一个圆球，托在自己的掌上。

这六面勾连的岐中易，牵一环而所有部件受控，无论如何转换，它们都环环相连，不可分离。

他松手让它再度缩成小小一片，紧紧地握着这个岐中易，仿佛握住阿南仅留的最后一线温存，哪怕刺痛了手心，滴出了血珠，也不肯松开半分。

她说过，等回去后，会帮他修复。

万水千山，他定要踏破傅灵焰的阵法，击溃"山河社稷图"的毒咒，然后，扫除一切艰难险阻，寻回她。

岐中易，总会有恢复完整之时，他和她，也总有相聚的那一刻。

视野最远处，那头苍鹰的翅翼，正从高耸的峰顶一掠而过，直冲向湛蓝刺目的天空。

妄图驯鹰的人，终究被那只举世无双的鹰隼所驯服。

那么，在她振翅飞去之时，他也定要肋生双翅，与她疾驰万里，生死相随，永不问归期。

【司南·乾坤卷 完】

图书在版编目（CIP）数据

司南．乾坤卷／侧侧轻寒著．
—武汉：长江出版社，2023.4
ISBN 978-7-5492-8752-9

Ⅰ.①司… Ⅱ.①侧… Ⅲ.①长篇小说—中国—当代 Ⅳ.① I247.5

中国版本图书馆 CIP 数据核字（2023）第 055741 号

司南·乾坤卷／侧侧轻寒 著

出　　版	长江出版社	
	（武汉市解放大道 1863 号）	
选题策划	林　璧	
市场发行	长江出版社发行部	
网　　址	http://www.cjpress.com.cn	
责任编辑	陈　辉	
特约编辑	林　璧	
印　　刷	北京盛通印刷股份有限公司	
版　　次	2023 年 4 月第 1 版	
印　　次	2023 年 4 月第 1 次印刷	
开　　本	700mm×1000mm　1/16	
印　　张	22	
字　　数	420 千字	
书　　号	ISBN 978-7-5492-8752-9	
定　　价	49.80 元	